más allá de las profundidades

ELIZABETH LOWELL

Editado por Harlequin Ibérica.
Una división de HarperCollins Ibérica, S.A.
Núñez de Balboa, 56
28001 Madrid

© 2014 Two of a Kind, Inc.
© 2017 Harlequin Ibérica, una división de HarperCollins Ibérica, S.A.
Más allá de las profundidades, n.º 220 - 1.1.17
Título original: Night Diver
Publicado originalmente por HarperCollins Publishers LLC, New York, U.S.A.
Traducido por Amparo Sánchez

Todos los derechos están reservados, incluidos los de reproducción total o parcial en cualquier formato o soporte.
Esta edición ha sido publicada con autorización de HarperCollins Publishers LLC, New York, U.S.A.
Esta es una obra de ficción. Nombres, caracteres, lugares, y situaciones son producto de la imaginación del autor o son utilizados ficticiamente, y cualquier parecido con persona, vivas o muertas, establecimientos de negocios (comerciales), hechos o situaciones son pura coincidencia.

® Harlequin, TOP NOVEL y logotipo Harlequin son marcas registradas por Harlequin Enterprises Limited.
® y ™ son marcas registradas por Harlequin Enterprises Limited y sus filiales, utilizadas con licencia. Las marcas que lleven ® están registradas en la Oficina Española de Patentes y Marcas y en otros países.
Imagen de cubierta utilizada con permiso de Shutterstock.

I.S.B.N.: 978-84-687-8478-6
Depósito legal: M-38119-2016

A mis colegas escritores
Porque me mantienen cuerda

PRÓLOGO

En cuanto Kate Donnelly oyó la voz, exageradamente alegre, de su hermano al otro lado de la línea, deseó haber dejado que saltara el buzón de voz. Adoraba a Larry, pero en esos momentos no tenía más que malas noticias para él. Y mucho miedo.

—Espero que llames para contarme que todo va bien —saludó ella.

—Iría bien si no estuvieses allí.

—No —lo atajó Kate con más brusquedad de la intencionada—. Acabo de terminar un trabajo con el muy nervioso dueño de una galería.

—Entonces lo que necesitas son unas vacaciones en una playa de arena blanca, aguas azules, cálido mar y...

—No —ella sintió un escalofrío desde la nuca hasta los dedos de los pies. El espectacular paraíso tropical de St. Vincent era el origen de sus pesadillas.

—Vamos, Kate —insistió su hermano con impaciencia—. Supéralo. Aquello ocurrió hace casi quince años.

—Tú no estabas allí. Yo sí. Y la respuesta es no.

—No tendrás que acercarte al agua. Te lo juro.

«Ni desear morir».

Kate se obligó a respirar hondo una vez, y otra más, mientras oía las súplicas de su hermano. Al fin la urgencia que se percibía bajo la persuasión caló hondo, alcanzando la vieja pesadilla de la muerte de sus padres. Y empezó a escuchar en lugar de limitarse a mirar por la ventana de su apartamento hacia la neblina y los humos de los coches.

La voz de Larry era a la vez brusca y aguda.

—Hemos llegado a un punto en el que ya no puedes seguir haciéndolo desde allí. Te necesitamos aquí.

—¿Ya no? Acabo de empezar. Solo hace dos días que recibí los archivos y casi ni he empezado a ordenarlos en mis ratos libres después de pasarme el día trabajando. Y los llamo archivos por ser amable. Unas cajas de cartón medio podridas llenas de recibos y listas de la compra no son archivos.

—Lo sé, y lo siento. Me llevó más tiempo del esperado reunir todo eso. Ya sabes que el papeleo y los números nunca se me dieron bien.

—Eres el encargado del negocio de rescate de objetos —insistió ella—. Tienes que llevar un registro o contratar a alguien para que lo haga por ti.

—Escucha, he mantenido el negocio a flote desde que te largaste. El abuelo odia los registros, y más aún la contabilidad. Todo lo que sé lo aprendí de ti antes de que nos abandonaras. Soy un buceador, no un hombre de negocios.

—Conozco tu falta de interés por los libros desde que tenía diez años y empecé a llevar la contabilidad de Moon Rose Limited —Kate cerró los ojos, del mismo color azul turquesa que las aguas de St. Vincent.

El negocio familiar de rescate de objetos nunca había sido demasiado próspero, pero había servido para mantener a toda la familia.

—No lo niego. Eres la única de la familia con cabeza para los números. Por eso te necesitamos. Por favor, hermanita. Si no nos ayudas vamos a quebrar, y sabes que eso matará al abuelo.

Kate sintió que la trampilla se cerraba lentamente, implacablemente, como si se hundiera en unas cálidas aguas saladas.

Si el negocio familiar caía en la bancarrota porque ella tenía demasiado miedo de regresar al escenario de sus pesadillas, jamás podría vivir con ello.

«Apenas consigo vivir conmigo misma. Huir no ha hecho que las pesadillas desaparezcan. Quizás enfrentarme a ello sí lo consiga».

«Y, desde luego, en Carolina del Norte no hay nada que me retenga. Ni siquiera una planta. Además, hace tiempo que me propuse tomarme unas vacaciones».

Kate se estremeció ligeramente. Ir a St. Vincent no iba a ser disfrutar de unas vacaciones. Significaría enfrentarse a cosas de las que llevaba huyendo toda su vida adulta. Una parte de ella, la que ya no era adolescente, sabía que tenía que superar el pasado. El resto aún lloraba al recordar el terror.

«¿Las moscas atrapadas en el ámbar gritan?».

El sol del atardecer entró por los ventanales del apartamento de Charlotte, elevando la temperatura más de lo normal. Sin embargo en las sombras de sus recuerdos hacía mucho frío.

—Al menos habrás tenido tiempo de leerte el contrato, ¿no? —preguntó Larry.

—Lo suficiente para darme cuenta de que no deberías haberlo firmado —contestó ella, presintiendo que había perdido la batalla, pero no queriendo rendirse.

—Los mendigos no pueden elegir. O bien firmaba con los británicos para rescatar un posible navío español hundido, o vendía el barco. Y eso habría...

—Destrozado al abuelo, ya lo sé —interrumpió Kate con voz de cansancio—. Larry, yo aconsejo a empresas pequeñas, no hago milagros. Deberías haberme llamado antes de firmar ese contrato.

—Lo intentamos, pero estabas en el Yukón trabajando con esos talladores nativos. Conseguiste que su negocio saliera adelante. Nosotros deberíamos ser pan comido. Kate, por favor, eres nuestra última esperanza.

9

—¿Esperanza? —ella cerró los ojos y luchó contra lo que temía iba a suceder de todos modos—. No sé cómo te arriesgas a llenar el tanque de gasolina. ¿Te han aprobado el anticipo de gastos?

—Aún no. Los británicos van a enviar a C. Holden, una especie de contable de lujo, para valorar si la zambullida merece el anticipo. Nos acercamos a la temporada de tormentas.

—No hace falta que me hables de las tormentas de St. Vincent —anunció Kate con tirantez mientras sentía que se le helaba la columna.

—Vamos realmente apurados de tiempo. Puede que encuentres el modo de convencer a ese Holden de que somos de fiar. Tú sabes hablar de números mejor que nadie.

—Larry...

—Lo digo en serio —añadió su hermano apresuradamente—. Eres brillante. La única que tiene la posibilidad de que ese tipo acceda a aplazar el acuerdo.

—¿Cuándo se le espera? —Kate suspiró. La trampilla acababa de cerrarse.

—Mañana. Te he reservado un vuelo que te permitirá recibirle y llevarle a la casita que alquilamos al comienzo de la expedición. Me reuniré con vosotros allí y lo llevaré al *Golden Bough*. No hace falta que te embarques, si sigues teniendo miedo al agua.

«Miedo», pensó ella, «qué manera tan sencilla de describir el puro terror».

—De acuerdo —contestó Kate antes de perder el poco valor que le quedaba—. Lo haré. Pero no dormiré en el barco.

—¡Gracias, gracias y gracias! Puedes alojarte en la casa de alquiler. De todos modos, con los buceadores que hemos contratado, a bordo no queda sitio. Haré que alguien deje un par de comidas en la nevera para que...

Kate hacía rato que había dejado de escuchar. Soltó el aire, aliviada por no tener que permanecer a bordo de nada que flotara.

O se hundiera, como era el caso del negocio familiar. En las pocas horas que había dedicado a los papeles, no había visto nada que la animara a pensar que podría mantener en marcha el negocio. Los sueldos y suministros aéreos, comida y combustible, mantenimiento y servicio de la deuda, y miles de gastos más, agotaban las cuentas. Los Donnelly habían arrojado tres generaciones de trabajo a un agujero de veintiún metros llamado *Golden Bough*.

Su hogar hasta aquella terrible noche.

«No pienses en ello», se ordenó a sí misma. «Ya has prometido ir. Larry parece que soporta el peso del mundo sobre sus hombros».

—... y mantendrás a los británicos alejados de nosotros —continuaba su hermano—. Nadie es capaz de marear tanto con los números como tú.

Kate inició una débil protesta, pero su hermano seguía hablando a toda velocidad, cada vez más aliviado. Ella le prestaba atención a medias mientras él seguía haciendo estúpidos comentarios sobre sus habilidades con los números. Resultaba agradable oír algo que no fuera miedo y derrota en su voz.

Distraídamente se preguntó qué aspecto tendría la casita alquilada. El abuelo Donnelly no solía gastar dinero en algo que tuviera que ver con la tierra firme.

—No voy a bucear —intervino cuando Larry hizo una pausa para respirar.

—Ni siquiera hace falta que subas a bordo si no quieres. Demonios, hermanita, si entras en el agua, significará que todo se habrá ido al garete.

—Las cosas están muy mal. Si supieras de números, lo entenderías.

—Sí, lo que tú digas, pero te prometo que no te hará falta bucear.

—Muy bien. Me quedaré todo el tiempo que pueda, pero no más de dos semanas. Tres a lo sumo.

—Eres la hermana más increíble del mundo —anunció

Larry—. He reservado un billete en el vuelo que despega mañana a las nueve de la mañana. Dejaré aparcada la vieja pickup en el aparcamiento del aeropuerto, con indicaciones para llegar a la casa. Tiene un muelle para facilitar el acceso desde el barco.

Kate se quedó mirando el teléfono. El hecho de que su hermano se hubiera molestado en cuidar todos los detalles del viaje le indicaba, más que las palabras, lo preocupado que estaba.

—Te veré pronto, hermanita. Te quiero.

Y antes de que ella pudiera contestar, o cambiar de opinión, colgó.

Larry y el abuelo Donnelly se parecían tanto que a menudo daba miedo, como si estuviera mirando en un espejo atrapado en el tiempo. El abuelo llevaba demasiado tiempo rescatando tesoros del fondo del mar para poder atribuirlo simplemente a ser afortunado, listo o astuto. En realidad, tenía una buena dosis de las tres cosas. Pero Larry tenía suerte en cantidad.

«Una pena que nuestros padres no compartieran parte de esa suerte», pensó Kate con tristeza.

Pero no había tiempo para recrearse en el pasado y por eso cerró la puerta a sus demonios. Lo primero era hacer una llamada y asegurarse de que Larry hubiera reservado el vuelo correctamente. Su hermano tenía buenas intenciones, pero los detalles de la vida cotidiana solían borrarse ante el mayor atractivo del buceo.

Una llamada al aeropuerto le confirmó que el billete la esperaba.

El cerrojo de la trampilla hizo clic.

«No pienses en ello. Respira lentamente. Uno... dos... tres».

Cuando su piel recuperó la temperatura, Kate empezó a preparar el viaje con la eficacia de alguien que siempre tenía una maleta dispuesta con lo esencial. Su vida giraba en torno a llamadas urgentes, inevitables, de pequeños negocios que confiaban en ella para salir de las arenas movedizas de los números rojos que siempre sobrevolaban a los emprendedores sin dotes contables.

«Personas como el abuelo y Larry».

Rechazó la idea sin ninguna contemplación. Con el estómago encogido, sacó la ropa formal de la maleta y la sustituyó por pantalones cortos, tops sin mangas, sandalias y trajes de baño. No olvidó el fuerte sol tropical e incluyó algunos pantalones largos y blusas de tela fina, además de un sombrero y crema solar. A diferencia de la mayoría de los nativos de St. Vincent, ella no tenía la lustrosa piel oscura que le permitiría ignorar los rayos del sol.

Cuando terminó de hacer el equipaje, echó un vistazo a las dos cajas de «documentos», que había recibido dos días atrás. En lo referente a los libros, Larry elevaba el estricto cumplimiento de las normas a la categoría de arte. Quien quisiera comprobar los gastos tendría que dedicar días a organizar papeles para poder elaborar unas auténticas hojas de contabilidad.

«Da igual. El contrato que han firmado es una garantía de pérdida para Moon Rose Ltd. Aunque descubrieran el más lujoso galeón jamás hallado, los británicos se quedarían con todo y los Donnelly solo cubrirían gastos y obtendrían un tres por ciento de los beneficios. Beneficios determinados por los británicos. Los artículos entregados a museos no forman parte de esos beneficios porque son donados, no vendidos».

Seguía sin poder creer que Larry hubiera firmado un contrato tan penoso.

Mientras limpiaba el apartamento, pues odiaba regresar de un viaje a una casa desordenada, repasó las diferentes posibilidades de ayudar a su familia. Para cuando hubo terminado de limpiar, ducharse y conectado la alarma, le costó verdaderos esfuerzos mantenerse despierta. Y, antes de que su cabeza tocara la almohada, ya estaba durmiendo.

Y soñó.

«El sol brillaba sobre las aguas color turquesa y la arena blanca. Unas perezosas olas se alzaban y rodaban, haciendo que el barco se elevara y cayera con la lánguida elegancia de una bailarina. De abajo surgían risas, sus padres bromeando mientras comprobaban el equipo de buceo, bromas sustituidas por gritos mientras eran engullidos por las aguas, mientras el sol era devorado por la noche, mientras el viento y el agua sangraba con oscuridad y más gritos.

Sus gritos, mientras sus padres seguían hundiéndose, escapándose de su agarre. Ella giraba, gritaba, intentaba alcanzarlos, devorados por el mar nocturno, ella gritaba no, no, NO, NO...».

Kate despertó bañada en un sudor frío, la garganta ronca de los gritos recordados, el corazón acelerado, la respiración casi imposible, el chirrido de la alarma en sus oídos.

«No era más que un sueño», se dijo a sí misma.

«Solo otra pesadilla más».

Debería estar acostumbrada. Las había sufrido desde la noche en que sus padres habían muerto. Desde que no había sido capaz de salvarlos de las voraces aguas.

Bucear de noche era peligroso.

Y en esos momentos se dirigía de regreso hacia su mayor fracaso, su mayor temor.

CAPÍTULO 1

Holden Cameron estudió el interior del modesto aeropuerto de St. Vincent con los ojos del viajero mundano que había vivido y trabajado en zonas de guerra. Instintivamente, buscó alguna señal de peligro en el lenguaje corporal de la gente que lo rodeaba. No esperaba encontrar ninguna, pero había aprendido que lo inesperado podía matarte.

«Estás retirado por prescripción médica», se recordó a sí mismo. «Eres un maldito consultor».

«Y te diriges al encuentro de una familia de ladrones».

Un hombre inteligente se mostraría desconfiado. Holden no había sobrevivido tantos años por ser estúpido. Y, si necesitaba algún recordatorio, el punzante dolor en su muslo izquierdo serviría. La cicatriz de la herida de metralla se había borrado parcialmente, pero los cambios de presión que sufría cuando volaba, o sobre todo cuando buceaba, le hacían ver las estrellas.

Distraídamente se frotó el muslo y se preguntó cuál de los nativos que se arremolinaban en la terminal de llegada sería su guía. La mayoría vestían ropas sueltas de alegres colores que les permitían soportar con comodidad el constante calor de St. Vincent. La única excepción era el pálido inglés de cabellos grises que había embarcado con él en Heathrow.

«Al pobre bastardo le va a dar una apoplejía. Los trajes no

encajan bien con el clima de St. Vincent, pero hay que guardar las apariencias frente a los nativos».

La mirada divertida de Holden se apartó del hombre y estudió los rostros de la gente que miraba los rostros de las personas que bajaban del avión. Nadie parecía interesarse por él. Se apartó de la multitud y apoyó la espalda contra una pared mientras observaba y esperaba llamar la atención de alguien, sin dejar de prestar atención a las personas que lo rodeaban.

Casi todo el mundo en el aeropuerto de St. Vincent tenía los cabellos tan negros como el suyo, aunque considerablemente más rizados. Los acompañaban de distintos tonos de piel, resultado de cientos de años de mestizaje entre europeos y africanos que antiguamente habían sido esclavos. Lo empezado por la genética había sido pulido por el sol. La musicalidad de sus voces resultaba relajante, como las olas del mar lamiendo la orilla bajo la luz de la luna.

Un destello pelirrojo llamó su atención. La mujer iba vestida de manera informal y parecía sutilmente ansiosa. Su cabello era brillante, recogido en una cola de caballo, y no parecía teñido. Algunos mechones ondulados por la humedad se le pegaban al rostro y al cuello. Las curvas de su cuerpo eran dignas de una bailarina exótica. La piel era pálida, con la suficiente cantidad de pecas para despertar el deseo de tocar y saborear.

Aunque a Holden le gustaban las mujeres de cualquier forma, color y tamaño, siempre había sentido debilidad por las pelirrojas. Unos ojos luminosos, del mismo color turquesa de las profundidades tropicales, lo miraron fijamente, dudaron, y se desviaron, buscando.

«Lástima», pensó sin apartar la vista de la pelirroja. «No me importaría pasar unas semanas retozando con ella en la isla, descubriendo y lamiendo cada peca. Pero he venido para supervisar a un montón de buceadores canallas que parecen guardarse más de lo que deberían. La codicia humana: tan segura como la gravedad».

Cambió el peso del cuerpo a la pierna buena y esperó. Y

observó. Si no aparecía nadie, sería un punto negativo más en la cuenta de Moon Rose Ltd.

La multitud se movía cambiante como aguas de colores. Kate seguía buscando al británico de piel pálida, pero no veía a ningún posible candidato. ¿Había perdido el vuelo? De inmediato rechazó la idea. Los contables eran precisos. Iba con el empleo. Lo más probable era que Larry se hubiera equivocado de hora, incluso de día. Los buceadores tenían su propia noción del tiempo. Su hermano y ella habían nacido y crecido a bordo del *Golden Bough*, pero ella era capaz de adaptarse a cualquier ambiente en el que se encontrara. Larry... bueno, a Larry le gustaba la idea de que el tiempo se dividía en más tarde, mucho más tarde y nunca.

De nuevo buscó entre los europeos recién llegados. El hombre apoyado contra la pared, y que estudiaba a la multitud a través de unas gafas de sol de espejo, estaba en demasiada buena forma, y tenía demasiada presencia física para resultar convincente como contable. El hombre barrigudo con traje tropical hablaba en algo que sonaba a ruso, no un inglés de Londres. Otro hombre iba acompañado de una despampanante mujer, y hablaba un inglés más propio del Bronx. El hombre delgado y pálido, impecablemente trajeado, aparentaba inseguridad, buscaba a alguien, y parecía lo bastante mayor para ser su abuelo.

Su atención volvía una y otra vez al individuo apoyado contra la pared. Había atraído no pocas miradas femeninas, pero sin corresponder a ninguna. La camisa azul oscura era de manga corta y cuadrada en los bajos, indicada para llevar por fuera de los pantalones caquis. Un macuto descansaba junto a sus pies. Sin moverse, dominaba todo el espacio. Sus rasgos eran una inusual mezcla de fuerza y refinamiento, el rostro curiosamente céltico, la piel de un sedoso tono de miel.

«Me pregunto de qué color serán sus ojos».

Kate se sacudió mentalmente. Solo llevaba en la isla el tiempo suficiente para haber guardado el equipaje en la vieja pickup que Larry había dejado en el aparcamiento, pero ya había sucumbido a la perezosa sensualidad de St. Vincent, donde las voces eran musicales, la temperatura hecha para la piel desnuda, y la superficie del mar estaba siempre cálida.

El mar.

Kate se frotó la piel de gallina y, bruscamente, eligió. El hombre pálido era más mayor de lo que había esperado, pero por lo demás parecía el adecuado. Estaba a unos tres metros del intrigante hombre del macuto.

El hombre canoso, de aspecto demacrado, empezaba a parecer preocupado. Tenía unos ojos azul claro y el peso del traje parecía a punto de derribarlo.

—Bienvenido a St. Vincent, señor Holden —saludó ella con la mano extendida—. Soy Kate Donnelly, de Moon Rose Limited. Me indicaron que debía reunirme aquí con usted.

—Muy amable por su parte —el caballero le estrechó la mano y sonrió—, pero me temo que ha habido un error. Estoy esperando a mi nuera —miró a su alrededor—. Y allí está.

Sorprendida, Kate fue testigo del abrazo entre el sonriente inglés y una mujer de piel de ébano. De inmediato empezó a preguntarle por sus nietos.

«De acuerdo. Te has equivocado de hombre», pensó Kate.

—Discúlpeme —se oyó una voz grave a su espalda—. No he podido evitar oír la conversación —el acento era de un británico de clase alta con algo más—. Estoy esperando a alguien de Moon Rose Limited.

Kate tuvo que recordarse a sí misma la necesidad de respirar. Ese era el hombre que no parecía contable.

—Soy Kate Donnelly. Moon Rose es la empresa de mi familia.

—A su servicio.

«Ojalá», pensó ella.

—Es usted el contable enviado por el gobierno británico. ¿Ha venido para reemplazar al otro británico a bordo?

—No exactamente. Tengo entendido que Farnsworth deberá permanecer cerca para catalogar todo hallazgo que resulte en cada zambullida. Soy consultor de proyectos de buceo. Mi trabajo consiste en asegurar que todo esté en orden.

—Me había equivocado. Encantada de conocerlo, señor Holden —Kate aceptó la mano extendida y la apretó con firmeza antes de soltarla. Así le habían enseñado a saludar cuando se trataba de negocios.

Y aquello era un negocio.

Pero, cuando ese hombre se quitó las gafas de sol, olvidó todas las buenas prácticas de trabajo. Ante ella estaban los ojos más impresionantes que hubiera visto jamás, una mezcla de azul, verde y oro que, tras girar en un caleidoscopio, se hubieran congelado en un instante.

—Me llamo Holden Cameron.

—Lo siento —a Kate le llevó varios segundos comprender—. Solo me dieron el nombre de C. Holden. Encantada de conocerlo, señor Cameron.

—Es una pena que los negocios no puedan mezclarse con el placer —Holden se encogió de hombros y volvió a ponerse las gafas de sol—. Pero así es, y así debe seguir siendo.

«Cierto», pensó ella. «Negocios y solo negocios. Podrías utilizar esa voz para refrigerar la isla entera».

—¿Algún equipaje aparte de la bolsa?

—No. Solo me quedaré el tiempo suficiente para decidir si debería recomendar cerrar este proyecto.

—Puede que le sorprenda lo bien que van las zambullidas —sugirió ella, disimulando con frialdad su temor de haber llegado demasiado tarde para poder ayudar.

—¿Nos ponemos en marcha? —fue lo único que salió de los labios del hombre.

Y no era una pregunta sino una orden.

Kate encajó la mandíbula. El primer hombre capaz de sacarla de su hibernación sexual que había visto en años tenía la sangre de la temperatura del océano a treinta metros de profundidad.

—Cuanto antes empecemos, antes terminaremos —susurró ella—. Sígame.

Mientras salía por la puerta hacia el aparcamiento bañado por el sol, se preguntó cómo iba a soportar el cubito de hielo británico de impresionantes ojos las condiciones a bordo de un barco de buceo.

«Eso es problema de Larry».

«Y me muero por pasárselo».

Sin mirar atrás para comprobar si su contable la seguía, se abrió camino entre la gente y se dirigió hacia el vehículo.

A Holden no le resultaba nada difícil seguir a la mujer de cabellos llameantes y hermosos ojos de mirada desconfiada. Sus andares conseguían poner en alerta depredadora hasta el último de sus sentidos masculinos. Se preguntó si no sería una cortina de humo destinada a distraerle de llegar al fondo de lo que fuera que hubiera tras las cuentas de Moon Rose y los lamentables rescates de tesoros. La idea resultaba atractiva. El sexo era un arma poderosa.

Pero, cuanto más pensaba en ello, menos probable le parecía. La mujer se había mostrado amistosa, a la desenfadada manera estadounidense, pero, cuando él se había instalado en la rutina del recto bastardo británico, se había retirado con una finalidad que no tenía nada que ver con el flirteo.

«Una pena que mi trabajo me exija ser un palo», pensó Holden con cierta tristeza, «pero los buceadores son tipos marginales. No respetan a nadie que no sea como ellos».

Y él debería saberlo. Era uno de ellos.

O al menos lo había sido.

Siguió las ondulantes caderas de Kate al exterior, donde el aire era ardiente, húmedo y densamente perfumado con una mezcla de plantas tropicales y humos provenientes de los tubos de escape de los taxis. Unos arbustos de espectacular color verde los recibieron cargados de flores rosas y moradas. Hileras de palmeras bordeaban el colorido edificio del aeropuerto, filtrando la luz con sus hojas con forma de abanico.

La escasa sombra duró poco y, antes de pisar el asfalto gris del aparcamiento, Holden ya sudaba copiosamente. Aunque la temperatura ni se aproximaba a la de los desiertos del norte de África, la humedad era cargante. Sabía que en un par de horas, o días, dejaría de sentir esa humedad, de modo que optó por ignorarla. El sudor formaba parte de la vida, como el dolor del muslo, o el inusual color de sus ojos.

—Arroje la bolsa a la parte trasera —le sugirió Kate.

Holden estudió el insignificante medio de transporte. No le sorprendía que las puertas estuvieran abiertas y las ventanillas bajadas. Ningún ladrón que se respetara robaría ese viejo trasto. La capota era de color diferente a la tapicería, las ruedas estaban desgastadas, faltaba el portón trasero, las puertas eran diferentes entre sí, y la carrocería estaba tan descolorida como el asfalto.

—El abuelo solo invierte dinero en algo que flote o bucee —Kate sonrió resplandeciente.

Holden enarcó ambas cejas y dejó la bolsa en la parte trasera junto a una pequeña y oxidada caja de herramientas soldada al suelo de la pickup. Buscó unas correas, pero lo mejor que encontró fue una cuerda gastada por el trabajo duro en el mar. Con unos cuantos nudos expertos, aseguró el macuto.

Ella lo observaba y pensó en explicarle que no iban a ir lo bastante deprisa como para que la bolsa se le cayera de la camioneta, pero optó por subirse a la ardiente cabina y poner el motor en marcha. Tras el cuarto intento, un estallido de humo surgió del tubo de escape y el motor se acomodó a un inestable ritmo.

Unos cuanto puñetazos consiguieron abrir la guantera. El mapa que indicaba el camino hasta la casa alquilada era primitivo, pero junto con lo que había consultado por Internet aquella mañana, no se perdería.

Al fin su inexpresivo invitado abandonó el equipaje y se acomodó en el asiento del copiloto. La camioneta se hundió notablemente.

«Debe de ser todo músculo y huesos», pensó ella. «Debe de ser uno de esos consultores conocidos como apagafuegos. La munición es opcional».

—¿Es buceador? —preguntó Kate.

—¿Por qué lo pregunta?

—Porque se le ve muy fuerte. Los buceadores no tienen grasa. La queman toda.

—Interesante —observó él.

Unos gritos y el agudo trino de los pájaros llenaron lo que habría sido un incómodo silencio tras el neutro comentario.

«Menudo conversador», reflexionó ella. «Madre mía, va a ser un trayecto de lo más entretenido. Veamos, quizás quince minutos hasta salir de la ciudad y apenas dos kilómetros hasta la casa de alquiler».

Cambió de marcha, soltó el embrague y condujo despacio hacia la carretera.

—¿Está muy lejos el barco? —preguntó Holden.

—Depende del plan de buceo de Larry.

—¿Por qué?

—Va a recogerle en la cabaña que la empresa alquiló para su amigo. La casa está a unos diez minutos andando desde el muelle de repostaje, la tienda de efectos navales y la marina comercial que utiliza Larry. La isla no es muy grande.

El hecho de que Holden fuera capaz de seguir su elíptica conversación le indicó a Kate que era bastante más espabilado que el buceador medio.

—Malcolm Farnsworth es un empleado contratado, igual que yo —aclaró Holden—. No lo conozco personalmente, y desde luego no lo considero mi amigo.

—No sé por qué, pero no me sorprende.

—Pensaba que Farnsworth se alojaba en el *Golden Bough*

—algo fugazmente parecido a una sonrisa alteró los rasgos de Holden.

—Larry lo sabrá —ella se encogió de hombros—. Yo acabo de llegar.

—Eso lo explica.

—¿Explica el qué? —Kate se había propuesto no preguntarlo, pero lo hizo.

—Piel clara. Muy difícil de conservar así en el trópico, a no ser que solo salga de noche.

—Siento defraudarle. No hay sangre de vampiro en la familia Donnelly.

—Qué terriblemente ordinario —él la miró de reojo.

—Desde luego nos facilita la vida. No creo haber oído hablar nunca de un vampiro buceador.

—¿Sabe cuánto se tarda en llegar a la casa de alquiler? —de nuevo el amago de sonrisa.

—No, pero insisto, la isla es pequeña.

Transcurrieron cinco minutos. Una infinita vegetación verde, interrumpida ocasionalmente por brillantes imágenes del mar, bordeaba la carretera.

—¿Siempre hace tanto calor? —preguntó Holden.

—Tendrá que preguntarle a algún guía turístico. Hace años que no vivo aquí.

—Pero es uno de los buceadores Donnelly, ¿no es así?

—Ya no —el tono de voz de Kate no animaba a hacer más preguntas.

Holden pensó en seguir la pista. Hasta que se había presentado en el aeropuerto, no había sabido nada sobre ninguna Kate Donnelly a sueldo o a bordo del barco de buceo *Golden Bough*. Iba a tener que pedir más información al departamento de antigüedades.

—¿No soportaba las llagas en las manos y la pérdida de oído? —insistió—. ¿O eran los daños neurológicos los que la alejaron del buceo?

—Era una buceadora muy precavida, no sufrí ningún daño.

—Debió dejarlo muy joven.

—Lo bastante joven.

—De modo que tampoco sufrirá de osteonecrosis disbárica —sugirió Holden—. Sabia elección.

—Solo he entendido la mitad de lo que ha dicho —contestó ella—. Osteo. Hueso. ¿Se refiere a la artritis? Muchos buceadores acaban sufriéndola. El abuelo ha recibido su parte. ¿Es médico? —lo miró unos instantes antes de devolver su atención a la carretera.

—Bucear puede provocar artritis —admitió Holden—. A veces obliga a reemplazar una articulación por culpa de la muerte de un hueso, por eso se llama osteonecrosis. Y no, no soy médico, pero sé algo de actividades submarinas. De lo contrario no sería útil para este trabajo.

El hecho de que fuera su primer trabajo civil desde que había resultado herido se lo guardó para sí mismo. La gente del departamento de antigüedades había consultado con el médico militar y lo habían considerado apto para ejercer como consultor de buceo de rescate, sobre todo dado que había quedado claro que iba a acabar con el proyecto. No se esperaban más zambullidas de él.

Holden no se quejaba. Había buceado lo suficiente desde el accidente para saber que la herida era manejable bajo el agua. Dolía como un demonio, pero podía bucear.

Kate redujo la velocidad hasta adecuarla a la de un autobús turístico pintado de verde y que parecía un gigantesco escarabajo corriendo por la carretera. De las ventanillas abiertas surgían numerosas manos que se agitaban en la brisa como flores buscando el sol caribeño.

A medida que el silencio se prolongaba, decidió que ser amable no le había funcionado. De modo que pasó a la acción directa.

—Mi hermano no tenía muy claro cuál era su cometido, de modo que no sé qué clase de información necesita.

—Considéreme un consultor de buceo.

—El abuelo y Larry podrían considerarse consultores de buceo —contestó ella con voz neutra—. ¿Cuál es su propósito en concreto?

—Evaluar la operación. Sin duda su hermano le habrá mencionado que no tienen gran cosa que mostrar a pesar de todas las zambullidas. El departamento de antigüedades me envió para taponar los agujeros económicos, por así decirlo. Nuestros hombres del tiempo han anunciado al menos una fuerte tormenta de aquí a una semana. No tiene sentido mantener activo un proyecto perdedor mientras esperamos a que el tiempo mejore.

—Según los papeles que he visto —sugirió ella con cautela—, no hay ningún «agujero económico», salvo los habituales gastos de cualquier zambullida.

Holden consideró señalar lo obvio: que le habían enviado porque se sospechaba de incompetencia o robo, o ambas cosas, pero decidió guardarse esa perla para otra ocasión. Por los archivos que había visto, Moon Rose Ltd., era una empresa arruinada.

«Una lástima, pero el fracaso es más habitual que el éxito», pensó él. «El miembro de la familia Donnelly que no bucea puede que sea la mujer más hermosa jamás nacida, pero eso no cambiará el resultado. Cada zambullida que suscribe el departamento debe proporcionar beneficios o prestigio, mejor si son beneficios».

—Si no hay ningún agujero económico, entonces no hay ningún problema que deba descubrir —le aseguró Holden.

El resto del trayecto transcurrió en silencio, salvo por el viento que entraba por las ventanillas y el ocasional y estridente trino de los pájaros.

La casa estaba en una tierra que la selva había reclamado a un previo uso agrícola. Tal y como era preceptivo en un paraíso tropical, la arena de la playa resplandecía blanca bajo el sol, las palmeras mostraban su elegancia y el mar estaba transparente y tranquilo. St. Vincent tenía unas cuantas playas

25

de arena negra, cortesía de los volcanes locales, pero la casa no estaba situada junto a ninguno.

Kate detuvo la camioneta al final de un camino de tierra que servía como calle y se esforzó al máximo por no mirar hacia el agua. Olerla, oír a las gaviotas, bastaba. En realidad, era excesivo.

Agarró el volante con las manos agarrotadas y se concentró en la respiración. Sin la distracción de la conducción, la realidad de dónde se encontraba tiraba de ella como una gélida corriente.

Holden echó un vistazo al paisaje, sin perder ningún detalle, deteniéndose sobre el muelle flotante inclinado y el barco auxiliar de aluminio amarrado a él. Había un pequeño camino desde la casa, apenas una cabaña, hasta el muelle. Hacia la parte trasera de la propiedad no se veían más que viñedos, arbustos y árboles.

La vivienda era rústica hasta el punto de la demolición. Caso de que la madera exterior hubiera sido pintada alguna vez, la pintura hacía tiempo que se había desgastado. La base se asemejaba a alguna clase de cemento mezclado por manos inexpertas. El tejado, en su momento cubierto por tejas, no era más que una mezcla de piezas de latón corrugado clavadas sobre las eventuales goteras que hubieran ido apareciendo.

Kate se bajó de la pickup sin decir una palabra, sacó las cajas de cartón de la parte trasera y caminó por el pedregoso sendero hasta la entrada. La puerta estaba abierta. Entró y dejó las cajas en el interior. Un rápido vistazo a su alrededor le indicó que el mobiliario estaba tan destartalado como el resto de la casa. Al menos la electricidad parecía funcionar, a juzgar por el molesto zumbido de la nevera.

Resignada, se encogió de hombros. Conociendo a su abuelo, y consciente de los problemas financieros por los que atravesaba la empresa de rescate de objetos, no había esperado el Ritz. Tras una investigación más exhaustiva descubrió dos diminutos dormitorios, un cuarto de baño y una cocina americana. La puerta trasera conducía directamente a la jungla.

Regresó a la camioneta para recoger su equipaje. Holden seguía estudiando la fachada y sus alrededores desde detrás de las gafas de espejo.

—No es gran cosa —le concedió ella—, pero servirá. El dormitorio de la parte trasera tiene dos literas. Usted y su compañero pueden compartirlo.

—Me he alojado en sitios peores —fue la contestación de Holden.

—Cuánto optimismo, ni siquiera ha visto el interior.

—Me resulta irrelevante. A fin de cuentas, dormiré a bordo del *Golden Bough*.

Kate recordó el comentario de su hermano sobre lo abarrotado que estaba el barco. Pero decidió que donde durmiera Holden era problema de Larry, no suyo. Lo único que importaba era que ella permanecería en tierra firme. Punto final. Con un poco de esfuerzo y mucha concentración para aclarar los irrisorios libros de cuenta de su hermano, apenas sería consciente de que estaba a un paso de su peor pesadilla.

Y, si se lo repetía con la suficiente frecuencia, quizás acabaría por creérselo ella misma.

—¿En qué habitación? —Holden se reunió con ella en la puerta y tomó su equipaje.

—La de una sola cama, gracias.

Kate lo observó caminar con soltura por el estrecho pasillo y de nuevo pensó que era una pena que algo tan bonito estuviera envuelto en un bloque de hielo. De repente su mirada se posó en el trocito de papel fijado a la nevera con un llamativo imán con forma de pez.

Hola, hermanita,
Bienvenida a casa. Los turnos de buceo han cambiado. Tráele al barco, ¿de acuerdo?
L.

Tuvo que leer la nota tres veces antes de que amainara el zumbido de sus oídos y recuperara el hábito de respirar.

«¡No puede hacerme esto!»

Pero lo había hecho.

CAPÍTULO 2

El primer impulso de Kate fue agarrar el equipaje y regresar al aeropuerto, y al infierno con el negocio familiar. Pero ya había huido en una ocasión, hacía muchos años. En realidad seguía huyendo. Por tentadora que le resultara la idea en esos momentos, ceder al miedo no iba a conducirle a la larga a ningún sitio en el que le gustara estar.

Soltó aire con fuerza, respiró hondo y repitió el proceso de nuevo hasta que la cabeza dejó de parecerle a punto de explotar.

«El día es soleado y el mar está en calma. Hasta los vientos alisios parecen haberse tomado vacaciones, como suelen hacer siempre en agosto y septiembre. Llevo pilotando barcos desde los ocho años. Puedo hacerlo. Por eso regresé, ¿no? Para superar lo sucedido. Para dejar de despertarme gritando en medio de la noche».

Continuó respirando hasta automatizar el proceso.

Holden entró en la cocina americana y percibió a una tensa e inmóvil Kate, los puños apretados en torno a lo que parecía un pedazo de papel.

—¿Va todo bien? —preguntó.

—De fábula —masculló ella entre dientes. «Voy a matar a mi hermano».

—Excelente —contestó el.

Y a continuación se preguntó por qué tenía ese aspecto furioso, salvaje y aterrorizado, como un animal acorralado.

Mientras él se dirigía a la camioneta en busca de su equipaje, ella sacó un cortavientos y una gorra de la maleta. Holden le dio alcance y la siguió hacia el muelle. Aunque los hombros se mantenían rígidos, la facilidad con la que se movía sobre el inestable muelle le indicó que no era ajena a tener agua bajo los pies. Lo mismo percibió al verla saltar del muelle a la cubierta, y de allí hacía a la cabina abierta.

Holden contempló el barco auxiliar de aluminio. Medía entre cinco y seis metros de largo y poseía dos potentes motores fuera borda. La cabina delantera apenas contenía dos bancos con respaldo, y el parabrisas. Bajo el asiento de popa había un compartimento de combustible. La zona de cargo estaba abarrotada con varias abrazaderas y anclas de amarre. La mayoría estaba en uso y sujetaban de todo, desde botellas de aire comprimido hasta alimentos que aguardaban ser transportados hasta el *Golden Bough*.

La superficie del barco poseía la pátina del metal muy desgastado, azotado y surcado por miles de pequeñas cicatrices y arañazos. Del exterior de la borda colgaban trozos de viejos neumáticos. El improvisado borde de goma no era muy estético, pero cumplía con su cometido. En la zona de popa, y con letras medio borradas, podía leerse el nombre del barco: *TT Golden Bough 2*.

«Uno de los barcos auxiliares del barco principal», reflexionó Holden para sí mismo mientras repasaba mentalmente la lista de equipamiento que figuraba en el contrato.

«Me pregunto dónde estará el otro, además de la costosa lancha que emplea Farnsworth».

Segundos después de que Kate hubiera saltado a bordo, se oyó el rugido del motor, bastante más uniforme que el de la camioneta. Holden repasó la parte inferior del barco de aluminio. Se veía un poco de agua a lo largo de la unión central, pero nada fuera de lo normal.

«De acuerdo», pensó, «al menos los Donnelly mantienen el equipo auxiliar y de buceo en buen estado».

Kate salió de la cabina y lo miró, preguntándole en silencio qué hacía todavía en el muelle.

—¿Quiere que suelte amarras? —preguntó él.

—No hace falta. Nuestras embarcaciones están preparadas para ser manejadas por una sola persona.

Holden lo tomó como una invitación y saltó a cubierta sin apenas provocar un leve movimiento de vaivén en el barco. El muslo protestó, pero ya estaba acostumbrado. Guardó el equipaje bajo el asiento en la cabina exterior y observó a Kate saltar al muelle y soltar amarras sin apenas esforzarse.

Con el pie apartó el barco del muelle, saltó ágilmente a bordo y se situó rápidamente, aunque no descuidadamente, en el puesto de mando. Enseguida la embarcación navegaba al máximo que permitía su diseño. Mientras pilotaba, comprobaba el rumbo en la pequeña pantalla de navegación. Una multitud de líneas punteadas señalaban hacia el mar y convergían en un mismo lugar.

A pesar de la tensión que se evidenciaba en el bonito rostro, para Holden resultaba evidente que sabía manejar un barco, quizás tan bien como él mismo. Su cuerpo se flexionaba con el movimiento cambiante del agua, manejaba los controles con el automatismo del experto y, sin embargo, la expresión de su rostro revelaba que se estaba viendo forzada a hacer algo terrorífico.

—No le gusta el mar, ¿verdad? —preguntó Holden, subiendo el tono de su voz para hacerse oír por encima del rugido de los motores.

Durante unos segundos pareció que ella no le hubiera oído.

—No me gustan las coles, pero me las como —contestó ella al fin—. La vida rara vez consiste en hacer lo que te gusta.

Mientras hablaba, Kate sentía que algo se aflojaba un poco en su interior. Podía hacerlo. Realmente podía. Solo tenía que mantener su mente alejada de las pesadillas.

«El mar que rodea St. Vincent es hermoso», se recordó a sí misma. «De variados y luminosos tonos de azul».

Mantuvo obstinadamente la vista fija en la superficie del agua, cálida, calma y llena de luz.

—El lugar de buceo está a unos cinco kilómetros de uno de esos islotes, ¿verdad? —preguntó él mientras señalaba hacia las manchas negras que empezaban a surgir en medio del mar.

La tensa calma de Kate se evaporó a la mención de la palabra «buceo». Sus padres habían muerto frente a esos islotes, buscando el legendario barco de Bloody Green.

—No lo sé —contestó—. Yo solo sigo la ruta que otro ha introducido en el ordenador de navegación.

Pero mientras lo decía, una mezcla de recuerdo e instinto, y muchas pesadillas, le aseguraron que el *Golden Bough* estaba anclado inquietantemente cerca del lugar donde había desaparecido su madre y de donde había sacado el convulsionante cuerpo de su padre de un tormentoso mar.

Kate empujó el recuerdo al fondo de su mente, donde le aguardaba la oscuridad, y se concentró en ver materializarse el *Golden Bough* a lo lejos. El casco negro y la superestructura de color rojo destacaban en la línea azul del cielo y del mar como si fuera una baliza. Cuanto más se acercaba, más veía que llevaba mucho tiempo en el mar. Le hacía falta una concienzuda sesión de limpieza y pintura.

«No sé cómo sacará el abuelo lo bastante de este ingrato trabajo para el mantenimiento básico».

Para desviar el pánico que roía los límites de su autocontrol, Kate se concentró en separar el *Golden Bough* de la bamboleante mancha oscura de sus pesadillas.

Repleta de antenas y radares, la torre de mando del barco se alzaba por encima de la cubierta delantera. Era una obra de bloques de construcción, añadidos uno tras otro a lo largo de décadas. Un enorme brazo metálico dominada la cubierta de popa. La grasa y el fluido hidráulico goteaban de todas las juntas, proclamando que el *Golden Bough* era un barco duro, resistente, de trabajo. Al igual que el capitán, era pragmático y rudo, y se negaba a ser consignado a la historia.

«No hay nada que temer», se aseguró Kate. «Nada de nada».

—Ya no cumple los sesenta —observó Holden con sequedad.

—El *Golden Bough* fue adquirido en 1966, y construido en 1959 en Providence por Cooper Shipping Works —le informó ella distraídamente—. Cuando su último propietario se arruinó, el abuelo lo compró.

Holden hizo un sonido apreciativo. El constructor era conocido a ambos lados del Atlántico por fabricar unos barcos asequibles y excepcionalmente sólidos.

—Ya no resulta fácil conseguir una calidad como esta —observó.

—Eso es lo que dice siempre el abuelo.

Kate soltó el acelerador mientras se acercaban a estribor, donde parte de la borda de la cubierta inferior era articulada para abrirse hacia dentro. Los buceadores que no estaban de servicio asomaron la cabeza sobre la barandilla y los contemplaron con curiosidad. Ella los saludó agitando una mano en el aire mientras acercaba la embarcación auxiliar a la apertura lateral.

Holden hizo un repaso mental del barco. A pesar de su falta de lustre, era capaz de recuperar cualquier cosa que el mar estuviera dispuesto a escupir, suponiendo que los motores estuvieran bien cuidados. En ocasiones un envoltorio limpio y brillante no hacía más que recubrir un interior podrido.

—Ahí está Larry —anunció Kate mientras el barco auxiliar topaba suavemente con el barco más grande—. Enseguida bajará. Puede arrojar su equipaje a cubierta, mantendré el barco lo bastante cerca para que pueda saltar a bordo y dirigirse a la cubierta inferior.

—¿Quiere que lo amarre?

—Yo me marcho —contestó ella, consciente de que su voz estaba cargada de miedo. «Menuda manera de hacer amigos. Piensa en ese exterior tan sexy y no el robot que lo envuelve»—. Mi trabajo está en tierra firme, gracias. Esperaré aquí hasta que la tripulación haya descargado los suministros.

En cuanto hubo terminado la frase oyó la voz de su hermano.

—Date prisa, hermanita, lánzame un cabo. ¡No te veía desde las pasadas Navidades!

Ella alzó la vista y se encontró con numerosos rostros fijos en ella. Rostros cuya piel oscilaba del ébano al marrón, pasando por la enrojecida y pecosa cara de su hermano. Unos mechones de cabellos color naranja sobresalían del sombrero.

Durante un instante tuvo de nuevo cinco años y contemplaba el rostro de su padre. Los ojos se le llenaron de punzantes lágrimas.

«Maldito seas, Larry. Sabes que no quiero volver a subir a bordo. Y sabes que debería hacerlo».

«Igual que lo sé yo».

«Pero me niego a bucear. No hay suficientes tesoros en todo el Caribe para obligarme a hundirme bajo el agua otra vez».

Holden le arrojó un cabo a Larry, que lo ató rápidamente, permitiendo al contable ver cómo la hermosa piloto palidecía, se sonrojaba, y volvía a palidecer antes de apagar los motores. Su boca era una fina línea de determinación, algo difícil de lograr con unos labios tan carnosos. Esos labios despertaban deseos de besar y mordisquear. Por todas partes. Todo lo cual, por supuesto, resultaba de lo más inapropiado. Estaba allí con una misión, no para disfrutar de unas vacaciones con sexo.

Lástima que su cuerpo y su mente no estuvieran de acuerdo.

—Después de usted —se ofreció educadamente.

Holden observó a Kate saltar de la embarcación auxiliar al barco con la rapidez y la rabia de un gato escaldado. El hombre que se suponía era su hermano la obsequió con un fuerte abrazo. Tras unos instantes de rigidez, ella le devolvió el abrazo.

Holden sintió envidia del hermano, aunque seguía sin tener clara la dinámica familiar. El murmullo de la tripulación le recordó que debía alejar sus pensamientos de esa mujer y concentrarse en el trabajo.

Según el informe recibido, Larry era el capitán del barco y jefe de las operaciones de buceo, pero siempre cedía el protagonismo al viejo Donnelly. Patrick Donnelly era, en el mejor de los casos, un sinvergüenza. Y en el peor, un ladrón. También era un legendario cazatesoros que había perdido a su hijo y su nuera durante una expedición de buceo en busca del tesoro de un pirata. Como todos los cazadores de tesoros, ningún botín que hubiera encontrado Patrick Donnelly poseía el atractivo de lo que aún permanecía en el fondo del mar, esperando ser descubierto. La muerte de su hijo ni siquiera le había hecho tomarse un descanso.

«Es una enfermedad», pensó Holden. «O una locura. En cualquier caso, ha infectado a su nieto. Pero no a la curvilínea y tentadora nieta».

Una vez más se obligó a arrancar sus pensamientos de Kate y a centrarse en la tripulación que se acercaba a saludar a los recién llegados. Por el tono oscuro de su piel, la mayoría eran nativos de alguna parte del Caribe. Poseían los cuerpos delgados y fibrosos de los buceadores. Al igual que el cuarto hombre, aunque sus cabellos lisos y oscuros, y piel bronceada, le conferían un aire más hispano. Todos estaban impecablemente afeitados. Los buceadores solo se dejaban crecer el vello facial cuando no trabajaban. Las barbas, los bigotes, y cualquier combinación de ambos, interferían en la hermeticidad entre la máscara de buceo y el rostro, lo que significaba que interfería en las posibilidades de supervivencia.

Un desarrapado hombre rubio, los largos cabellos atados con una cuerda de cuero, apareció en cubierta. La barba y la cuchara de madera impregnada de harina le señaló como el cocinero.

Todos observaban a Holden con expresión de sospecha.

«Perfecto», pensó él con amarga satisfacción. «Porque no estoy aquí para adoptarlos o pagar una ronda de cervezas. Ha llegado la hora de perfeccionar el numerito del bastardo».

Lanzó el equipaje a cubierta y se reunió con el resto a bordo.

Kate lo sintió a su espalda, dudó un instante, y se dirigió a su hermano en tono suave.

—Si intentas engañarme para que me ponga un traje de buceo, te meteré el regulador de presión tan adentro que escupirás metal.

—Esa es la vieja Kat —Larry soltó una sonora carcajada—. ¡Bienvenida a casa!

Ella le tiró del pelo para asegurarle que iba en serio y se volvió hacia Holden. Pero, antes de poder hacer las presentaciones, Larry dio un paso al frente y extendió una mano.

—¿Señor Holden?

Holden sacudió la cabeza al tiempo que le ofrecía su ensayado apretón de manos, flojo como un pez muerto.

—Es señor Cameron. Repase los documentos. Me encantará que me ofrezca una visita guiada de la operación, después de que me haya indicado dónde me alojaré.

Kate miró al contable de reojo. Parecía empeñado en mostrar el aspecto menos atractivo de su personalidad.

—Dormirá en tierra firme —contestó Larry con sequedad—. Aquí no hay sitio —señaló a su alrededor—. Este no es un maldito barco de recreo.

—Excelente, porque no soy ningún turista —Holden esperó, mirando a través de sus impenetrables gafas de sol, mientras Larry enrojecía como un tomate—. Mi alojamiento, por favor.

La tripulación se revolvió nerviosa, la desconfianza dando paso a la curiosidad por saber quién terminaría por ceder.

Aunque Holden parecía no haberse dado cuenta de la presencia de la tripulación, estaba pendiente de cada gesto, cada cambio de expresión en sus rostros. Las reacciones le indicarían si Larry era el jefe solo sobre el papel, o si los buceadores le apoyarían en una pelea.

Por el momento, se limitaban a escuchar y esperar.

Al igual que Kate. Su expresión, más bien escéptica, le indicaba que no se estaba tragando del todo su representación. Holden intentó lamentar no ser un completo bastardo ante sus ojos, pero no pudo. Esa mujer era demasiado atractiva para poderse resistir, y su inteligencia formaba parte de ese atractivo.

Por suerte, su hermano era mucho más influenciable. Y ya mostraba signos de desear arrojarlo por la borda.

—¿Quién murió dejándole como rey del universo?

—¿Hace falta que lo repita? Revise los documentos. El contrato especifica que debe proporcionar alojamiento y manutención a cualquier representante, o representantes, del departamento de antigüedades de...

—Le daré alojamiento y comida —interrumpió Larry—. Pero no a bordo del barco de buceo. Se quedará en tierra firme con Kate y Malcolm, a no ser que él siga a bordo, poniéndose al día con su inventario.

—No lo creo —los labios de Holden se curvaron en un simulacro de sonrisa—. Lo poco que hayan podido encontrar de valor no debería ocuparle tanto tiempo.

Kate agarró a su hermano de la muñeca, consciente de su temperamento impredecible. Cuando se le sometía a presión, solía explotar.

—En realidad —ella se volvió hacia Holden—, lleva el mismo tiempo catalogar adecuadamente un fragmento de vasija que un doblón de oro —el tono de su voz indicaba que él debería saberlo.

—Es una pena que los fragmentos de vasijas no cubran los gastos —observó Holden.

—La última vez que lo comprobé —intervino Larry—, eran ustedes los que necesitaban que alguien hiciera el trabajo que no eran capaces de realizar por sí mismos. Cómo lo hacíamos no se suponía que fuera problema suyo.
—El trabajo aún está por hacer —espetó él—. Y ese sí es su problema.
Kate apretó la muñeca de su hermano con más fuerza, manteniéndole el brazo pegado al costado.
—Tiene suerte de que hayamos encontrado lo que hemos sacado hasta ahora —insistió Larry—. La tormenta del año pasado que descubrió el pecio desperdigó tanto como reveló.
—Y en cualquier momento otra tormenta puede taparlo todo de nuevo —asintió Holden—. Dadas las condiciones actuales, el Servicio Británico de Meteorología predice que en esta zona habrá una en un plazo de seis u ocho días.
—Pero la tormenta del año pasado —continuó Larry antes de cambiar de táctica—. Las probabilidades de dos grandes tormentas en el mismo sitio en un año...
—A la climatología, señor Donnelly, le importa un bledo su opinión. Si lanza una moneda al aire y obtiene cara diez veces seguidas, ¿qué probabilidades tiene de que salga cara en la undécima?
Holden observó a Larry hacer cálculos mentales. Y parecía costarle un gran esfuerzo. Quizás fuera debido a la fatiga que se reflejaba en sus ojos, o al olor a cerveza rancia que salía de su boca. Lo más probable era, sin embargo, que careciera de las habilidades matemáticas de su muy brillante, y mucho más joven, hermana.
—Las probabilidades son... —intervino Kate.
—La pregunta es para su hermano —interrumpió Holden.
—Menos del dos por ciento —anunció el hombre al fin.
Ella suspiró.
—Mal —sentenció Holden—. Las probabilidades son de un cincuenta por ciento. Al parecer tiene tan poca habilidad para los cálculos como para leer y comprender unos simples

documentos. Actualmente, el departamento de antigüedades opina que el pecio H-37 encierra mucho más de lo que llevamos catalogado. Con la incipiente tormenta, tenemos poco tiempo para encontrar el tesoro y asegurarlo. Y eso, señor Donnelly, es un problema para ambos. ¿Nos ponemos a ello?

La firmeza con la que Kate sujetaba a su hermano le impidió contestar las primeras palabras que surgieron en su mente. La tripulación estaba pendiente de Holden. No lo apoyaban, pero reconocían que iba ganando.

—No hay ninguna garantía de éxito —intervino ella—. El contrato solo estipula que la Oficina de Reclamaciones Históricas, una rama del departamento de antigüedades, se queda con lo que saque Moon Rose Ltd., del fondo del mar. Sin un manifiesto o identificación positiva del casco, nadie sabe lo que puede haber ahí abajo, por tanto no se puede garantizar ningún valor.

A diferencia de la de su hermano, la actitud de Kate no era defensiva. Como hermana pequeña había aprendido bien que la mejor defensa era un buen ataque.

—¿Insinúa que el departamento de antigüedades debería contentarse con las balas de cañón y las baratijas que han sacado hasta ahora? —preguntó Holden—. Esta operación ha costado...

—Exactamente lo estipulado a la firma del contrato en concepto de honorarios iniciales —interrumpió ella—, que, por cierto es una cifra muy inferior a lo que les habría costado conseguir traer un equipo de rescate de objetos británico, suponiendo que tengan alguno disponible, y suponiendo también que hubieran conseguido ponerse en marcha antes de que termine la calma ecuatorial.

—Eso es —Larry rodeó los hombros de su hermana en un gesto que proclamaba a gritos, «¿Ves por qué te necesitábamos aquí?»—. Somos nosotros los que nos jugamos la vida ahí abajo, no ustedes. De modo que no venga aquí y empiece a arrojar mierda sobre todo lo que hemos hecho hasta ahora.

—En cualquier caso —añadió Kate—, hemos sacado casi cien lingotes de plata y algunas joyas, también de plata. Todo lo cual pueden fundir alegremente para engrosar las arcas de la Corona. No puede decirse que estén con las manos vacías.

—Aunque se decidiera que la plata no tiene ningún valor histórico, y se optara por fundirla —señaló el contable—, al precio actual de la plata, mis jefes están aún muy lejos de recuperar su inversión.

—Por eso se llama una «búsqueda», del tesoro — espetó Kate—. No hay garantía de éxito.

—Un punto para la hermosa dama —proclamó Holden, sonriendo a su pesar, antes de volverse hacia la tripulación—. Con esto podemos dar por concluidas las formalidades. Ahora mismo el tiempo es crucial. Regresen al trabajo. Si hace falta, ya hablaré individualmente sobre su trabajo de buceo.

La tripulación se movió con inquietud, aunque se apartó, aceptando la autoridad del recién llegado.

«Y ese era el único propósito de toda esta farsa», pensó él. «El viejo Larry ya no tendrá que calcular las probabilidades de que el rayo caiga dos veces en el mismo sitio. Todavía está aturdido por la descarga».

Kate no movió un músculo. La sonrisa de Holden había hecho que el contable se transformara ante sus ojos de robot en algo que le había acelerado el pulso. Sospechaba que su personalidad albergaba más facetas que un diamante.

Y, cuando cortaba, llegaba hasta la médula.

CAPÍTULO 3

Siguiendo la dirección de la mirada de Holden, Kate se dio cuenta de que estaba observando a su abuelo en la cubierta superior, y seguramente lo había estado haciendo desde el principio. Aparte de los errores culturales, pocas cosas escapaban a la mirada de Holden.

Algo en el silencioso intercambio entre el contable y su abuelo frenó el impulso de Kate de correr al puente de mando al encuentro del anciano. Iluminado por el sol, el abuelo tenía un aspecto inhóspito e impresionante. Su cabeza, calva, salvo por un mechón plateado que se extendía de oreja a oreja, estaba quemada debido a las muchas horas expuesto al sol, al igual que el resto del cuerpo, salvo las partes íntimas cubiertas por un pantalón corto. Su postura era casual, aunque distante. Los dientes apretaban el extremo de una pipa sin encender y apoyaba los codos sobre la barandilla. Los ojos brillaban inteligentes mientras observaba al recién llegado.

—Patrick Donnelly, supongo —saludó Holden.

—A bordo del *Golden Bough*, todos se dirigen a mí como Capitán.

El contable enarcó las cejas. Sobre el papel era Larry, su nieto, el que ostentaba ese título. La realidad, sin embargo, a menudo difería del papel. Y esa diferencia era la que justificaba su empleo.

—Espero que tenga un rato para hablar conmigo después de que haya comprobado el centro de buceo —sugirió él, de nuevo una orden más que una solicitud.

—Aquí estaré.

—Sí, supongo que es mejor que estar en el tribunal peleando por conservar diversos tesoros —continuó el contable en tono indiferente.

—Los gobiernos chupasangre son peores que las compañías de seguros. Jamás se ve a ninguno de ellos arriesgando su consentido trasero en una zambullida, ¿a que no? Yo investigo, buceo, me arriesgo, y a veces saco algún tesoro. Yo, no sus endemoniados burócratas. Según las leyes del mar, lo que encuentre es mío.

—Hubo un tiempo en que era así —asintió Holden—. Desgraciadamente para usted, ese tiempo ya pasó.

—Jodidos buitres devoradores de entrañas.

Holden no se lo tomó como algo personal. Había leído los informes de los juicios a los que había sido convocado Patrick Donnelly, y también las noticias menos informales de la prensa. Tiempo atrás, Donnelly había sido considerado como una especie de héroe por meter el dedo en el ojo a varios gobiernos y abogados. Pero, desde el inicio del siglo XXI, esa admiración había disminuido.

«Pero eso no ha hecho cambiar a Patrick Donnelly», pensó Holden. «Nada cambiará a ese viejo bastardo, salvo la muerte».

Kate asistía silenciosa a la escena. El abuelo Donnelly apartó la vista de Holden y la dirigió hacia el horizonte. Tras hacer un ligero gesto de desagrado, entró de nuevo en el puente de mando.

Ella soltó el aire que había estado conteniendo sin darse cuenta. Desde su posición, era evidente que Larry había sido relegado a un actor secundario en el drama del *Golden Bough*. El abuelo y Holden se disputaban el protagonismo.

«Pobre Larry. No es fácil vivir con el abuelo, que siempre tiene que imponer su punto de vista».

Pero su hermano se las apañaba. Siempre lo hacía.

—Primero quiero ver el centro de buceo —anunció Holden sin apartar la mirada de Larry.

El hermano de Kate no movió un músculo. Si el tono rojizo de su piel era indicativo de algo, se estaba esforzando por mantener su temperamento bajo control.

—¿Has cambiado la situación del centro de buceo desde que papá estaba a cargo de él? —preguntó Kate a su hermano.

—Todo está casi igual —él sacudió la cabeza—, aunque más abarrotado. Hemos amontonado los suministros y piezas de repuesto por todos los rincones para minimizar los viajes a la costa. El combustible es caro. Lo cual me recuerda... —llamó al primer miembro de la tripulación que vio—. Descargad el barco auxiliar.

—Al parecer me ha tocado el papel de guía turístico —ella se volvió hacia el contable mientras intentaba mantener la voz uniforme.

Ya era bastante malo estar de nuevo a bordo del *Golden Bough*. Descender bajo cubierta era mucho peor y ya sentía las dentelladas que le lanzaban los recuerdos. Respiró hondo y se adentró en la relativa oscuridad.

Tiempo atrás había comandado a menudo el centro de buceo, pero lo que le desgarraba las entrañas con uñas de hielo era el recuerdo de la última vez que se había detenido ante esa puerta.

«El verde resplandor de las cámaras de buceo registraban que los buceadores subían a excesiva velocidad, ni siquiera parándose en las estaciones de descompresión claramente señaladas en el cable que colgaba de la boya.

—¿Qué sucede? ¡Qué sucede! ¡Papá! ¡Contéstame! —gritó ella al micrófono.

Al principio su padre no contestó.

Y luego no tuvo necesidad de contestar.

Era evidente que algo había ido mal con el equipo de buceo de su madre. Su cuerpo estaba inane y su padre ascendía a una velocidad irresponsablemente elevada.

—¡Dios mío, no! ¡Papá! La descompresión.

Si acaso la oyó, la ignoró, siendo su único empeño sacar a su mujer del agua».

Holden fue el único en darse cuenta de la antinatural quietud de Kate. Quitándose las gafas de sol, atravesó el umbral, interponiéndose entre la joven y su hermano. Bastó una leve caricia sobre la gélida mejilla para que ella saliera del trance.

El contacto le provocó un descontrolado temblor. Los extraordinarios ojos la arrancaron de los recuerdos del terror.

—¿Preparada para entrar en el centro de buceo? —preguntó él en voz baja.

—Sus ojos... —susurró ella—. Ojos hermosos. Ojos de dragón.

Y bruscamente regresó a la realidad mientras las mejillas se le teñían de rojo.

—Preparada —mintió sin dudar. Tenía que estar preparada. Todo dependía de ello—. Tú también, Larry —continuó con voz persuasiva—. Estoy segura de que nuestro invitado tendrá más preguntas que yo respuestas.

—Enseguida —contestó su hermano desde cubierta—. Quiero asegurarme de que la tripulación guarde los suministros como es debido.

En cuanto su vista se acostumbró a la luz, y consiguió dominar sus nervios, atravesó la puerta que conducía bajo cubierta. A la derecha surgía una empinada escalera, más bien una escala de peldaños anchos, que conducía a la cubierta principal. La visión hizo regresar los recuerdos en gélidas oleadas.

«Subía la empinada escalera, con más desesperación que buen juicio.

Gritaba...

Arrancaba el barco auxiliar con torpe precipitación. Barría el tormentoso mar y la oscuridad con una potente luz.

Gritaba…

Intentaba, intentaba, intentaba subirlos al barco auxiliar a pesar de las salvajes olas y los rayos que atravesaban el cielo, cada trueno un golpe.

Gritaba…

Su madre se deslizaba al fondo del mar, fuera de su vista. Su padre se convulsionaba en las últimas etapas del síndrome de descompresión mientras ella intentaba subirlo a bordo y buscaba a su madre entre las oscuras y tormentosas aguas.

Gritaba…».

—Lo siento, madre. ¡Lo siento, lo siento, losientolosientolosiento!

—Kate —llamó Holden con dulzura—. Tranquila, Kate. Vuelva. Está a salvo.

Sin darse cuenta, ella se reclinó contra el consuelo que tanto había necesitado a los diecisiete años, cuando no había sido capaz de salvar a sus padres. Había pasado demasiadas horas sola en medio de la tormenta, buscando el cuerpo de su madre mientras el de su padre se enfriaba sobre el suelo del barco auxiliar.

Su madre jamás había sido encontrada, un cuerpo más arrancado por el furioso mar y el maldito pecio llamado *Moon Rose*.

Unos fuertes brazos rodearon a Kate, meciéndola con suavidad. Una voz gutural murmuró palabras tranquilizadoras. Ella se apretó aún más contra el cálido cuerpo, aferrándose a él hasta que la voz de su hermano que gritaba algo a la tripulación interrumpió el momento.

Apresuradamente se irguió y se apartó de Holden.

—Estaba intentando orientarme —le explicó sin mirarlo a la cara—. No he estado a bordo de este barco desde que cumplí los dieciocho.

—Claro —contestó él con voz suave, el tono indicativo de que sabía que solo era una verdad a medias, y solo en lo referente a la parte menos importante.

Pero estaba decidido a averiguar toda la verdad.

Holden podría engañarse diciéndose a sí mismo que su único interés era profesional, pero sabía que no era así. Volvió a acariciarle la mejilla y se apartó justo en el momento en que Larry apareció junto a la puerta sin dejar de gritar órdenes por encima del hombro.

Kate mantuvo la vista al frente y se acercó al centro de buceo, ignorando las puertas pintadas de colores brillantes a cada lado del estrecho pasillo que conducían a los camarotes de la tripulación. Una puerta estaba abierta, dejando ver unos catres con las sábanas revueltas. El olor a alcohol rancio competía con el habitual olor a motor y mar.

Holden hizo una pausa y echó una ojeada al pequeño camarote. No estaba seguro, pero lo que parecía ser una botella vacía de ron estaba tirada en un rincón junto a un montón de ropa sucia. Era evidente que el alcohol, o bien no se controlaba, o claramente se ignoraba a bordo del barco.

Kate llamó a la última puerta.

—Abre la maldita puerta tú mismo, estoy ocupado —se oyó una voz desde el interior.

La voz era impersonal, nasal y estaba cargada de impaciencia. El acento más holandés o alemán que inglés.

Kate empujó la puerta metálica e hizo una seña a Holden para que la siguiera al interior. El contable sintió la mirada de la joven fija en sus ojos y suspiró. A la gente siempre le costaba acostumbrarse a los múltiples colores de sus iris.

Holden dedicó toda su atención al centro de buceo.

Nadie hizo las presentaciones. La persona que operaba el centro ni siquiera miró hacia atrás para ver quién había entrado. El contable decidió no tomárselo como algo personal. Cuando un buceador trabajaba en el fondo del mar, se merecía toda la atención de los compañeros que estaban en la superficie.

El centro de buceo estaba en la proa del barco y el espacio tenía forma de embudo, con la parte más ancha junto a la puerta. En la parte más estrecha se situaba una mesa curva repleta de pantallas parpadeantes que dominaban la estancia. En la pantalla a la derecha del hombre el lecho marino estaba marcado con una serie de rejillas topográficas verdes, esperando que apareciera un buceador, o simplemente delimitando una parte de la zona de buceo que no estuviera siendo explorada en ese momento.

Holden se fijó en el equipo electrónico que bordeaba las paredes. Algunos aparatos tenían los cables al aire y enredados como si fueran un nido de serpientes. Por lo que podía verse, la médula espinal del barco de buceo había sido improvisada utilizando cualquier cosa, desde sencillos cajones negros de un moderno estilo japonés hasta cable trenzado y placas madre verdes que habrían triunfado en cualquier museo de tecnología.

Era evidente que el equipamiento disparejo cumplía con su función. La pantalla principal retransmitía el vídeo enviado por uno de los buceadores. El pecio estaba lo bastante profundo para encontrarse en la zona de penumbra, donde todo era de color azul grisáceo acuoso, salvo las áreas barridas por las luces de buceo. Allí, los corales mostraban sus verdaderos colores en un despliegue de arcoíris.

La mayor parte del trabajo pesado de retirar el recubrimiento de arena y sedimentos del casco ya había sido realizada gracias a los chorros de agua a propulsión lanzados desde el barco y que había enviado el material suelto al fondo. Dado que el proceso requería de una gran cantidad del costoso diésel para hacer funcionar los motores principales, solo las áreas que parecían prometer revelar algún tesoro habían sido descubiertas. El resto aguardaba, aún cubierto de la acumulación de siglos de desechos.

El trabajo más delicado de repasar grietas, ranuras y otras zonas donde el pesado metal se había hundido lentamente a través del lecho marino de arena suelta hasta el fondo más firme, en ocasiones a muchos metros de profundidad, era trabajo de los buceadores. Uno de ellos estaba en esos momentos limpiando de arena al sotavento de un cúmulo de coral. Con cada movimiento de su mano, la arena salía flotando como un silencioso eco.

Holden estaba familiarizado con la extraña desconexión que los buceadores experimentaban en sus primeras zambullidas. Para los humanos, las aguas profundas constituían un mundo a cámara lenta, como el que aparecía en las viejas películas del hombre caminando sobre la luna. Todo parecía tener lugar con retraso.

Recordó la sensación sobrenatural experimentada al bucear, el extraño ballet que se desarrollaba cuando la gravedad era retirada en gran medida de la ecuación. En gran medida, pero no completamente. Los objetos pesados podían caer y alcanzar a los desafortunados buceadores, y nadie era capaz de moverse bajo el agua con la rapidez con la que lo hacían en tierra.

«Desde luego no tan rápido como la esquirla de una mina submarina al estallar», pensó el contable mientras se frotaba distraídamente la pierna. Su sangre había sido de un color turbio hasta que lo habían sacado del agua e introducido en una cámara de descompresión bajo la vigilancia de un médico. Con el oxígeno, su sangre había recuperado el tono escarlata.

Por el rabillo del ojo, Holden observó la reacción de Kate en el abarrotado compartimento bajo cubierta. Tenía el rostro cubierto por una ligera pátina de sudor, pero podría muy bien ser debido a la mínima ventilación del camarote. Su expresión era tranquila y las manos no temblaban. Tenía buen aspecto. En realidad, un aspecto hermoso.

«Voy a tener que investigar concienzudamente su pasado. No sería el primer investigador atrapado en las redes de una sexy ladrona».

Su lado más pragmático deseaba que participara en la estafa

familiar, pues sería mucho más sencillo. Pero la parte que presentía que se trataba de una persona tan honesta como atractiva sabía que su vida acababa de dar un completo e inesperado giro.

El ordenador fijado a la muñeca del buceador emitió un destello al reflejar las luces de buceo. El fuerte relámpago llamó la atención de Holden. La vegetación marina de color verde grisáceo bailaba perezosamente en la penumbra, ondulando a un ritmo propio, mientras los dedos de neopreno la acariciaban con torpes movimientos de barrido. El movimiento levantaba remolinos de arena que desaparecía en dirección a una boquilla a la derecha de la pantalla. Una invisible corriente provocada por el hombre alejó la arena que lentamente se asentó en una extraña nube que rodeó su mano enguantada.

Un enorme tiburón tigre hizo su aparición con la calma del depredador supremo. Holden se tensó instintivamente. Al igual que Kate. Larry se rascó la mejilla con una total falta de interés.

El buceador ignoró al tiburón.

En cuanto al operador del centro de buceo, estaba demasiado ocupado hundiendo la mano en una bolsa de cortezas de cerdo para reaccionar a ninguna cosa, incluyendo a las personas que tenía a su espalda. Por el aspecto de su cuello y mejillas, pasaba más tiempo comiendo que haciendo ejercicio.

«Ese, desde luego, no es buceador», pensó Holden. «Demasiada grasa corporal. He visto buceadores aburridos consumir miles de calorías, pero las queman todas en cuanto regresan al trabajo».

Unos crujidos llenaron la estancia mientras el operador se llenaba la boca de nuevo.

—¡Por el amor de Dios, Volkert! —sonó una voz por el altavoz—. Parece que estuvieras comiendo en mi oreja.

—Aquí arriba está todo muy aburrido —contestó el tal Volkert con indiferencia.

—¿Y crees que aquí abajo es mucho mejor? Según tú, esta vez me has enviado al sitio correcto —continuó el buceador con voz de agotamiento—, pero no estoy encontrando una maldita cosa y nos quedamos sin combustible.

El acento del buceador era español, pero con un toque caribeño. El hombre añadió unas cuantas frases más en un furibundo español.

Holden miró a Kate.

—Me crie entre buceadores —ella se volvió y sonrió amargamente—. Antes de cumplir los cuatro años ya era capaz de soltar improperios en tres idiomas y cinco dialectos. Mientras que los insultos no vayan dirigidos a mí, no me importan realmente.

Holden había trabajado en el Ejército junto a una mujer que adoptaba la misma actitud. Eran tan competentes o más que los hombres, y también podían ser igual de osadas en su lenguaje.

—Hola —surgió una voz de otro altavoz—. Hola, *Golden Bough*.

El acento londinense resultaba inconfundible para el contable.

—Aquí Malcolm a bordo —continuó la voz—. Que alguien responda, por favor.

—Te tengo, Malcolm —Volkert se quitó la boquilla y activó un intercomunicador—. Adelante.

—¡Qué bien! —contestó Farnsworth, como si el hecho de que algo funcionara fuera inesperado y maravilloso—. He catalogado el último lote, listo para nuestros jefes supremos de Gran Bretaña. ¿Se espera algo nuevo de las profundidades o debo quedarme de manos cruzadas el resto del día?

El único jefe supremo en los alrededores inmediatos enarcó las cejas.

—¿Y cuándo va a venir ese maldito metomentodo? —continuó Farnsworth—. ¿Mañana por la noche?

Larry soltó una carcajada.

Volkert se volvió, reaccionó tras la impresión de ver los ojos de Holden, y llegó a la conclusión más obvia.

Holden alargó una mano hacia el receptor.

Tras una ojeada a Larry, que bostezaba con la boca tan abierta que podría tragarse un puño, Volkert le entregó el equipo.

—¿Farnsworth? —preguntó el contable con el impecable acento del cultivado británico que era.

Aunque hablaba varios idiomas, además de unos cuantos dialectos ingleses, incluyendo el inglés americano, se había dado cuenta de que ese acento en particular era el que mejor funcionaba con la mayoría de los interlocutores ingleses. Irradiaba clase social e intimidación.

—Al parecer sus jefes supremos se han adelantado. El maldito metomentodo ya está aquí.

La conexión se llenó con el sonido del aire.

—No es nada personal, amigo —anunció Farnsworth tras aclararse la garganta—. Solo bromeaba un poco. El buceo puede ser muy aburrido.

—No me diga. ¿Ha habido algún rescate importante después del informe que envió el veintitrés de agosto? —preguntó Holden.

—El nuevo informe no está previsto hasta...

—Eso no es lo que he preguntado —interrumpió el contable.

—Sí, por supuesto. Yo, eh... —se oyó el sonido de unas llaves y movimiento de papeles—. Un momento. No se retire. Aquí está —más papeles.

Holden se imaginó al hombre rebuscando en un revuelto camarote, intentando encontrar los informes diarios de las zambullidas. Al parecer, Larry no era el único integrante del proyecto al que le disgustaba archivar papeles.

—Aquí está —anunció Farnsworth—. Sí. Excelente. Muy bueno. Lingotes de plata, etiquetados del M23 al 56. En total 7,65 kilos, más o menos. No lo sabremos hasta haberlos limpiado de corrosión.

—Unas cuatro mil ochocientas libras —Holden hizo un rápido cálculo mental—. Al precio de la plata hoy en día, no es como para lanzar cohetes, sobre todo teniendo en cuenta todos los gastos de este proyecto.

—Quizás el valor aumente desde el punto de vista metalúrgico o histórico —sugirió Farnsworth.

—No olvide que se trata de la plata de la Corona —el contable recordó las sucintas órdenes que había recibido—, y la Corona quiere que vuelva a la circulación, no a la caja fuerte de un museo.

Kate lo miró fijamente. Por la nula avaricia que reflejaba su voz, podría haber estado hablando de un trozo de metal.

«No es como mis padres, víctimas del letal atractivo del tesoro. Ni como Larry, enamorado del mar, siendo el tesoro una excusa para hacer lo que haría de todos modos. O como el abuelo, movido por la necesidad de demostrar que la muerte de su único hijo no fue en vano».

—En efecto, señor Cameron —contestó Farnsworth—, es correcto. ¿Le interesaría que le detallara los hallazgos de cerámica y porcelana?

—¿Objetos intactos? —preguntó Holden.

—Eso no. De haber sido así habría elaborado un informe especial. Tal y como haré para los lingotes de oro —se apresuró a añadir.

—Esta noche —exigió el contable—, con copia a mi correo electrónico, por supuesto.

—Por supuesto, señor —se despidió un sumiso Farnsworth.

—De modo que su trabajo verdadero —observó Kate—, es buscar cualquier moneda caída entre los cojines del sofá.

—Ese es el trabajo de su hermano —contestó él—. El mío consiste en asegurar que todas las monedas lleguen a la hucha.

—Larry jamás... —empezó a protestar ella.

—¿Qué demonios? —rugió su hermano—. ¡El hecho de que no hayamos encontrado gran cosa no significa que estemos robando!

—Yo no he dicho eso —contestó Holden—. Pero ya que ha sacado el tema, en el pasado algunas personas que trabajaban con contrato encontraron más de lo que fue registrado. Eso no sucederá bajo mi supervisión.

CAPÍTULO 4

El silencio en el centro de buceo era tan profundo que Kate podía oír el latido de su corazón. Incluso Volkert había dejado de masticar. Y entonces surgió un sonido al otro lado del transmisor.

—¡Cielos! —susurró el buceador en tono casi inaudible por encima del respirador—. ¡Cielos, cielos, cielos, cielos! *Golden Bough*, ¿estáis viendo lo que veo yo? O quizás lleve demasiado tiempo aquí abajo.

Kate contempló la pantalla y contuvo la respiración, lo que desvió la atención de Holden de Larry. Volkert dejó caer una corteza y empezó a murmurar palabras en su nativa lengua de Sudáfrica.

El guante del buceador resplandecía de color rojo mientras acercaba la mano a la cámara y a la luz, bloqueando el filtro azul de las aguas profundas. Algo brillaba en su mano, y ese brillo solo podía provenir del oro de máxima calidad. Los eslabones eran del tamaño de un lápiz.

—La versión de una tarjeta de crédito del siglo XVI —anunció Kate, que lo había reconocido de los libros que habían llenado las horas de su infancia—. Los eslabones de oro son puros, lo bastante suaves para ser partidos y moldeados sin necesidad de herramientas. ¿Te hace falta una manta, comida, un caballo? Basta con arrancar los lingotes correspondientes al peso adecuado y pagar en el momento.

—En efecto —«y qué agradable que haya sido encontrado coincidiendo con mi llegada». Holden sacó el móvil de un bolsillo del pantalón e hizo una foto de la pantalla—. Qué oportuno, ¿verdad? puede que este proyecto no sea una pifia total —con un rápido movimiento se inclinó y le arrebató a Volkert los cascos—. ¿Cuánto mide la cadena?

La brusca pregunta de Holden hizo que el buceador adoptara un lenguaje más correcto.

—Del doble de la longitud de mi brazo. Quizás dos metros. Puede que haya más, pero se me está acabando el aire.

—De acuerdo. Buen trabajo —el contable devolvió los cascos a Volkert y miró a Larry—. Diga a sus buceadores que se concentren en esa zona. Le veré en el salón principal tras hablar con el departamento de antigüedades. Asegúrese de que su abuelo asista a nuestra pequeña reunión.

Larry asintió y se hizo a un lado.

Kate no.

Holden la miró, deseando tener más tiempo para disfrutar del efecto del reflejo de la pantalla sobre su rostro.

—¿Va a explicarme qué sucede aquí? —preguntó ella con voz suave.

—De eso voy a hablar con el tipo que dirige realmente este espectáculo, Patrick Donnelly. Por favor, únase a nosotros.

Aunque las palabras sonaban amables, de nuevo se trataba de una orden.

Holden había desaparecido antes de que ella pudiera explicarle lo poco agradable que le resultaba.

Tras unos segundos para recuperar la compostura, Kate señaló la puerta con un movimiento de la cabeza y enarcó una ceja en dirección a su hermano.

—¿Qué? —preguntó Larry mientras bostezaba de nuevo—. Maldita sea, Kitty, debería estar durmiendo un poco.

Pero la siguió fuera del camarote y esperó a que ella cerrara la puerta.

—Deberías estar contratando a un gestor —espetó ella—, no durmiendo la siesta.
—Eso es fácil para ti decirlo. He estado buceando en turnos extra. A los malditos buceadores les gusta más beber que trabajar.
—Con los sueldos que les pagas no debería sorprenderte.
—Si los gastos suben por encima de una cantidad —su hermano se encogió de hombros—, hay penalizaciones. Por eso pedimos un anticipo y recibimos al maldito Holden Cameron en su lugar.
—No deberías haber firmado ese contrato —insistió ella.
—Tú nos sacarás de este apuro.
—Ya hemos mantenido esta conversación antes —Kate hizo una pausa, bajó la voz y habló de lo que le había estado preocupando—. ¿Cómo de bien conoces al equipo de buceadores?
—Son lo bastante baratos y competentes. Lo mismo pasa con Volkert, salvo por la cantidad de comida que traga. Debería ser él quien nos pagara.
—Eso no es lo que te he preguntado. ¿Cómo de bien los conoces? ¿Son de confianza?
—Aunque odies todo lo relacionado con el buceo —Larry entornó los ojos azul claro—, no tienes derecho a insinuar que los buceadores son corruptos.
—¿Crees que alguno de ellos puede ser un ladrón? —insistió ella.
—Yo no contrato ladrones —espetó su hermano—. El hecho de que no hayamos sacado una gran fortuna no significa que haya ladrones a bordo. Además, acabamos de encontrar oro. Deberíamos estar celebrándolo, no discutiendo.
—No hace falta que grites, te oigo estupendamente.
—Pues no lo parece.
Kate se frotó la frente donde empezaba a formarse un dolor de cabeza.
—Lo siento —suspiró—. Sabes que te quiero. Las máqui-

nas del tiempo existen realmente —concluyó con la voz entrecortada.

—¿Estás bien? —Larry la miró asustado.

—Bien. Solo estoy agotada.

Su hermano empezaba a parecer realmente preocupado.

—¿Recuerdas cuando me tiraste de la coleta y yo te grité? —ella sonrió.

—Sí, ¿y?

—Y le diste la vuelta a la situación hasta que acabé disculpándome yo por haber puesto esa coleta en tu camino…

—Claro. Esa época era divertida —asintió él con cierta melancolía.

—Quizás para ti. Yo estaba harta de tener siempre la culpa.

—Te quiero, Kitty. Eso no ha cambiado.

—Lo sé —Kate apoyó la frente contra el hombro de su hermano—. Es el único motivo por el que no te he matado. Vamos. A ver qué hacen el abuelo y el atractivo británico.

—¿Atractivo? ¿Ese arrogante hijo de perra?

—En parte se debe a la situación —explicó ella sin saber muy bien por qué estaba defendiendo a Holden—. En parte es cultural. Tú estás acostumbrado a la relajada atmósfera de la isla, y él, al caos de la ciudad.

—Cultural, claro —Larry volvió a bostezar—. Yo pensaba que no era más que un imbécil.

—Eso también. Sospecho que en sus informes se reserva el mayor protagonismo.

La risa de su hermano la siguió escaleras arriba hasta la cubierta principal. El sonido la ayudó a ignorar el terror que mordisqueaba su alma, recuerdos de la noche en que había subido esos mismos escalones como si se le hubieran incendiado los pies.

Pero no había habido ningún fuego, solo una tormenta y el hambriento mar.

«No pienses en ello», se dijo a sí misma, «no te hará ningún bien. Te impedirá ayudar a la familia. Ojalá me hubieran esperado antes de firmar ese horrible contrato. Bueno, no merece la pena llorar sobre la leche derramada y todo eso».

Subió la escalerilla hasta el puente de mando mientras leía las palabras que su abuelo había pintado en los peldaños tiempo atrás, y repintado cada año desde entonces.

CUALQUIERA PUEDE LLEVAR EL TIMÓN CON
EL MAR EN CALMA
—Publius

Kate sonrió para sus adentros. Era un dicho que cuadraba perfectamente con el abuelo. Fuera lo que fuera que el mar le deparara, se sobreponía. Fuera lo que fuera que el mar le entregara, lo gastaba. Fuera lo que fuera que el mar le arrebatara, lo lloraba. Pero no por mucho tiempo.

Era una actitud que su nieta aún intentaba dominar.

Dudó antes de llamar a la puerta de acero del puente de mando. El ojo de buey, que como de costumbre estaba abierto para una mejor ventilación, reflejaba el sol en cegadores destellos acompasados con los perezosos bamboleos del barco.

«Tan tranquilo. Tan hermoso».

«Tan engañoso».

La voz de Larry llegó hasta sus oídos. Daba órdenes a los buceadores acerca de la nueva zona de búsqueda.

—Abuelo, soy yo —Kate llamó enérgicamente a la puerta gris.

—Entra, Kitty, cariño. Enseguida estoy contigo.

Aunque estadounidense de segunda generación, el aire irlandés de su Cork natal seguía impregnando cada palabra como un abrazo, indicando que estaba de buen humor.

«Es lo que sucede cuando encuentras oro», pensó ella mientras abría la puerta.

El puente de mando seguía siendo el mismo, de acero inoxidable y teca, desgastado por el tiempo. Los materiales viejos se mezclaban con los nuevos, haciendo hincapié en la funcionalidad más que en la estética. Una pantalla de sonar mostraba un mapa del fondo en tonos azules, rojos y amarillos brillantes. La imagen variaba a medida que el *Golden Bough* se movía. El cable de unos cascos colgaba cerca del timón como si fuera una serpiente. Y un segundo monitor se escondía bajo una camiseta de algodón azul.

—Veo que sigues manteniendo el equipo despejado —observó ella mientras tomaba la camiseta y la colgaba del gancho cromado que había detrás de la puerta. Al volverse se dio cuenta de que había descubierto una pantalla que revelaba la imagen por satélite de la predicción meteorológica, superpuesta a un mapa de la zona—. No veo la tormenta que tanto preocupa a Holden.

—Se está acercando —contestó su abuelo con calma—. No necesito máquinas modernas para saberlo. Si no está aquí en los próximos días, lo estará en una semana —anotó algo en el cuaderno de bitácora—. ¿Holden le llamas? ¿Te gusta nuestro británico recién llegado?

—Tiene unos ojos preciosos —contestó ella antes de soltar una carcajada cuando su abuelo se volvió bruscamente hacia ella—. Vale, me has pillado.

—Desde luego que sí, Kitty, querida. Dale un abrazo a este anciano.

—No eres ningún anciano. Eres mi abuelo.

Kate se dejó envolver por los fuertes brazos, por los aromas del pasado: mar, tabaco y el ron de la noche anterior. Un mechón de cabello le hacía cosquillas a ella en la mejilla. Era casi tan alta como él, lo cual le sorprendió. Los años lo habían encogido, haciendo que sus manos llenas de cicatrices y gruesos nudillos parecieran demasiado grandes comparados con su fibroso cuerpo. De niña estaba convencida de que era capaz de sujetar el cielo con esas manos.

Todo a bordo del *Golden Bough* le resultaba muy familiar. Casi podía oír las risas de sus padres sobre la cubierta de buceo.

Una parte de Kate se tensó, aguardando el comienzo de la pesadilla.

Pero no hubo nada, aparte del crujir de un barco y el constante zumbido del generador que les proporcionaba electricidad.

—¿Te has enterado de lo que ha encontrado uno de los buceadores? —preguntó ella.

—Mingo —contestó el anciano.

—¿Qué?

—El chico se llama Mingo.

—Ah. Pues ha sacado casi dos metros de cadena de oro.

—Ya era hora de que ese mocoso se ganara el sueldo.

—Tiempo atrás estarías dando saltos de alegría ante el hallazgo de la cadena.

—Eso pasaba cuando el tesoro era para mí. No pierdo energía por el oro de otro hombre. ¿Qué te parece el británico? Siempre fuiste muy aguda.

—Que no te confunda el cultivado acento. Es algo más que un tipo estirado.

—Larry lo llama Monstruo de las Galletas —el abuelo gruñó.

Kate se tomó unos momentos para asimilar lo que su hermano ya le había transmitido a su abuelo.

«Como en los viejos tiempos. No es nada personal. Soy una niña pequeña, no un hombre. Es divertido gastarme bromas, cocino bastante bien, soy buena buceadora y una estupenda contable».

«Y si Larry cree que Holden es tan amistoso como el Monstruo de las Galletas, más vale que se prepare para una desagradable sorpresa».

—Bueno —su abuelo adoptó un tono de filósofo—, a lo mejor el británico nos será de mayor utilidad que Malcolm, el Cretino. Si no está escrito en el registro de buceo, no lo ve. Por otra parte, no se entromete en nada. Espero que este tipo, Cameron, tampoco lo haga.

—Los tiburones no se entrometen —observó ella—. No hacen más que seguir a sus dientes.

—¿Tiburón? Quizás organice una reunión entre él y Benchley para enseñarle el aspecto de unos dientes de verdad.

—¿Quién es Benchley?

—El tiburón tigre de catorce metros que empezó a nadar alrededor del *Golden Bough* poco después de que echásemos el ancla aquí.

—¿Buceas con un tigre? —Kate recordó la musculosa sombra negra que había pasado por delante de la pantalla de buceo.

—Llevas mucho tiempo lejos de aquí —asintió el abuelo Donnelly—. Los tiburones forman parte de la vida de los buceadores. Para la tripulación, Benchley significa buena suerte, siempre que no tenga hambre. Si ese Cameron se interpone en nuestro camino, se lo daremos de comer a Benchley.

—No serviría de nada. Los británicos enviarían a otro —«aunque seguramente no tendría el aspecto de Holden con su porte y sus ojos de dragón».

Kate alejó aquellos pensamientos de su mente. Regresar a bordo del barco le había afectado seriamente.

—Quizás los británicos perderían interés —insistió el hombre.

—Eso no sucederá. Sobre todo ahora que hemos encontrado algo más que nos indica que podría ser un barco español hundido.

—Lo que Mingo tiene entre las manos es una baratija —su abuelo sonrió con amargura—. Yo he sacado cadenas que podrían forrar de oro tres puentes de mando como este, y aún sobraría para llenar el barco de diésel durante un mes.

—Abuelo, tuviste suerte de encontrar al menos este pecio. Ya no quedan muchos al alcance de la mano.

—¿Qué te hace pensar que fui yo quien lo encontró? No soy más que un chico de los recados que bucea en una zona delimitada por otro. Pero te aseguro que lo habría encontrado. Estábamos tan cerca —el anciano se encogió de hombros—.

Aunque no lo bastante. Es como perseguir un arcoíris. Jodidos burócratas. El mar debe estar a disposición de cualquiera con las agallas y la inteligencia suficiente para sobrevivir en él.

—Eso era lo que pasaba en el Nuevo Mundo. Ahora se reclama todo.

—Los buitres se alimentan de los restos de los sueños de los hombres.

—Al menos no te enfrentas a ningún juicio —le recordó Kate—. No hay mal que por bien no venga, abuelo.

Patrick Donnelly masculló algo entre dientes antes de sujetar la pipa con fuerza en su boca.

—Y solo habrá que bajar unos veinticuatro metros, veintisiete si está al borde del precipicio. Mucho más fácil para los buceadores —añadió ella—. Y un rescate de objetos más rápido también.

—No tiene sentido matarte por una de esos pecios. La mayor parte del tiempo hay que invertir millones en equipos para recuperar cualquier cosa y luego un batallón de abogados para mantener a los gobiernos a raya. Los gastos del rescate de objetos son más elevados que el valor del tesoro. Además, disponer de robots para hacer el trabajo de hombres es para afeminados y burócratas. Y yo no soy ni lo uno ni lo otro.

Kate se preparó para la diatriba que seguiría. Incluso cuando ella era niña, el abuelo había odiado la tecnología moderna tanto como odiaba las leyes modernas y los gobiernos que las inventaban.

«Tiene miedo», comprendió de repente. «El pasado ha muerto y no encaja en el presente».

—Lo siento —susurró.

—¿Por qué? La última vez que lo comprobé eras un miembro de la familia, no del gobierno.

«Por ser joven», pensó ella. «Por encajar mejor que tú en el presente».

—Por favor no la pagues con el mensajero —añadió con dulzura.

—¿Contigo?

—Holden Cameron.

—Ese miserable bastardo ¿Quién es él para hablar de ladrones?

—Si sirve de algo, de haber querido los británicos cerrar la operación y anular el contrato, Holden lo habría hecho en el instante en que puso un pie a bordo —Kate adoptó su habitual actitud profesional—. O antes. Una llamada habría bastado.

—De modo que ha venido para espiar —bufó el abuelo.

—Más bien para supervisar, para asegurarse de que el *Golden Bough* no desaparezca en el horizonte, cargado con el tesoro que reclama el gobierno británico —ella suspiró.

—De haber tenido intención de hacer eso, jamás habría firmado este contrato.

—No lo hiciste. Lo firmó Larry. Es su firma la que aparece en la última línea.

—Larry es un buen chico, pero incapaz de hacer un nudo decente si no se le recuerda cómo. En cambio a ti solo había que explicártelo una vez —el hombre la miró a los ojos. Sus ojos verdes hablaban de lamento, de un sueño que no se había hecho realidad—. Tú deberías dirigir esto. No estaríamos en un apuro si tú...

—No empieces —interrumpió ella—. No he venido para que puedas echarme en cara en persona el haber dejado tirada a la familia.

—Tienes la inteligencia de tu padre y el ardor de tu madre —una débil sonrisa suavizó el arrugado rostro—. De acuerdo, Kitty querida, dejemos ese tema. Y ahora cuéntame, ¿has encontrado algún modo de acabar con los números rojos?

—Para ser tan anticuado como afirmas ser —Kate sacudió la cabeza—, en esta operación habéis gastado una fortuna en dispositivos electrónicos y mezclas de aire para los buceadores.

—Eso es cosa de Larry. El chico cree que va a encontrar el tesoro del siglo. Solo me planté cuando intentó comprar equipos de respiración reciclada. Puede jugar todo lo que quiera con sus propios juguetes, pero el viejo equipo de buceo es suficiente para mí. Y más barato también.

Por no mencionar el hecho de que sus padres habían muerto utilizando un equipo de respiración reciclada.

—Aunque Larry encontrara el pecio de su vida —insistió ella—, y pudieseis alcanzarlo, algún gobierno lo reclamaría. España, Portugal, Gran Bretaña, Francia... incluso México y algunos países sudamericanos intentan reclamar la soberanía sobre antiguos naufragios. La gente se vuelve muy posesiva en lo que respecta a la historia.

—Solo cuando hay mucho dinero en juego —observó él con cinismo—. Hasta ahora este trabajo no ha producido más que números rojos y frustración. ¿Podrás mantenernos a flote?

—Entiendo de reestructurar deudas viejas y nuevas —«que jamás deberían haber sido aceptadas»—. Si se producen menos gastos, tendréis una oportunidad —Kate dudó antes de continuar—. No firmes ningún otro contrato hasta que yo lo vea. Moon Rose no podría soportarlo.

—Yo no soy el capitán.

—Eso no fue lo que le dijiste a Holden.

—Larry no es capaz de manejar a ese estirado —el abuelo mordió la pipa—. Yo sí.

—¿Y qué hay de la tripulación? —Kate pasó por alto el comentario del anciano—. ¿Puede Larry con ellos?

—Él los contrató.

—Esa no es respuesta.

De nuevo el abuelo mordió la pipa con fuerza.

—Llevas toda la vida trabajando con buceadores —continuó ella—. ¿Son honrados?

—Tanto como cualquier otro —contestó él con impaciencia—. Larry lleva cinco años siendo el capitán «oficial», del *Golden Bough*.

—Y es el mejor compañero que podrías tener, y aún mejor buceador —asintió Kate—. Pero a los dos minutos de subir a bordo ya supe que solo era el capitán sobre el papel.

—Soy un viejo, Kitty querida. Las cosas no deberían haberse desarrollado así. Pero tu padre murió, tú te marchaste, y Larry se quedó.

«Helada hasta los huesos, tirando del cuerpo inane de su padre, gritando. ¿Dónde está mamá? ¿Cuándo la he perdido? ¿¡Dónde está mamá!?».

Pero nadie contestó jamás.

Kate se obligó a arrinconar los recuerdos. No podía cambiar el pasado. Solo podía vivir con él.

—Haré lo que pueda —le prometió a su abuelo—, pero no puedo ayudar si tú tienes más información que yo. Creo que Holden Cameron es la clase de hombre al que envían cuando los jefes no se fían del equipo de rescate.

—¿Y qué? Si yo tuviera el tesoro, ya lo habría vendido en Venezuela o algún otro sitio con ganas de fastidiar a Occidente. Pero estoy aquí, de manera que no tengo el tesoro.

—No seas tan terco —protestó Kate—. Ya sé que Larry y tú no sois, pero no conozco a la tripulación. Esto es serio. Holden ha hecho fotos del oro que acabamos de encontrar, como si sospechara que no iba a ser catalogado.

—Jodidos burócratas.

—No estoy contenta de estar en el jodido mar, pero aquí estoy.

De repente recordó la casa que su abuelo tenía en Florida, sus colecciones, y una explicación que no le gustaba se formó en su mente.

—Abuelo, supongo que no estarás financiando este negocio con tus ahorros, ¿verdad?

El abuelo mordió la pipa con fuerza.

Y la ignoró.

—Es tu jubilación —protestó ella—, y el legado de nuestros padres para Larry. Sin ese dinero, no os queda nada a ninguno de los dos.

El anciano contempló el horizonte, donde una evasiva tormenta flirteaba con el futuro.

Quería gritarle a su abuelo, sacudirlo, obligarle a escuchar. Pero no era capaz de enfadarse con el hombre cuyos ojos se parecían tanto a los de su padre muerto. Solo podía intentar sacarle el mayor partido a lo que tenía en esos momentos.

—Ven conmigo —lo animó—. Ha llegado la hora de que conozcas a nuestro burócrata.

—Debo permanecer aquí arriba.

—Hemos echado el ancla y tienes puesta la alarma —insistió ella mientras señalaba el pequeño recuadro en la pantalla de navegación—. Si se suelta el ancla, todo el barco se enterará. Deja de demorarlo más.

Kate se dirigió hacia la puerta del puente de mando. Al abrirla se encontró con los impresionantes ojos de Holden. Estaba en el estrecho pasillo junto a la puerta.

—Ahí está —anunció—. Larry nos espera. Le dije que vendría a buscarla, y a su abuelo también.

«¿Cuánto tiempo llevará allí?», se preguntó ella. «¿Nos habrá oído?». Y entonces recordó el ojo de buey abierto. «Pues claro que sí».

—Un barco es un lugar demasiado pequeño para tener secretos —murmuró su abuelo a sus espaldas.

Holden sonrió.

Pero no tenía nada que ver con la sexy sonrisa que había sobresaltado a Kate poco antes.

CAPÍTULO 5

Larry seguía en el mismo sitio en el que se había quedado tras la marcha de Holden, con la cabeza apoyada entre los brazos cruzados sobre la gran mesa de madera. Los ojos cerrados, el cuerpo relajado, sentado en una de las sillas giratorias atornilladas a la cubierta alrededor de la mesa. Holden había visto suficientes soldados en combate para saber que Larry aún no estaba acabado, pero sí bastante cerca del agotamiento. Tenía cuarenta y cuatro años, y el buceo era una actividad para jóvenes.

El aliento, que desprendía un fuerte olor a alcohol rancio, tampoco ayudaba, aunque no era tan malo como el del alcohólico en la última fase. Si la empresa despidiera a todo buceador que bebiera, quedarían muy pocos buceadores.

El abuelo Donnelly se sentó junto a Larry, despertándolo de una sacudida. El contable se sentó frente a ellos y, ante la visible duda de Kate, sonrió de una manera particular y dio una palmada a la silla que había a su lado.

—No muerdo —le indicó. «Aunque no me importaría mordisquearte un poco».

Ella se sentó con gesto desconfiado. Las sillas estaban tan juntas que, con cada una de sus respiraciones, sentía el calor del cuerpo de Holden como si fuera una fantasmagórica caricia. Intentó hacer caso omiso. Desde luego los demás no parecían conscientes de la presencia del atlético dragón agazapado bajo el pulido acento, pero Kate era prácticamente incapaz de pensar en otra cosa cuando lo tenía cerca.

—Después de haber tenido la oportunidad de hacer un breve reconocimiento, tengo la impresión de que este proyecto de buceo no es tan malo como se temían mis superiores —comenzó Holden. «Yo sospecho que es peor, pero hasta que pueda demostrarlo, no soy más que otro británico pedante o, tal y como lo ha expuesto el viejo, un jodido burócrata».

—¿Entonces al final no le parece una completa pifia? —preguntó Larry con decisión.

El más viejo de los Donnelly soltó un bufido.

—¿Ha venido para cerrar el proyecto? —preguntó Kate con franqueza.

—No después de haber dado con el premio gordo —intervino el abuelo—. ¿Verdad, señor Cameron?

—De momento no —asintió el contable—. El interés de mis jefes, un interés muy fuerte, se fundamenta en una única moneda, acuñada a mediados del siglo XVII. La moneda se encontró en una playa rocosa no muy lejos de aquí después de que...

—Una galera arrancara algunos arrecifes de coral y, literalmente, reorganizara el fondo marino el año pasado —interrumpió Larry con un bostezo—. Todo eso ya lo sabemos.

—El mar es una zorra caprichosa —observó Holden—. Esa moneda podría haber salido de cualquier parte. Podría ser la primera de muchas más o la única dando tumbos en las corrientes marinas tras la tormenta. Pero creemos que podría conducirnos a más. El puñado de monedas y lingotes que han encontrado hasta ahora son bienvenidos, pero no es la prueba de peso que mis superiores esperaban.

—Y están preocupados por si se equivocaron al elegir este pecio y puedan ponerles en evidencia —opinó Larry—. O también puede ser que sospechen que alguien a bordo del

Golden Bough sea un ladrón. También estamos al corriente de eso.

Kate se movió inquieta en la silla mientras se preguntaba si debería propinarle una patada bajo la mesa a su hermano.

—El departamento de antigüedades se debatía entre esas dos posibilidades —el contable fijó su inusual mirada en el buceador—. Sin embargo, tras el hallazgo de la cadena de oro, están bastante emocionados y seguros de que van por el buen camino.

—Qué inteligentes son. ¡Ay! —gritó Larry mientras miraba a su hermana con severidad.

Ella enarcó una ceja.

Holden esperaba que no se notara la diversión que sentía. En otras circunstancias, seguramente habría disfrutado con Larry, un buceador muy bien considerado y buen compañero de copas. Sin embargo, las circunstancias eran las que eran, y cabía la posibilidad de que Larry fuera un ladrón, o simplemente un capitán incompetente que bebía cuando se sentía sometido a excesiva presión. En cualquier caso el resultado era el mismo.

El anticipo de gastos no sería aprobado y el proyecto se cerraría.

—El departamento de antigüedades espera que el tesoro no se encuentre esparcido por todo el fondo marino desde St. Vincent hasta Grenada —les informó Holden—. Aquí, de nuevo, las opiniones están divididas. Se me ha informado de que se están manteniendo fuertes discusiones en este momento. Cualquier cosa que encuentren tendrá un considerable peso en la decisión de adelantarles el dinero que han solicitado, o invocar el parte meteorológico y clausurar el proyecto.

—Esto no es nada nuevo —intervino Larry con impaciencia—. Sube a bordo de nuestro barco y nos arroja toda su autoridad, pero sabe tanto como nosotros de lo que puede haber ahí abajo. Esperan grandes beneficios, pero están dando palos de ciego.

—¿Eso cree? —preguntó el contable centrando su atención en el abuelo de Larry.

—Lo único seguro es la muerte —el anciano se encogió de hombros.

—¿Qué sabe acerca de la moneda que empezó todo este lío?

—Que era de oro —contestó Larry con sarcasmo.

Holden no apartaba la mirada del verdadero capitán.

—Se trata de un soberano de oro —habló al fin Patrick Donnelly—, de no más de dos centímetros de ancho. Fue acuñado en Inglaterra, no en Jamaica o en un molde español del Nuevo Mundo. Está marcado con la efigie de Carlos II en un lado —su voz era seca, correosa, revelando un cruce de acentos de Jamaica e Irlanda—. El otro lado presenta la cruz y los escudos de los cuatro reinos. La nariz de Carlos señala hacia la izquierda. No se acuñaron muchas monedas como esa.

—Lo cual le otorga más valor en la actualidad —observó Holden.

—Pero usted y sus jodidos burócratas ya sabían todo eso, ¿verdad? Es el único motivo por el que nos ofrecieron el contrato de rescate de objetos.

—Abuelo —intervino Kate—. Por favor no olvides el refrán: «más moscas se cogen con miel que con hiel».

Holden tuvo que esforzarse por disimular una sonrisa ante los esfuerzos de la joven por civilizar al viejo lobo de mar.

—Son monedas inglesas, e Inglaterra intenta recuperarlas —ella se volvió hacia el contable—. Nada sorprendente.

Pero incluso mientras pronunciaba las palabras, unos fantasmagóricos dedos se deslizaban por su columna. Que ella supiera, solo existía un tesoro conocido por contener monedas acuñadas en Inglaterra con la efigie invertida. Sus padres habían muerto buscándolo.

«No», pensó mientras el corazón aceleraba su latido. «No puede ser».

—Están muy lejos de ser monedas ordinarias —continuó Holden—. Según la leyenda, estas monedas eran divisas opacas empleadas para pagar actos de traición oficial y otros encargos secretos. Según la Historia, el mismísimo Bloody Green valía cien de esas monedas, una décima parte de las mil que, según los rumores, existían. Ese fue el precio puesto por la Corona por la cabeza de un renegado corsario inglés, Declan Horatio Smyth-Fothergill, más conocido como Bloody Green.

Kate se clavó las uñas en las palmas de las manos, pero al sentir la mirada de Holden sobre ella, lentamente aflojó los puños. Sin embargo, no pudo hacer nada con la tensión que se había apoderado de su cuerpo y helado la sangre… la visión de un hombre muerto, su padre, tirado sobre el suelo de una lancha.

«Respira, tú respira».

«De algún modo lo superarás».

Por el rabillo del ojo, el contable vio regresar el color a las mejillas de Kate. Quiso volver a abrazarla, respirar su aroma a sol y flores, y el calor femenino que lo atraía como la aguja de la brújula hacia el norte.

—¿Puedo asumir que conocen la historia? —preguntó a los hombres sentados al otro lado de la mesa.

Larry bostezó.

—¿Cuál de ellas? —preguntó el anciano, sacándose la pipa de la boca—. ¿La de héroe o villano, amante o violador, corsario o pirata?

—Correcto —asintió Holden—. Eso depende más bien del punto de vista de quien se encontrara con Bloody Green. Mientras asaltaba, o socorría, un barco mercante inglés, arriesgó su propia vida para rescatar a una joven y hermosa aristócrata. Al parecer fue amor a primera vista, según la leyenda.

—Mis padres —intervino Kate con voz ronca antes de aclararse la garganta—. Dijeron lo mismo de ellos dos.

—Y así fue, Kitty querida —asintió su abuelo—. Fue una bendición que murieran juntos.

«Para mí no». Kate se guardó la amarga reflexión para sí misma

—En cualquier caso —continuó Holden mientras apartaba la vista del brillo de lágrimas y terror que había asomado a los ojos de Kate—, la familia de ella enfureció. Al parecer habían enviado a la chica para casarse con un adinerado viejo que, básicamente, la había comprado. Y tenían la suficiente influencia en la Corte como para conseguir que pusieran precio a su cabeza.

—No sería la primera vez que una mujer de la nobleza era vendida a un hombre adinerado sin título —observó Larry tras un nuevo bostezo—. La parte del relato que más gustaba a mis padres era la de que, con el fin de conservar a la chica y recuperar los favores de la Corona, Bloody Green saqueó hasta conseguir el peso de su amada en joyas y piedras preciosas. Y las monedas del botín. Apuesto a que se partió de risa al conseguirlas. Después se lo ofreció todo al padre de la chica a cambio de su hija. El padre aceptó, la Corona recibió su parte, y Bloody Green volvió a ser un respetable ciudadano.

El contable escuchaba atentamente el relato de una historia tantas veces contada que Larry la había asimilado como parte de sí mismo.

—Los felices amantes y el tesoro partieron hacia Londres a bordo del barco pirata de nombre *Moon Rose* —continuó el mayor de los Donnelly—. Desapareció junto al *Cross of Madrid*, un barco mercante junto al que Green navegaba. ¿Hemos cubierto la información básica?

—Admirablemente. Mis superiores supusieron que, dado el nombre de su empresa, estaban familiarizados con la leyenda.

—Por aquí todo el mundo la conoce —el anciano se encogió de hombros.

—Pero no todo el mundo bautiza a su empresa con el nombre de un barco pirata.

—Mamá y papá sí —explicó Larry—. Dejaron un baúl

lleno de mapas y teorías acerca de la localización de esos barcos cuando se hundieron. Repasar los rastros de tormentas y viejos registros y corrientes se convirtió en un juego familiar.

—A mi nuera le encantaba la historia de Bloody Green.

Holden contempló al viejo, cuyos ojos habían visto más mar y tristeza que la mayoría.

Y tesoros.

—Mis padres murieron buscando el pecio del *Moon Rose* —observó Kate con voz neutra—. No es mi historia favorita. ¿Estáis diciendo que estamos anclados sobre ese viejo casco?

Un denso silencio siguió a sus palabras.

El abuelo Donnelly adoptó una expresión de infelicidad.

—Es una posibilidad —contestó Holden con cautela—. Los expertos de Londres han decidido que las cuadernas de ahí abajo no son lo suficientemente grandes para pertenecer a un barco mercante como el *Cross of Madrid*.

La idea de poder estar flotando sobre la tumba anónima de su madre propulsó a Kate fuera de la silla. Salió de la estancia, luchando por respirar a cada paso. Se aferró a la barandilla de cubierta, forzándose a respirar en medio de un ataque de pánico.

«No puedo permanecer aquí por más tiempo. Aquel día el mar me arrebató demasiadas cosas. El único motivo por el que no se llevó también a Larry y al abuelo fue porque al abuelo le estaban operando de apendicitis y mi hermano estaba con él. De haber estado a bordo, el mar también los habría engullido».

«¿Es que no lo entienden?».

«¿Es que no saben que el mar sigue teniendo hambre?».

La puerta se abrió y se cerró a sus espaldas y alguien apareció en cubierta.

—Eh —era Larry—. ¿Aún sufres ataques de pánico? Aquello sucedió hace años, Kitty.

«Para mí no. Es tan reciente como la próxima pesadilla».

Pesadilla que, sin duda, sufriría esa misma noche.

Y que no la animaba a irse a dormir.

—Suponiendo que estemos en el lugar acertado y no hayamos encontrado simplemente unos restos esparcidos —contestó muy tensa.

—Me temo que no —insistió su hermano—. Tengo una corazonada sobre este trabajo. Es el premio gordo que llevamos buscando toda nuestra vida.

—Todos los buscadores de tesoros tienen esa sensación, y la siguen demasiado lejos —continuó ella—. Es una enfermedad.

—Sé que estás pensando en papá y mamá —asintió Larry—, pero no puedes culparles por perseguir su sueño.

—Sí puedo. Sobre todo porque su sueño se convirtió en mi pesadilla.

Incluso mientras hablaba, Kate era consciente de que se equivocaba. Pero así se sentía. Y no había cambiado un ápice desde que a los dieciocho años había descubierto que todo podía serte arrebatado sin previo aviso. El mar que tanto había amado era impredecible y traicionero.

—También eran mis padres —señaló Larry—. ¿Alguna vez piensas en eso?

—Sé que no estoy siendo justa —ella suspiró—. Pero, maldita sea, tú ya eras un hombre cuando murieron. Yo tenía diecisiete años y prácticamente había vivido a bordo toda mi vida. En muchos aspectos no era más que una niña. Aspectos importantes —«y por la noche, lo sigo siendo. Gritando envuelta en el pánico y el terror»—. Ya he hecho bastante por hoy —continuó bruscamente—. Demasiado. Estar aquí me está volviendo loca.

—Tú te estás volviendo loca a ti misma.

—¿Lo dices porque cuando estoy aquí fuera estoy a merced de un mar que no tiene misericordia?

—De acuerdo, de acuerdo, vuelve a la casa. Pero no huyas. Te necesitamos. Casi todo el tiempo eres un prodigio de cerebro y sentido común. Ya sabes que entre el abuelo y yo no tenemos suficiente cantidad de ninguna de las dos cosas para llenar una taza de café.

—Eso es verdad —una fantasmagórica sonrisa asomó al rostro de Kate.

—Esa es mi Kitty —el rostro de Larry se relajó visiblemente—. Será mejor que regreses ahí dentro antes de que el abuelo cometa alguna estupidez como darle un puñetazo al británico.

La niña que habitaba dentro de Kate tenía ganas de ponerse a gritar, de estallar en una rabieta. La adulta sabía que debía encontrar un modo mejor de vivir con el pasado, respiró hondo y se dirigió de regreso al salón. Enseguida resultó evidente que se la necesitaba. El abuelo estaba de pie, señalando a Holden con la pipa.

Lo cual significaba que el abuelo estaba a punto de perder los nervios.

—No le he pedido el camarote del capitán —decía Holden en un tono razonable—. Simplemente quiero un lugar para dormir a bordo. No es fácil supervisar una operación de buceo desde la costa.

—No buceamos de noche —le explicó Larry—. Con los sueldos que paga su departamento de antigüedades, tenemos suerte de encontrar hombres suficientes para bucear de día. Kate puede llevarle del barco a la casa, y de regreso al barco, junto con los suministros.

—No tengo tiempo de comprar para... —empezó Kate.

—No hay sitio a bordo —interrumpió Larry con la irritación propia de la falta de sueño—. Ya ha visto los camarotes de la tripulación. Los hombres están apiñados. Hacemos lo que podemos, y más, para mantener a los británicos apartados de nosotros.

Holden supuso que el desorden que había visto sería el resultado del abarrotamiento, pero le interesaba mucho más el hecho de que nadie lo quisiera a bordo.

—El contrato... —protestó.

—Dice que le proporcionaremos alojamiento y comida —interrumpió el abuelo—. No especifica dónde. Alquilamos una casa para el otro cretino con el escaso dinero que enviaron para gastos, y allí se alojará. Si no le gusta, vaya a llorar a sus jefes.

—¡Cabrón! —rugió Holden antes de volverse hacia Kate—. Mis disculpas.

—¿Por qué? —ella se encogió de hombros—. Resulta más bien refrescante.

—Puede compartir con el informático —bufó Larry—. El hermano de Mingo está ocupado con fragmentos de cerámica encontrados cerca de la cadena de oro. Malcolm estará haciendo fotos y tomando medidas, y registrándolo todo, hasta el amanecer.

—¿Dónde duerme? —preguntó el contable.

—En un cuchitril del tamaño de un ataúd, con los pies apoyados en el escritorio y la silla pegada a la puerta. Créame, preferirá alojarse en tierra, y él también lo preferiría.

Dejando a los hombres discutir, Kate regresó al barco auxiliar y saltó a bordo. La embarcación se mecía suavemente. Encendió los motores al segundo intento y los dejó rugir, indicando su grado de impaciencia.

—Este taxi acuático sale en un minuto —gritó por encima del rugido del motor.

Holden tomó una decisión y la siguió.

El trayecto de regreso al alojamiento alquilado fue rápido y silencioso, salvo por el ruido de los motores. Detrás de sus gafas de sol, el contable pensó en lo ansiosos que se habían mostrado los Donnelly por deshacerse de él.

«Podrían estar ocultando algo».

«Podría ser una reacción a mi persistente falta de encanto».

Por el momento, las probabilidades estaban al cincuenta por ciento, pero sus órdenes no habían cambiado. Si acaso, el departamento de antigüedades estaba más ansioso que nunca por continuar con el rescate. El lado más cínico de Holden no dejaba de regresar al más que conveniente hallazgo realizado al poco de llegar él. El resto de su persona señalaba la existencia de coincidencias. Para eso existía el término.

Cualquier búsqueda de respuestas tendría que esperar al día siguiente. Y eso significaba que habría otras búsquedas disponibles para aquella misma noche.

Se concentró en el perfil de Kate. Era una mujer intrigante, aparentemente ignorante de su belleza, que no hacía el menor intento por congraciarse con el hombre que tenía en sus manos el destino de su familia. Aun así la había pillado mirándolo en más de una ocasión como miran las mujeres interesadas en un hombre. Durante el poco tiempo que hacía que la conocía, la había visto alternar el miedo y la ira con la altivez más de lo que había visto hacer a todas las mujeres que había conocido en no pocos años.

Y sin embargo no le parecía que fuera volátil por naturaleza. No tenía el aspecto alerta o nervioso de alguien constantemente al borde del pánico. La mano que sujetaba el timón era tan competente como confiada su postura. Cada minuto que pasaba, su aspecto era más relajado.

«Quizás sea su familia la que la pone nerviosa».

Iba a tardar mucho tiempo en olvidar la expresión de terror de su rostro al contemplar la estrecha escalinata que conducía a la cubierta principal. Y más tiempo aún en olvidar la sensación al abrazarla. Había sido un abrazo pretendidamente de consuelo, pero al fin y al cabo era un hombre. Había sentido crecer el calor de la mujer a medida que el temor decrecía.

Y quería volver a sentirlo.
Pronto.
«Te estás precipitando», aconsejó a su cuerpo.
Pero su cuerpo no escuchó.
«Soy un hombre, no un adolescente cachondo».
Pero su cuerpo tampoco escuchó el razonamiento.
Holden se sintió aliviado cuando la casa de alquiler apare-

ció ante ellos. El sol estaba cerca del horizonte, incendiando el cielo y el agua, y el muelle aparecía como una mano tendida. Los motores pasaron a un suave murmullo mientras Kate disminuía la marcha para atracar.

Aunque las corrientes no eran tan fuertes en los trópicos como lo eran en el mar del Norte, existían. Las mareas no eran la razón por la cual muchos edificios costeros se asentaban sobre pilares. Eran las tormentas que movían grandes masas de agua, que hacían y rehacían el fondo del mar en pocas horas, reorganizando playas y costas a su paso.

—Es increíble que la casa no haya sido barrida por el mar —observó él.

—Está en el lado de sotavento de la isla, protegida de las peores tormentas —contestó Kate mientras realizaba la maniobra de cabotaje—. Si la tormenta que tanto le preocupa se materializa, puede que nos mojemos, pero no tendremos que nadar.

Mientras ella amarraba el barco, Holden tomó su equipaje y saltó al muelle. Como siempre desde el accidente, el muslo protestó. Otros miembros de su equipo se habrían conformado con haber recibido unas heridas como la suya.

—No me preocupa la tormenta —le explicó—. Le preocupa a mi jefe.

—¿A alguien se le ha ocurrido que el supuesto tesoro no fue más que la invención de un contable para cubrir pérdidas o incluso un robo? —preguntó ella.

—A mí sí. Y no fue una observación bien recibida —mientras hablaba, Holden recordó la considerable inteligencia que había tras esos ojos color turquesa.

Era muy capaz de ignorar las curvas, pero siempre le habían atraído las mujeres inteligentes.

Kate no se dio cuenta de la mirada de Holden fija en ella. Con cada paso que daba lejos del agua, sus nervios se relajaban.

—La idea de unos chupatintas sufriendo la fiebre del oro

sería hasta divertida si no fuera por el negocio de mi familia —observó ella.

—Los chupatintas también tenemos nuestros momentos románticos.

Kate estalló en una carcajada.

—¿No me cree? —preguntó Holden fingiendo sentirse herido.

—Holden usted no es un chupatintas y ambos lo sabemos.

—Parece muy segura —la indecisa brisa lo acarició como los dedos de una amante.

—¿Me equivoco? —insistió ella volviéndose para mirarlo mientras se acercaban al decrépito porche de la casa.

—¿Qué me ha delatado?

—Sus ojos fueron la primera pista. Su forma física, otra.

—Cuando me canso, cojeo —le informó él antes de poder contenerse.

—¿Ese es su argumento? He visto hombres en sillas de ruedas en una forma increíble.

—Otro punto más para la encantadora dama —asintió Holden—. En cuanto al resto, los ojos son de nacimiento, no he hecho nada para conseguirlos. Son bastante comunes en algunas partes del mundo, encrucijadas de civilizaciones. Mis ojos son el resultado de la aportación de pastunes y soldados del imperio británico en lo que ahora conocemos como India, Paquistán y Afganistán. Ya más recientemente, tengo una abuela irlandesa y una madre estadounidense. Los hombres de mi familia sienten una auténtica debilidad por las pelirrojas.

—Y muchas pelirrojas sienten debilidad por un hombre alto, oscuro y diferente —Kate empujó la puerta abierta con el hombro. La humedad y la madera daban como resultado puertas atrancadas—. Su inglés es excelente.

—Es lo que hacen los internados londinenses —contestó él mientras se colocaba las gafas sobre la cabeza.

Nunca había comprendido la moda de llevar las gafas de

sol colgadas de la nuca donde, invariablemente, se llenaban de sudor.

—Debe tener buen oído para los acentos —continuó ella—. En ocasiones alguna inflexión, o elección de palabras, hace que parezca estadounidense.

—Pillado de nuevo —admitió Holden—. Me crie en una casa multicultural. Como he dicho, mi madre es estadounidense, mi padre pasó su infancia entre la familia de su padre en Irlanda y el lugar que prefería, Gales. Si no tengo cuidado, y realmente no hay necesidad de que lo tenga, tendría, tengo, unos cuantos acentos y vocabulario a mi alcance.

—Espero que uno de esos idiomas sea el de cocinar.

—No será nada selecto —él la miró de reojo.

—Me conformaré con comestible.

—¿No sabe cocinar?

—Lo hago continuamente. Y luego lo limpio todo, continuamente. Si no le importa, me ocuparé de la mitad de las tareas. El amor por los trabajos del hogar no viene impregnado en los genes femeninos.

—Me parece justo —Holden soltó una carcajada.

Kate lo miró fijamente. Tenía una risa hermosa, rotunda y cálida, y los ojos de dragón brillaban en la penumbra del interior de la casa.

—Tiene que dejar de hacer eso.

—¿El qué?

—Ser humano. Hace que su comportamiento de robot resulte cada vez más inquietante.

Kate encendió una luz y apartó de su mente las peligrosas sensaciones de intimidad que acompañaban al ocaso del día.

CAPÍTULO 6

Holden miró el interior de la casa. Nada había cambiado. La primera palabra que había acudido a su mente, tras «destartalada», era «espartana». Pero estaba tan limpia como podía estar cualquier cosa en los trópicos, donde la vegetación y los insectos se disputaban con los humanos hasta el último rincón.

—Acogedor —observó.
—Eso no se me había ocurrido a mí —contestó Kate—. Mis reacciones iban más por la línea de maravillarme de que la casa siga en pie.
—Los paneles de falsa madera son especialmente elegantes, ¿no cree? El contraste con las persianas de láminas rotas es bastante notable.

La observación de Holden le pareció muy divertida a Kate. Si añadía el alivio que sentía por estar de nuevo en tierra, el resultado era casi embriagador.

«O puede que no haya comido mucho hoy».
—Espero que le guste cenar pronto.
—Cena. O refrigerio.
—Ya regresó el robot, y de nuevo estamos separados por un idioma común.
—Cuando era niño, en el colegio se burlaban de mí por mi forma «rara», de hablar —explicó Holden—, de modo que

aprendí, solo para ser humillado por los estadounidenses por mi manera de hablar.

Kate pensó en el niño vulnerable de exóticos ojos y se sintió desfallecer. Era mucho más sencillo tildarle de robot británico de clase alta.

Y más seguro también.

Pero cada vez que elegía una expresión, o alguna palabra, impropia de un robot, le recordaba que era un hombre, y muy atractivo. Si añadía el humor y la inteligencia, y una especie de calor que le inquietaba, debía admitir que tenía problemas.

—Tengo hambre —anunció bruscamente—. ¿Y usted?

—Bastante.

El especulador fuego en sus ojos hizo que ella se preguntara sobre las costumbres de apareamiento de los dragones.

Y desvió la vista.

Holden intentaba decidir si tomar una cena, o mejor a ella, pero decidió reprimir su volátil mente y ponerla a trabajar. Hizo una rápida inspección de la cocina americana, compuesta por varios hornillos enchufados a una caja de empalmes, una nevera pequeña, un fregadero apoyado sobre cuatro patas metálicas, y un quemador de aspecto dudoso en equilibrio inestable sobre una bombona de propano. Alzó la bombona y comprobó que, si no estaba vacía, le faltaba muy poco.

—¿Hay alguna bombona de propano de repuesto? —preguntó.

—No lo sé. No he visto ninguna junto a la puerta trasera.

—De acuerdo. Optemos por la electricidad.

Abrió la pequeña nevera, pegada a una encimera hecha de maderos clavados a cajas de embalaje.

—Como fuente de proteínas tenemos pescado de roca —el contable acercó la nariz—. Fresco. Maravilloso —siguió buscando—. Ajo. Una jarra de té fresco. Y una cebolla medio pocha. Nada de vino o cerveza.

—No hay problema. Casi nunca bebo. No me gusta el sabor.

Mientras Holden miraba en la nevera, Kate empezó a revolver en los armarios.

—Arroz, café, té, azúcar, sal, leche en conserva, ¡puaj!, especias y un cuenco de fruta fresca, incluyendo cocos —anunció—. Ah, y un aceite de oliva de muy buena calidad. ¿Cree que Farnsworth es un gourmet?

—Lo dudo. ¿Cómo de fresca está la fruta?

—Bastante —ella examinó las piezas—. Las naranjas tienen muy buena pinta.

—Eso soluciona el problema del escorbuto.

—Pensaba que lo solucionaban las limas.

—Cualquier cítrico —le informó Holden mientras cerraba la nevera—. Las limas viajan bien.

—Pues también tenemos algunas.

Por el rabillo del ojo, Kate lo observó mientras cocinaba. Era rápido y eficiente a la hora de improvisar. Tras lavarse las manos, abrió un coco con un cuchillo de cocina más parecido a un machete, y que seguramente había sido utilizado como tal con la vegetación local. Vertió el agua de coco en un pequeño cazo y se concentró en el arroz.

—Arroz instantáneo —observó mientras leía el paquete—. Esto pone fin a la teoría del gourmet.

—¿Y qué tal un gourmet con prisas? —aventuró Kate.

—Son términos contradictorios.

Ella sonrió y se relajó visiblemente un poco más.

El contable echó el arroz en el cazo, añadió agua, y lo calentó sobre uno de los hornillos eléctricos. Para su sorpresa, tardó muy poco en calentarse. Añadió algunas especias y tapó el cazo con uno de los tres platos llanos disponibles, ninguno igual al otro.

En un tiempo sorprendente, la casa entera se llenó del aroma a especias, coco, fruta fresca y pescado braseado con aceite de oliva. Se quemó la mano al intentar agarrar el mango del cazo, soltó un juramento sobre la ausencia de una «maldita manopla en toda la casa», y envolvió el mango con su camiseta para proceder a transferir el pescado a medio hacer al plato que cubría el cazo con arroz. El vapor se encargaría de terminar de cocinar el pescado.

—Ha tenido suerte de que la electricidad aún no se haya ido —observó Kate intentando no hacer ningún chiste sobre los hombres y la cocina—. Basta con una rana arborícola o una cucaracha de buen tamaño en la caja de empalmes y ¡bum!, de vuelta a la Edad Media.

—El pescado crudo está muy rico con el agua de coco —contestó él—. Pero acordamos cocinar, y marinar no es exactamente lo mismo.

Kate anotó mentalmente el hecho de que era un hombre de palabra, incluso en los detalles menores. Muchos, demasiados, no llevaban la ética profesional a su vida personal, suponiendo que esos hombres tuvieran alguna ética siquiera. Había conocido a bastantes capaces de mentir para meterse en la cama de una mujer. Y también había conocido a unas cuantas mujeres mentirosas.

Holden exprimió el zumo de lima sobre el pescado y lo dejó cocer a fuego lento mientras colocaba unos trozos de fruta sobre los otros dos platos, cubría la fruta con un filete de pescado y echaba la salsa por encima.

Ella intentó recordar si alguna vez había comido algo delicioso preparado por un hombre alto, oscuro y diferente. Y después se preguntó si resultaría superficial por dejarse seducir por un hombre atractivo que sabía cocinar.

«Menos mal que no se ha puesto delantal. Sería capaz de perder toda mi dignidad».

Una carcajada silenciosa bulló en su interior.

—¿Vasos? —preguntó él.

—Voy a ver —Kate abrió varios armarios hasta encontrar dos tazas de té desportilladas.

Holden las llenó con el té frío y lo colocó todo sobre la diminuta y descascarillada barra americana de formica junto a la que había dos banquetas.

—Casi no me atrevo a preguntar por unos tenedores —anunció él—. O, en su defecto, palillos.

—Los tenedores están en la cesta sobre la encimera —le indicó Kate mientras se lavaba las manos.

Se sentó en una banqueta mientras el contable servía la comida. Cuando él se sentó a su lado, Kate sintió que apenas quedaba aire para respirar. En parte debido a la diminuta superficie sobre la que comer. En su mayor parte debido a Holden. De algún modo ocupaba una irracional cantidad de espacio.

Ambos se lanzaron sobre la comida con ansias muy poco civilizadas.

—Delicioso —anunció ella tras probar los primeros bocados—. Le nombro chef.

—Renuncio. A saber qué encontraremos mañana dentro de la nevera.

—Seguro que conseguiría preparar algo sabroso.

—¿Alguna vez ha probado serpiente en agua de coco?

—Entendido —asintió Kate—. Mañana cocino yo.

Holden alzó la copa de té a modo de brindis.

En medio de un agradable silencio, ella devoró la comida. Negó con la cabeza cuando él le ofreció repetir, y se bebió el té. Una sensación somnolienta la envolvió, tal vez debido a la hora, la comida y el cansancio. Distraídamente se preguntó cuántas entradas encontraría sobre «Holden Cameron, Gran Bretaña», si hiciera una búsqueda en el ordenador.

—Me imagino que unas cuantas —contestó él.

—¿Sabe leer la mente? —ella lo miró sobresaltada.

—Solo cuando la persona piensa en voz alta —Holden sonrió.

—¡Oh! —Kate sintió el calor inundar sus mejillas y supo que estaba roja como un semáforo—. ¿Podría ahorrarme algunas molestias?

—Ni siquiera tiene una conexión por cable a Internet aquí —observó él mientras acababa con el último pedazo de su segunda ración.

—En la isla todo funciona con redes inalámbricas. St. Vincent tiene cobertura al máximo. En los trópicos, las torres son más baratas de mantener que los cables. Hábleme de usted y ahórreme ir al dormitorio para buscar mi ordenador.

—¿Qué le interesa tanto saber? —preguntó él.

—¿A qué se dedicaba antes de trabajar para el departamento de antigüedades?

—Era marino.

—Y seguro que rompía corazones en todos los puertos —apuntó Kate mientras contemplaba los fuertes brazos.

Brazos dorados, musculosos, cubiertos de vello oscuro. Muy diferentes de los de los clientes que había dejado en Canadá.

—¿Durante cuántos años sirvió?

—Creo que ya he contestado a la pregunta de hoy. Quizás pueda volver a intentarlo mañana.

—Google nunca duerme.

—Si tanta curiosidad siente, le sugiero que reanude esta conversación con él.

—Lo haré —asintió ella—. De modo que fue marino…

—La Royal Navy, BACD —él la miró con severidad.

—¿Qué le pasó al resto del alfabeto?

Holden sacudió la cabeza y levantó la jarra de té ofreciéndole más. Kate le acercó la taza para que se la llenara.

—BACD era mi rango —le informó—, «Buceador Activo de Despeje».

—Es buceador —la perezosa curiosidad se esfumó. No debería sorprenderle, mucho menos desilusionarle, pero así era.

—El buceo de despeje no es un trabajo muy glamuroso para una familia de buscadores de tesoros —admitió él.

—¿Y exactamente qué hace un buceador de despeje? ¿Limpiar la ruta de navegación de basura?

—Pasaba la mayor parte del tiempo desactivando minas.

—¿Minas? —preguntó Kate. De repente, bucear para recuperar tesoros le pareció una manera muy segura de ganarse la vida.

—Sí. Un negocio horrible.

—No sabía que los puertos británicos albergaran tantas minas de la Segunda Guerra Mundial.

—Eso explicaría por qué pasé la mayor parte del tiempo en otros lugares.

Kate abrió la boca para formular otra pregunta, pero él sacudió la cabeza.

—Me toca a mí. ¿Dónde se crio?

—¿Por qué lo pregunta?

—Porque come como si estuviera en una cantina, rodeada de veteranos.

—Bueno —ella sonrió—, eso describe bastante bien mi infancia. Siempre era la más pequeña a la mesa.

—¿Recibió una formación institucional?

—No, aunque quizás hubiera sido mejor que fuera así.

Holden la miró y dejó claro que esperaría a la respuesta verdadera.

—Pasé mi infancia en ese barco en el que hemos estado —contestó ella al fin. Su tono de voz indicaba que no deseaba seguir hablando del tema.

—¿Vivía a bordo del *Golden Bough*?

—Con mi abuelo, padres y hermanos, además de diversos buceadores.

—Muy apretados —observó él.

—No tiene ni idea —Kate se levantó y empezó a recoger los platos—. Compartí camarote con Larry hasta que resultó imposible. Él tuvo que trasladarse al de nuestro abuelo.

Enjuagó, enjabonó y aclaró los platos. No había paños de cocina, ni escurreplatos para escurrir la vajilla. Encogiéndose de hombros para sus adentros, volvió a colocar los platos en el armario.

—Supongo que se moriría de ganas de alejarse de esa vida

—murmuró Holden—. ¿Cómo se tomó el resto de la familia su marcha?

—El abuelo se enfadó. Larry sintió alivio porque, si me quedaba, yo sería capitán del barco. El abuelo lo había dejado muy claro —la voz de Kate resultaba despiadadamente neutra.

—Hay que tener cuidado con lo que se desea —observó él—. Su hermano parece hecho polvo. Supongo que la habrán llamado para adecentar los libros de cuentas.

—¿Adecentar? ¿Es la manera británica para indicar «amañar»?

—No —Holden contempló con inquietud el tenedor que la joven tenía en la mano.

—Buena respuesta —ella se volvió de nuevo hacia el fregadero—. Me llamaron para traducir la excéntrica manera que tiene Larry de llevar los libros a algo que resulte comprensible para cualquiera.

—Me encantaría ayudar.

—Buceador y contable. Fabuloso —el tono de voz indicaba lo contrario—. Una pena que no haya estado a bordo desde el principio.

Los cubiertos aterrizaron en el cesto con un sonido metálico.

—¿Eso ha sido un sí o un no? —insistió él.

—Lo siento, ¿cuál era la pregunta?

—Que si puedo ayudar con los libros.

—Si me topo con un muro, le pediré ayuda —contestó ella—. Discúlpeme, pero tengo que fregar la sartén en la playa. Eso debería darle el tiempo suficiente para registrar mis cosas. Solo le pido que deje todo como estaba y fingiremos que nada ha sucedido.

Kate sintió la mirada de Holden sobre ella mientras salía de la casa. Al llegar al punto en que la arena seca se juntaba con el agua, se agachó y, tomando un puñado de arena, frotó la sartén. Necesitó repetir varias veces hasta que el metal solo olió a mar.

Regresó a la casa, pero no vio a Holden. El murmullo de una voz grave proveniente de la parte trasera de la casa le indicó que estaba en su habitación, hablando solo o con alguien del departamento de antigüedades.

Las cajas con documentos tenían el mismo aspecto que cuando había salido a limpiar la sartén. Todo estaba hecho un lío.

Suspiró, guardó la sartén, sacó el ordenador de la maleta, abrió la hoja de cálculo sobre la que estaba trabajando y se preparó para varias horas de repaso y anotaciones.

Desde la habitación del fondo, Holden oía los pequeños ruidos que hacía Kate mientras ordenaba papeles, dejaba caer algo, murmuraba un juramento y empezaba a teclear.

«Seguramente estará separando las facturas en columnas, aunque no servirá de nada. Lo que sea que descubra en ese lío de papeles no bastará para salvar el proyecto, ¿para qué la llamaría su hermano?».

La única respuesta que se le ocurrió fue la más obvia: para que le sirviera a él de distracción sexual. El juego más viejo del mundo. Porque funcionaba.

Holden no podía negar que se sentía atraído. Pero ¿distraído?

«Demonios, pues claro que me distrae. Estoy aquí sentado, pensando en ella, sintiendo envidia de cada bocado de alimento que ha rozado sus labios. Unos labios sexys. Carnosos. Hechos para...».

Interrumpiendo sus pensamientos, marcó en el móvil el número de Farnsworth. Mientras esperaba a que contestara, cerró la puerta del diminuto dormitorio y encendió su propio ordenador.

—Aquí Malcolm.

—Ya era hora —rugió Holden.

—El generador principal se ha vuelto a fastidiar. Estamos trabajando con linternas porque el capitán es demasiado tacaño para sacar el combustible de uno de los motores principales. ¿Alguna vez ha intentado escribir, introducir datos y fotografiar en estas condiciones? Me costó un poco encontrar el móvil.

—Intente trabajar bajo el agua —contestó él—, y luego venga a quejarse. ¿Qué le pasa al generador?

—Que es prehistórico. El viejo Donnelly está ahí abajo soltando terribles juramentos mientras trabaja en ello. La tripulación llevó el barco auxiliar grande a la costa para la noche. Aquí abajo hace un maldito calor.

—¿Por qué no se fue en el barco auxiliar?

—Ya lo tenía todo preparado aquí —contestó Farnsworth—. No es la primera vez que estoy en los trópicos. Lo cierto es que prefiero el calor.

—¿Se está haciendo nativo?

—No antes de jubilarme.

—¿Dónde está la cadena de oro que descubrió el buceador? —preguntó Holden.

—La tengo yo. Llevaré los hallazgos importantes a tierra personalmente. Soy el único que tiene llave del almacén donde guardo las cosas más importantes para el viaje de regreso a Londres. Los nativos guardan el resto.

—¿Son de fiar?

—Eso da igual —aseguró Farnsworth—. La caja fuerte con los objetos valiosos está atornillada al suelo del almacén. Cerrada, por supuesto. De nuevo, soy el único que tiene llave.

«¿Y no duermes?», pensó Holden, aunque ya conocía la respuesta.

Consideró decirle a Farnsworth lo pobres que le parecían las medidas de seguridad, pero no lo hizo. Cuando Holden había sacado el tema en Londres, le habían hecho ver que la seguridad no era su especialidad, y aconsejado que dejara el asunto en manos de los expertos.

—Por supuesto, quiero echar un vistazo al almacén —anunció Holden.

—Cuando quiera, pero no ahora mismo, espero. Estoy

realmente cansado. Dado que la llave del almacén nunca se separa de mi cuerpo, seré yo quien se lo enseñe.

Holden se preguntó cuántos duplicados de esa llave estarían en circulación. Un hombre necesitaba dormir.

—¿Algo de valor entre los pedazos de porcelana encontrados hoy?

—Baratijas. Un anillo de oro que podría haber tenido una piedra engarzada. Un pedazo de metal que podría provenir de un monedero o de las galeras. Un taza de peltre muy golpeada. Otro pedazo de oro que podría haber formado parte de un broche o unos pendientes. Una cornalina bastante bonita, o al menos podría serlo si sobrevive a la limpieza. También lo que, por encima, parece ser un cañón. Enviaré las fotos al departamento de antigüedades por si consideran que merece la pena dedicar el tiempo que nos queda antes de la tormenta a otro cañón.

Holden abrió en su ordenador la aplicación de buceo. Ante sus ojos surgió la imagen del fondo marino, en tonos azules y negros. Se adivinaban las cuadernas, las costillas del barco, aunque parecía estar en mal estado. Pulsó algunas teclas más y una cuadrícula apareció sobre el pecio.

—¿En qué sección se han encontrado los últimos hallazgos? —preguntó.

Introdujo las coordenadas que le indicaba el otro hombre.

—No parece seguir ningún patrón definido.

—El fondo del mar ha sido removido unas cuantas veces —contestó Farnsworth secamente.

—Las cuadernas y la quilla parecen en buen estado bajo el camuflaje de coral.

—No sabría decirlo. Mi trabajo es catalogar, no soy buceador. ¿De verdad va a cerrar el departamento de antigüedades la operación?

Holden consultó la previsión meteorológica, siempre abierta en segundo plano en su ordenador. Cualquier variación significativa haría saltar la alarma.

—Por lo que yo sé —contestó—, el departamento está a la expectativa. La tormenta parece haberse estancado. No hay nada previsto de aquí a dos o tres días, pero la predicción a cinco días tiene mal aspecto, por decirlo suavemente. Los objetos que acaba de describir realmente no son motivo de optimismo.

—¿Alguna noticia del mercado negro? —Farnsworth suspiró.

—Tienen más cosas valiosas del *Moon Rose* que nosotros.

—Mierda. Deberían haber encerrado a ese bastardo.

—¿A cuál? —preguntó Holden.

—Al idiota que pensó que podría salvarse de la cárcel si daba información sobre objetos vendidos en el mercado negro de St. Vincent. Así se enteró nuestro jefe de la existencia de las monedas.

—Ah, ese —el contable se encogió de hombros—. Tal y como son los ladrones, fue bastante hábil.

—Stanley Chatman, nuestro jefe, ¿es un ladrón?

—Me refería a la comadreja que decidió informar a la Corona de que en St. Vincent había algo turbio, el que terminó con las subastas secretas. Dado que la información era buena, se le permitió regresar a sus negocios, en lugar de encarcelarlo como se merecía.

Mientras hablaban, Holden cambiaba de pantallas. La imagen que surgió ante él era espectacular.

—Me gustaría hablar con la sabandija sobre la Cresta Márquez —continuó él sin apartar la mirada de la pantalla.

—¿Qué es eso?

—Un anillo muy valioso, se cree que fue fabricado con el oro fundido de una estatua pagana, inca, creo. El hombre que se quedó con el anillo, al parecer, se alegró mucho al saber que había ayudado a someter a los infieles y, de paso, se había hecho inmensamente rico.

—¿Por qué no nací yo en esa familia? —murmuró Farnsworth.

—¿Tan fea es su madre?
—¡Váyase a la porra!
—El anillo llevaba engarzadas trece esmeraldas cuadradas, dibujando una cruz templaria. Era indicativa de rango y riqueza, y una sutil arma de la iglesia, sugiriendo que el capitán Gabriel Mignola Brandon Márquez recordaba la orden que el mismísimo papa deseaba olvidar.
—¿Ha visto ese anillo?
—Dos fotos, una de una fuente anónima y la otra, un primer plano de un viejo cuadro en el que el orgulloso capitán muestra su riqueza. El barco del capitán se llamaba *Cross of Madrid*, y la última vez que fue visto navegaba junto al *Moon Rose*, algo así como emparejar a un atún con un tiburón. Lo más probable es que Bloody Green llevara puesta la Cresta de Márquez cuando el *Moon Rose* se encontró con su destino.
—Larry me contó la leyenda del *Moon Rose* —Farnsworth contuvo la respiración—. Una fortuna en oro y gemas. No me extraña que el departamento de antigüedades esté de los nervios.
—Recibí orden de venir a St. Vincent poco después de que Chatman descubriera que el anillo había sido vendido en subasta en el mercado negro —le informó Holden.
—De modo que Chatman cree que los Donnelly no me están entregando todo lo que sacan.
—Esa es una posibilidad. Pero hay otras. Los propios buceadores son un grupo bastante chungo. Podrían estar ocultando pequeños hallazgos, como anillos o monedas para venderlas. Las cámaras de buceo no pueden grabarlo todo y, en cualquier caso, su misión es de registro histórico y como medida de seguridad, no de investigación.
—Volkert también es un cerdo.
—No lo conozco —observó Holden.
—Tiene a una mujer en tierra. No sé si se lo imagina.
—Lo que imagino es que le pagará bastante bien compa-

rado con lo habitual en esta isla. Pero, si tener una mujer en tierra fuera ilegal, muchos marineros estarían entre rejas.

Farnsworth soltó una carcajada.

—¿En qué cuadrícula estaban los trozos de cerámica y las joyas? —insistió el contable.

Mientras su colega le proporcionaba la información, Holden introducía las coordenadas. Al poco rato empezó a sentir la incomodidad de trabajar con el teléfono sujeto entre la oreja y el hombro. Además, la puerta cerrada permitía muy poca corriente de aire. La habitación empezaba a alcanzar la temperatura suficiente para hacer sudar a una piedra.

—Espere un momento.

Antes de que Farnsworth pudiera contestar, Holden ya estaba de pie.

CAPÍTULO 7

Holden hizo deliberadamente mucho ruido al abrir la puerta del dormitorio y avanzó por el pasillo hasta el salón. Lo primero que vio fue a Kate dormida sobre un montón de papeles, la pantalla del ordenador en modo ahorro energético. «Cómo me gustaría meterla en la cama», pensó. «A mi lado. Desnuda». Pero no lo hizo, de modo que regresó al dormitorio, dejó la puerta abierta para que hubiese ventilación, se quitó toda la ropa salvo la interior y tomó de nuevo el móvil.

—Voy a poner el altavoz —anunció—. Es malditamente difícil teclear de otro modo.

—¿Dónde estábamos? —preguntó Farnsworth mientras ahogaba un bostezo.

—El mapa del sitio. Los veinticinco sectores. Vista general.

—Correcto —hubo una pausa—. No sé cuánto le contó el departamento de antigüedades.

—Cuénteme lo que sepa —le apremió Holden—. Ya me ocuparé yo de correlacionarlo con la información del departamento.

—Personalmente, comparto la intuición de Larry en el sentido de que el pecio es demasiado pequeño para ser el *Cross of Madrid*. Él dice que el tamaño es el adecuado para una balandra de doble cubierta, reducida al mínimo para ganar velocidad y abordar barcos más grandes y lentos.

—Barcos mercantes —observó Holden.

—Eso es. No solían llevar la misma protección que un galeón con tesoros, que iba escoltado por navíos armados.

—Eso está en la línea de la teoría de Chatham sobre la identidad del pecio: el *Moon Rose*.

—¿No sería maravilloso? —preguntó Farnsworth—. El departamento de antigüedades mencionó una bonificación si el botín superaba cierta cantidad.

—En el contrato que yo vi no había nada de eso.

—Porque la tripulación no recibirá gran cosa. Hablaba personalmente. Aunque es tan difícil como que un ciego encuentre una aguja en un pajar. El *Moon Rose*, según la documentación que recibí del departamento, podría haberse hundido a veinticinco metros bajo la línea de flotación, y en la actualidad, sus restos están esparcidos como un huevo estampado desde una altura de tres pisos.

—Ese es el problema con los barcos de madera —dijo Holden—. El fondo del mar cambia constantemente, el coral crece, y las cosas se desmoronan en las tormentas. Los escáneres del radar fueron bastante claros. El pecio está ahí abajo. ¿Ha pasado alguien un detector de metales sobre la zona?

—Volkert lo sabrá. O Larry, si lo pillamos despierto y fuera del agua. El pobre hace el trabajo de tres hombres. El informe más reciente que tengo del detector de metales es de… —se oyó crujido de papeles y teclas de ordenador—, del sector C2, sobre la parte central del casco principal. De ahí salieron los lingotes y el puñado de monedas de oro. Dos eran únicas. Hermosas monedas cargadas de historia en el reverso. El departamento de antigüedades se ilusionó mucho y me indicó que no dijera una palabra.

Holden no había sido informado del hallazgo de más monedas de las especiales, pero explicaba por qué algunas personas del departamento se empeñaban en seguir adelante con el proyecto. Esperando que su jefe estuviera en lo cierto, el contable estudió las imágenes que poseía del pecio—. En teoría, todas las cuadrículas deberían producir algo, aunque solo fuera trozos de cerámica.

—La cadena de oro no estuvo mal.

—Mi buzón de entrada está lleno de peticiones específicas para pasar el aspirador por una cuadrícula u otra y echarlo sobre la plataforma de dragado —le informó Holden.

—¿Le indicaron una profundidad concreta en la que buscar en cada cuadrícula? —preguntó Farnsworth con cierta ansiedad.

—No. Le señalé esa circunstancia a Chatham y me dijo que hacían lo que podían con la información de que disponían y que, si necesitaba más información, debería conseguirla sin interferir en el proceso de rescatar objetos.

—Creo que eso sería bastante complicado, y seguramente una pérdida de tiempo. Y, a propósito de la pérdida de tiempo, el departamento de antigüedades no ha pedido un resumen visual de los registros de buceo, ¿verdad?

Holden pensó en las horas y horas de zambullidas registradas y archivadas como archivos .mpg. Repasarlo sería aún menos interesante que sentarse a ver crecer la hierba.

—Alguna pobre desgraciada pasa su vida en Londres haciendo precisamente eso —indicó Holden—. Si la señorita Pinkham hubiera encontrado algo raro, la policía local ya habría abordado el *Golden Bough* y puesto todo bajo llave.

—¿No era ese cometido suyo?

—En absoluto. Estoy aquí para determinar la eficiencia del buceo —contestó él. No era toda la verdad, pero Farnsworth no necesitaba conocer el resto—. Ha pasado mucho tiempo a bordo. ¿Ha notado algo inusual en la tripulación o en las operaciones de rescate de objetos?

—Lo siento, suelo trabajar en tierra. Esta es la segunda vez que estoy en la zona de rescate de objetos. No sabría qué es habitual, mucho menos qué es extraño.

—¿Qué impresión tiene del viejo Donnelly? —el contable lo intentó desde otro enfoque.

—Apenas he tenido contacto con él. Su nieto parece muy trabajador.

—¿Y qué hay de la nieta?

—Larry mencionó una o dos veces que tenía una hermana. Lo siento, amigo. No estoy siendo de gran ayuda, ¿verdad?

—¿Por qué no me pregunta a mí? —una voz gélida surgió desde la puerta.

La voz de Kate.

Holden finalizó bruscamente la conexión con Farnsworth y se volvió hacia ella. Lo miraba con los ojos muy abiertos y él recordó que solo llevaba puestos los calzoncillos.

—Si le incomoda —le indicó Holden—, me vestiré.

—No —ella sacudió la cabeza antes de carraspear en un intento de disimular el tono ronco en su voz—. Crecí a bordo de un barco de buceo. Ya sabía todo sobre la diferencia entre hombres y mujeres antes de ser lo bastante mayor para ponerle nombre.

Aquello solo era una verdad a medias. La otra mitad era que Holden Cameron tenía un cuerpo como los que solían inmortalizar en mármol los antiguos griegos. Salvo que era mucho más cálido que el mármol blanco. Su piel era de un tono dorado y los músculos se movían con la suavidad del mar, las sombras curvándose en su cuerpo como los dedos de una amante.

«No lo mires. No lo mires. No lo mires», se ordenó a sí misma con firmeza. «¡Dios!, ¿estaría mal si lo acariciara?».

«Sí, estaría mal».

—Apuesto a que esa cicatriz tiene su historia —ella desvió su atención del cuerpo y soltó lo primero que acudió a su mente.

Holden miró su muslo izquierdo, donde un trozo de metralla de una mina había hecho un buen trabajo. La cicatriz medía varios centímetros.

—Gajes del oficio. Las minas tienen la mala costumbre de estallar.

—¿A qué profundidad estaba? —Kate lo miró muy quieta.

—No lo bastante como para morir.

—Debió de ser... —«horrible. Terrorífico»—. Doloroso —consiguió decir al fin.

—La mayor parte del tiempo parece peor de lo que es —automáticamente se masajeó la carne rasgada—. No cicatrizó bien y ha quedado un quiste. Los cambios de presión hacen que se inflame. De modo que soy bastante bueno pronosticando cambios en el tiempo.

—Volar debe resultarle duro —Kate no apartaba la mirada de su muslo, aunque cerró los ojos durante un instante. Al volverlos a abrir, lo miró a la cara.

«¿Duro he dicho? ¿Podría haber elegido una palabra menos impactante? Y hablando de impactante...».

Kate rezó silenciosamente para que sus pensamientos no se reflejaran en su rostro.

—Una avioneta puede ser un problema por los cambios de presión —contestó él mientras deseaba que estuviera tan desprovista de ropa como él. Aunque la blusa estaba suelta, se le pegaba en lugares muy estratégicos. Esperó estar haciendo un mejor trabajo que ella a la hora de evitar mirar ciertas partes de su cuerpo—. Los aviones más grandes están lo bastante presurizados y solo duele durante media hora cada vez.

—Recuerdo la extraña sensación que tenía en las articulaciones y los pulmones cada vez que subía demasiado deprisa de una zambullida. Incluso cuando lo hacía bien, la sensación era incómoda durante los minutos que seguían —ella dudó. Si las bajadas de presión en el avión le provocaban dolor, las presiones elevadas del buceo debían ser mucho peores—. Supongo que ya no bucea.

—Los médicos me dicen que pueden extirpar el quiste cuando quiera. Sin embargo la idea de varios meses más de terapia no me atrae.

—¿Terapia?
—Terapia física.
—¿Echa de menos bucear? —preguntó ella.
—¿Y usted?

Ecos de terror, negación, rabia. Una oleada de emociones de la adolescente que había sido.

—No —Kate respiró hondo—. No echo de menos bucear.
—Curioso.
—¿Por qué?
—Bucear con su familia de niña en busca de tesoros sería el sueño hecho realidad para cualquier niño de tierra adentro.
—Era lo único que conocía —ella se obligó a apartar la mirada de la dorada piel.
—En una palabra, era lo normal.
—Cuando me fui al instituto —Kate asintió y se hundió en la profundidad de los cambiantes ojos de Holden que, en la penumbra, se veían casi dorados—, lo encontraba extraño y exótico porque todo el mundo tenía una dirección y no solo un apartado de correos. Y las aulas no flotaban, y yo podía caminar durante todo el día y no terminar en el mismo punto desde el que había arrancado.
—De todos modos, recibir la paga en doblones debía ser bastante agradable —observó él.

Kate aceptó las bromas con una naturalidad que debería haberle preocupado, como si lo conociera desde hacía años y no horas.

—¿Paga? ¿Y para qué iba a necesitar paga? Me daban de comer, la mayor parte del tiempo tenía un techo sobre la cabeza, y bastaba con un mínimo de tareas escolares para contentar al estado de Florida. ¿Qué niña de diez años no soñaría con algo así?
—Pero no una niña de dieciocho…
—Te haces mayor —ella se encogió de hombros—. Y te das cuenta de que la base sobre la que has construido tu vida

no va a durar para siempre. Sobre todo cuando la competencia tiene los recursos, digamos, del Reino Unido.
—No somos competencia. Somos un cliente.
—No tal y como lo ve el abuelo. No olvide que, hace años, se consideraba que los tesoros eran de los que los encontraban. Simplemente no se molestó en rescatarlos.
—O no los encontró —señaló Holden.
—Si usted prefiere verlo así —asintió ella sacudiendo una mano en el aire—. Para él, encontrar era tan solo una cuestión de tiempo, trabajo y suerte —una sombra cubrió su mirada, un recuerdo de que la suerte, en ocasiones, se terminaba—. Después de encontrar oro, solía trabajar duro, por si acaso el mar cambiaba de idea sobre permitirle el acceso al tesoro.

Con unos pocos movimientos suaves, Holden se puso la camiseta. Necesitaba algo para ocultar la erección que seguía creciendo a pesar de sus intentos de razonar con ella.

Kate lamentó, y al mismo tiempo, aprobó su acción. Ver hasta qué punto el hombre que deseaba también la deseaba a ella estaba acabando con el poco control que le quedaba a ella. La sensación era inquietante, algo parecido a sus primeras zambullidas. Una mezcla de excitación, nervios, fascinación, alegría, sentirse viva.

Cómo de viva era algo sobre lo que no debería estar reflexionando en esos momentos. Sus pezones estaban tensos, hambrientos de caricias.

Buscó con cierta desesperación una distracción, y su mirada descubrió el ordenador. Aunque la pantalla estaba oscura, recordó lo que había visto al asomarse a la habitación.

—¿Por qué tiene Cartomancy en su ordenador? —preguntó.

Holden dejó escapar un suspiro en un intento de aflojar la tensión sexual de su cuerpo, y del dormitorio.

—No muchas personas reconocerían el programa —contestó. Su voz era demasiado grave, ronca, casi un gruñido, pero la ignoró, como intentaba ignorar la tensa inflamación de su cuerpo.

—No hay muchas personas que disfrutaran de una infancia como la mía —señaló ella, la mirada fija en la pantalla porque era la cosa menos peligrosa que podía mirar en esa habitación—. Cartomancy era el programa básico para leer e interpretar los mapas ESRI años atrás, cuando el abuelo llevó los primeros ordenadores a bordo porque papá le convenció de ello —su mirada se suavizó con los divertidos recuerdos—. Después papá hizo que se desarrollaran programas para mapear directamente los resultados en directo del radar y el sonar, para que cualquier lectura a bordo del *Golden Bough* pudiera ser marcada y añadida sin problemas a un registro permanente. Por supuesto, el abuelo pensó que era una basura estúpida y costosa.

Holden se aferró a la conversación como el salvavidas que era, que le permitiría salir de las peligrosas corrientes sexuales que corrían entre Kate y él.

—Cartomancy es como se llamaba antes. Algún bromista llamó a la nueva versión Cartocracy. La versión antigua sigue siendo básica para marcar los datos submarinos.

—De manera que no tiene ningún problema para leer e interpretar los datos digitales del *Golden Bough*.

—Si se archivan lógicamente, no, no tendría problema. Al parecer hubo un cambio en los operadores del centro de buceo hará una semana. Volkert no ha empezado a deshacer el lío dejado por su predecesor. O predecesores. El archivo de las nóminas solo cita posiciones, no nombres individuales.

—Dado lo que Larry les está pagando —observó ella—, debería esperar una fuerte tasa de relevos.

—Eso es ineficiente.

—Pero barato. Se obtiene aquello por lo que se paga. Si el lío al que se enfrenta Volkert se parece al enredo en el que estoy trabajando, puede contar con todas mis simpatías. Los buceadores son unos empresarios horribles.

—Por eso las personas inteligentes contratan a alguien para que se ocupe de los detalles más enrevesados.

—A mí no me mire —Kate sacudió la cabeza—. Contratar implica pagar por el trabajo. Yo estoy aquí de vacaciones.

Holden la miró con sus ojos cambiantes, recordándole que los dragones tenían fama de ser tan inteligentes como letales.

«¡Jesús! Qué ojos tan extraordinarios. Hipnóticos». «Sexys».

«Una pena que no esté aquí realmente de vacaciones. Podría disfrutar de un salvaje revolcón para llevarme una vida de recuerdos ardientes para mis noches más frías».

—¿Vacaciones? —la voz de Holden era grave, y sonaba muy escéptica—. ¿Para qué querría una mujer a la que no le importa el mar venir de vacaciones a una isla?

—Familia.

—Una familia a la que apenas ha visto en persona desde que cumplió dieciocho años.

—Parece muy seguro de eso. ¿Me ha estado investigando?

—Encuentro raro que se sume a este proyecto seis meses después de la puja, y tres después de que el barco fondeara en el sitio —él la miró con sus ojos desconcertantes—. Lo que hace que todo esto resulte tan extraño es que no tiene oficialmente nada que ver con Moon Rose Limited desde poco después de que su padre muriera y su madre, presumiblemente, desapareciera en el mar.

Kate se quedó helada.

—Tenía diecisiete años y estaba sola a bordo de ese barco la noche del accidente —continuó Holden—. Consiguió sacar a su padre, buscó a su madre en medio de la tormenta, y no encontró más que agua, sal y pérdida.

Silenciosa, furiosamente, Kate forzó el silencio sobre sus recuerdos, empujándolos al fondo hasta recuperar la capacidad para hablar en lugar de gritar.

—Veo que no soy la única que utiliza Google como herramienta de búsqueda —observó con tirantez.

Holden contempló la piel sumamente pálida, casi transparente, cada peca una diminuta porción de oro, sus ojos enormes y atormentados. Daría lo que fuera por abrazarla, darle calor hasta que su piel enrojeciera de vida. Después compartiría con ella el calor y la vida.

«¿Antes o después de acabar con el negocio de su familia?».

La sarcástica pregunta resonó en la mente de Holden, recordándole que estaba allí por trabajo, no por placer.

—Lo que no entiendo —admitió él—, es por qué. ¿Por qué regresar ahora? No hay modo alguno de sumar, restar, multiplicar o dividir cifras para mantener el negocio familiar a flote.

Esperó a que ella contestara algo.

Pero ella se limitó a mirarlo con sus ojos color turquesa.

—Es una mujer muy inteligente —Holden optó por continuar—. Sospecho que supo, a las pocas horas de recibir lo que su hermano alegremente llama «documentos oficiales», que el negocio familiar se hundía. Y sin duda lo confirmó después de leer el contrato que firmó Larry. El departamento de antigüedades realmente se la clavó.

—¿Es la expresión británica para «le engañó»?

—Más o menos —de nuevo esperó respuesta.

Y esperó.

«Paciencia», recordó ella. «Los dragones son famosos también por eso».

—Es un hombre muy inteligente —contestó ella al fin—. Pero desmontaba minas. ¿Por qué?

—Podría aludir a órdenes superiores.

Ella lo miró con escepticismo.

—Es verdad —el contable suspiró—. Fui un maldito idiota al pensar que podría hacer algún bien.

—Pues entonces se alegrará de saber que no es el único maldito idiota en esta habitación.

—Encanto —Holden sacudió la cabeza—, no puede hacer

nada por Moon Rose Limited. Su hermano firmó el contrato delante de testigos. No hubo coacción.

—¿Es «encanto», el término británico para imbécil?

—Querida. Amor. Cielo. Nena.

Kate parpadeó.

—Encanto es una palabra cariñosa —le explicó él—. Mis disculpas si la he ofendido.

—¡Oh! —ella se sintió ruborizar—. Eh.. no, no me ha ofendido. En realidad no ha utilizado la palabra de manera humillante. Es más, me ha gustado —cerró los ojos y sintió el rubor hacerse más intenso—. En cuanto consiga sacar el pie de mi boca, regresaré a mis cifras. Son más mi terreno que los dragones.

—¿Dragones? —Holden enarcó las cejas—. ¿Cómo se han colado los dragones en esta conversación?

—Difícil no darse cuenta de que hay uno en la habitación —respondió Kate con los ojos aún cerrados.

«Muy bien. Ahora voy a recuperar el control de mi lengua», se dijo a sí misma con no poca desesperación. «Y de paso sacaré el pie de la boca».

Abrió los ojos justo a tiempo para ver al contable sonreír como un dragón. Rápidamente, se llevó las manos a las ardientes mejillas.

—Ser pelirroja es un asco —murmuró.

A Holden no le importaría impregnarse de todo ese asco, pero consiguió no decirlo. Ya iba a detestarlo bastante cuando informara al departamento de antigüedades del fraude que era toda esa operación. Si además la seducía, iba a odiarlo.

—No sufra por ello —le aconsejó con voz neutra—. No hay nada que pueda hacer para salvar el negocio de su hermano.

—Puedo encontrar pruebas de que no está robando.

—Nadie ha dicho que lo esté haciendo.

—No hace falta —espetó ella—. El robo es la segunda explicación más plausible para lo poco que ha sido recuperado hasta ahora, y la única que hará que los jefes supremos se descuelguen de financiar un pozo seco. «Pozo seco», es el término estadounidense para...

—Pagar mucho dinero por unos malos resultados —interrumpió él con frialdad, recordándole los orígenes de su madre—. Aunque todo lo que ha dicho sea cierto, no puede hacer nada salvo tomar la mano de su hermano mientras se arruina.

—Arruinarse es una cosa. El abuelo y Larry han resurgido de la nada en más de una ocasión. Pero destruir su reputación es otra muy diferente. No se puede resurgir de eso. Nadie les prestará dinero para intentarlo.

Holden quiso discutir esa opinión, pero no pudo. Tenía toda la razón.

—Si hay ladrones a bordo del *Golden Bough* —continuó ella—, entonces también habrá pruebas de que los Donnelly no están implicados. A mí me corresponde encontrarlas.

—¿Por qué a usted?

—Siempre he sido la sensata de la familia. No me vuelvo loca cuando pienso en tesoros. La historia de un naufragio resulta excitante, los tesoros encontrados son una fascinante cápsula del tiempo. Pero el valor monetario... —concluyó mientras se encogía de hombros—, no son más que números.

Holden se obligó a sí mismo a apartar la mirada de los pezones que empujaban contra el suave algodón.

—Un trabajo detectivesco, aunque sea sensato —empezó él—, la obligaría, para empezar, a estar a bordo del barco. Y ambos sabemos que le da miedo el mar en general, y el *Golden Bough*, en particular.

Durante un prolongado instante, el recuerdo del terror de Kate al enfrentarse a la escalerilla planeó entre ellos, como el sencillo calor del reconfortante abrazo.

—Cielo, no me mires así —susurró él con su voz grave—. No soy más que un hombre, y tú una mujer que lucha por su familia. Si acepto lo que leo en tus ojos, esto acabaría en un mar de culpa y lágrimas. No te lo mereces, ni yo tampoco.

Kate quiso protestar, asegurarle que era su decisión, que debería permitirle tomarla.

Pero también era la decisión de él, y ya la había tomado.

—Te dejaré regresar a ese trabajo tan importante.

Holden contempló la puerta cerrarse tras la mujer que deseaba tanto que sentía la piel desgarrarse.

El honor y la decencia eran unos compañeros de cama muy fríos.

CAPÍTULO 8

Al cuarto día de su llegada a St. Vincent, Kate ya se había acomodado a un ritmo. Holden y ella preparaban café y desayunaban con las sobras de la noche anterior, además de lo que ella conseguía birlarle al cocinero del *Golden Bough* cada vez que se daba la vuelta. Después llevaba a Holden y su sempiterna bolsa hasta el barco de buceo. El contable dividía su tiempo entre los buceadores y el centro de buceo, además de revisar fragmentos al azar de los archivos de vídeo. Ella se dedicaba a hacer inventario en busca de información y acudía al centro de buceo a la menor señal de excitación que llegara a sus oídos.

Hasta el momento no había encontrado ningún resto de tesoros ilícitos a bordo. No había oído ninguna conversación incriminatoria, ni siquiera interesante, y la única emoción desatada en el centro de buceo giraba en torno a restos de cerámica, peltre y cosas por el estilo.

Si a bordo del pecio había gemas y joyas equivalentes al peso de una mujer, nadie lo había encontrado.

Aparte de averiguar que Volkert y Farnsworth tenían cada uno una mujer en tierra para llenar sus ratos libres, cuando no estaban en los bares locales de buceadores, Kate no había conseguido gran cosa tras horas pasadas a bordo del barco. Las noches las dedicaba a conversar con Holden mientras cenaban, intentando no tocarlo, y luego estudiando hojas de cálculo hasta que lo veía todo borroso. Entonces se dejaba caer en la cama.

Cada segundo, cada minuto, cada hora, se sentía más y más a gusto en el mar. No totalmente en paz, pero, al menos, no constantemente aterrorizada.

El alivio llegó al darse cuenta de que respiraba con normalidad.

—Qué bonita sonrisa por la mañana —saludó Holden al entrar en la cocina americana y verla allí.

—Anoche no hubo pesadillas —contestó Kate sin pensar mientras observaba la jarra llenarse con café. Tres segundos más y podría tomarse una taza.

—Excelente —asintió él. Permaneció muy cerca de ella mientras servía dos tazas del café que ella había preparado. Olía a mujer somnolienta. Una mujer que despertaba deseos de besar—. Es imposible para una persona en su sano juicio mantener un nivel elevado de miedo sin nada que lo refuerce.

Kate aceptó la taza de café de manos de Holden, tocando sus dedos en el proceso. Se dijo que había sido sin querer. Y lo habría sido si los dos no se hubieran demorado hasta convertirlo casi en una caricia.

—Hablas como si hubieras aprendido de la manera más dura —observó ella.

—¿Hay otro modo de aprender? Después del accidente —le informó, mientras se acariciaba distraídamente el muslo—, mi mente y mis emociones se enzarzaron en una batalla sobre el buceo. En realidad, en muchas batallas.

—¿Qué te empujó a volver a bucear? ¿Órdenes de arriba?

—Seis meses sentado tras un escritorio. Creía que me iba a volver loco. Además, soy un hombre. Quería mirarme en el espejo al afeitarme y no ver reflejado el rostro de un cobarde.

—Me alegra no tener que afeitarme —Kate dio un respingo.

—No eres una cobarde.
—Ya no buceo.
—Los traumas de la infancia son los más difíciles de superar.
—Desde luego para mí sí —ella soltó el aire lentamente—. Quizás no debería haber huido, pero lo hice.
—Lo que importa es que regresaste —Holden le sujetó la barbilla y la alzó para poder mirarla a los ojos.

Sus miradas se fundieron y ella leyó aceptación y una belleza que seguía sorprendiéndola varias veces al día.

—¿Cómo te obligaste a volver a bucear? —preguntó ella mientras reprimía un inmenso deseo de sentir la caricia de los dedos de Holden sobre su mejilla.

—Era mejor que la alternativa —él dejó caer la mano y empezó a revolver en la cocina americana.

Durante varios minutos no hubo más sonido que el del viento, los pájaros peleándose por la comida y el suave, despiadado, suspiro del mar contra la arena.

—No se me ocurre nada peor que bucear —observó Kate al fin.

—Ya encontrarás algo que lo supere.

—No es que seas de gran consuelo —ella se estremeció a pesar del ambiente sofocante.

Una alarma saltó en la parte trasera de la cabaña.

—¿Qué ha sido eso? —preguntó Kate mientras Holden se ponía en alerta.

—Mi ordenador —contestó él—. Está siguiendo la tormenta que no parece decidirse si crecer o morir.

—Bienvenido a St. Vincent al final de la temporada de calma ecuatorial —taza en mano, ella lo siguió pasillo abajo.

—Pues parece que esta chica ha decidido crecer —el contable abrió el ordenador, tecleó un poco y frunció el ceño.

—¿Quién decretó que las tormentas fueran femeninas?

—Los marineros.

—¿BCAD? —preguntó ella con gesto indiferente.

—Dudo mucho que en la antigua China se utilizara nuestro alfabeto —Holden la miró divertido.
—¿China?
—Seguramente allí surgieron los primeros marineros. O en Egipto —tecleó algunas cosas más y enarcó las cejas.
—¿Qué? —preguntó ella.
—A pesar del cambio en el tiempo, te gustará saber que los jefes supremos han liberado fondos suficientes para otra semana más.
—¿Los jefes supremos?
—Si estás en Roma, habla como los romanos —él ni siquiera se inmutó.
—Vamos —Kate soltó una carcajada—. Podemos comer algo de fruta y galletas camino del barco.

Holden sonrió al verla salir a toda prisa del dormitorio. De todos los sucesos de los últimos días, verla salir del terror había sido, de lejos, lo mejor. Al lado de eso, una cadena de oro no era más que una baratija histórica.

No tenía ningún derecho a abrazarla para celebrar sus progresos, pero pronto iba a reclamar ese honor. Era lo menos que podía hacer para apaciguar el hambre que corría por sus venas.

Lo menos.

Tras acomodarse, intentó encontrar señales de la tormenta que se estaba formando sobre el horizonte. Pero lo único que vio fue el agua luminosa y la creciente luz del día.

Para cuando Kate y Holden llegaron al barco, los buceadores ya se estaban poniendo los trajes. Mientras Larry amarraba el barco auxiliar, soltaba amarras, saludaba con la mano y desaparecía, Holden subió a bordo con el petate que iba pegado a él de un lado al otro todos los días.

Kate saltó ágilmente a bordo. Los reflejos de infancia parecían regresar cada vez con más fuerza cuanto más tiempo pasaba en el mar.

Ya no sentía el terror agarrotarle el estómago, haciendo que se encogiera de miedo.

Y esperaba que las cosas continuaran así.

El barco fondeado se bamboleó, atrapado entre la creciente brisa que venía de un lado, y el habitual oleaje del otro. El cielo seguía plateado con las últimas nubes de la mañana. Bajo el plomizo peso del sol, la brisa era como un suave susurro de vida. Las olas golpeaban el casco y se marchaban delicadamente.

Holden se sentía mucho menos delicado. Después de días y noches sufriendo a sus superiores, además del persistente dolor en el muslo, producto del indeciso tiempo, y el casi constante deseo por Kate, estaba a punto de cortarle la cabeza a alguien. El hecho de que un buceador desconocido, uno más, hubiera sido añadido a la rotación, no ayudaba. Los recién llegados debían aprender la rutina, y eso significaba más pérdida de tiempo.

Puntuales como siempre, algún madrugador del departamento de antigüedades telefoneó a Holden. Al ver que se trataba de Chatham, supo que no podía ser nada bueno. Contestó y escuchó la habitual diatriba: demasiado dinero gastado y nada valioso rescatado que lo compensara.

—Con todos mis respetos, señor —intervino el contable cuando Chatham hizo una pausa—, los ridículos sueldos impuestos por el —«inadmisible y a la postre contraproducente»— contrato ofrecido por el gobierno exige a Moon Rose Limited buscar buceadores en los bares y arrastrarlos hasta el *Golden Bough*, donde recuperan la sobriedad a bofetadas y son instruidos acerca de sus cometidos. Más o menos como en los alegres viejos tiempos de la Inglaterra del ron, la sodomía y el látigo.

—A mí no me parece divertido —espetó Chatham.

—A los buceadores tampoco, se lo aseguro. La cuestión es que salarios miserables equivalen a trabajadores miserables.

—Entonces está diciendo que Larry Donnelly dirige una operación ineficiente y que debería ser destituido.

Holden sujetó el teléfono con más fuerza, y también reprimió su malhumor, mientras se dirigía a una parte de la cubierta donde no hubiera nadie.

—Lo que le estoy diciendo es que, si paga por cerveza agria, no debería sorprenderse si es eso lo que le sirven —insistió Holden.

Chatham tenía unas cuantas cosas que decir acerca de la cerveza agria.

El contable fingió escuchar mientras mantenía un ojo abierto a lo que pasaba a su alrededor.

—...lo único que tenemos son cubos y más cubos llenos de basura que no valen ni el coste de enviarlos a Inglaterra —gritó Chatham.

—Tengo entendido que por eso se llama «buscar», un tesoro —contestó Holden, sonriendo al recordar las palabras de Kate—. El resultado no está garantizado.

—Está allí para asegurase de que saquemos algo más que paladas de basura.

Holden sintió que alguien se acercaba a sus espaldas, y se volvió justo a tiempo para ver el destello de los cabellos rojos de Kate.

—Yo estoy aquí para juzgar la eficacia del buceo —observó Holden secamente—. Y considerando las condiciones de precariedad económica bajo las que trabaja Moon Rose Limited, la operación está resultando bastante eficaz.

—¿Y qué hay de los robos? —preguntó Chatham.

—¿Ha encontrado la señorita Pinkham algo extraño en las zambullidas que ha repasado?

—Todavía no.

—¿Ha aparecido algo más en el mercado negro?

—No —contestó Chatham a regañadientes.

«De modo que me has llamado para descargar tu rabia. Estupendo», pensó Holden.

—Farnsworth ha estado haciendo horas extras para catalogar los hallazgos de los buceadores —explicó Holden.

—Lo sé. Recibo los informes —espetó Chatham—. No

veo oro ni piedras preciosas, y muy poca plata, del pecio del *Moon Rose*. ¿Por qué no vuelven a utilizar ese dispositivo que llaman «*mailbox*»?

—Es caro de operar, enturbia el agua y hay muchas probabilidades de que se destruyan objetos frágiles, o los que están cerca de la superficie de la capa de desecho, lo cual fastidia enormemente a los expertos que…

—¡Que se jodan los expertos! Nosotros somos los que tenemos que pagar este proyecto. Dígales a los buceadores que dejen de tocarse las narices y que se pongan a trabajar.

Holden pensó en invitar a su superior a que tomara el primer avión y se presentara allí, se pusiera un traje de buceo y se zambullera entre las grietas de la vasta zona crepuscular del mar en busca de piedras preciosas y joyas del tamaño de una uña, pero se contuvo. Las personas que no buceaban no eran capaces de comprender las dificultades implícitas.

—El buceo es un asunto tedioso, peligroso y caro —le explicó Holden con calma—. Tendría más probabilidades de ganar si se jugara el dinero en Mónaco.

—La Corona no apuesta —cada sílaba estaba cubierta de hielo—. ¿Utilizan el sifón?

—No que yo haya visto. En algunas situaciones el sifón no es útil. Además, necesita combustible para funcionar. Como bien sabe, el capitán está extremadamente limitado en cuanto a los gastos.

—Ese no es mi problema. Llenar las arcas de la Corona sí lo es. Asegúrese de que esos perezosos bastardos se pongan manos a la obra.

—¿Preferiría que me pusiera el traje y buceara en lugar de supervisar las operaciones en tierra y a bordo? —preguntó el contable.

—Desgraciado —murmuró Chatham—. Continúe. Tengo que preparar un informe para mis superiores. Y no les va a gustar.

Holden colgó la llamada y se guardó el móvil en uno de

los bolsillos de los pantalones cortos. Al volverse, se encontró con Kate, contemplándolo.

—Gracias —ella sonrió.

—¿Por qué?

—Por defendernos frente a tu jefe.

—Chatham no es buceador —él se preguntó cuánto de la defensa se debía al creciente interés que sentía por esa mujer—, y menos aún un buceador de tesoros. Es imposible que comprenda las dificultades implicadas. Además... —de repente comprendió lo que estaba a punto de decir y cerró la boca.

—¿Qué?

Los ojos color turquesa que lo miraban con algo muy parecido a la confianza, se clavaron como un cuchillo en la conciencia de Holden.

«A la mierda. De todas las personas implicadas, ella se merece conocer la verdad».

—El contrato que mis superiores entregaron a Moon Rose Limited es como un vaso de agua salada ofrecido a un hombre que está muriendo de sed —resumió—. Chatham no tiene ninguna intención de servir a otro propósito que no sea la avaricia.

—Más o menos como Bloody Green —observó ella—. Hasta que conoció a una mujer que valía más que el oro y las gemas.

—Los hombres han hecho muchas cosas —Holden acarició la mejilla de Kate con la punta de los dedos— estúpidas y también maravillosas, por una mujer especial.

Kate sintió que su corazón fallaba un latido. E hizo lo que llevaba días deseando hacer: deslizó un dedo alrededor de los sensuales labios.

—Lo mismo podría decirse de las mujeres.

—Los dos somos muy analíticos —susurró él antes de rozarle un dedo con la punta de la lengua.

—Sí —sin dejar de mirarlo a los ojos, Kate se llevó ese mismo dedo a la boca.

Dos miembros de la tripulación hablaban en un criollo mezcla de inglés, francés y español, lenguas que habían imperado en el Caribe en algún momento.

La puerta del puente de mando se abrió.

—Será mejor que me ponga a trabajar —Kate se apartó de un salto, como una niña pillada con la mano en el tarro de las galletas.

Holden miró hacia el puente de mando, pero no vio a nadie vigilando. Optó por comprobar qué tal les iba a los buceadores aquella mañana. Cuando regresaran a la superficie, sería él quien revisara su equipo de buceo en busca de alguna gema, moneda o cadena oculta. Aún no había encontrado nada, y le gustaba ese aspecto de su trabajo tanto como revisar la ropa interior usada de los hombres, y sin embargo eso era lo que hacía cada día.

Y, cada día, el abuelo Donnelly lo observaba como un ave rapaz.

«La confianza», reflexionó Holden con ironía. «Qué manera tan agradable de trabajar».

Había momentos en que echaba de menos la camaradería que imperaba mientras se dedicaba a desactivar minas.

El contable llegó a la zona de buceo de popa mientras Larry inspeccionaba a Mingo, el buceador principal. Presumido como siempre, se cerraba el traje de buceo, rojo y negro, mientras hablaba sobre las mujeres que lo esperaban en tierra para recibir un tratamiento sexual especial, y haciendo apuestas con su hermano, Luis, el segundo buceador que iba a bajar.

—El oro, esa mujer ya es mía —anunció Mingo.

—Las gemas me esperan a mí —lo imitó Luis con una amplia sonrisa—. Como tus mujeres.

—¡Ja! —Mingo fijó un ordenador de buceo a su muñeca izquierda y otro más a una correa del traje. Era el ordenador del barco que todo buceador portaba y entregaba a Volkert al regresar a la superficie para que lo descargara—. Las mujeres saben muy bien quién les va a montar toda la noche.

Luis ajustó la posición de su propio ordenador sobre la muñeca. Al igual que la mayoría de los buceadores, también llevaba un reloj por si el ordenador fallaba y el de repuesto, fijado a la correa, no coincidía con las etapas de descompresión marcadas. Cronometrar correctamente cada etapa de descompresión podía suponer la diferencia entre la vida y la muerte.

Mingo limpió con mimo por última vez la pantalla del ordenador con un trapo que Larry le había entregado.

—Preciosa, tú vales más que todo el barco, ¿verdad? —murmuró.

Larry no picó.

Holden observó al hermano de Kate, consciente de que estaba sometido a mucha presión. Nada en sus archivos indicaba que tuviera un problema con el alcohol, pero eso no significaba gran cosa. El alcoholismo solo era evidente cuando entorpecía el trabajo.

—¿Seguro que la mezcla es la correcta? —preguntó Larry a Mingo—. No lo has comprobado y vas a estar horas buceando.

—Conseguiré la bonificación por las primeras gemas —la sonrisa de Mingo resplandecía blanca sobre la piel oscura por el sol y la genética—. Ya verás.

—Lo único que conseguirás será ponerte enfermo si la mezcla de aire está mal —observó Holden.

Luis rio por lo bajo.

—Estaré bien —el buceador principal le dedicó al contable una espectacular mirada que, sin duda, atraía a no pocas mujeres locales. Se colocó el manguito de la máscara de neopreno sobre la cabeza y remetió los negros rizos. Cuando volvió a hablar, el acento caribeño fue poco más que un susurro—. Es mi propia mezcla especial. Mi especialidad es la compresión y descompresión minimizada. Más eficaz. Más objetos rescatados.

—Tiene razón —asintió Larry.

Con visible esfuerzo, el capitán sujetó una botella plateada sobre la espalda de Mingo para que el propio buceador la fijara. El sol brillaba sobre las numerosas abolladuras, arañazos y marcas de desgaste.

—No se preocupe por el aspecto —comentó Larry a Holden—. Solo las botellas nuevas brillan. Siempre que estén limpias por dentro, sin grasa ni corrosión, funcionarán. Si le preocupa que la botella pueda explotar, es que ha visto demasiadas películas. Hace falta muchísima fuerza para que uno de estos bebés estalle.

—Eso me tranquiliza —contestó Holden con severidad.

—Lo que más cuesta es la mezcla especial que lleva dentro —continuó Larry.

—Y aparece en las facturas que usted envió al pedir un anticipo sobre los gastos.

—Entonces, dígame jefe —preguntó Mingo en tono burlón—, ¿debería emplear una mezcla normóxica? No vamos a bajar tanto.

—Siempre que no sea una mezcla para estúpidos —Holden lo miró—, la cual encajaría bien contigo.

Larry se removió inquieto y se afanó en comprobar las correas y hebillas del traje de Luis, que miraba inquieto a Holden y a Mingo.

—¿Qué me ha llamado? —preguntó el segundo.

—Estúpido, por sugerir utilizar una mezcla normóxica en superficie —la voz de Holden era neutra, casi aburrida. Mingo lo había estado provocando todo el rato. Ya era hora de devolvérsela.

—Yo no he dicho nada sobre la superficie. Pero bajaré lo bastante rápido para absorber la mezcla desde la cubierta.

El móvil de Holden vibró, indicándole la llegada de un nuevo mensaje.

—Compruebe su mezcla —le indicó a Larry sin apartar la vista del teléfono—. Esa clase de estupidez de machito puede matar a un buceador.

—¡Ya lo he hecho antes yo! —protestó Mingo señalándose el pecho.

—No hace más que subrayar mi estimación de tu inteligencia —ordenó Holden—. Francamente, dudo que debieras preparar tus propias mezclas.

—Apártese, Cameron —indicó Larry mientras daba dos palmadas a las botellas de Luis, indicativo de que estaba preparado para zambullirse—. Puede seguir leyendo cosas sobre mezclas en ese bonito teléfono suyo, o puede apartarse de nuestro camino y dejarnos trabajar.

—¿Mezclas? —el contable enarcó las cejas.

Levantó el móvil y se lo mostró a Larry y a Mingo. Sobre la pantalla aparecía la foto de una niña rubia de ojos azules, pelo liso y una sonrisa de diablillo que dejaba ver el hueco donde deberían estar los dos incisivos superiores. El rostro estaba cubierto de pecas. Junto a ella, un niño de cabellos negros rizados, piel morena y los mismos dientes ausentes en su sonrisa. El chico tenía los mismos impresionantes ojos de Holden.

—Mi sobrino y mi sobrina, mellizos —explicó él—. Una buena carga de trabajo para mi hermano y su mujer.

Los otros dos hombres parecían estupefactos ante el comentario tan humano de Holden. Y entonces sonrieron.

—Esa va ser una rompecorazones —observó Mingo.

—Su mirada me recuerda a la de Kate antes de... —Larry sonrió.

Holden sabía que estaba pensando en la muerte de sus padres. Si Mingo estaba al corriente, su expresión no le delató. El contable guardó el móvil en el bolsillo.

—Charlas aparte —se volvió hacia el buceador—, todos sabemos que el ordenador de buceo va a darle órdenes a los pequeños compresores de la espalda y crear la mezcla adecuada de helio para que no sufra narcosis nitrogenada, a no ser que lo hayas manipulado deliberadamente.

—Podría hacerlo sin la cajita —Mingo lo miró con humor, sin malicia.

—Esa cajita es la que te permitirá disfrutar de una mayor

expectativa de vida de a la que tienes derecho, lo cual, sin duda, complacerá a muchas damas en St.Vincent.

Mingo soltó una carcajada.

Larry hizo una última comprobación al equipo del buceador y dio dos palmadas sobre la botella.

Mingo fijó la máscara de buceo en su sitio. Sus dedos se dirigieron a la cajita plateada sobre la muñeca, hizo unos cuantos ajustes para que empezara a registrar desde el instante en que tocara el agua, y se dejó caer como una piedra gracias al cinturón de lastre.

—Cobra mucho menos de lo que se merece como buceador —explicó Larry—. Y su hermano también.

«Eso no dice gran cosa», pensó Holden.

—Por lo que parece, está pensando utilizar el sifón hoy.

—La climatología no me da muchas opciones.

Ambos miraron hacia el horizonte. La diferencia era sutil, como si alguien estuviera amortiguando la luz muy lentamente. Nada ocurriría ese día, quizás ni siquiera al día siguiente. Pero la tormenta cobraba fuerza, generando olas, cambiando el modo en que se mecía el *Golden Bough*.

Sintiendo la presencia de otra persona, el contable miró hacia arriba. El abuelo Donnelly contemplaba el mismo horizonte, los dedos crispados sobre la barandilla hasta que los nudillos destacaron como piedras blancas. Después se volvió y regresó al puente de mando.

—El abuelo supervisará el sifón —le informó Larry—. Si le apetece ver montones de arena y porquería mientras son bombeados al barril, no se corte. Si lo que quiere es ayudar a extraer cualquier cosa que merezca la pena, espere sentado.

Dado que Holden no había olido alcohol en el aliento del otro hombre, supuso que el cansancio le estaba pasando factura al hermano de Kate.

O quizás fuera la certeza de que esa operación de buceo era un completo fracaso.

CAPÍTULO 9

Un motor que Holden no había oído antes cobró vida en la popa del barco. Una nube de diésel lo inundó todo antes de desaparecer a medida que el motor se calentaba. Minutos después, un chorro de arena y desechos empezó a llenar un enorme barril en la popa.

El abuelo Donnelly pasó al lado de Holden y se colocó junto al área de dragado, una enorme bañera de casi dos metros de ancho con paredes de acero inoxidable de treinta centímetros de alto. Uno de los lados estaba abierto, como el volquete de un camión. La bañera podía ser izada para vaciarse por la borda en cuanto se hubiera comprobado el contenido.

Enroscada junto al barril descansaba una manguera de goma negra de unos treinta metros que podía ser utilizada en caso de necesidad, en función de la profundidad de la zambullida. Un extremo de la manguera era manejada por Luis desde el fondo. Encima, el sifón, impulsado por su propio motor diésel, generaba la succión necesaria para el proceso. La arena absorbida del fondo marino bajo la boca del sifón, ascendía por la manguera y se vertía en la parrilla de acero inoxidable. El abuelo Donnelly tomó un pequeño rastrillo y empezó a separar todo lo que tuviera un aspecto prometedor.

—Por lo que veo, ha sacado el látigo —observó Holden al

más mayor de los Donnelly, alzando la voz para ser oído sobre el estruendo.

—No nos queda mucho tiempo. La climatología empeora.

El contable miró hacia el horizonte, por donde se esperaba que apareciera la tormenta. Había cambiado poco en los últimos días, pero le seguía doliendo el muslo. Nada concluyente, pero sí una advertencia temprana de un cambio en la presión. Cuanto más pronunciados los cambios, de presión, más probable era una variación en el tiempo.

Y desde hacía unos días la presión había estado subiendo y bajando como un yo-yo.

—Los científicos del departamento de antigüedades van a ponerse furiosos —comentó Holden mientras contemplaba el fango.

—Estamos registrando el sector que Luis cubre con el sifón —le explicó el abuelo Donnelly con impaciencia—. Tendrá que bastar con eso. Ya no hay tiempo para hacerlo a mano. Sus jefes pueden elegir entre el tesoro o unos cuantos artículos de mierda publicados en revistas que nadie lee.

—En realidad, al departamento de antigüedades le va a encantar. Revisar lo que saca el sifón es mucho más rápido que tener a los buceadores aventando la arena con las manos hasta que se quedan sin aire.

—Investigadores —siseó Donnelly mientras sacaba una pipa del bolsillo y la sujetaba entre los dientes—. Se comportan como si el lecho marino no cambiara jamás, a no ser que algún humano meta la pata. Cualquier idiota sabe que el fondo está vivo, y los seres vivos se mueven y cambian todo el tiempo.

—He oído el sifón —Farnsworth salió de su despacho bajo cubierta—. ¿Hay algo?

—Ruido. Combustible que se quema. Agua salada —espetó Donnelly.

De repente, algo más pálido brilló en el lodo. La mano del anciano salió disparada con sorprendente rapidez.

—Cerámica —la arrojó a uno de los cubos que había junto al barril.
Farnsworth registró el hallazgo en su tablet y se encogió de hombros. No tenía sentido mostrarse meticuloso cuando actuaba el sifón.
Minutos más tarde, el rastrillo enganchó varios eslabones de una cadena de oro.
—Lo tengo —anunció Farnsworth.
Tomó el fragmento dorado y lo sostuvo en alto frente a la cámara que grababa la zona de dragado, antes de meterla en una bolsa de plástico ya marcada con la fecha, hora y sector cubierto por el sifón.
Durante un buen rato, contemplar el trabajo del sifón resultó hasta fascinante. Ver salir el agua a borbotones, oír el tintineo de los restos de coral, ocasionales fragmentos de cerámica o madera vieja que empezaba a descomponerse en el instante en que entraba en contacto con el aire.
—¿Tiene idea de para qué se utilizaba la madera? —le preguntó Holden a Farnsworth.
—Parece un cartón mojado y en fragmentos pequeños resulta casi irreconocible. Podría provenir de alguna máquina, un cubo, un palo o un arcón que en su momento albergara gemas y oro. ¿No sería maravilloso?
—Ayudaría sobremanera a hacer sonreír al departamento de antigüedades —asintió Holden.
El abuelo masculló algo sobre buitres carroñeros.
Pasada la primera hora, el constante ruido del motor y del agua se volvió casi adormecedor. La ocasional aparición de algún trozo de cerámica, o el menos frecuente brillo del metal, hacía poco para despertar a los observadores del trance en el que parecían haber caído. Y sin embargo, nada escapaba al experimentado ojo del anciano.
Un destello verde, acompañado de un golpeteo, asomó en el barril. Una enorme y nudosa mano salió disparada y agarró la piedra, liberándola. Lentamente abrió la mano.

Una punta de alguna piedra preciosa brilló con una belleza sobrenatural.

—Una esmeralda —anunció Farnsworth—. Sin cortar.

—Los españoles mataron a muchos indios en las minas —Donnelly asintió—. A la realeza le encantaban las esmeraldas. A bordo de los galeones de tesoros, los oficiales escondían sus propias gemas. Era una bonificación, como el vino en las comidas.

—Algunos historiadores —habló Farnsworth, absorto en sus pensamientos cautivos del cristal intensamente verde—, especulan con que los barcos se hundían por el exceso de peso de la plata y oro que escamoteaba la tripulación.

—La avaricia siempre es mortífera —opinó Holden—. Y muy humana.

Por el barco se corrió la voz del hallazgo de la esmeralda. Todo el mundo, salvo Volkert, apareció para admirar el valioso fragmento de cristal y especular sobre su valor. Donnelly lo permitió durante unos pocos minutos, sin apartar en ningún momento la mirada del barril donde el sifón seguía regurgitando un continuo chorro de arena, sedimento y agua.

—Regresad al trabajo —ordenó al fin sin levantar la vista. Su mano se cerró sobre la esmeralda, ocultándola.

La tripulación regresó poco a poco a sus quehaceres.

Holden apenas se dio cuenta. Desde que la había visto aparecer en cubierta al oír los rumores sobre la esmeralda, había estado pendiente de Kate. La joven no quitaba la vista de Farnsworth, que metió la gema en una bolsita y la dejó junto a los demás objetos recogidos del barril.

—Oro, joyas, gemas y otros objetos de valor deberían ser fotografiados y registrados de inmediato en un archivo— aconsejó ella—. Después deberían ser guardados en la caja fuerte del barco y solo retirados previa firma de un recibo.

—Si Holden está de acuerdo, yo me ocuparé del trabajo extra —contestó Farnsworth.

El abuelo Donnelly ni siquiera se molestó en contestar.

—Ahora que hemos encontrado una piedra preciosa auténtica —el contable asintió—, el departamento de antigüedades se sentirá más tranquilo por las medidas extraordinarias.

—A Larry no le va a gustar que le despierten para abrir la caja fuerte cada vez que encontremos algo que brille —objetó el abuelo Donnelly—.Y yo no me muevo de aquí hasta que el sifón haya sido apagado y el lecho esté vacío.

Kate reflexionó al respecto, asintió y se frotó distraídamente la mejilla. Sus dedos dejaron una mancha sobre la piel.

—Coloque todo lo que sea de valor en una cubeta y asegúrese de que esté en todo momento a la vista de la cámara. Así tendremos un registro continuo y Larry podrá dormir.

Farnsworth tomó una cubeta vacía, la colocó en el campo de visión de la cámara y depositó en ella las bolsitas de plástico con los objetos valiosos, asegurándose de que todo quedaba grabado.

—Gracias —Kate sonrió—. Trabajaré con Larry sobre un protocolo para llevar las cosas al almacén en tierra. No quiero que nadie dude de que lo que encontremos no vaya directamente a nuestros socios británicos.

Holden captó el énfasis con el que había pronunciado la palabra «socios», y sonrió.

Dejó a Farnsworth y a Donnelly con su trabajo y siguió a Kate hasta la zona de almacenaje, donde múltiples botellas de aire comprimido aguardaban para ser usadas. Por el aspecto de la cubierta y las baldas de almacenamiento, hacía mucho tiempo que nadie hacía una buena limpieza allí.

—Me sorprende que tu rostro solo esté un poco manchado —observó Holden.

Como todo bajo cubierta, los camarotes estaban muy pegados y eran angostos. Olían a salmuera, grasa y sudor a partes iguales. Incluso en los barcos turísticos, mantener esas zonas impolutas no era una prioridad. Pero en un buque de trabajo, se limpiaban únicamente cuando no había nada más que hacer.

El contable contempló la mugrienta bombilla que apenas iluminaba.

—Una buena limpieza estaría genial —asintió ella—. ¿Te animas?

—No soy un grumete.

—Y yo que pensaba que eras perfecto —Kate se giró para no agarrarlo con sus manos sucias y atraerlo hacia sí hasta morderle.

Holden registró la fila de cinco recipientes de gas presurizado, oxígeno, helio y nitrógeno, esperando ser mezclados e introducidos en los equipos de buceo. Volvió la mirada hacia ella. Se moría por abrazarla y respirar su aroma, sentir su suave calor por todo el cuerpo. El deseo le quemaba la nuca y se extendía por todo su ser.

—¿Qué tal va el inventario? —preguntó él con voz excesivamente grave.

—Aquí no hago inventario —ella lo miró con un deseo equiparable al suyo—. Esto es control de daños. Los tanques están bajos, sobre todo el de nitrógeno y oxígeno aunque, en realidad, lo están todos.

—¿Válvulas con fugas?

—Desidia en los registros. La gente no se ha molestado en anotar cada vez que utilizaban una botella. Y el helio es caro.

—Quizás Volkert se cuele aquí para echarse unas risas.

Kate sonrió al imaginarse a Volkert entrando a duras penas en el almacén para ponerse a tono con la mezcla de gases.

—Esa idea sugiere unas posibilidades muy cómicas.

—No te envidio por tener que investigar la pérdida de helio. Incoloro, inodoro y casi sin peso. Hasta Sherlock Holmes se sentiría desconcertado.

Ella fijó la mirada en los labios de Holden, y recordó su aspecto bajo el sol tropical junto al sifón, con la luz del agua reflejándose en su bronceada piel. Era un ser hermoso hasta la médula, y sus ojos eran más impresionantes que cualquier gema. Se moría de ganas de hundirse en ellos, de hundirse en él.

—¿Kate? —susurró él delicadamente mientras se preguntaba adónde se había marchado con esa inteligente mente suya.

Kate comprendió que estaba conteniendo la respiración, y dejó escapar el aire suavemente.

—No consigo cuadrar las horas de buceo con el gas restante en los contenedores.

—Una cantidad bastante apreciable de objetos pesados han sido rescatados con cables y globos —le recordó él—. Los cañones no son ligeros. Ni tampoco lo son los lingotes y el metal.

—Si los buceadores utilizan esta costosa mezcla de gas para hacer flotar el hierro, les voy a arrancar la piel del trasero a tiras. Tenemos un compresor a bordo, con una larga manguera que utilizamos para subir cosas grandes. O podemos usar el globo medio inflado. Al menos solíamos hacerlo.

Kate frunció el ceño y anotó algo en el ordenador para consultarlo con Larry. Odiaba tener que molestarle, pero alguien tenía que vigilar los suministros, sobre todo los más caros. Y dado que nadie más lo estaba haciendo, lo haría ella.

Una ola más grande que las demás hizo mecerse el barco.

Holden miró atentamente a Kate. Aparte de un ajuste automático del cuerpo para mantener en equilibrio el ordenador, no parecía haber notado el movimiento. No se había puesto repentinamente pálida, ni había encajado la mandíbula o tensado los hombros, nada salvo el sutil movimiento del cuerpo para acomodarse al del barco.

El contable sonrió.

—¿Qué? —preguntó ella alzando la vista.

—Los dos primeros días a bordo, dabas un respingo cada vez que el *Golden Bough* hacía un balanceo inesperado.

Ella parecía confusa.

—Estás superando tus temores —añadió él, rozando la mancha de suciedad sobre la mejilla.

Antes de que Kate pudiera responder, la luz del almacén se apagó y el familiar gruñido del generador se detuvo.

—Mierda —Holden dejó caer la mano—. Ya se ha vuelto a ir la electricidad.

—El abuelo lo arreglará —mientras ella hablaba, el sifón quedó en silencio—. ¿Lo ves? Ya está en camino.

—¿Es un buen ingeniero naval?

—Lo es para el *Golden Bough*. Seguramente sería capaz de desmontarlo y volverlo a montar, pieza a pieza, con los ojos cerrados.

«Lo cual se parece bastante a lo que me gustaría hacer con este delicioso hombre de ojos de dragón».

La mejilla seguía sensible allí donde él la había tocado. Los pezones también se morían por ser tocados. Por no mencionar los labios. Se preguntó si los pezones de Holden serían muy sensibles. Los de los hombres no solían serlo. En realidad, la mayoría de los hombres se dirigía a la meta como si les dieran un premio por el orgasmo más rápido.

Orgasmo masculino, por supuesto. Si la mujer no podía seguirle el ritmo, peor para ella.

«Debería dejar de pensar en sexo».

—¿...trabajar con una linterna? —preguntaba Holden.

Ella parpadeó mientras en su mente se formaba una imagen de ellos dos en la oscuridad, desnudos, riendo y peleándose por la linterna. Intentó contener el rubor de sus mejillas y apartar los pensamientos de cómo cada movimiento de ese hombre le despertaba deseos de averiguar si el siguiente paso, en la cama, sería tan bueno como prometía por su aspecto.

—Linterna —repitió Kate, la mente funcionando a toda velocidad—. Eh, no creo haber traído una. ¿Y tú?

Holden sacudió la cabeza.

—El abuelo seguramente encenderá el motor de estribor para recargar las baterías y mantener la operación en marcha.

Es caro como un demonio, pero al menos las luces funcionarán.

—Tómate un descanso y acompáñame al centro de buceo —sugirió él.

—¿Por qué?

—¿Por qué no?

—Un punto para el caballero —ella parpadeó—. Asumiendo que lo seas.

—En las circunstancias apropiadas, puedo ser muy delicado. Y riguroso también.

—Mejor no toquemos ese punto —Kate se sintió ruborizar.

—Una lástima. Seguiremos con ello durante la cena.

Un motor se puso en marcha llenando el aire con su rugido.

—Eres adivina —observó Holden.

—Experimentada sobre este barco —le corrigió ella.

—Vamos al centro de buceo. La espalda deber estarte matando.

—¿Qué te interesa tanto del centro de buceo?

—La cooperación de Volkert. Contigo a mi lado, es menos probable que me vea obligado a patear su perezoso culo.

—Lo dudo. Me hizo una proposición y la rechacé.

—¿Una proposición dura? —preguntó él con brusquedad.

—Ese hombre no tiene ni un átomo duro.

—No estés tan segura —Holden reprimió una sonrisa.

—Qué asco. Ni borracha —ella se estremeció—. Estoy segura de que algunas mujeres desearán a tipos como él, pero yo prefiero no pensar en ello. Engulle comida basura a más velocidad que los buceadores absorben oxígeno. Sus tentempiés son todos importados porque odia la comida del cocinero. Y, si los registros de buceo están puestos al día, yo aún no los he encontrado.

Holden enarcó las negras cejas. Esa mujer parecía realmente dispuesta a arrancarle la piel a tiras a Volkert.

«A lo mejor me permitiría ayudarla. O al menos mirar».

—De acuerdo —ella se irguió—, vayamos a ver qué tiene Volkert en sus pantallas.

—Y mientras miramos, tengo algunas preguntas sobre barridos anteriores de los detectores de metal —le informó Holden.

—Yo también siento curiosidad por eso, pero tengo cosas más urgentes en mi lista de prioridades.

Holden deseó ser una de ellas. Le hizo un gesto para que lo precediera fuera del almacén.

Kate se esforzó por no rozarlo más de la cuenta al pasar, pero la sensación era tan agradable que quiso demorarse un poco más. A cada paso que daba hacia el centro de buceo lo sentía contemplándole el trasero.

De modo que imprimió a su marcha un poco más de balanceo.

El estrecho pasillo retumbaba con el zumbido de la electricidad, zumbido que se transmitía a todas las superficies. Los mamparos y las paredes estaban tan cerca que la sensación de vida los atravesaba. Era como posar una mano sobre el corazón de un dragón durmiente.

«Como Holden», pensó ella mientras intentaba desesperadamente pensar en otra persona.

Kate abrió la puerta de la sala de comunicaciones y ambos quedaron bañados por el brillo parpadeante de las pantallas de buceo. El insistente martilleo de la música electrónica salía por la puerta.

El olor a comida rancia y sudor impregnaba la estancia. Un iPod enchufado a un pequeño altavoz era la fuente del machacón ritmo electrónico sobre el que una vocecilla femenina, dulce a la par que siniestra, se enroscaba como una serpiente.

—Baja el volumen —gritó Kate—. Puede que estés sordo, pero yo no lo estoy.

Volkert o no la oyó, o la ignoró.

—¿Qué demonios es ese ruido? —preguntó Holden con brusquedad.

El ritmo electrónico dio paso a un martilleo de un redoble digital muy grave. Y más canciones, en holandés o alemán.

—*Die Antwoord* —contestó Volkert sin levantar la vista—. Deberías salir más.

—¿Por qué? Los ingleses inventaron el electro-pop con el que se está volviendo sordo.

—Es una pena que sus ingleses no canten en afrikáans.

¿Qué quiere? —Volkert engulló un puñado de patatas fritas.

—Estoy teniendo dificultades para sincronizar mi mapa digital con los registros diarios de buceo del barco —gritó Holden.

—*Geen woord gevind nie.*

—¿Disculpe?

—Es afrikáans. Significa «lo lamento terriblemente». Una mala costumbre. Solía trabajar como soporte técnico para una empresa de Johannesburgo.

—¿Podrías conectarme? —preguntó el contable con creciente impaciencia—. Ya estoy en la red, pero enseguida se desconecta.

—Sí, pues lo siento, hay procedimientos nuevos con los que aún me estoy poniendo al día. Además de hacer mi trabajo normal, y de intentar arreglar el lío que encontré cuando llegué a bordo.

Kate tenía ganas de taparse los oídos. Las quejas de Volkert atronaban por encima del tecno-pop y la ponía de los nervios. Eso, y el hecho de que la ignorara olímpicamente.

—Los nuevos procedimientos —le informó ella—, son los estándar, aceptados para introducir y cruzar ficheros digitales. ¿Lo recuerdas? Estaba en la descripción del puesto.

Volkert la ignoró.

—A lo mejor esto te ayuda a concentrarte —Kate se inclinó hacia delante y apagó el iPod.

—¿Qué quieres? —el hombre la acribilló con la mirada.

—Tú primero —ella se volvió hacia Holden.
—Tengo algunas preguntas sobre las grabaciones del detector de metales en las que has estado trabajando —comenzó el contable—. Tengo la sensación de que los datos que estás utilizando son una porquería.

Volkert suspiró y deslizó un orondo brazo por el teclado. La pantalla principal cambió de la vista de la cámara de Mingo a la plantilla de cinco por cinco que cubría todo el pecio. Superpuesto había un mapa con la técnica de falso color que mostraba pequeñas concentraciones de rojo y amarillo en algunos sitios, pero, sobre todo, puntos diseminados de azul.

—¿Estos datos?

—Eso es. ¿Están actualizados?

—Todo lo actualizados que los puedo tener —el otro hombre se encogió de hombros—. Deberías saberlo. Es el mapa que el equipo británico de investigación nos ha proporcionado.

—Lo he reconocido, y también sus limitaciones. ¿Por qué no haces tus propios estudios?

—Los británicos son los que dirigen el cotarro —Volkert miró a Holden como si le acabara de salir una flor por la nariz—. Si no se han molestado en enviarnos un estudio mejor hecho, entonces van a recibir lo que se merecen.

Holden se tensó. La camisa se ajustó visiblemente sobre sus hombros. Ya había tenido bastante del insufrible sudafricano.

Kate decidió que era el momento de poner en marcha su labor pacificadora. A fin de cuentas, habían privado a Volkert de su arrullo musical.

—Lo que Holden quiere saber es si los buceadores han llevado a cabo estudios formales basados en este escáner original. En otras palabras, ¿existe alguna información más completa en el archivo digital?

Holden flexionó los dedos, pero se mantuvo en silencio.

—Una de las ventajas de ser una seta —Volkert contempló a ambos con los ojillos casi engullidos por los pliegues de su rostro— es que me siento en la oscuridad mientras me alimentan con mierda. Veo lo que hacen los buceadores cuando las cámaras están grabando. Y ya está. Si queréis, puedo conseguir una superposición de todos los lugares a los que han ido los buceadores para que la cotejéis con cualquier otra información que puedan extraer de los archivos. Pero llevará tiempo —se volvió de nuevo hacia la pantalla—. Debería estar observando a los buceadores y tomar notas. Alguien ha sugerido que seamos más estrictos.

—Alguien que, casualmente, es tu jefe —le recordó Kate secamente.

—Tú no me contrataste.

—Puedes apostar tu siguiente bolsa de galletas a que no. Pero puedo despedirte.

De nuevo Volkert la ignoró.

Holden dio un paso hacia delante.

Pero Kate se le adelantó y se agachó hasta pegar su rostro al del orondo sudafricano.

—Escucha, miserable saco de despojos, cuando te hable me miras, y haz tu trabajo.

—Llevo aquí menos de dos semanas —Volkert miró fijamente los ojos de color turquesa y se encogió en el asiento—. No es culpa mía que mis predecesores fueran unos incompetentes.

—Comprueba los registros del último barrido del detector de metales —le ordenó ella con voz neutra.

—Solo tengo la información que me proporcionaron. El tipo que estuvo antes que yo me dijo que lo hiciera igual que él: sin instrucciones. Apenas he aprendido cómo funciona el sistema.

—Eso no basta. Si alguien ha estado agitando un detector de metales sobre esa cuadrícula, los resultados tienen que estar registrados en alguna parte. Desentiérralos.

—Sí, bueno. Supongo. Si anotaron la información en alguna parte o introdujeron los datos en sus ordenadores de buceo.

—Repasa todos los informes que tengas y busca cualquier cosa sobre depósitos de metal. Mándame los resultados —Kate se irguió. Ya había tenido más que suficiente de ese olor a sudor—. ¿Lo has entendido?

—¿Para cuándo quieres esos informes? —Volkert asintió sombrío.

—Para antes de que abras tu próxima bolsa de patatas.

—Me llevará al menos una hora, probablemente dos. Mingo ha estado enviando datos a mayor rapidez de la que soy capaz de registrar.

—Pues imagínate que esos datos son galletas y consígueme ese informe.

Holden la observó apartarse de Volkert y acercarse a los monitores. Por un instante fue una silueta femenina contra el pulsante destello del monitor. Sus pantalones cortos y la camisa se pegaban a sus curvas por culpa del calor y la humedad.

—¿Necesitas algo más? —le preguntó a Holden.

«Cielo, cómo me gustaría que me repitieras esa pregunta en la oscuridad».

Volkert contempló furioso los monitores y martilleó el teclado ruidosamente con la punta de los dedos.

—Algunos ficheros ya están listos —informó a Holden—. ¿Los envío a tu bandeja de entrada?

—Déjalos en una carpeta pública. Claramente marcada.

—Hecho y hecho —confirmó el otro hombre tras teclear unas cuantas veces más—, pero no puedo prometer que la información no vaya a ser una mierda. Esto no es lo que se considera un barco eficiente.

—Pues entonces haz todo lo posible por aumentar esa eficiencia —sugirió Kate.

Holden contempló las pantallas en las que aparecían los buceadores pasando por las distintas etapas de descompresión.

—Parece que llevan el saco repleto —observó, refiriéndose a las bolsitas que llevaban los buceadores para los hallazgos más pequeños.

El silencio fue seguido de un crujido cuando Volkert empezó a masticar de nuevo.

—¿Qué encontraron? —preguntó ella.

Volkert siguió masticando mientras se volvía hacia Kate, ofreciéndole un primer plano de la boca llena de comida. Por su expresión, era evidente que sabía lo mucho que le molestaba.

Holden aguardó, comprendiendo que Kate tenía que vivir en un mundo de hombres mientras estuviera a bordo del barco. Si él intervenía, sería peor para ella en la siguiente ocasión en que diera alguna orden a un miembro de la tripulación.

«Y ahora deja de imaginarte lo maravilloso que sería aplastar esa grasienta boca de sapo...».

—Joyas —contestó el otro hombre al fin, las palabras enterradas en trozos de patatas.

—¿Intactas? —preguntó ella.

—Solo unas pocas perlas —Volkert tragó—. Basura.

A Kate no le sorprendió. En cuanto la perla abandonaba la protección de la ostra, empezaba a degradarse. El agua salada se comportaba como un ácido con las gemas naturales.

—Un coleccionista o algún museo lo pasará por alto —ordenó ella—, si la pieza es lo bastante inusual. ¿Algo más?

—¿Por ejemplo? —se burló él.

—Esmeraldas —contestó Kate—, diamantes, zafiros, rubíes, cadenas de oro, monedas, lingotes de oro o plata. Lo que suele encontrarse normalmente en los sueños de un buceador. Pero, claro, tú no puedes saberlo, ¿verdad? Tú no eres buceador. Háblame de los hallazgos más significativos o echaré tu culo de aquí ahora mismo y dirigiré el centro de buceo yo misma.

Volkert miró a Holden.

—Por lo que he oído, es muy buena haciendo su trabajo —contestó el contable con indiferencia.

—Algo de coral que había crecido sobre un bolso de monedas, plata. Cinco pendientes. Ninguna piedra —Volkert consultó las notas que había escrito en afrikáans—. En realidad, parece que Bloody Green arrancó casi todas las gemas y las guardó aparte. Si es verdad lo que dicen, tenía arcones escondidos en sus camarotes.

—Traduce las notas y envíamelas —le indicó ella—. Farnsworth interrogará a los buceadores.

Holden y Kate salieron del centro de buceo, acompañados del estallido de tecno-pop mientras Volkert se replegaba de nuevo en su guarida.

CAPÍTULO 10

Bajo la vigilante mirada de Kate, los pequeños objetos de valor hallados por los buceadores fueron inspeccionados, fotografiados, empaquetados, etiquetados y sellados, con la firma de Kate sobre el sello, de modo que cualquier intento de abrir las bolsas rasgara su firma. La excitación momentánea se difuminó al sentarse ante la mesa de la cocina. El ordenador funcionaba con la energía de las baterías, porque se sentía culpable por la energía que le robaba a los costosos latidos del corazón del motor.

El abuelo había conseguido poner en marcha el generador en dos ocasiones, y en otras dos ocasiones el generador había muerto, de modo que toda la tripulación o estaba trabajando con baterías, o dormía. O permanecía sentada, como ella, contemplando una pantalla, esperando poder, de algún modo, cambiar las cifras. Pero las cifras eran las que eran.

Malas.

A no mucho tardar Larry iba a tener que comprar más gas comprimido, sobre todo helio, o arriesgarse a quedarse sin nada en unos pocos días. Suponiendo que el generador funcionara y que los buceadores pudieran bajar, y el tiempo no se estropeara.

«No puedo controlar el tiempo», se dijo a sí misma. «De modo que me concentraré en lo que pueda controlar».

Diligentemente, se centró en la pantalla, estudiando la lista de lo que los buceadores, y el sifón, habían llevado a la superficie:

325 gramos de oro en una cadena de eslabones
2 balas de cañón, actualmente sumergidas en un baño químico para eliminar el óxido y la corrosión acumulada durante siglos
1 esmeralda sin cortar, del tamaño de un pulgar
1 palillo de oro que servía para limpiar orejas, nariz y dientes, muy doblado
17 discos de plata, presumiblemente monedas, de un peso total de 520 gramos, también en un baño químico
diversos recipientes de bebida y comida, de peltre, dañados y, esencialmente, sin valor más allá del histórico
6 anillos de plata, el engaste vacío, actualmente sumergidos en un baño
7 pendientes de plata, el engaste vacío, sumergidos actualmente en un baño
1 collar de oro, el engaste vacío a excepción de unas cuantas perlas corroídas
1 broche de oro, el engaste central vacío, rodeado de pequeños diamantes
cerrojo de metal, probablemente bronce, seguramente de un pequeño arcón, sumergido en un baño
13 monedas de plata, el perfil orientado hacia la derecha, en una masa de coral y monedas de plata, actualmente sumergidas en un baño

En momentos como ese, Kate entendía, a un nivel casi físico, el atractivo del oro. Sumergido en agua durante siglos, seguía brillando, lágrimas de sol, siempre resplandeciente, siempre valioso, aumentando su valor con el tiempo y la adoración humana.

—Ahí estás —la voz de Larry sonó demasiado ronca.

Y se sentó pesadamente junto a ella.

—Tienes un aspecto horrible —Kate se volvió hacia su hermano.

—Gracias —contestó él en medio de un bostezo—. Qué manera de animarme.

—Lo digo en serio. Duerme algo y cúrate lo que sea que tengas.

—La nariz está limpia. Los pulmones también. Estoy bien para bucear. Y deja de intentar cambiar de tema.

—¿Qué tema? —preguntó ella.

—Cameron.

—¿Estábamos hablando de él?

—Sí.

—¿Y qué estábamos diciendo? —insistió Kate.

—Volkert es un cerdo, pero ese no es motivo para ponerse del lado de Cameron, y en contra de un miembro de la tripulación. La moral ya está bastante baja.

Al principio, ella pensó que su hermano estaba de broma. Y entonces comprendió que no era así. Lo decía muy seriamente.

Y se equivocaba muy seriamente.

—La actitud de Volkert conmigo hacía necesaria una intervención —contestó Kate con firmeza—. E intervine.

—Delante de Cameron.

—Volkert se estaba comportando como un imbécil porque rechacé su encantador ofrecimiento de sexo el segundo día que estuve a bordo. Holden y yo necesitábamos información relacionada directamente con su trabajo, pero se negaba a cooperar. Obtuvo exactamente lo que se merecía.

—¿Holden y tú? Qué amiguitos —y antes de que ella pudiera decir nada, volvió a hablar—. Los británicos han estado pidiendo una cantidad absurda de documentos. Compruébalo tú misma. Volkert no merecía que te comportaras así con él. Obviamente estás de parte de Cameron. Y si creen que les estoy robando, que vengan y me lo digan. Me están obligando a vigilar mi espalda tanto que me duele el cuello. Me estoy matando a bucear y lo único que obtengo son quejas. El abuelo dice que el tesoro está ahí abajo y entonces empieza a gritar sobe cómo esos idiotas británicos nos están haciendo buscar en el lugar equivocado. Estoy harto de tener que seguirle el juego con todas sus fantasías.

Kate abrazó a su hermano. Casi de inmediato, él le devolvió el gesto.

«Está demasiado huesudo», pensó ella. «Se está forzando demasiado. Y lo sabe tan bien como yo».

«Y ambos sabemos que seguirá forzándose porque es lo único que puede hacer».

Ella lo abrazó con más fuerza, deseando tener algo que ofrecerle, aparte de números rojos y pesadumbre.

—Por lo que he visto en los registros de buceo —le contó Kate—, encajan con los primeros barridos metalúrgicos, y son consistentes cuando son contemplados en su conjunto. Los buceadores han trabajado en zonas que mostraban algo, y en ocasiones con éxito.

—Y en otras ocasiones no —contestó él con voz ronca—. Y esas ocasiones son de las que me informan.

—A lo mejor consigo que Holden insista en que venga alguien a hacer un estudio más profundo del pecio.

—Hemos estado haciéndolo sobre la marcha, siempre que disponíamos de un buceador de más, y que estuviera casualmente sobrio. El problema es que solo porque aciertes no significa que el tesoro esté accesible, o que tengamos los equipos necesarios para llegar hasta el metal. Los británicos sabían desde el principio que se trataba de una lotería. Nos pagaron una mierda, y eso es lo que estoy consiguiendo —Larry soltó una risa ahogada—. Esos idiotas no se dan cuenta de que los agujeros que abrimos en la arena, vuelven a llenarse con esa misma arena en cuanto nos damos media vuelta.

—Recuerdo ver trabajar a papá —ella se balanceó suavemente, abrazándolo, intentando consolarlo—. En cuanto abría un agujero, los bordes se deshacían y tenía que empezar de nuevo.

—Sí. A veces cuando duermo, me despierto bañado en un sudor frío, pensando qué sucederá si el rescate de objetos es un fracaso.

—Calla —Kate sabía muy bien lo que era despertar así—. Has sacado muchas cosas.

—Pero ningún cofre lleno de joyas. Nada del impresionante cargamento de oro que transportaba el barco de Bloody Green.

—No sabemos qué había en el *Moon Rose* cuando se hundió. La historia está tan llena de mentiras y exageraciones como de deseos y verdad. Cualquiera que esté en el negocio de la búsqueda de tesoros lo sabe.

—Nuestros jefes son burócratas —observó Larry con hartura—. Se limitan a pulsar teclas y comprobar archivos para culparme por la estupidez de sus decisiones y sobreestimados cálculos de riquezas.

Ella continuó abrazándolo, intentando decirle sin palabras que lo amaba y lo apoyaba.

—Ya no aguanto más —continuó él antes de soltar a su hermana y levantarse de la silla—. Necesito estar seguro de que estás de mi parte, ¿de acuerdo? No puedes seguir dando la cara por Cameron mientras él enfurece a la tripulación. Ya tenemos bastantes problemas para conservar la tripulación que tenemos. En tierra firme corre la voz de que estamos malditos.

—Estoy de tu parte.

—De acuerdo —él asintió.

—Y ahora quiero que tú me prometas una cosa.

—¿El qué?

—Ten cuidado ahí abajo.

—Eso siempre —Larry sonrió travieso y le tiró de la coleta—, Kitty.

Con gesto de preocupación, ella lo vio salir por la puerta y llamar a uno de los buceadores.

«Necesita dormir durante una semana. O encontrar el premio gordo».

Y ella no podía darle ninguna de las dos cosas.

Amargamente regresó al ordenador, esperando encontrar algo que pudiera ayudar a su familia.

Al final, lo mejor que podría hacer sería aprobar el manifiesto de la jornada de los buceadores. Pulsó la tecla de avanzar.

«Una vez más», se dijo mientras abría de nuevo el programa de contabilidad.

—Necesitas un descanso —sugirió Holden desde la puerta.

—¿Y quién no? —ella levantó la vista y sonrió con cansancio.

—He firmado el manifiesto. Sé que tú también lo has firmado. Farnsworth se reunirá con nosotros en el almacén. Podrá certificar lo sacado hoy y encerrarlo bajo llave. En total no debería llevarnos más de una hora.

—¿Llevarnos?

—Como en «tú y yo» —asintió él con satisfacción—. Gracias a tus nuevos protocolos, se me exige ir acompañado de un representante de Moon Rose Limited cuando traslade algún objeto.

—Supuse que te llevarías a Larry.

—¿Y por qué iba a hacer eso? Él no ha refrendado ningún manifiesto. Y, aunque lo hubiera hecho, está tan hecho polvo que no confiaría en él ni siquiera para custodiar a una pulga. De modo que te toca, pero después te invito a comer.

—No creo que el presupuesto del proyecto permita comer fuera.

—No tocaré el presupuesto —contestó Holden.

—De acuerdo —ella sonrió para sellar un deseo que era común a ambos.

Vestido con unos pantalones caquis, una camiseta vieja del Manchester United, y su habitual ceño fruncido, Farnsworth se reunió con Holden y Kate en el almacén.

La ropa resaltaba su compacto y enjuto porte. De no ser por las arrugas de expresión, su aspecto sería el de un chico de dieciocho años.

—Hola —les saludó—. Me alegra veros en persona. Da la sensación de que pasamos nuestra vida encerrados en cajitas, contemplando la vida a través de pantallitas y hablando por pequeños micrófonos.Ver a la gente en carne y hueso siempre supone una sorpresa.

—Pues la tuya es una cajita especialmente pequeña —Kate sonrió.

—Os enseñaré el almacén después de haber encerrado bajo llave los objetos valiosos de hoy —Farnsworth sonrió casi con timidez—. La cosa ha ido bien, ¿verdad? La esmeralda es especialmente bonita. El departamento de antigüedades está muy excitado. El broche también es precioso. Al menos lo parecía en la pantalla.

—También lo es al natural —Kate recordó la joya con sus centelleantes diamantes—. La esmeralda está guardada aparte, en una cajita acolchada. El color es impresionante, como el corazón del verano condensado en un cristal.

—Debería conseguirse una buena cantidad de libras por ella en el mercado —él asintió.

—Desde luego más que esa impresentable camiseta que llevas —observó Holden mientras sacudía la cabeza.

—Un vestigio de mis días de sobrepeso —admitió Farnsworth. No consigo animarme a deshacerme de ella. Me recuerda mi hogar.

—Parece que llevas mucho tiempo lejos —sugirió el contable—. El acento pierde dureza.

—En realidad, estudié en los Estados Unidos de América, Boston, para ser más precisos —Farnsworth se pasó una mano por los cabellos que reclamaban un corte—. Y luego he trabajado en el extranjero más tiempo que en casa. Cuando regreso me siento como un turista. Todo es alta tecnología, ya no hay fábricas. Sin embargo, los apartamentos siguen ahí. Un lugar horrible, bloques sin personalidad. ¿Y tú?

—Londres, Londres y Londres. De vez en cuando me dejaban salir de la jaula, pero no muy a menudo. Al final resulta que soy capaz de gritarle a la gente por videoconferencia casi tan bien como en persona.

—Sé a qué te refieres. Una pena. Hace que nuestras cajitas sean aún más pequeñas. Al menos esta —indicó mientras abría la puerta del almacén— tiene espacio para respirar.

Viniendo del sol tropical, la luz artificial les resultó apagada y poco natural, una especie de ocaso que nunca cambiaba.

—¿Todavía no has enviado los lingotes de plata? —preguntó Holden.

Farnsworth siguió la mirada de Holden hasta los lingotes apilados en el interior de unas bolsas semitransparentes de plástico. Las pesadas columnas estaban envueltas en cintas metálicas y descansaban sobre un palé, esperando ser cargadas a bordo de un camión que los llevara al barco mercante. Por todo el almacén había cajas y cajones, cada una cerrada herméticamente y sellada, listas para ser transportadas.

—El departamento de antigüedades está esperando a uno de nuestros barcos para transportar el material pesado, a no ser que encontremos lingotes de oro. En ese caso organizaremos un transporte especial —le explicó Farnsworth—. Londres no se fía de los nativos cuando se trata de oro.

—El departamento no se fía de nadie cuando se trata de oro —puntualizó Holden.

—Viendo todas estas cajas —intervino Kate—, ¿cómo puede quejarse vuestro departamento de la eficacia de la operación de buceo?

Los dos hombres se miraron unos instantes antes de estallar en sendas carcajadas.

—Entiendo —asintió ella—. Son humanos y se quejan —bajó la mirada hacia el paquete que llevaba en una mano y se lo ofreció a Farnsworth—. Seguramente también se quejarán de esto.

El hombre lo aceptó, comprobó que el sello seguía intacto y comparó el número de referencia con el que tenía en su ordenador. Todo estaba correcto y en orden.

—Maravillosa. La segunda cadena de oro —susurró Farnsworth—. ¿Qué pesaba, trescientos gramos?

—Trescientos treinta —le corrigió Holden—. Treinta gramos son treinta gramos.

—Tienes razón —el otro hombre se acercó a una mesa metálica en un rincón, metió el paquete en un cajón y lo cerró con llave.

Holden enarcó las cejas.

—¿Ya está? —preguntó Kate—. ¿Un cajón cerrado con llave en un destartalado almacén cerca de los muelles? ¿Cómo se atreven sus jefes a insinuar que mi familia les está robando? ¡Este lugar es un coladero!

—Es bastante seguro —Farnsworth sonrió—. Aunque no se vean, hay cámaras en las esquinas. Se activan con el movimiento y están conectadas a la alarma de la puerta. Las cámaras funcionan tanto en la oscuridad como con luz.

—A no ser que las cosas hayan cambiado mucho desde que me marché —insistió ella—, la policía local ni se molesta en moverse, salvo que reciba la invitación de alguna mujer.

—El cerrojo y los goznes de la puerta son a prueba de balas —insistió Farnsworth—, aunque sí podría ser atravesada por un diamante y tres horas de trabajo. Pero en el momento en que tocara la entrada al almacén, el aviso de alerta llegaría directamente al barco. Si estuvieras allí, te aseguro que te quedarías sorda —agachó la cabeza—. Paso unas cuantas noches en compañía de mi amiga, cuya casa está a unos cien metros de aquí. No soy precisamente James Bond, pero sí sé de qué lado se empuña una pistola.

—Por eso insististe en disponer de una lancha ultrarrápida, para poder moverte a toda velocidad a cualquier hora —reflexionó Kate.

—Sale más barato que un vigilante nocturno. Larry lo aprobó.

—Da la sensación de que hay casi tanta seguridad aquí como en el banco local —Holden intervino ante la expresión de descontento de Kate.

—En realidad, más. Los objetos ligeros salen mañana en un transporte certificado. Los llevaré al avión personalmente. Los objetos pesados son, como su nombre indica, demasiado pesados para que los ladrones locales se molesten en intentar robarlos, y demasiado llamativos para venderlos aunque consiguieran llevárselos. El departamento de antigüedades ofrece una nada despreciable recompensa por cualquier información que conduzca al juicio y condena de quien trafique con un tesoro hundido de Inglaterra —se volvió hacia Holden—. Y hablando de objetos pesados, ¿habéis traído alguno?

—Algunas piezas sueltas —Holden señaló hacia el Volkswagen aparcado cerca de la puerta—. Balas de cañón, cadenas de ancla, proyectiles, esa clase de cosas.

—Entonces, ¿a quién puedo convencer para que me ayude a descargar y trasladar los tesoros submarinos? —Farnsworth contempló la furgoneta aparcada bajo el ardiente sol del atardecer.

—Te ha tocado —Kate miró a Holden de reojo y sonrió—. Yo ya te he pasado el material, y lo has aceptado. Los tesoros marinos de peso son propiedad de la Corona, y eso significa que son todo tuyos.

—De acuerdo —el contable suspiró ante la idea de levantar peso bajo el sol tropical—. Y mientras trabajamos —se volvió hacia Farnsworth—, podrás explicarme cómo el Manchester piensa evitar que el Arsenal gane la Copa este año.

—Es evidente que el superior manejo del balón... —la voz de Farnsworth se hizo más débil a medida que los dos hombres salían al exterior, dejando a Kate sola con las cajas del pecio del *Moon Rose*.

«Una enorme cantidad de cajas para un pecio, de momento, tan poco productivo», pensó. «Pero ¿qué se yo? El abuelo no solía quedarse con pedazos de madera o cerámica rota». «Si este montaje es indicativo de algo, entonces cuesta mucho preservar la historia».

Y, en su opinión, merecía cada centavo, pero claro, ella no pagaba las facturas.

—...y por eso vamos a ganar —Farnsworth regresó y dejó una bala de cañón y una caja de proyectiles de plomo sobre la mesa de procesamiento.

A pesar de su aspecto delgado, debía ser bastante musculoso porque ni siquiera jadeaba o soltaba el peso con gesto de alivio.

Holden dejó una pesada cadena de metal sobre la mesa y comentó algo que quedó enterrado bajo el estruendo.

Dos nativos de la isla entraron por una puerta lateral y se dirigieron a la mesa de embalaje. Mientras trabajaban, hablaban entre ellos en un dialecto criollo de la isla que sonaba como una caricia en los oídos, como la brisa del mar, excepto en las ocasionales y sorprendentes frases británicas que intercalaban. Por lo que Kate consiguió comprender, su comida había sido casi tan deliciosa como la mujer que la había servido.

El estómago de Kate protestó.

—Podéis supervisar el embalaje si lo deseáis —Farnsworth consultó el reloj—. Yo tengo que quedarme de todos modos para anotar las horas que trabajan y cerrar cuando hayan terminado.

—A mí no me hace falta —ella miró a Holden.

—Es hora de comer —asintió él mientras se volvía. Al llegar a la puerta corredera, se volvió—. Llámame enseguida si salta alguna alarma.

Sin levantar la vista, Farnsworth asintió y agitó una mano en el aire.

—He oído a los buceadores hablar sobre la comida del café local —le informó Holden mientras se sentaban en la destartalada camioneta—. Está a tan solo un kilómetro de aquí. Se llama Dive In, un bar de buceadores. ¿O prefieres algo más elegante?

—Por mí bien —contestó Kate de inmediato—. La comida de buceadores es barata y saciante, y las porciones son lo suficientemente grandes como para que no necesite preparar cena esta noche. Podremos cenar las sobras que nos llevemos.

—¿Y qué pasa si la comida es horrible?

—Pues que la cena también lo será.

Holden soltó una carcajada y ella arrancó la camioneta, siguiendo las indicaciones que él le daba.

Al salir de la zona de bosque, el cielo presentaba un color azul plateado por culpa del calor y la casi total ausencia de brisa. Unas nubes planas se movían perezosamente, creando unas sombras azul oscuras sobre el agua. Las más oscuras parecían frescas como el helado.

La zona hacia la que se dirigieron podría describirse como el muelle semi-industrial. Unos niños gritaban alegres mientras jugaban al pilla-pilla en la arena y las rocas, o se deslizaban hasta las cálidas aguas. Al oírlos, ella sintió algo. Recordó ser así de pequeña, reír y jugar en la playa y saltar desde el *Golden Bough* a las tranquilas y cálidas aguas ecuatoriales. Le encantaba y, por mucho que su madre la persiguiera con crema solar y sombreros anchos, sus pecas aún servían de recordatorio.

Los nativos de St.Vincent, en su mayoría hombres mayores, aunque también algunos jóvenes, estaban sentados a la sombra de las palmeras y otros árboles. Muchos compartían latas de cerveza y cortaban pedazos de mango con sus navajas. El final de la jornada laboral estaba cerca, aunque la mayor parte de ellos, por su aspecto, llevaban varios días sin trabajar. O más. El empleo no parecía ser la meta principal en la vida de la isla.

El Dive In era una terraza abierta con una pequeña y destartalada cabaña donde el cocinero y los bebedores más empedernidos podían mantener sus ojos rojos protegidos del sol. Incluso a la sombra de los árboles hacía bochorno, sobre todo cuando la escasa brisa dejaba de soplar. Unos banderines morados, amarillos y naranjas lanzaban sus coloridas sombras sobre las mesas y las sillas desparejadas. No se veía a ninguna mujer, lo habitual en un bar de buceadores en pleno día.

La camarera no llevaba bloc de notas ni lápiz, mucho menos un dispositivo electrónico. Recomendó la sopa de marisco picante y les enumeró el resto de los platos que el cocinero había preparado para ese día: estofado de carne y pescado de todas las maneras posibles, salvo nadando. Después tomó nota de las bebidas. Kate pidió un té helado, y Holden también. La mujer se alejó con una lánguida elegancia que despertó la envidia de Kate.

—¿Eso viene dado por nacer en una isla tropical? —preguntó ella cuando la camarera hubo desaparecido.

—¿El qué? —preguntó él.

—Ese caminar.

Holden la miró perplejo.

—La camarera —le explicó Kate—. Tiene unos andares tan gráciles...

—Ah —él sonrió—. Es la diferencia entre la arena y el cemento, los pies descalzos y los pies cansados. El ritmo de la isla, un encantador ritmo lento. Tú lo tienes, y lo sabes. Cuanto más tiempo llevas aquí, más se te nota.

—Yo jamás caminaré como una pantera.

—Sí lo haces —Holden se colocó las gafas de sol de espejo sobre la cabeza—. Me provoca ganas de rugir y abalanzarme.

El multicolor destello de sus ojos contra la bronceada piel parecía una caricia.

Kate se ruborizó y optó por cambiar de tema.

—¿Sabías que la sopa que has pedido va acompañada de guindilla roja picante?

—Me muero por probarla —él hizo una mueca—. Para mí, el picante es como el pelo rojo, añade un fuego especial.

—Lo haces a propósito.

—¿El qué?

—Hacerme sonrojar —murmuró Kate.

—Me resulta encantador.
—No te lo parecería si lo sufrieras tú.
Holden rio, le tomó una mano y la besó, incluyendo un sutil lametón.
—No te estás comportando como un correcto británico —protestó ella, recuperando la mano. Lentamente.
—Si los británicos fueran tan correctos como pareces pensar, ¿cómo habríamos conseguido reproducirnos?
—Te tumbas de espaldas y piensas en la reina —contestó Kate.
La gutural carcajada de Holden arrancó las sonrisas de varios comensales.
—Nunca lo he probado así. ¿Te importaría enseñarme la técnica?

Kate se rindió a la faceta bromista y sensual de Holden Cameron, permitiendo que sus preocupaciones, temores, y esperanzas se disolvieran como un cubito de hielo en la playa tropical. Nunca había conocido a un hombre como él, uno que intrigaba, exasperaba y hechizaba sin renunciar a un átomo de su inteligencia y pura presencia animal.

La rapidez del servicio y el tamaño de las raciones eran tal y como las habían descrito los buceadores. Kate contempló la humeante porción de arroz especiado y judías negras, chutney de fruta y pescado de roca, tan fresco como si lo hubiera pescado y cocinado ella misma. Aspiró el vapor de las especias, a la vez suaves e intensas. Un toque de canela y un poco de guindilla, una cocina sencilla y compleja a partes iguales que mezclaba los sabores de muchas culturas y naciones.

En su plato había suficiente cantidad para dos personas, cuatro si no eran buceadores. El menú de Holden podría servir para una familia de seis, e incluía un tanque de sopa de marisco. La camarera también dejó un cuenco de fruta que debía pesar casi dos kilos, una hogaza de pan francés, una jarra de té helado, y una sonrisa brillante como el sol.

Holden esperó a que Kate tomara el primer bocado antes

de lanzarse sobre la sopa. Comió despacio, ignorando el calor que empezaba a dejar una pátina de sudor sobre su frente y labio superior. De haber tenido la piel clara, en esos momentos estaría roja.

—¿Picante? —preguntó ella con fingida inocencia.

—Pruébala —contestó él, empujando el enorme cuenco al centro de la mesa.

Kate probó una cucharada, sorbió y la dejó limpia.

—Eso sí que es picante.

—¿Estás segura? —preguntó él con gravedad mientras una gota de sudor corría por su mejilla.

Kate volvió a hundir la cuchara y la sacó llena de cangrejo y pulpo que masticó con entusiasmo. Comió un poco de arroz con judías para mitigar el ardor y regresó a la sopa que no había pedido.

—El resto de la comida se conservará mejor que la sopa —explicó—, y está demasiado buena para permitir que se estropee.

Holden la miró divertido mientras ella seguía comiendo lentamente, ignorando el calor que sonrojaba sus mejillas mientras su cuerpo reaccionaba a la picante sopa. Después de unos minutos, acercó la silla a la de ella para que ambos pudieran acceder cómodamente al cuenco y hundió la cuchara en la sopa. Terminaron por empapar el pan en las últimas gotas de sopa.

Kate se echó hacia atrás y sacudió el bajo de su blusa para que entrara algo de aire. Sabía que su cara estaba roja, pero no le importaba.

Holden se secó la frente con una servilleta de papel, apuró el vaso de té y continuó con lo que la camarera había llamado «estofado mixto de carne». No le había preguntado qué carne llevaba, y la camarera ni siquiera se había ofrecido a informarle.

—¿Qué tal está? —preguntó ella entre sorbo y sorbo de té para refrescar su boca.

—Excelente. En especial la cabra. La ternera está dura como una piedra, pero muy sabrosa. Lo demás podría ser serpiente o anguila, difícil saber tras horas de cocción.

—¿Serpiente? Debes estar bromeando.

—Ya te he dicho que es difícil saberlo —él se encogió de hombros.

—Y a ti te da igual.

—Es proteína. ¿Debería advertirte que tengo hermanas y primos más pequeñas, y también un hermano mayor? —él la miró de reojo y soltó una carcajada.

—Y seguro que solías gastarles bromas. Eso me consuela —Kate estuvo a punto de preguntar si de verdad había probado la serpiente, y luego decidió que no quería saberlo. Al estómago le daba igual, pero su mente dio un respingo.

Pinchó con el tenedor un poco de anguila y se volvió hacia Holden, que reía.

—¿Qué? —preguntó.

—Explícame la diferencia entre la anguila y la serpiente.

—Una me la como, la otra no.

El contable sacudió la cabeza y se terminó el estofado de carne mixta. Limpió el plato con unas diminutas bananas con zumo de lima exprimido sobre ellas, bebió otro vaso de té y atacó el arroz, las judías y el pescado.

Ella lo observaba comer por el rabillo del ojo, preguntándose si quedarían algunas sobras para llevar a la cabaña. Sus modales a la mesa eran excelentes, y sin embargo engullía a una velocidad que ella asociaba a las cantinas y los cronómetros. Después de unos minutos, se reclinó en la silla, bebió un tercer vaso de té helado y sonrió feliz.

La camarera se acercó con otra jarra de té y unos ojos oscuros que aprobaban el apetito de Holden.

—Por favor, dígale al cocinero que la sopa es de las mejores que he probado en mi vida —le pidió él.

—Mi abuela se pondrá contenta. La receta es suya. Mi madre solo compra el pescado a los mejores pescadores y buceadores.

—¿Comen aquí muchos buceadores? —Holden miró a su alrededor.

—Vienen y van —la camarera se encogió de hombros—. ¿Busca una excursión de buceo?

—No —contestó Kate—. El *Golden Bough* está rescatando objetos de un pecio. Nos vendría bien más mano de obra.

—Los buceadores hablan —ante la mención del *Golden Bough*, la mujer empezó a sacudir la cabeza—. No les gusta ese barco. Dicen que está maldito.

CAPÍTULO 11

El claxon de una moto espantando a unas gallinas de la carretera llenó el silencio que siguió a las palabras de la camarera.

«Maldito».

—Tonterías —exclamó Holden despreocupadamente—. Lo único que tiene de malo ese barco es el sueldo.

—Por supuesto —la mujer sonrió amablemente—. A los buceadores les gusta chismorrear como a comadres. ¿Le apetece más sopa?

Holden miró a Kate.

—No gracias —contestó ella—. Pero nos gustaría que trajera la cuenta y algunos envases para llevarnos las sobras.

La camarera asintió, se retiró a la destartalada cocina y regresó con la factura escrita a mano y una bolsa de plástico con cajitas para ser llenadas con comida. Holden pagó la factura, añadiendo una buena propina, y ayudó a Kate a vaciar el contenido de los platos en las cajitas. Con la bolsa llena de comida en la mano izquierda y tomando a Kate de la mano con la derecha, se dirigieron de regreso a la calle donde habían aparcado.

—Me pregunto qué buceador fue el que inició el sucio rumor —preguntó Kate mientras se subía a la pickup.

—Si tu hermano llevara una lista del personal, me iría a

los bares locales para hacer unas cuantas preguntas —observó Holden—. Aunque no creo que sirviera de nada. Los rumores son más difíciles de atrapar que el humo.

Ella frunció el ceño. Le disgustaba la falta de interés de su hermano en los libros de contabilidad tanto como los rumores desatados por los buceadores locales.

—Déjalo estar —él le acarició una mejilla—. Estamos de vacaciones, ¿recuerdas?

—¿Lo estamos?

—Sí, lo estamos. Hasta los esclavos del trabajo descansan un día de vez en cuando.

Kate dejó escapar el aire y arrancó el motor. En dos ocasiones. El que arrancara a tan solo el segundo intento le puso de buen humor. Miró a Holden, que se frotaba la frente.

—¿Dolor de cabeza? —preguntó.

—No. Creo que se me ha quedado entumecida por la sopa.

—Gracias a Dios. Pensé que era yo la única.

Condujeron en un pacífico silencio hasta la cabaña donde el barco auxiliar de metal estaba amarrado al combado muelle. La idea de regresar al barco de buceo no resultaba nada atractiva.

Pero las brillantes y pálidas sombras del agua sí.

—¿Sabes lo que voy a hacer? —preguntó ella.

Holden la miró a través de los ojos medio entornados. Por su mente pasaban imágenes de un baile perezoso y, sobre todo, horizontal.

—Nadar —continuó Kate—. ¿No te gusta nadar? —preguntó extrañada al ver la expresión en el rostro de Holden.

—Es mi segunda actividad preferida.

Ella captó perfectamente el travieso brillo en los ojos de Holden, pero no picó el anzuelo.

—He visto una sábana extra que haría una decente toalla de playa.

A su estado de ánimo le hubiera ido mejor algo indecente, pero Holden no hizo ninguna objeción. Se limitó a ponerse el bañador, doblar los pantalones para poder improvisar una almohada con ellos, y reunirse con Kate en la puerta de la cabaña.

Ella casi dejó caer el bote de crema solar al verlo aparecer. Había pasado no poco tiempo esforzándose por no recordar su aspecto en calzoncillos, iluminado por la luz de la lámpara, que no había conseguido disimular su erección.

Y en esos momentos también se marcaba bajo el bañador. Kate se sintió atravesada por un fuerte calor. Los pezones se tensaron y la parte inferior de su cuerpo se aflojó respondiendo a la genética femenina, preparada para el apareamiento. Era muy consciente de que él se había dado cuenta y el rubor de sus mejillas, que no tenía nada que ver con la comida picante o el sol tropical, se intensificó.

—¿Estás segura de que te apetece nadar? —preguntó él con voz ronca.

—Siempre he soñado con jugar en el agua con un dragón.

—Ya estamos otra vez con el dragón. Voy a acabar poniéndome celoso.

—¿De ti mismo? Holden, sin duda sabes lo sexy que eres.

—Tú eres la única que opina así —Holden sonrió con dulzura—. Y sin embargo no pareces darte cuenta de cómo te miran los hombres, babeando y con la lengua fuera.

—Porque no es verdad —Kate rio—. Y si ocurriera, la única lengua que me gustaría ver colgando por mí es la tuya —sobresaltada, se tapó los ojos con la mano—. Eso ha sonado fatal, ¿verdad?

Holden seguía riendo cuando ella se atrevió a mirarlo entre los dedos de la mano. El contable se acercó y le quitó el bote de crema solar de las manos.

—Hablaremos de eso mientras te doy crema en ciertos lugares a los que tú no llegas.

—Debo advertirte que soy muy flexible.

—Me estás provocando —él le dedicó una tórrida mirada.

—Solo te advertía.

—Flexible. Sí —Holden se humedeció los labios—. De todos modos, permíteme ayudarte. Te prometo que no te arrancaré ese bikini verde chillón.

«Aún».

—Adelante —ella se volvió.

Holden estuvo a punto de gemir. Ante sus ojos apareció el precioso trasero. Perfecto para sus manos, dientes, lengua. «¿Tendrá pecas debajo de ese minúsculo trozo de tela verde? Dios, espero que sí. Jengibre y nata, y rosa, tan rosa y ardiendo de calor sexual».

—Sí, lo sé —ella miró por encima del hombro y lo descubrió observando su trasero—, es demasiado grande, pero ya vino así de fábrica.

—¿Demasiado grande? —lenta, muy lentamente, Holden la miró a los ojos—. Amor, es perfecto —se llenó las manos y apretó muy despacio, deleitándose en el delicioso calor de su piel—. Malditamente perfecto.

Estaba tan pegado a ella que Kate no pudo evitar sentir la dura erección contra su trasero. Abrió los ojos desmesuradamente. Holden se movió una vez más, lentamente, y luego la soltó.

En un silencio cargado de palabras sin pronunciar, de cosas sin hacer, de anticipación, Holden puso un poco de crema con olor a mango en una palma y la frotó con la otra. Al levantarlas, el pantalón caqui se deslizó hasta el suelo.

—Levanta los brazos —le ordenó.

—La sábana...

—Suéltala.

Con un leve suspiro, la sábana también se deslizó hasta el suelo.

El rubor de las mejillas de Holden se intensificó al estudiar las bonitas curvas del cuerpo de Kate. Empezó a frotarle crema por el cuello y los hombros, deslizando los dedos hacia abajo, por delante, hasta llegar al borde del sujetador del bikini.

—Yo... —la voz de Kate surgió ahogada al sentirlo dibujar la línea de los pechos—. Ahí llego yo.

—Y yo también.

Kate se estremeció cuando los dedos de Holden le pellizcaron los pezones con sensual delicadeza por encima de la tela del bikini. Cuando apartó las manos, ella suspiró.

—¿Demasiado? —preguntó él.

—Y a la vez demasiado poco.

Holden rio suavemente y se echó más crema solar en la mano.

Al sentir su mano alejarse del pecho, Kate se estremeció. Tenía la piel tensa, muy sensible, completamente alerta ante cualquier caricia. Y eso estaba haciendo él.

Acariciarla.

Suavemente.

—Vas a volverme loca —susurró.

—Me parece justo. Tú ya me has desquiciado. Esas pecas tienen un aspecto delicioso.

—Pero la crema solar no.

—Es lo único que me mantiene a raya —reconoció él.

Extendió sus grandes manos por la delicada espalda, untándola de crema, deslizándose bajo la braguita del bikini y doblando los dedos, saboreando las sensuales curvas mientras gemía casi imperceptiblemente. A regañadientes, retiró la mano, se echó más crema solar y se arrodilló para untársela los muslos, pantorrillas y pies.

Con los ojos cerrados, ella sentía cada caricia como un dulce latigazo de calor, una promesa del fuego que estaba por llegar.

Los dragones eran expertos en fuego.

Para cuando terminó con las piernas, temblaban perceptiblemente. Holden deslizó las manos desde los tobillos hasta las caderas, dobló los largos dedos y se puso de pie. Con la sábana en una mano, la crema solar y los pantalones en la otra, deslizó los nudillos de la mano derecha por la parte baja de la columna de Kate.

—Preparada para el sol —anunció con voz ronca y sensual.

En realidad, Kate se sentía preparada para mucho más que sol, pero tuvo el buen sentido de no decirlo.

—Será la primera vez que entre en el mar desde...

—¿La muerte de tus padres?

—Sí —contestó Kate con voz débil, apenas un susurro.

—Yo te mantendré a salvo.

—Debería haberlo hecho hace años —ella lo miró con sus ojos color turquesa—. En ciertos aspectos, renuncié a casi tanto como se llevó el mar.

Holden transportó todo con la mano izquierda y con la derecha, tomó la mano de Kate.

—Vamos a recuperar una parte.

Ella lo condujo fuera de la cabaña y por un camino de arena deslumbrantemente blanca, sombreada por palmeras que se mecían al viento. Holden extendió la sábana, dejó los pantalones y la crema solar en una esquina y esperó. Kate respiró hondo, dejó escapar el aire lentamente y se concentró en lo bien que ese hombre le hacía sentir. Después de quitarse las sandalias de una patada, se dirigió al agua.

La arena quemaba lo suficiente como para empujarla a correr hasta la orilla. El agua estaba tan caliente que apenas notó el primer contacto con ella.

—No me extrañaría que mis pies echaran humo —habló Holden a su espalda.

—El agua está más fría un poco más adentro, allí donde se vuelve color cobalto y está más lejos del volcán.

—Nacido del fuego, pero rodeado por el mar —observó él—. Siempre me ha llamado la atención el choque de opuestos y el delicado equilibrio que logran. Un baile intrincado y lento.

—Jamás pensé en ello de ese modo... pero sí, es un equilibrio, un baile, y cambia constantemente.

—Como nosotros —asintió él mientras le colocaba un mechón de cabellos detrás de la oreja—. El mar y la tierra simplemente viven en una escala temporal totalmente diferente a la de los insectos de dos patas que conocemos como humanos.

Kate sonrió y encogió los dedos, disfrutando de la suave textura de la arena a cada paso que daba. El agua poco profunda estaba tan limpia que parecía invisible, y el aire estaba a la misma temperatura que su piel. Ella se sintió suspendida entre el cielo y el mar.

Y el agua le llegaba por encima de la cintura.

Kate esperó sentir el familiar temor. Y seguía esperándolo cuando un banco de diminutos peces le rodeó los tobillos, como colorido confeti arrojado al viento. El ligero roce y las bocas que mordisqueaban le produjeron cosquillas hasta que no pudo contener la risa.

Inmóvil, Holden la observaba, imaginándose que así debía ser esa mujer antes de la tragedia que había ensombrecido los ojos color turquesa. Daría lo que fuera por acercarse a ella y beber su risa como si fuera un vino dorado.

Y, como si le hubiera leído el pensamiento, ella se volvió y le ofreció una mano.

—Evitarás que la corriente me arrastre cuando el agua me cubra —anunció Kate.

—Haré todo lo que tú digas, Kate.

Y ella supo que lo había dicho en serio, y sintió que otra parte más de su miedo se disolvía, un miedo que ignoraba que tuviera.

—Siempre he culpado al mar —explicó unos minutos más tarde—. Lo odiaba.

—Es más fácil que culpar a tus padres por bucear en unas circunstancias en las que sabían muy bien que deberían quedarse a bordo —observó él con calma.

—¿Cómo lo sabes? —los dedos de Kate se agarrotaron en torno a los de Holden.

—El informe indica claramente que estaban buceando de noche en medio de una tormenta tropical.

—Sí —después de un prolongado silencio, los dedos de

Kate se aflojaron—, odiar al mar era más fácil que odiarles a ellos por haber cometido esa estupidez, por ser tan egoístas, por preferir el brillo del oro a su propia hija —la voz se le quebró—. Y yo soy egoísta por querer ser más importante para ellos que cualquier otra cosa, incluyendo el pecio que habían estado buscando desde antes de que yo naciera.

—El *Moon Rose* —Holden asintió.

—Sí.

Kate se metió en una zona más profunda, siempre agarrada a él. Pedazos de coral crecían en el fondo, como sombras en busca de la luz. Aunque no demasiado lejos. Lo justo para que los organismos que vivían en su interior pudieran transformar la luz del sol en alimento. Otros corales peinaban el agua con frágiles e inquietos dedos. Millones y millones de diminutas manos mendigando migajas de vida.

—Ojalá tuviera mi máscara, aletas y esnorquel —susurró ella.

—¿Están en el barco? —Holden estaba lo bastante cerca para oírlo.

—Sí. Para lo que servirán ya... hace años que no los he tocado.

—Te sorprendería.

—¿A qué te refieres? —preguntó Kate.

—A la primera oportunidad que tuve, hice una inspección de las taquillas de buceo. Es una manera rápida de evaluar una operación de buceo. Si el equipo no está bien cuidado, la operación es mala. Punto.

—Puede que Larry sea un asco como contable, pero siempre ha tenido un toque mágico con el equipo de buceo.

—Y también es minucioso. Encontré una taquilla marcada como «Kitty». El equipo está en tan buen estado como todos los demás a bordo.

Ella tropezó, aunque Holden y el agua la mantuvieron de pie.

—El abuelo —contestó al fin con lágrimas en los ojos—. Siempre esperó mi regreso.

—Tu abuelo es un hombre muy testarudo —Holden sonrió a medias.

—Y muy ahorrador —Kate hizo un sonido que bien podría haber sido una risa o un sollozo—, pero cuando mis padres murieron, arrojó el reciclador de aire de mi padre por la borda.

—Eso explica por qué solo encontré uno en las taquillas de buceo. Pensé que se debía a que el sitio no es excesivamente profundo.

—No. El abuelo no los quiere a bordo. Los culpa de la muerte de mis padres.

—¿Por qué? Todos los equipos de buceo tienen sus peligros —«y el mayor de todos es el buceador».

—Es lo que Larry le dijo al abuelo —asintió ella—. Es la única vez que recuerdo haberles visto pelearse a gritos. Al final, Larry conservó su reciclador. Dice que le encanta su silencio y maniobrabilidad.

Holden recordó las múltiples ocasiones en que había usado un reciclador de noche en lugares donde un rastro de burbujas sería una invitación para ser ametrallado por el enemigo. El hecho de que el reciclador permitía zambullidas prolongadas con mucho menos tiempo de descompresión, era un factor añadido.

Un pez pasó veloz ante ellos, persiguiendo a otro pez. A diferencia de los redondeados y coloridos pececillos de arrecifes, los peces más grandes eran aerodinámicos, de un tono azul plateado, y mucho más rápidos.

Cuando Kate se volvió para seguirle el rastro cayó en la cuenta de que el agua le llegaba al pecho. Estaba más fría que en la zona menos profunda donde el sol la calentaba hasta alcanzar la temperatura corporal. Si daba unos pasos más estaría nadando.

Y lo hizo.

No estaba segura de qué se había esperado, pero dese luego no la repentina felicidad que la embargó mientras el agua la acogía con olvidada sencillez. Una suave y deliciosa sensación de libertad la invadió. Flotando de espaldas, rio como una niña mecida por unos amorosos brazos.

—Cuánto lo he echado de menos —exclamó ante la amplia sonrisa de Holden—. Pero ni siquiera lo sabía. ¿Cómo pude no darme cuenta?

—El mar es lo que cada uno hace de él. Como la vida. La niña que hay en ti convirtió al mar en malvado. El adulto sabe que no lo es.

Holden podía haber seguido vadeando en el agua. En cambio, se zambulló de lado y nadó junto a ella con una perezosa fuerza que evidenciaba la facilidad con la que se movía en el agua.

—No me puedo creer que te costara regresar al agua después del accidente —opinó Kate mientras lo observaba.

Mientras lo deseaba.

—Créeme —le aseguró él—. Estuve a punto de vomitar.

—¿Llevabas puesto el equipo de buceo?

—Eso fue lo que me ayudó a aguantar las náuseas —asintió él con amargura.

La risa de Kate ascendió desde el agua como un rayo de sol.

El contable se detuvo en medio de una patada, comprendiendo de repente que nunca había sentido la paz que obtenía al observar a Kate deslizarse lánguidamente en el agua.

«Nació para esto», pensó. «No para trajes de negocios, hojas de cálculo y temor».

Viéndola, casi se sentía capaz de perdonar a su hermano por haber organizado ese monumental desastre y tener que llamar a su hermanita para salvar el negocio familiar, negocio que se hundía como un barco con los ojos de buey abiertos. Claro que la gente del departamento tampoco había ayudado. El contrato era vergonzoso de principio a fin.

«Por eso yo sería un pésimo hombre de negocios», pensó mientras se mantenía paralelo a Kate. «Aprovecharme de personas desesperadas para avanzar y enriquecerme yo... preferiría seguir con las minas».

Y eso había hecho. Con suma facilidad, cambió a un estilo de braza y luego de espalda.

—¿Te duele el muslo? —preguntó Kate.

—En absoluto. Esto es mucho más agradable que la piscina, tan fuertemente clorada, donde hago mi fisio.

Ella hizo una mueca. Odiaba las piscinas y el cloro, pero esa clase de natación era mejor que ninguna.

—Ya sé que te lo he preguntado antes —insistió ella—, pero ¿echas de menos el buceo?

—Sigo buceando, amor. Forma parte de mi trabajo. ¿Y tú qué?

Durante largo rato solo se oyó el grito de los pájaros y el rugido del mar, que lanzaba espuma sobre un arrecife de piedras y coral a lo lejos.

—Lo echo de menos —admitió ella al fin—, pero no estoy preparada para bucear. Aún no. Quizás jamás lo esté. No lo sé. Ahí abajo no hay nada sin lo que no pueda vivir.

Holden no la intentó animar, engañar o avergonzar para que buceara. Se limitó a seguirla mientras nadaba en aguas protegidas, de vez en cuando sumergiéndose cuando algo llamaba su atención en el fondo, pero sobre todo se limitó a quedarse lo bastante cerca de ella para tocarla. A veces nadaba debajo de ella, acariciándola con su cuerpo, haciéndole cosquillas, compartiendo con ella el sensual placer que suponía estar juntos en el agua.

La tercera vez que le acarició el pecho con su torso, la respiración de Kate se aceleró. De nuevo sintió su erección, y ella también estaba excitada. Hundiéndose bajo el agua le devolvió la deslizante caricia, prolongándola hasta quedarse sin aire.

—¿Haces pie? —preguntó ella sin aliento tras volver a hundirse bajo el agua.

—Si estás cansada, puedo tirar de ti.

—No es eso. Tengo ganas de besarte sin preocuparme por ahogarme.

—Acércate —los ojos de Holden cambiaron y fijó una mirada de cristalina intensidad en los labios de Kate—. Te mantendré a flote.

Antes de que ella lo alcanzara, él la atrajo hacia sí. Tenía la piel suave, salvo por el vello que cubría su torso. Al sujetarse de pie, los músculos se flexionaron y se tensaron bajo la bronceada piel. Gotas de agua se pegaban a él como diamantes que cambiaban con cada respiración.

Holden la rodeó con sus brazos y Kate ya no sintió nada más que el calor y los matices de su beso. Era un compendio de picante y fuego, sal y azúcar, brusco y delicado, y vivo, muy vivo. Ella deseaba consumirlo, trepar bajo su piel y conocerlo, carne, sangre y calor.

Los suaves gemidos de Kate eran como latigazos de fuego sobre el hambriento cuerpo de Holden. Tomó lo que le ofreció y exigió más, y mucho más, hasta que entre ambos no hubo nada más que deseo y más deseo, un fuego primitivo que les consumía.

Kate sintió vagamente un movimiento, el agua que se apartaba.

—Rodéame con esas preciosas piernas —le ordenó Holden con voz ronca, los labios pegados a los suyos.

Unas manos grandes y fuertes le sujetaron el trasero, elevando su cuerpo. Una única y paralizante caricia sobre la longitud de su erección les indicó a ambos lo bueno que sería. Ella enganchó un tobillo con el otro alrededor de su cintura y los brazos alrededor del cuello, besándole el hombro y el cuello como si temiera que algo fuera a separarlos.

Holden agachó la cabeza y deslizó los dientes por el cuello de Kate, mordisqueándola con exquisito cuidado. Ella gritó, un grito seductor y femenino de aprobación, y el chupó con fuerza, obligándola a arquearse contra él, a clavarle las uñas para estar más pegada que su piel.

—Tu piel enseguida se marca —él vio el enrojecido círculo con sus dientes marcados—. Voy a tener que ir con más cuidado.

La respuesta de Kate fue un salvaje mordisco en la oreja seguido de otros más delicados en los pezones. Lo lamió lentamente, dibujando círculos, antes de aprisionar el oscuro botón del pezón y chupar con fuerza. Los músculos de Holden se tensaron y se estremeció.

—Ya basta, amor —consiguió articular con voz ronca—. Tenemos que llegar hasta la orilla.

—¿Por qué?

—Preservativo.

—¡Oh!

Ella abrió los ojos lentamente, ojos de un color turquesa incandescente. Suspiró mientras se acurrucaba entre sus brazos.

—Quiero saborearte —le dijo mientras seguía lamiendo la tensa piel—. Por todas partes. Nunca había deseado algo así. Nunca lo había necesitado.

Holden estuvo seguro de que el corazón se le había parado, hasta que soltó una sacudida y empezó a bombear como si estuviera huyendo de un incendio forestal. Salvo que no estaba corriendo lejos de las llamas, sino directamente hacia ellas para poderse quemar.

Dentro de ella.

El mar les sujetaba como si se resistiera a soltarles, a entregarles a la orilla.

Kate lamió gotas de agua salada de cada centímetro de la piel de Holden que pudiera alcanzar. Le encantaba el calor, el sabor, la sedosa piel del cuello, y la más rugosa de la mandíbula ensombrecida por la incipiente barba.

Todo daba vueltas y ella sintió la sábana pegarse a su espalda desde la nuca hasta las caderas. Soltó los tobillos y apoyó también las piernas. Instantes después, el bikini no era más que un trocito de tela color esmeralda tirado junto a los pantalones caquis. El bañador de Holden lo acompañó instantes después.

Desnudo, él se arrodilló entre las piernas de Kate y miró, simplemente la miró, tumbada debajo de él. Su piel era de un perlado luminoso espolvoreada de motas doradas.

Y estaba claro que era pelirroja natural.

—Tus ojos —susurró ella—. Qué hermosos. Dragón.

Kate alargó una mano hacia la orgullosa masculinidad que apuntaba hacia ella, pero él le sujetó las manos y las apoyó junto a su cabeza, acallando su protesta con un dulce beso.

—Me toca —anunció él—. Llevo esperando esto desde la primera vez que te vi.

Y, antes de que ella pudiera pedirle una explicación, sintió la punta de la lengua de Holden tocar las pecas de la punta de su nariz, pómulos, hombros, pechos.

—Son pecas —protestó ella casi sin aliento.

—Mi debilidad —contestó él—. Aparecen en lugares muy apetecibles.

Holden deslizó los labios por un brazo, mordisqueando las motas de color y luego repitió lo mismo con el otro brazo.

—Me haces cosquillas —rio ella.

—Sufre. Como he sufrido yo.

Kate rio, pero su respiración se cortó cuando sus labios recorrieron las curvas de un pecho, luego el otro, jamás tocando el sensible pezón. Pezones que se tensaron.

—Te has saltado algunas —le informó ella con voz ronca.

—¿En serio? Muéstramelas.

Kate se ruborizó desde los pechos hasta la frente. Lentamente, deslizó una mano hasta su propio pecho y tocó el pezón izquierdo.

—Aquí —los dedos continuaron camino hasta el derecho—. Y... aquí.

Holden agachó la cabeza hasta que su aliento envolvió un tenso pezón, endureciéndolo aún más. Lo introdujo en su boca y chupó con lenta deliberación, saboreando y disfrutando de cada pliegue y hendidura, chupando, tironeando hasta que ella empezó a retorcer las caderas contra él. Pero él la sujetó con el peso de su cuerpo de cintura para abajo, sudando ante la fuerza de su propia necesidad.

—Aún no he terminado —consiguió decirle él.

—Guarda un poco para el postre.

Él soltó una carcajada y sintió cómo la tensión en su interior se relajaba y luego aumentaba. La urgencia seguía allí, clavándose profundamente, pero suavizada por el sentido del humor de Kate. Había disfrutado de sexo, pero jamás había sentido deseos de jugar con una mujer, de compartir risas, además de pasión.

—Vas a crearme muchos problemas —le explicó él, volviendo su atención al pezón que había quedado olvidado.

Fuera lo que fuera que ella hubiera querido decirle quedó transformado en un grito de necesidad cuando él cerró la boca de nuevo, lamiendo, mordisqueando lo justo para equilibrar el torrente de placer. Para cuando la soltó, a Kate ya no le quedaba suficiente aire para protestar.

Y entonces empezó el asalto a las pecas bajo los pechos. Holden se recreó, chupó, mordisqueó. La incipiente barba era lo bastante rugosa para generar un delicioso contraste con los labios mientras descendía más y más. De repente, Kate soltó un grito y despegó la espalda de la sábana.

—¡Allí… no hay pecas!

—¿Estás segura? —preguntó él.

Holden tomó el clítoris entre los dientes y lo frotó con la lengua mientras la sentía desmoronarse. Suavizó su caricia, sometiéndola, a la vez que él mismo se retorcía de deseo. Lenta, muy lentamente, la chupó y le explicó sin necesidad de palabras lo hermosa que era para él.

—Ha sido un postre exquisito —anunció mientras buscaba un preservativo en el bolsillo del pantalón—. Ahora ha llegado el momento del plato principal.

Ella lo miró con los ojos entornados.

—La próxima vez me toca a mí.

—¿El qué? —preguntó Holden.

—Todo. Quiero... —su voz se perdió cuando lo sintió hundirse en su interior, estirándola, llenándola hasta que lo único que pudo hacer fue dar y dar y dar hasta haberlo introducido entero dentro de ella.

Kate movió las caderas al compás de la danza sexual de Holden, sintiéndose a la vez devorada y devoradora, hasta que le faltó el aire y sintió el cuerpo de él tensarse, bascular, empujar con fuerza, hasta que ya no pudo más y estalló en ardientes olas de éxtasis. Holden se derrumbó sobre ella, aunque evitó aplastarla y privarla de respiración.

—No te muevas —le indicó ella mientras lo abrazaba.

—No tenía ninguna intención de hacerlo —consiguió responder él.

Se abrazaron hasta que sus respiraciones se parecieron más al lento ritmo del mar junto a la orilla. Y después siguieron abrazados, porque la paz era un nexo tan profundo y ancestral como el fuego.

CAPÍTULO 12

Kate se secó el pelo con la toalla y se contempló en el empañado espejo atornillado sobre el lavabo. Sus ojos le devolvieron la mirada, cargados de turbulencia, paz y sorpresa. «¿Se sentirá él igual que yo?».

Estuvo a punto de soltar una carcajada ante la ingenuidad de su propia pregunta. Holden era un hombre. Todo hombre. Disfrutaba del sexo y se aseguraba de que su pareja también lo hiciera. Era un amante generoso.

«Disfrútalo mientras dure», se aconsejó a sí misma.

Y eso sería hasta que su nuevo amante destruyera el viejo negocio familiar.

«Una cosa más que escapa a mi control».

—Estás frunciendo el ceño —observó Holden desde la puerta del diminuto cuarto de baño y mientras decidía que estaba absolutamente comestible con el top sin mangas y los pantalones cortos. Con suerte, pronto volvería a estar desnuda—. «Que el amante sea vergonzoso, loco, distraído» —recitó con voz profunda—. «Cuando sobrios sufrimos por todo. Deja que el amante sea».

Las palabras parecían relucir bajo el rojo sol poniente.

—Precioso —susurró ella. «Como tú».

—Rumi me ha hecho compañía en muchas guardias nocturnas.

—¿Rumi?

—Un místico y poeta sufí —Holden le quitó la toalla de las manos y él secó suavemente los cabellos—. Rumi también era pastún, lo que hoy en día llamamos Afganistán.

Sus miradas se fundieron en el espejo y Kate sintió que su corazón entraba en una lenta espiral descendente. Holden no llevaba puestos más que unos pantalones cortos. El resto era una impresionante extensión de piel dorada tensada sobre unos flexibles músculos. Debería contenerse, mantener más las distancias, no permitir que regresara el dolor que había sentido a los diecisiete años, cuando el mundo había estallado, transformándose en una pesadilla.

«Ya no tengo diecisiete años. No me aterroriza la oscuridad y la tormenta, ni estar sola. No estoy huyendo de algo que siempre tengo delante, gire hacia donde gire».

—Deja que el amante sea —repitió ella en un susurro—. ¿Crees que el mundo lo hará?

—Lo dudo —Holden sonrió con tristeza—. Por eso hay que tomar lo que se le ofrece a uno durante todo el tiempo posible.

—No va a ser mucho tiempo, ¿verdad?

—Eso depende de los amantes —él dejó la toalla a un lado—. Ha sido espectacular contigo. Quiero más. ¿Y tú?

—Sí —los recuerdos le hicieron estremecerse.

Y el débil rugido de su estómago le provocó una sonrisa.

—Vamos a repostar —sugirió él mientras le mordisqueaba la nuca—, para que pueda funcionar a toda máquina otra vez.

Mientras Kate preparaba té, Holden calentó las judías y el arroz.

—¿Quieres que caliente el pescado? —preguntó él mientras disponía la fruta sobre un plato desportillado.

—No, simplemente ponlo encima de mis judías y arroz —contestó ella—. Con eso se calentará sin que sepa a pasado de cocción. ¿Té endulzado o sin nada?

—Endulzado. Tengo la sensación de necesitar calorías, como si hubiese estado buceando.
—Buceando sobre piel —contestó ella sin reflexionar y antes de ruborizarse al comprender lo que había dicho.
—Eso es —Holden rio y le acarició la ardiente mejilla—. Por cierto, una de las mejores zambullidas de mi vida, gracias a mi considerada y concienzuda pareja de buceo.
Ella echó azúcar al té y lo removió hasta que el calor abandonó sus mejillas.
Comieron en silencio, terminándose las sobras y deleitándose con la fruta. Ambos aceptaron el silencio con la comodidad de quien no necesita hablar para sentirse vivo.
—Tengo que trabajar un poco con el ordenador —al fin Kate se levantó, estirando los brazos—. ¿Te dejó Farnsworth algún mensaje?
—¿Sobre qué?
—Sobre si el generador ha vuelto a funcionar.
Holden hundió la mano en el bolsillo del pantalón, sacó el móvil y pulsó unas cuantas teclas.
—Nada sobre el generador. Los objetos de valor de poco peso han salido hace unas horas. El nuevo buceador se ha despedido, decidió que un día de paga bastaba para permanecer borracho durante dos o tres. Tu abuelo se ha llevado el *Golden Bough* para repostar, desembarcar al buceador, comprar más botellas para la mezcla de buceo, y asegurar una parte del generador. Ahora mismo debería estar fondeado de nuevo en el sitio de buceo.
—Apuesto a que Larry se dirige hacia algún bar de buceadores, si no está allí ya —reflexionó Kate—. Intentará convencer a alguien para que trabaje en lugar de beber.
—No le resultará fácil, sobre todo si se ha hecho correr la voz de que esta operación de rescate está maldita. Los buceadores son muy supersticiosos.
—Larry no puede tomarse ni un descanso —ella sacudió la cabeza—. Al menos Mingo y Luis son de fiar.

—¿Cuánto tiempo llevan buceando para Moon Rose Limited?

—Lo comprobaré —Kate despejó una zona de la mesa de la cocina y colocó el ordenador encima. Con los ojos entornados, repasó los registros de personal que había podido ordenar—. Llegaron cuando ya se había retirado una gran parte de escombros, de manera que, aparte de Larry, son los que más tiempo llevan aquí.

—Lo que les convierte en los principales sospechosos de cualquier robo —«después de Larry».

—¿Por qué? —ella levantó la vista bruscamente.

—Llevan trabajando en este pecio desde que se empezó a sacar el material pesado. Siguen aquí a pesar de los rumores de que la operación está maldita. Incluso podrían ser ellos los propagadores iniciales del rumor, para mantener alejados a los competidores.

—Sé que Volkert es un cerdo y que prácticamente solo puedes contar con él para la siguiente comida, pero los ficheros digitales no muestran nada sospechoso sobre ninguno de los buceadores.

—Los archivos pueden ser manipulados —contestó Holden con calma—. La arena y el salitre pueden esparcirse «accidentalmente», creando una nube que dificulte la visión mientras los buceadores se guardan algún objeto pequeño para vender más adelante. Los objetos de tamaño reducido pueden ser desembarcados.

—¿Cómo?

—Yo inspecciono el equipo de buceo, no las cavidades del cuerpo —él soltó una carcajada—. Qué cara has puesto. Da gracias por no estar trabajando con mineros en las minas de diamantes de Sudáfrica. El ser humano puede ser muy ingenioso.

Kate empezó a decir algo, pero se interrumpió mientras sacudía la cabeza.

—Aunque los buceadores estuvieran metiéndose cosas por

el trasero, no podemos demostrarlo. En realidad, a no ser que atrapes a alguien con el tesoro encima, no hay ninguna prueba.

—Es verdad.

—Y tampoco puedes demostrar que no haya nadie robando, aunque así fuera. Pero sí puedes arruinar a Moon Rose Limited simplemente insinuando que alguien debe estar robando, solo porque no se ha recuperado gran cosa de lo que se pensaba debería haber salido del pecio.

—Sí —Holden asintió.

«Y Chatham es justo la clase de imbécil que haría algo así. Mucho mejor ensuciar el nombre de la familia Donnelly que a sí mismo por financiar el rescate de un pecio de poco valor.

—Estuvimos jodidos desde el día en que Larry firmó el contrato —se lamentó ella.

«Estuvimos», pensó Holden. «Después de tantos años alejada de todo esto, se sigue identificando con el negocio familiar. ¿Podré convencerla de que podríamos estar juntos, antes de que todo este maldito asunto estalle?».

—¿Y ahora quién frunce el ceño?

—¿Eso hacía? —él se levantó y empezó a fregar metódicamente los platos—. Debe ser por toda esa comida picante. En cuanto al resto, sí, es difícil ver alguna posibilidad de que Larry salga victorioso de todo esto. Lo siento, Kate.

—No es culpa tuya.

La curva que describieron los labios de Holden no podía considerarse una sonrisa. Demasiada tristeza.

—Ahí has demostrado mucha madurez. Lo cierto es que soy mensajero y ejecutor. Incluso a un adulto le resultaría difícil de aceptar.

—No puedes saberlo con seguridad. Aún hay tiempo para bucear, para encontrar lo suficiente para complacer a alguien razonable, suficiente para salvar la reputación de Larry.

Holden no quería ser quien aplastara toda esa esperanza

que reflejaban los ojos color turquesa, al señalarle que lo posible y lo probable rara vez se encontraban.

—Espero que tengas razón.

—Lo has dicho en serio, ¿verdad?

—Sí.

El alivio provocó una ligera sensación de mareo en Kate. Hasta ese momento no había sido consciente de lo mucho que significaba para ella que Holden estuviera deseando el éxito de la operación.

—Qué sonrisa tan bonita —él se acercó—. Gracias por creer en mí. Dudo que tu hermano pudiera hacerlo. Y, desde luego, tu abuelo no lo hace.

—Están... asustados.

—Y tienen motivos para estarlo.

—Por eso confío en ti —Kate cerró los ojos un instante—. No evitas decir la verdad, por dura que sea, ni intentas maquillarla.

—A la mayoría de las personas les desagrado precisamente por esas cosas —Holden la miró detenidamente.

—Llevo demasiado tiempo de mi vida escondiéndome de la verdad de la muerte. Mis padres murieron. Intenté salvarlos. Fracasé. Y entonces hui.

—Cariño —susurró él mientras le acariciaba la mejilla—, eras una niña. Aunque hubieras sido adulta, no habrías podido cambiar nada. Lo más probable es que algo fallara en el reciclador de aire de tu madre. Perdió el conocimiento, perdió la boquilla, y respiró agua. Tu padre no consiguió sacarla del agua a tiempo para salvarla y sufrió un fatal aeroembolismo en el intento. Es un milagro que consiguieras subirlo al barco auxiliar. He visto hombres convulsionar con tal fuerza que los músculos se les separaban del hueso.

Los ojos de Kate se llenaron de lágrimas, pero permaneció en silencio.

—Aunque el *Golden Bough* hubiera dispuesto de una cámara de descompresión —continuó Holden con voz suave, aunque implacable—, en medio de una tormenta no habrías podido subirle a bordo tú sola, y de todos modos habría sido demasiado tarde. Las burbujas de aire en el corazón son siempre mortales.

Una lágrima rodó por la mejilla de Kate y quedó atrapada entre las comisuras de sus labios. Holden se inclinó y la sorbió, apoyando la frente contra la de ella.

—Hiciste lo que un hombre entrenado, del doble de tu peso y cuatro veces más fuerza —insistió él—. Me destroza saber que crees haber fracasado, cuando jamás tuviste la menor posibilidad de éxito. Y me destroza oírte andar por la habitación cuando tus sueños no te conceden un momento de paz.

—¿Cómo lo sabes? —susurró ella.

—El estrés postraumático está a la orden del día en las zonas de guerra. También existe en la vida civil, aunque lo ignoremos. La noche en que tus padres murieron, viviste un condenado infierno. Y sigues sufriéndolo. Al menos déjame dormir a tu lado para que sepas que no estás sola cuando despiertes en medio del pánico.

—Haces que parezca una niña buscando consuelo tras una pesadilla.

—En las pesadillas, todos somos niños.

Kate contempló el cambiante color de ojos de Holden, más oro que verde, o azul, a la luz de la lámpara, salvo por el brillante anillo índigo que separaba el globo ocular del cambiante iris. Y en el interior de esos magníficos ojos de dragón, también vio agazapadas las pesadillas.

Ella no era la única que sufría sueños atormentados.

No podía cambiar el pasado, no podía quitar la carga del fracaso de los hombros de su hermano, no podía salvar a su abuelo del cambio o la edad, pero sí podía disfrutar de unas cuantas horas más de sentirse viva en los brazos de ese impresionante hombre. Sacaría algo del naufragio de sus esperanzas, rescataría algo de valor del fondo de las pesadillas y las aguas negras.

—Sí —susurró ella contra sus labios—. Duerme junto a mí.

Holden le tomó una mano y la condujo hasta el dormitorio. La cama era estrecha, las sábanas estaban estiradas y una manta ligera estaba doblada a los pies. La noche tropical estaba iluminada por la luz de la luna, y la invasiva vegetación que les rodeaba solo dejaba ver unas cuantas estrellas.

—No tiene por qué ser más que esta noche —continuó susurrando ella, tanto para Holden como para sí misma—. Pero esta noche lo necesito.

Holden se tumbó junto a ella, de lado, mirándola, inundándola del aroma a sal, vida y hombre.

—Esto es lo que tanto he echado de menos sin siquiera saberlo —Kate se inclinó hacia él y aspiró profundamente antes de presionar los labios contra su cuello—. ¿Cómo podría saberlo? Ni siquiera te conocía. Lléname para que no pueda echarte de menos cuando te hayas ido.

Él susurró su nombre, casi temeroso de respirar, de alterar el momento que iba de un presente en que ella era suya, a un incierto futuro. Los rugosos dedos dibujaron el contorno de sus cejas, pómulo, labios.

Kate saboreó la punta de esos dedos y murmuró palabras de placer, acariciándolo a su vez. El cuerpo de él estaba tenso, ardiente, casi violento de vida, y ella quería sentirlo hasta en el alma.

No fueron conscientes de que habían empezado a besarse. No existía el pasado, no había futuro, solo el presente y una necesidad más grande de ser plenamente satisfechos. Sabían lo que les esperaba. Y quería aún más. Lenguas y labios se enredaron, las respiraciones se aceleraron, los pulsos latieron al ancestral ritmo de la pasión, y el fuego se consumió.

Él le acarició con delicadeza, pero también con firmeza, los hombros y la curva de la espalda, los dedos deslizándose hasta el borde de la camisa.

—Tú primero —por mucho que deseara sentir esas manos sobre su piel desnuda, ella lo detuvo.

Kate se pegó a él mientras deslizaba las manos por su cuerpo hacia abajo, deleitándose en las curvas y contracciones de los tensos músculos. Holden esperó a que le bajara la cremallera de los pantalones cortos, para que ella pudiera descubrir por sí misma cuánto la deseaba. Kate tironeó de la cinturilla del pantalón, pero sus dedos no respondían a su mente, solo a su necesidad de empaparse del calor de su piel y la textura del vello que se hundía bajo la prenda.

—¿Estás segura de que quieres que vaya yo primero? —preguntó él con voz ronca mientras ella lo seguía acariciando.

—Me gusta tocarte. Y quiero… necesito verte también —ella alargó una mano hacia el interruptor de la lamparita de la mesilla de noche, pero solo consiguió alcanzar la linterna que siempre tenía preparada por si fallaba la electricidad.

—¿Me permites ayudarte? —preguntó él mientras todo permanecía a oscuras. Deslizó las manos por la cintura de Kate hasta hundirlas bajo la camiseta.

Las puntas de los dedos alcanzaron los pezones y ella dio un respingo, arqueando la espalda contra él. La luz de la linterna dibujaba extraños motivos sobre el techo.

—Estás haciendo trampas —protestó Kate sin aliento.

—¿En serio? Muéstramelo.

Un foco de luz se centró en sus pechos, que él seguía acariciando. Sus pezones destacaban erguidos entre los dedos de Holden. Él sintió el ardor de su rubor bajo las manos. Kate retiró la linterna.

—Déjala donde está —ordenó él con voz ronca.

Muy lentamente, Holden levantó la camiseta azul celeste hasta dejar un pecho al descubierto. Ni siquiera la luz de la linterna podía empalidecer el rosa del pezón, ni la vida de la sedosa piel que se estremecía, que aguardaba sus caricias.

—Holden…

La lengua de él aceptó la invitación del rosado y erecto pezón. La visión iluminada de la caricia hizo que a Kate le temblara la mano, y con ella la linterna. Los ojos de dragón ardían bajo la luz, observando el inestable latido del corazón a través del pecho. Holden agachó la cabeza y tomó un tenso pezón con la boca y lo chupó. El calor invadió el cuerpo de Kate al contemplar las mejillas de ese hombre hundirse con la fuerza de la succión.

Una parte de Kate sentía que debería avergonzarse ante la marcada sexualidad de verlo chupar, de verlo deslizar los dedos bajo la camiseta y pellizcar el otro pezón hasta que el pecho entero se izó contra él, suplicando sus caricias.

—Precioso —murmuró él sin dejar de pellizcar, y juguetear. Dedos oscuros contra su piel.

La otra mano guio la linterna que Kate aún sostenía, acariciándola con luces y sombras.

—Quítate los pantalones —le ordenó ella.

—Pásame la linterna.

—Ni hablar —contestó ella con voz ronca, aunque decidida—. Me toca a mí dar las órdenes.

Los dientes de Holden brillaron al ser iluminados por la linterna mientras se ponía de pie y se desnudaba. Arrojó la ropa a un lado de una patada y se quedó de pie junto a la cama, las manos sobre las caderas para evitar alargarlas hacia ella, aguardando expectante el siguiente movimiento de su sexy e impredecible amante.

Kate soltó un murmullo de apreciación mientras proyectaba la luz de la linterna sobre los hombros de Holden, el torso cubierto de negro vello a través del cual se marcaban los firmes pectorales.

—Se supone que los hombres no sois hermosos —susurró ella—, pero tú sí lo eres.

La sacudida de su erección resultó evidente, así como la cremosa humedad que surgió de la punta. Lentamente, Kate se inclinó hacia delante y, sin soltar la linterna, lo saboreó, sal y almizcle y hombre, el sabor de la vida sobre su lengua. La linterna cayó de sus manos, pues había encontrado algo mucho más satisfactorio que sujetar.

Holden se dio cuenta de que la linterna se balanceaba y la agarró antes de que se le cayera a Kate de las manos. La intención era dejarla a un lado, pero la visión de Kate saboreándolo, lamiendo su sensible piel antes de tomarlo con su ardiente boca, era demasiado hermosa para renunciar a ella. Siseó entre dientes y luchó por no llegar.

Ella degustó lo que el contable dejó escapar y volvió a emitir el murmullo de satisfacción.

Holden rompió a sudar de pies a cabeza. Sintió el orgasmo formarse en la base de la columna. Lenta, muy lentamente, se liberó de la dulce succión, ignorando las protestas de Kate.

—Es que me gusta cómo sabes.

—Ya me he dado cuenta. Me estás matando, amor.

—Seré cuidadosa —ella besó la brillante punta—, te lo prometo.

—Pero yo no.

Holden se agachó y alargó una mano hacia los pantalones. La luz se apagó y la linterna rodó por el suelo.

—Eh, eso es mío —se quejó Kate.

—No te preocupes, tendrás todo lo que te mereces —contestó él mientras se colocaba el preservativo a oscuras.

—Pero... —continuó ella antes de que sus palabras fueran sustituidas por un grito al sentir desaparecer los pantalones y las braguitas.

Y empezó a gemir y a retorcerse cuando dos largos dedos comprobaron si estaba dispuesta.

—Cómo te gusta jugar —murmuró él con una voz gutural que reflejaba hambre, y una profunda satisfacción. Kate estaba húmeda y caliente, atrapando sus dedos en un rápido reflejo, pidiendo más—. La próxima vez no soltaré la linterna. Eres tan dulce. Y toda esa preciosa carne rosa tan húmeda solo para mí. Me encantaría hundir la lengua en tu interior, pero estoy tan preparado que tendré suerte de pasar de la primera embestida.

—Ahora, Holden —ella separó las rodillas—. ¡Ahora!

—¿O qué? —la provocó él.

—Yo… —la voz de Kate se convirtió en un suave quejido mientras su cuerpo convulsionaba en torno a los dos dedos.

Él le separó las piernas del todo y embistió en medio de su orgasmo, que multiplicó su intensidad. Kate se retorcía y gritaba mientras se tensaba en torno a su masculinidad, introduciéndolo profundamente, ordeñándolo con su cuerpo hasta que los músculos de Holden se tensaron y estalló, temblando y gritando su nombre, entregándoselo todo hasta que no le quedó nada más, ni siquiera aliento.

Pasaron bastantes minutos antes de que ninguno de los dos fuera capaz de moverse. O deseara hacerlo.

—¿Te apetece darte otra ducha? —preguntó Holden al fin.

Ella murmuró algo que sonó a una negativa. El murmullo se convirtió en una marcada protesta cuando él salió de su cuerpo y le besó las manos.

—Calla, amor. Volveré antes de que te hayas dormido.

Kate emitió un gruñido y se acurrucó entre las sábanas arrugadas. Holden regresó minutos después y, acomodándose junto a ella, les cubrió a ambos con la sábana. Instantes después, dormían profundamente.

CAPÍTULO 13

A Kate la despertó el insistente timbre del móvil. El sonido que atravesaba las delgadas paredes le indicó que Holden se estaba duchando. Fuera seguía siendo de noche, aunque los pájaros empezaban a gritar en los árboles, anunciando que el sol pronto les acompañaría. Tras encender la luz de la mesilla, rebuscó entre la ropa esparcida descuidadamente por la habitación. Al recordar la noche anterior, sonrió.

—Hola —contestó en cuanto hubo encontrado el teléfono.

—Ya sé que es pronto —sonó la voz de Larry—, pero quería pillarte antes de dirigirme al lugar de buceo.

—Pues ya me has pillado —ella bostezó—. ¿Qué sucede?

—Necesito que te acerques al muelle de repostaje y compruebes si el otro barco auxiliar está allí. Si no está en la marina, alquila uno para unos cuantos días.

—¿Para qué…? —Kate se interrumpió al comprender que no había nadie al otro lado.

Larry había colgado.

—¿Sucede algo? —preguntó Holden desde la puerta.

Iba completamente vestido, pero seguía teniendo el mismo aspecto comestible. Recuerdos de la noche anterior le calentaron la sangre.

—No lo sé —contestó—. Larry quiere que compruebe si

el otro barco auxiliar del *Golden Bough* está en la marina. Si no está, se supone de debo alquilar uno.

—¿Qué le ha pasado al barco auxiliar?

—Otra cosa que no sé —Kate sacudió la cabeza—. Larry me ha dado instrucciones y ha colgado.

—Qué raro.

—Mucho —ella se encogió de hombros—. Pero nunca ha soportado bien la presión, salvo cuando bucea. Últimamente ha estado tan cansado y disperso que no creo que debiera bucear siquiera —«o beber». Pero de eso no quería hablar.

—¿Tiene realmente elección? —preguntó Holden con dulzura.

—No si quiere intentar salvar su negocio —Kate se mordió el labio—. Mientras me doy una ducha rápida, ¿te importa buscar algo de pan y fruta que nos permita desayunar camino de la ciudad?

—A cambio de un beso.

—Si te beso, Larry tendrá que esperar hasta el mediodía. Eres adictivo.

Holden sonrió y se marchó en busca del desayuno. Cuando Kate salió apresuradamente de la ducha, lo encontró junto a la puerta con su habitual petate y una bolsa con comida. Rápidamente se subieron al barco auxiliar y se dirigieron hacia el puerto donde aguardaban los bares de buceadores, cafés y muelles de repostaje como viejos amigos. Muy viejos amigos. Desde el agua los edificios parecían sujetarse unos contra otros.

Después de media hora recorriendo diversos lugares donde podría encontrarse el barco auxiliar, Kate decidió que la mejor opción sería alquilar otro. El único disponible era ligeramente más pequeño que el que había desaparecido misteriosamente. Holden la ayudó a atarlo al otro barco para poderlo remolcar y se dirigieron a velocidad reducida hasta el sitio de buceo.

A medida que el *Golden Bough* se materializaba en el horizonte, Kate era incapaz de ignorar el gélido nudo que se cerraba en torno a su garganta. No sabía qué podía estar pasando, pero algo no iba bien. Aunque el abuelo se hubiera tomado una copa de más y Larry estuviera agotado, los Donnelly no perdían el equipo.

Nadie apareció cuando arrimó los dos barcos junto al barco más grande. Holden tomó su petate y una cuerda y saltó a bordo.

—¿Larry? —llamó Kate—. ¿Abuelo?

Uno de los hermanos españoles asomó por un lateral mientras Holden ataba los barcos auxiliares. Luis parecía un hombre que acabara de recibir un inesperado golpe e intentara entender el motivo. Al ver el barco alquilado detrás de uno de los barcos auxiliares del *Golden Bough*, su expresión de perplejidad aumentó.

—¿No estaba Mingo en tierra? ¿Lo habéis visto? —preguntó Luis.

—No sabemos dónde está Mingo —contestó Holden mientras se volvía hacia Kate—. Trae las dos llaves.

Ella dudó antes de ir en contra de la costumbre familiar y quitar la llave del contacto. La del barco de alquiler ya descansaba en su bolsillo.

Unos gritos sofocados surgían de la proa, atravesando el cristal y el acero de las cocinas.

—¿Dónde está todo el mundo? ¿Dónde está tu hermano? —preguntó Kate mientras saltaba ágilmente a bordo.

—Mingo se ha marchado —Luis sacudió la cabeza con tristeza.

—¿Marchado? ¿Por qué?

—El buceo está maldito —el otro hombre se encogió de hombros—. Se llevó su equipo y el primer barco auxiliar y se dirigió a la ciudad. Ojalá me hubiera llevado con él.

—¿Cuándo sucedió eso? —preguntó Holden, acercándose lo bastante para oler el aliento de Luis. Sin resultado. Quizás hubiera pasado la noche inconsciente en su camastro, pero estaba lo bastante sobrio.

—Yo estaba durmiendo —contestó el español.
—Parece que Mingo estaba planeando una operación en solitario —observó Holden. «O a lo mejor estaba borracho»—. ¿Para qué llevarte el equipo de buceo y un barco si no vas a bucear solo?
—Quizás Larry lo sepa, pero estaba durmiendo —Luis sacudió la cabeza—. Igual que el anciano.
—¿Tiene Mingo costumbre de bucear solo o marcharse en medio de una operación?—. Preguntó Holden.
—Mingo hace lo que le apetece. Supongo que le apetecía jugar con alguna dama. Quizás me lleve yo el barco extra a tierra para buscarme un poco de diversión.
—Nadie se va a ninguna parte hasta que lleguemos al fondo de este asunto —ordenó Holden—. Ninguno de los dos barcos auxiliares tiene las llaves puestas, de modo que, a no ser que te apetezca nadar unos cuantos kilómetros, te quedas aquí.
—Si vas a tierra, yo voy también —el otro hombre lo miró obstinado.
—Ya hablaremos de eso cuando sepamos algo más.
Kate dejó a Luis con Holden. Los sonidos provenientes de la proa del barco eran cada vez más fuertes. Demasiado fuertes. Se volvió y corrió hacia la fuente del sonido. Sentía a Holden a su espalda, pero no aminoró. Larry casi nunca discutía con el abuelo, pero daba la sensación de que era eso exactamente lo que hacían.
La puerta del camarote principal estaba abierta. En su interior los Donnelly se miraban furiosos.
—¡Te dije que Mingo nos traería problemas! —gritó el abuelo Donnelly con voz ronca.
Larry se había desmoronado junto a la mesa, los codos apoyados en las rodillas, la cabeza en las palmas de las manos. Su habitual gorra de los Atlanta Braves colgaba de una mano como una sucia bandera a media asta.
—Volverá —contestó con evidente cansancio—. Siempre vuelve. Te lo repito cada vez que se ausenta sin permiso.

—¡No puedes contratar a gandules! —gritó el abuelo—. Aunque sean los mejores buceadores del mundo, siempre acaban dando más trabajo a los demás.

—Él no me preocupa tanto como los demás, sobre todo Raúl —gritó Larry con la voz ronca.

—¿No estás preocupado por tu buceador jefe? —insistió el abuelo—. Hijo, aunque tuviéramos al ejército entero, sin al menos dos buceadores allí abajo, ya puedes despedirte de tu juguetito —señaló a su alrededor—. Eso es lo que ha sido siempre para ti, ¡un juguetito!

Holden vio a Kate interponerse entre su abuelo y su hermano.

—Abuelo —habló con calma—, ¿qué ha pasado? Luis me ha contado algo, pero no tenía mucho sentido.

—Ese hijo de perra de Mingo se largó en medio de la noche. Nadie se dio cuenta hasta que vimos que faltaba el barco auxiliar. Si le ha hecho siquiera un arañazo, voy a hundir mi bota tan profundamente en su culo que estará masticando cuero.

—Por lo que vi ayer en la hoja de tareas, aún tenemos tres buceadores a bordo, además de Larry.

El abuelo murmuró algo que ella optó por no oír. Durante largo rato la miró furioso, antes de desviar la mirada hacia la ventana, hacia la tormenta que ni estallaba ni se retiraba.

—Estamos Luis y yo —intervino Larry—. Malcolm se llevó a los otros a tierra en su lancha cuando se negaron a zambullirse esta mañana. Dicen que toda la operación está...

—Maldita —interrumpió Holden—. Ya lo hemos oído mencionar en la ciudad. No son más que tonterías, pero a la gente le gusta decir tonterías. ¿El equipo de buceo que se llevó Mingo era de su propiedad?

—Casi todo —Larry se frotó los ojos—. La mitad del ordenador de buceo de muñeca era nuestro. Parte de su sueldo iba destinado a comprarlo. La botella es nuestra, pero ¿qué más da? Volverá en cuanto se le acabe el dinero. No sería la primera vez —añadió mirando a su abuelo de reojo—. Bucea durante trece o catorce días, y luego le entra la urgencia de estar con una mujer y beber sin parar.

—Entonces, ¿para qué contrataste a ese perezoso bastardo? —exigió saber el abuelo.

—Porque estaba dispuesto a trabajar para nosotros —masculló su nieto entre dientes—. La mierda de sueldo, y las bonificaciones que pagamos de nuestro bolsillo, no atrae a demasiada gente.

—¿Los demás buceadores renunciaron o simplemente están recorriendo los bares de la ciudad? —le preguntó Kate a Larry.

—Tres buceadores renunciaron —su hermano se encogió de hombros—. El cuarto, Raúl, insistió en ir a buscar a Mingo. ¿Qué debería haber hecho? ¿Dejarlos inconscientes y atarlos?

A través de la puerta del camarote se oían las ráfagas de viento sobre el agua. Un viento húmedo y sorprendentemente fresco. Eso, y el creciente dolor del muslo, le indicaron a Holden que la presión caía en picado. No garantizaba que la tormenta hubiera hecho acopio de la energía suficiente para convertirse en un problema, pero el dolor creciente no era una buena noticia.

—La cuestión es que solo te quedan dos buceadores a bordo y que el tiempo se está estropeando —observó Holden—. ¿Hay alguien en tierra que esté de permiso y a quien puedas llamar?

Larry sacudió la cabeza.

—De acuerdo —Holden hizo un resumen de la situación—. Necesitamos buceadores.

Kate se preguntó si había sido ella la única en darse cuenta de que Holden había dicho «necesitamos».

—¿Has consultado últimamente el parte meteorológico? —preguntó Larry—. A veces, las predicciones de Venezuela son más fiables para nosotros que las británicas.

El abuelo murmuró algo sobre mirar por la ventana y elaborar su propia maldita previsión.

—Comprobé ambas antes de venir.
—¿Y?
—Sigo sin fiarme de los pronósticos. Me fío más de lo que veo.
—De acuerdo —Larry sonrió con cansancio—. Luis y yo nos prepararemos.
—Luis está en plena resaca —observó Holden.
—¿Y cuándo no? El único soborno que nunca falla es permitir alcohol a bordo. Lo único que pido es que los buceadores estén en buena forma para bucear. Si les duele la cabeza y tienen el estómago revuelto, ese es su problema.
Holden enarcó sus negras cejas. Desde el primer día se había imaginado que el alcohol estaba permitido a bordo. Al principio había supuesto que estaba limitado a los Donnelly, privilegio del capitán, pero los camarotes de la tripulación apestaban a alcohol y la ropa tirada a vómito. A bordo había una potabilizadora de agua, pero ningún servicio de lavandería.
—¿Cuándo volverá Farnsworth? —preguntó Holden.
—¿Y a quién le importa? Él no bucea —espetó el abuelo sin siquiera darse la vuelta.
—Conozco la rutina —Kate ignoró a su abuelo y se volvió hacia Holden—. Puedo rastrillar el barril, embolsar y etiquetar cualquier cosa que saquemos con el sifón.
Por la puerta del camarote entró una retahíla de juramentos en español, inglés y criollo. Kate fue la primera en asomarse. Luis estaba doblado sobre la regala, sujetándose la mano izquierda.
—¿Qué ha pasado? —gritó ella.
Entendió lo suficiente de la respuesta para preguntarse si la operación estaba realmente maldita, o si, con la excusa de necesitar un médico, Luis había encontrado la vía rápida para que lo llevaran a tierra.
—Torpe bastardo —Larry también había oído lo suficiente y sacudió la cabeza.

—Pídele algún desinfectante al cocinero —el abuelo soltó un bufido y se dirigió hacia la cubierta de buceo. Su voz sonaba cada vez más lejana—. Envuélvetelo y deja de lloriquear. No es más que un corte.

Luis seguía maldiciendo y exigiendo que un médico le diera puntos.

El abuelo le devolvió unos cuantos juramentos y se ofreció a coserle él mismo. Con un arpón.

Kate observó a los hombres discutir en voz baja mientras le examinaban el corte. La sangre goteaba por la cubierta. El abuelo soltó un grito llamando al cocinero y regresó al puente de mando.

Larry esperaba como alguien que sabía que iba a recibir malas noticias.

—¿Cómo es de profunda la herida? —preguntó Kate.

—Hasta el hueso —contestó el abuelo muy enfadado—. Mientras guardaba su maldito cuchillo, se cortó a sí mismo. No me deja coserle.

—¿Es usted médico? —preguntó Holden.

—Es solo carne, no hay grandes vasos sanguíneos implicados —contestó el abuelo—. Heridas peores me he cosido a mí mismo.

—¡Maldita sea! —Larry dejó escapar un profundo suspiro—. Da igual. Kate puede llevarle al médico. Yo manejaré el sifón solo ahí abajo y el abuelo rastrillará a bordo.

—No —contestó ella de inmediato—. Bucear en solitario es demasiado peligroso. Nuestro seguro lo prohíbe tajantemente.

—¿Te ofreces a aumentar la seguridad buceando con él? —preguntó el anciano sin ocultar la satisfacción en su voz.

—No —Kate miró a su abuelo—. No bucearé. Lo sabes —su voz sonaba más fría que aterrada.

—Pero... —protestó él.

—No.

—Es como montar en bicicleta —insistió el abuelo.

—¿Te refieres a que solo duele cuando te caes? Pues yo ya me he caído de esa bicicleta —«en ocasiones sigo cayéndome»—. No voy a lanzarme al agua. Ni siquiera por ti.

Los ojos color turquesa estaban inundados de lágrimas, pero no había rastro de debilidad en ellos. Kate estaba al borde de la ignición, feroz y decidida como lo había estado la noche en que sacó a su padre del agua.

—Entonces hazlo por David —contestó su abuelo—. Y por Mary Katherine.

Los nombres de sus padres casi nunca se mencionaban a bordo del *Golden Bough*. El sonido resonó como un eco en el camarote, más fuerte que el viento o las gaviotas, o el murmullo del generador recién reparado.

El pasado y el presente se alternaban y Kate se encontró de nuevo tirando del cuerpo de su padre, intentando subirlo al barco auxiliar mientras él convulsionaba y la sangre salía a borbotones por su boca, y una terrible certeza le helaba la sangre.

«Se moría. Su padre se moría».

Respiró hondo y vio la réplica de su padre en su hermano, en su abuelo.

—¿Cómo has podido? —preguntó, los labios casi desprovistos de color.

—¿Alguna vez te has parado a pensar que aquel día perdí a mi único hijo, Kitty?

«No se lo permitas», Holden le lanzó un silencioso ruego. «Tú no eres Kitty, una niña perdida que necesita que la guíen. Eres una mujer adulta. La elección es tuya».

Holden se dio cuenta de que Larry lo estaba mirando como si acabara de descubrir a un depredador de gran tamaño en la habitación. Pero no le importó. Kate volvía a hablar.

—Piloté este barco de regreso a la costa con mi padre muerto a menos de cuatro metros de donde estás tú ahora —su mirada, su voz, destilaba rabia—. Navegué en medio de una tormenta sin ninguna ayuda. Tenía diecisiete años —una solitaria lágrima rodó por su mejilla, pero la ignoró—. Estuve a punto de morir, y más de una vez, mientras buscaba a mi madre. De haber muerto, este barco que tanto amas estaría ahora en el fondo de ese mar que amas aún más. No pude salvar a mis padres, pero salvé el *Golden Bough*. No te atrevas a insinuar siquiera que si no buceo ahora faltaré a mis obligaciones familiares. Sin mí, no serías más que el capitán de tus recuerdos.

El abuelo Donnelly tenía el aspecto de alguien alcanzado por una repentina ola que hubiera entrado por los ojos de buey abiertos, haciendo que el barco se tambaleara.

Con aparente calma, Kate pasó por delante de su abuelo y salió del camarote principal.

—Llevaré a Luis a tierra. Si veo el otro barco auxiliar, o me entero de algo sobre Mingo, os avisaré.

«Bravo, Kate Donnelly», pensó Holden.

Quería tomarla en sus brazos y besarla hasta que el rubor de sus mejillas se debiera a otra cosa que no fuera la ira, pero estaba ante su familia, era su momento. Esperaría a que estuvieran a solas para decirle lo magnífica que había estado.

Larry y el abuelo intercambiaron una larga mirada.

—Me pondré el traje —anunció Larry—. Tú lo revisarás.

—¿Vas a bucear solo? —preguntó Holden—. Mala idea. Sobre todo habiendo otro buceador más a bordo.

—El médico le dijo al abuelo que, si hacía algo más que esnorquel, pondría en riesgo su vida —le explicó el otro hombre—. Solo quedo yo.

—Soy un buceador experto —anunció Holden.

—Y de repente te mueres por ayudar —espetó Larry con amargura.

—No. Me muero por facilitar. Ayudar implica cierto apego altruista. Y el altruismo no forma parte de lo que siento por los dos en estos momentos. De no ser por Kate, dejaría que os hundierais como un tronco podrido.

Holden sacó el móvil del bolsillo y se puso manos a la obra.

—¿De verdad eres un buceador de rescate de tesoros? —preguntó Larry minutos después.

—Dediqué muchos años, demasiados, a desactivar y colocar explosivos bajo el agua. Estoy acostumbrado a trabajar a mayor profundidad de a la que está ese maldito pecio que estáis desplumando —«el muslo me va a doler como un demonio, pero he soportado cosas peores, y vivido para contarlo».

El móvil vibró y Holden consultó rápidamente la pantalla.

—Excelente. Farnsworth tardará solo unos minutos. Él se ocupará de catalogarlo todo. Alguien que vaya a despertar a la bella durmiente de Volkert de su coma de carbohidratos para que pueda dirigir el centro de buceo.

Larry miró a su abuelo, que siseó entre dientes y se dirigió al camarote de Volkert para despertarlo de una patada.

Nadie mencionó el hecho de que Holden estuviera a cargo, pero nadie lo cuestionó tampoco. Era su última esperanza de salvar el negocio.

—¿Nos ponemos los trajes? —sugirió Holden.

—¿Por qué te preocupa tanto mi hermana? —preguntó Larry.

—Es demasiado buena persona para ser arrastrada por un anciano manipulador. En cualquier caso, dudo que el que yo bucee suponga ninguna diferencia.

—Entonces, ¿por qué hacerlo?

—Para que Kate sepa que el hecho de que ella no bucee tampoco supone ninguna diferencia —contestó Holden con calma.

Larry asimiló las palabras de Holden, se encajó la gorra y lo siguió hasta las taquillas de buceo. El barco de Kate apenas era ya un puntito blanco señalando en dirección a la mancha más oscura que era St. Vincent.

Larry contempló a Holden con interés mientras este abría su petate.

—Tenías pensado bucear —anunció ante lo evidente.

—Una cámara solo te muestra lo que sucede en el campo

de visión de la lente. Por si acaso hace falta más, siempre llevo un mínimo equipo de buceo conmigo.

—Tiene sentido —Larry asintió—. A no ser que seas jugador de baloncesto o luchador de sumo, los trajes de buceo de tallas normales no son difíciles de encontrar. Pero una máscara de buceo hecha a medida, como la tuya, requiere tiempo, y un montón de dinero, para reemplazar. No hay nada como poder respirar y hablar con la superficie al mismo tiempo. Buen ordenador de buceo, por cierto. Con suerte, espero poder comprarme ese modelo.

—Es un buen equipo —asintió Holden.

Se dirigió al almacén de buceo con Larry pisándole los talones. Holden ya había elegido el traje que se pondría en caso de que tuviera que bucear. Abrió una taquilla y sacó un traje Pinnacle más o menos de su tamaño. Como casi todo a bordo del *Golden Bough*, el traje había sobrevivido a bastantes usos. Sin embargo, todavía tenía buen aspecto, y eso era lo único que importaba.

—Ese era el que iba a recomendarte —observó Larry—. Lo bastante grueso para mantenerte caliente, pero no tanto como para hacerte flotar demasiado. Se nota que entiendes de esto.

No mencionó, sin embargo, que cualquiera con dinero podría comprar costosos accesorios de buceo sin tener los conocimientos necesarios para ser una pareja de buceo mínimamente decente.

Llevaron los equipos y las botellas a la popa para vestirse allí. Un equipo de buceo era precioso cuando se veía bajo el agua, pero ridículo fuera de ella. Cuando Holden estuvo vestido, Larry comprobó su equipo. Y Holden le devolvió el favor, culminando la inspección con dos palmadas en las botellas. Empezaron a respirar el aire embotellado mientras realizaban las torpes maniobras con las aletas. Lanzarse al agua, con los pies por delante, fue todo un alivio.

Mientras Larry hablaba con su abuelo, a través del intercomunicador, sobre dónde colocar el sifón, Holden se deslizaba lentamente justo por debajo de la superficie. Esa parte de la columna de aire era brillante. La sensación de falta de gravedad resultaba casi tan embriagadora como la belleza de la superficie que ondulaba entre sus brazos.

Años y años de buceo entraron en acción, regulando la respiración de Holden. En los primeros instantes bajo el agua, el cerebro reptiliano no paraba de repetir, «aguanta la respiración aguanta la respiración aguanta la respiración». Pero eso solo podía llevarle a uno a un patrón de conservación de oxígeno que terminaba invariablemente en hiperventilación, seguida de una creciente ansiedad, y por último un brutal bucle de retroalimentación que todos los buceadores aprendían a esquivar. Y, si no lo aprendían, no volvían a bucear.

Cuando Larry se deslizó a su lado, bajando hacia el pecio. Holden se dobló por la cintura, subió las aletas adonde había estado su cabeza, y lo siguió. Bajar al fondo era la parte fácil, pues las paradas de compresión eran cortas. Subir, la descompresión, era otra cosa. Los impacientes eran recompensados con intensas punzadas de dolor. En el caso de Holden, el dolor estaba allí por mucha paciencia que manifestara.

La luz plateada dio paso a un mundo en penumbra a medida que el agua filtraba todo salvo el color azul. Todo se veía en miles de tonos azulados. A medida que descendían se producía una creciente sensación de frío. El tubo oscuro del sifón que ascendía hasta la cegadora superficie plateada señalaba el camino de regreso al barco. Y el pesado cable de buceo descendía desde una boya hasta el fondo, con marcas claramente delimitadas para las paradas de descompresión. El buceador tendría que estar borracho para perderse.

Era muy diferente a tantas zambullidas realizadas por Holden, donde el sigilo era la primera norma de seguridad.

Como la misma agua, Holden bajó en sencillas etapas, parándose en los lugares señalados para las compresiones. El agua era cristalina, un agradable cambio con respecto a las sopas de algas en las que había tenido que hundirse para buscar minas a ciegas. Minas activadas. Pero en ese momento veía a una distancia suficiente para reconocer parte de la topografía vista en los mapas. El tubo de plástico blanco de la cuadrícula que dividía el pecio en diferentes secciones, era de color hueso. El costillaje del barco eran sombras oscuras.

Con la facilidad que confería la práctica, el cerebro de Holden tradujo el mapa estático y unidimensional generado por fotografía y cartografía, en el paisaje vivo, tridimensional del mundo submarino. Cuando la traducción se hubo completado en su mente, fue capaz de encontrar fácilmente su camino por el pecio sin tener que ascender para obtener una vista panorámica.

Incluso después de estar seguro de haberse orientado bien, Holden permaneció unos minutos más suspendido en el agua, estudiando el pecio y disfrutando del lujo de las aguas cristalinas. Mientras se deslizaba hacia la zona de trabajo designada, ignoró el punzante dolor en el muslo y se preguntó si alguien había visto a Benchley últimamente.

Tampoco importaba mucho. Si un enorme tiburón tigre decidía que eras comida, iba a intentar comerte con todas sus fuerzas. La mala suerte existía, pero un buceador se ponía más en peligro por culpa de sus propios errores que por cualquier sombra agazapada en la zona donde el azul se volvía negro.

Encontró la cuadrícula que le había sido asignada y empezó a trabajar. De todas las horas que un buceador pasaba en el agua, solo unas pocas estaban dedicadas a trabajar en el pecio. El ordenador de buceo era una máquina implacable que registraba los minutos transcurridos y la presión del agua y calculaba cuánto tiempo iba a necesitar el buceador para la descompresión.

«El ascenso va a ser muy jodido», pensó Holden mientras contemplaba la trémula y plateada superficie. «Tanto tiempo para tan pocos metros».

Y el muslo iba a hacerle pagar por cada centímetro.

Holden lo aceptó, como aceptaba los demás factores que limitaban su capacidad para el buceo. Su cuerpo había cerrado una minúscula parte de la herida con un quiste, pero el interior de ese quiste seguía sometido a las mismas leyes de la física que el resto de él, aunque reaccionaba más lentamente. Hasta que la presión interior se igualaba con la exterior, dentro del quiste había dolor. Punto.

Un remolino plateado de peces brilló bajo el sol, muy cerca de la superficie, reunido en torno al tubo del sifón. Holden se centró en el mundo azul que lo rodeaba, y no en su pierna. Las formaciones de coral, siempre cambiantes, dieron paso a la cuadrícula geométrica. Se instaló con mucho cuidado, lentamente, creando con la mano unas corrientes que apartaban la arena para poder alcanzar con la misma deliberación cualquier cosa de interés que hubiera enterrada.

Intencionado o no, cada movimiento que realizaba generaba una momentánea corriente. De modo que, en lugar de tocar todos los objetos que le parecían interesantes, optó por tocar el agua que los rodeaba. Cada movimiento debía ser deliberadamente planeado y ejecutado con suma cautela. El simple hecho de cerrar la mano en torno a un fragmento de desecho se convirtió en un ballet cuidadosamente sincronizado. Un buen buceador nunca tenía prisa.

Horas del cuidadoso baile dieron como resultado lo que parecía ser un puñado de metralla, un pedazo de hierro tan oxidado que no se le ocurría para qué había servido originalmente, trozos de madera, media taza de té y un círculo aplastado que podría haber sido un anillo de oro. A tenor de lo que oía por la radio, el sifón no estaba sacando mucho más.

«Si esta es una buena zona del pecio», pensó Holden, «preferiría trabajar en la mala».

Y sin embargo, todo eso podía cambiar en un segundo, al levantar la siguiente capa de arena para revelar oro, gemas o monedas. Rescatar un tesoro era como jugar y, al igual que el juego, podía volverse adictivo.

El ordenador de buceo de Holden le indicó que había llegado el momento de subir. Dependiendo de cuánto apurara Larry los márgenes de sus tiempos de seguridad, él también debería estar subiendo.

«Estoy dentro de mis márgenes», pensó Holden. Sería una estupidez no hacerlo.

Hizo una señal a Larry y recibió un breve «cinco minutos», a modo de respuesta, por lo que empezó a subir. En la primera parada de descompresión marcada en el cable, comprobó su propio ordenador de buceo y esperó, con la paciencia de un buceador, la señal para poder continuar. Para cuando hubo alcanzado la segunda parada, las experiencias anteriores con la herida del muslo se vieron confirmadas.

La descompresión era muy jodida.

Cuando al fin salió a la superficie y se quitó el traje, lo primero que descubrió fue que Kate seguía en tierra.

Recorriendo bares de buceadores.

Sola.

CAPÍTULO 14

A medida que pasaban las horas, y mientras recorría los bares habituales de los buceadores, incluyendo un club de striptease, Kate tuvo que reconocer que estaba perdiendo el tiempo. Cuanto más tarde se hacía, más buceadores regresaban de realizar diversos trabajos, y más bebían. El último bar estaba atestado de borrachos demasiado orgullosos y dispuestos a mostrar partes de sus cuerpos de las que ella no tenía ningún interés en oír hablar, mucho menos ver. Camareros y porteros se habían convertido en sus nuevos mejores amigos.

Nadie había visto a Mingo en los últimos días.

Nadie quería bucear para Moon Rose Limited.

Todos habían oído cosas malas sobre el *Golden Bough*.

Kate contempló los círculos que había dibujado en el mapa. La mayoría habían sido tachados. Miró a su alrededor en una zona que, seguramente, tenía mejor aspecto de noche y decidió que lo intentaría en un sitio más antes de regresar a la cabaña y ducharse para quitarse el olor a tabaco del pelo y la ropa. El misterio de los buceadores era la cantidad de ellos que fumaba.

Miró de nuevo a su alrededor e intentó elegir el lugar al que ir. Siempre había más bares que investigar, pero, cuando el sol se ponía, en algunos de ellos, una mujer sola podía ser confundida con alguien que buscaba algo más que alcohol. Al final eligió un bar situado en el lado equivocado de la línea entre sórdido y de mala reputación. Pero era el más cercano en el mapa y la luz era cada vez más escasa.

El cartel sobre la puerta rezaba: MCNAMARA'S TAVERN y estaba decorado con una ajada pintura de un marinero pelirrojo de barba espesa y aspecto disoluto, con la cabeza echada hacia atrás, detenido en una carcajada. El viento había aumentado hasta el punto de sacudir el cartel que colgaba de unas cadenas, imprimiéndole movimiento y confiriéndole un aspecto festivamente borracho a un antro para buceadores en el que los turistas no eran bienvenidos.

«Apuesto a que el abuelo solía beber en lugares como este. Seguramente lo sigue haciendo cuando desembarca. Y Larry también».

Y sin embargo, ninguno de ellos la había ayudado a elaborar la lista de antros para buceadores. Lo había tenido que hacer de la manera más dura, yendo de camarero en camarero, preguntando por Mingo, y a los buceadores si querían trabajo, y conformándose con el nombre de otro antro que visitar.

Un hombre que parecía haber sido de joven el modelo del cartel del McNamara's, y desde entonces aficionado a la henna, estaba de pie en la entrada, esperando a que sucediera algo.

«Debe ser el infame McNamara», decidió ella.

Dado que su aspecto era menos amistoso que un alambre de espino, Kate desvió la mirada hacia el bar. Otro hombre, más joven y de mejor aspecto, atendía tras la barra. La herencia había producido una piel color canela y unos cabellos castaño rojizos y salvajemente rizados. Sonreía y charlaba con los parroquianos mientras volvía a llenar copas vacías, aunque se negó a hacerlo con un tipo que se tambaleaba sobre la banqueta.

—Tranquilo, Javier —le advertía mientras le servía más tónica con lima, pero sin ginebra—. Si tu amante regresa esta noche, no te quedará nada que ofrecerle —le guiñó un ojo y sonrió—. Y un hombre debe estar preparado para su amante, ¿verdad?

Javier vació el vaso de tónica de dos tragos, frunció el ceño, pero no se quejó cuando le volvió a llenar el vaso de tónica, sin ginebra.

Kate echó un vistazo al interior del bar. Tal y como había supuesto, los hombres desafiaban los límites raciales y políticos, unidos por la camaradería del alcohol y experiencias submarinas compartidas. Poco a poco comprendió que ese lugar emitía unas vibraciones algo diferentes. No malas, solo diferentes. Olía a ginebra y atronaba la música de Lady Gaga. Y más de un hombre se volvió sorprendido al ver a Kate.

«Es un bar para gays», comprendió ella de repente. «Gracias a Dios. Aquí no tendré que preocuparme por si algún borracho intenta ligar conmigo».

Kate se abrió paso hasta la barra, esperando que el sonriente joven de la melena rizada se mostrara dispuesto a contestar algunas preguntas, sobre todo si dejaba caer algunas monedas sobre la barra mientras charlaban.

El camarero se volvió hacia ella y le ofreció una lánguida sonrisa que le hizo replantearse su conclusión sobre las costumbres de los clientes de la taberna. Al menos en el caso concreto de ese hombre.

—¿Se ha perdido, hermosa dama? —preguntó.

La miraba con gesto de apreciación y una silenciosa promesa de contención que la hizo sentirse como una mariposa exótica que acabara de aterrizar sobre la pata de un tigre.

—Aún no —contestó ella—. Estoy buscando a un buceador llamado Mingo. ¿Ha estado últimamente por aquí?

—Lo estábamos esperando, pero… —el camarero sacudió la cabeza y se encogió de hombros. para expresar que Mingo aún no había aparecido.

—¿Y qué puede decirme de los clientes que hay ahora? ¿Son buceadores?

—Hasta el último —la sonrisa del joven se hizo más amplia—. McNamara's es el mejor bar de buceadores de toda la maldita isla. La mayoría de los turistas echa un vistazo y se va.

—Yo no soy ninguna turista —contestó ella, devolviéndole la sonrisa—. ¿Sabe si hay alguien que busque trabajar en un pecio?

—¿Alguno buscáis trabajo en un pecio? —el camarero lanzó la pregunta a gritos.

—¿En qué barco? —preguntó un hombre desde una mesa al fondo.

—El *Golden Bough* —contestó Kate.

Un murmullo recorrió el local a medida que los parroquianos regresaban a sus bebidas y chismorreos. El rechazo era evidente y definitivo.

—Lo siento, señorita —se lamentó el camarero.

—Yo también. Ni siquiera sé de dónde han surgido esos rumores.

El hecho de que el joven no preguntara a qué rumores se refería le confirmó a Kate que la situación era tan mala como se temía.

—El mar susurra a los hombres —murmuró él—. Y los inteligentes escuchan.

—Gracias de todos modos —asintió ella acercándole unas monedas.

—¿Quiere beber algo?

—¿Tiene té con hielo? —de repente, Kate se dio cuenta de la sed que sentía.

El camarero se agachó tras la barra del bar y reapareció con una jarra, perlada de gotas heladas, y un vaso.

—Gracias —Kate hundió la mano en el bolsillo del pantalón y sacó más dinero.

Él sacudió la cabeza rechazando las monedas y se dirigió al otro extremo del bar, donde un cliente había golpeado la barra con los nudillos, indicando que quería otra ronda.

Kate bebió el té, feliz de no estar fuera bajo el ardiente sol y la densa humedad.

La puerta del bar se abrió y cerró a su espalda. El hecho de que nadie gritara un saludo le indicó a Kate que el recién llegado no era un habitual. Tras apurar el vaso de té helado, se puso en pie, se volvió... y casi pisó a Holden Cameron.

—Hola —lo saludó—. Me disponía a regresar a la cabaña, después de pasar a comprar algo para cenar.

Holden titubeó y pareció estar eligiendo las palabras con mucho cuidado.

—¿Qué demonios haces recorriendo los bares de buceadores a este lado de la ciudad?

—Aún no es de noche —Kate parpadeó perpleja—. Estaba buscando información sobre Mingo y a cualquier buceador dispuesto a trabajar.

—Aún no es de noche —repitió él con expresión de desagrado—. ¿Sabías que los hombres no necesitan que sea de noche para echar un polvo con una mujer bonita, y forzarla, con o sin su consentimiento?

—Hablemos fuera —Kate comprendió que, bajo la aparente calma exterior, Holden estaba furioso.

—Una maldita buena idea.

—Gracias de nuevo —ella saludó con la mano al camarero.

—Si alguna vez les apetece un trío, soy su hombre —el joven sonrió a ambos—. Pregunten a cualquiera. Les dirán que soy increíble.

—Eh... gracias —contestó Kate

Jamás se acostumbraría a la abierta sexualidad de la isla, mucho menos a las posibles combinaciones en el sexo.

Holden la condujo bruscamente hasta la salida. Kate agachó la cabeza, pues era consciente de que sus mejillas estaban de un color rojo profundo.

—¿Te queda alguna cloaca más por visitar en tu lista de tareas? —preguntó Holden.

—Pensaba que era un bar de gays. Lo bastante seguro.

—Algunos hombres no le hacen ascos a nada.

—Me dejas perpleja —contestó ella—. Dime que tú no eres uno de esos.

—Eres un poco atrevida, ¿no? —él la miró de reojo.

—Eso encaja más bien contigo.

Holden soltó una carcajada a pesar del miedo que aún sentía por ella, un miedo que se había transformado en ira en el momento en que la había visto en ese antro exclusivo de buceadores.

—Descarada, entonces.

—Eso dicen —el semblante de Kate se volvió más serio—. Si sirve de algo, estaba preparada para echar a correr. Y, si eso no funcionaba, los hombres de mi familia me enseñaron algunos golpes sucios en cuanto me empezaron a crecer los pechos.

—¿Ojos, nariz, garganta y pelotas?

—Entre otras cosas.

—¿Alguna vez lo has necesitado? —inquirió Holden.

—Unas pocas citas que tuve pensaron que la cena incluía un revolcón e insistieron en que se lo debía antes de llevarme a casa.

—¿Cuántos años tenías? —él hizo una mueca de desagrado.

—Dieciocho. Aprendí muy deprisa a juzgar si un hombre quería una cita con la esperanza de tener sexo o solo sexo por el precio de una hamburguesa con patatas fritas.

—Vas a tener que mostrarme lo que sabes.

—¿Por qué? ¿Te va el dolor?

De nuevo Holden rio. Había reído más con Kate de lo que había reído con cualquier otra persona, excepto con sus sobrinos, que siempre le saltaban encima cuando visitaba a la familia. Kate estaba lejos de ser una niña, pero ejercía el mismo efecto relajante sobre él. También le ponía duro. Un delicioso daño colateral.

En un silencioso acuerdo, se dirigieron a un mercado al aire libre. No hablaron de los problemas que afectaban a la operación de buceo, ni de Mingo, ni de nada que tuviera que ver con negocios, incluyendo los intentos de Kate de encontrar buceadores dispuestos a trabajar para su familia. Se limitaron a pasear entre los puestos que seguían abiertos y a discutir amigablemente sobre si comprar un pollo entero o unas porciones de pollo asado, o unos huevos frescos. También discutieron sobre qué verduras acompañarían mejor a un arroz picante.

Mientras él regateaba el precio del pollo y exigía saber si las gambas realmente habían llegado en barco esa misma tarde, ella seleccionó la fruta y la colocó sobre el mostrador del puesto. Al ver que solo quedaba una barra de pan en una panadería francesa local, saltó sobre ella y llevó su tesoro al mostrador con la fruta.

Regresaron a la camioneta aparcada en la marina cuando el sol ya se despedía por el horizonte. Dentro de la cabina el aire era sofocante, como un horno precalentado. En pocos minutos daban tumbos sobre los baches, en dirección a la cabaña. Kate se sintió invadida por una oleada de desilusión al ver la lancha de Farnsworth amarrada al muelle. Ocupado en guardar algo en la lancha, el hombre no se dio cuenta de su presencia.

—Bueno, fue bonito mientras duró —observó ella.

—Con suerte ya habrá cenado.

Kate sonrió, feliz al comprobar que no era la única que soñaba con otra comida a solas con Holden.

—A lo mejor tiene noticias —sugirió ella.

Cuando Farnsworth asomó la cabeza en cubierta, su expresión fue de sorpresa, la misma que habían experimentado ellos dos al descubrir la lancha.

—No pensaba que hubiera nadie aquí —se dirigió a Kate—. ¿Dónde está el barco auxiliar?

—Amarrado en la marina.

La expresión del hombre fue de perplejidad.

—Es una larga historia, pero la resumiré —se ofreció Holden—. Kate llevó a un miembro de la tripulación a tierra, Larry me dejó poco después en el muelle de repostaje, y yo ayudé a Kate a buscar a Mingo.

—No lo encontramos —puntualizó ella.

—¿Habéis probado en el bar Buddy? —Farnsworth consultó su reloj y frunció el ceño—. He oído a Luis y Mingo hablar varias veces de ese lugar mientras estaba en el centro de buceo y ellos charlaban durante las etapas de descompresión.

Holden se volvió hacia Kate, que sacó el arrugado mapa del bolsillo del pantalón y lo extendió sobre su muslo.

—Estaba en mi lista, pero no llegué a ir —contestó poniendo mucho cuidado en no mirar a Holden.

—Mejor —asintió el otro hombre—. No es la clase de lugar en el que me gustaría ver aparecer a mi hermana —alargó una mano y tomó varias piezas de fruta—. Regreso al almacén, pero antes llevaré la ropa sucia a casa de mi amiga. A no ser que necesitéis algo de mí aquí...

—No —contestaron Kate y Holden al unísono.

—Voy a comprobar el bar Buddy antes de que empiecen las horas locas —añadió ella—. ¿Quieres que te lleve a alguna parte?

—¿Vas a acompañarla? —le preguntó Farnsworth a Holden.

—Puedes contar con ello.

—¿Necesitáis ayuda?

—Gracias, pero no —contestó Holden—. Muy amable el ofrecimiento —sobre todo teniendo en cuenta el poco aspecto que tenía ese hombre de meterse en peleas.

—Entonces me marcho —Farnsworth asintió—. A no ser que surja algo en el almacén, nos vemos en el *Golden Bough* en cuanto amanezca.

Kate corrió al dormitorio para ponerse unos pantalones largos y una camisa de manga larga. La creciente brisa era casi fresca. Encontró a Holden preparando lo que parecía un sándwich de pollo asado.

—Solo para aguantar hasta la cena —le explicó—. ¿Preparada?

—Preparada —ella tomó unos cuantos platanitos que había comprado aquella tarde.

Holden le introducía trocitos de plátano en la boca mientras ella conducía camino de la ciudad. Cuando los árboles dieron paso a edificios y luces, Kate reflexionó de nuevo sobre lo distinto que se veía todo de noche. Las zonas turísticas de la playa estaban repletas de coloridos grupos que disfrutaban de la aséptica vida nocturna que se ofrecía a los extranjeros con dinero. Más allá de la franja costera, las pequeñas tiendas y mercados estaban cerradas. Las pocas luces que se veían provenían de los carteles de neón anunciando bebidas alcohólicas desde las ventanas de los bares.

Si bien el bar Buddy estaba a tan solo cuatro calles de la zona industrial de la playa, y a una manzana del McNamara's, el lugar tenía un aspecto sucio y decrépito, un lugar al que los hombres acudían a pelear tanto como a beber. Desde luego Kate se lo habría pensado antes de entrar allí incluso en pleno día. Y ni siquiera yendo acompañada se sentía tranquila.

—De acuerdo, me alegra que estés aquí —anunció.

—¿Por qué no esperas en la pickup?

—Si Mingo está ahí dentro, hablará conmigo antes que contigo.

—De acuerdo. Menos mal que has tapado esas piernas tan sexys —asintió él—. Quédate detrás de mí. Si el local es demasiado apestoso, ninguno de los dos dará dos pasos más allá de la puerta.

Ella no discutió.

El humo y la música de los altavoces les abofetearon cuando Holden abrió la puerta. Echó un rápido y completo vistazo, y decidió que el ambiente era desagradable, pero no atroz. Como buen BACD había visto bares realmente salvajes. Y ese no era uno de ellos.

—Quédate pegada a mí —le indicó a Kate con calma.

—En el rincón de la izquierda —señaló ella, poniéndose de puntillas para alcanzar la oreja de Holden—. ¿No es ese Luis?

—Sí, y Raúl.

Los dos hombres jugaban al dominó sobre una mesa de aspecto tan lúgubre como sus rostros. Cuando Holden vio lo que estaban bebiendo, le hizo una seña al camarero para que sirviera otra ronda. La experiencia le había enseñado que invitar abría más puertas a los extraños que si se guardaban el dinero en el bolsillo.

Holden llevó las dos cervezas hasta la mesa y se dejó una delante de cada hombre mientras Kate se sentaba en una de las dos sillas vacías.

—Gracias —dijo Luis.

No sonreía, pero nadie se lo tomó a mal. Raúl y él tenían más aspecto de funeral que de fiesta. Luis se movió y la empuñadura de su cuchillo de buceo golpeó la silla.

Kate se sorprendió visiblemente al ver el cuchillo.

Holden no.

Luis colocó una ficha y esperó a que Raúl hiciera el siguiente movimiento.

Una lágrima rodó por la mejilla de Raúl.

Ambos hombres lo ignoraron.

Kate estaba a punto de decirle algo, pero Holden posó una mano con firmeza sobre su muslo a modo de silencioso aviso.

—¿Qué te han dicho sobre ese corte en la clínica? —le preguntó Holden a Luis mientras contemplaba la ya mugrienta venda que envolvía la mano izquierda del buceador.

—Se curará —el aludido se encogió de hombros—. Seguramente no podré bucear durante unos cuantos días. Para entonces, el tiempo habrá mejorado y el fondo estará limpio.

«Para entonces, bucear se habrá terminado», pensó Kate con amargura.

Raúl miraba sus fichas como si fuesen ecuaciones de segundo grado. Desde luego estaba borracho, pero había algo más. Tenía esa mirada espantada que Holden había visto en más de una incursión secreta en la que un compañero de armas había muerto y los supervivientes intentaban asimilarlo.

—Si quieres, puedes rastrillar el barril del sifón —le indicó Holden a Luis—. No hace falta que bucees.

Luis se limitó a esperar a que Raúl moviera ficha. Holden retiró la mano del muslo de Kate.

—¿Estás bien, Raúl? —preguntó ella—. A bordo del barco todos estaban preocupados por ti.

—No te preocupes por ese —un hombre que bebía en una mesa vecina, se reclinó en el asiento y le guiñó un ojo a Kate—. Seguramente le habrá dejado su novio. Tú ven con Evgeni —añadió, señalándose el pecho.

—Eres muy amable, pero ya tengo al único hombre que deseo —sonrió ella mientras apoyaba una mano sobre el muslo de Holden. Era como acariciar un cable de acero—. ¿Buscas trabajo como buceador?

Evgeni miró a Holden de arriba abajo y, aparentemente, decidió que la bonita pelirroja no merecía una pelea. Saludó al contable levantado lo que parecía una copa de ron y siguió bebiendo solo.

—Raúl —susurró Kate—. ¿Qué sucede?

—Mingo —las lágrimas anegaron los enormes ojos marrones del buceador—. Se ha ido —consiguió verbalizar con voz ronca mientras mostraba sus fichas y daba por terminada la partida—. ¡Se ha marchado!

—¿Hace mucho que erais amantes? —preguntó Holden con calma.

Raúl empezó a llorar.

—Años —les explicó Luis—. A Mingo le gustan las mujeres, pero siempre volvía con Raúl. Tómate la sopa que te he traído.

Luis unió la acción a la palabra y empujó un cuenco de calalú hacia el otro buceador. Raúl tomó una maltrecha cuchara y la hundió en la sopa sin ningún interés.

—¿Dónde crees que pueda estar tu hermano? —preguntó Holden.

—Quizás esté buscando un barco para él —contestó Luis—. Tiene grandes sueños. Quiere su propio negocio. Dice que Raúl será cocinero, porque es mejor en la cocina que respirando de las botellas, y yo seré su primer buceador.

—Mingo debe llevar mucho tiempo ahorrando dinero —observó Kate.

«Dios sabe que con lo que le pagamos no podría hacer frente a la letra de un barco».

—Mingo es un amante, no un banquero —Raúl sonrió con tristeza—. Un desastre con el dinero. Pero decía que eso iba a cambiar pronto. Esperaba ganar mucho dinero. Y entonces compraría un barco y... —su voz se apagó.

—¿Te habló Mingo de todo esto? —Holden se volvió hacia Luis.

—Siempre habla, pero no sobre ganar mucho dinero. Solo dice que, antes de la siguiente tormenta, será rico.

—¿Vendía objetos a escondidas? —preguntó Holden con voz neutra.

Los dos buceadores intercambiaron una mirada. Raúl volvió a centrar toda su atención en la sopa.

—No acudiré a la policía —anunció Kate con voz tranquila, a pesar de tener los puños apretados sobre el regazo—. Solo quiero saberlo.

—No lo sé —contestó Luis con tristeza—. Él siempre soñaba.

—Siempre fanfarronea —añadió Raúl.

—¿Sueños normalitos o algo más? —insistió Kate—. Hay sueños normalitos y sueños verdaderamente grandes.

—Lo bastante grandes para utilizarlos como excusa para largarse después de... —Raúl se encogió de hombros—. Dijo que se iba a bucear.

—¿Solo? —ella dio un respingo.

—Desde luego conmigo no —contestó el buceador.

—Ni conmigo —añadió Luis cuando Holden lo miró.
—¿De modo que era el único que buceaba de noche? —preguntó Kate.
—Yo buceo —Luis recogió las fichas de dominó de la pegajosa superficie de la mesa—. Bebo. Duermo. Despierto. Buceo. No hay problema. Así funciona el *Golden Bough*. Los hombres listos hacen lo mismo que yo. Mingo, a veces, no es tan listo.

Raúl asintió lentamente.

La expresión de Kate indicaba que no estaba satisfecha con la respuesta, pero la mano de Holden volvía a apretarle el muslo.

—Si Mingo ha estado vendiendo el oro —anunció Holden—, la policía será el menor de sus problemas. La clase de personas con las que tratará serán un mal enemigo, sobre todo ante la recompensa ofrecida por cualquier información sobre alguien que venda el tesoro de la Corona.

El llanto de Raúl se intensificó.

Luis palideció.

—¿Quién era su perista? —insistió Holden.

Silencio.

—¿Habéis tenido suerte buscando a Mingo? —continuó él, hablando con voz irritada, a la vez que comprensiva.

Las lágrimas de Raúl fueron la única respuesta.

Sin decir una palabra, Luis empezó a darle la vuelta a las fichas de dominó y a mezclarlas, preparando otra partida.

Y Holden supo que la conversación había alcanzado un punto muerto.

—Si oís algo —se levantó de la silla y tiró de Kate—, enviad un mensaje al barco —posó una mano sobre el hombro de Raúl y lo apretó—. Lo siento.

Kate esperó a estar sentada en la camioneta antes de pronunciar las palabras que la estaban devorando por dentro.

—Estás convencido de que Larry está metido en esto, ¿verdad?

CAPÍTULO 15

Ya era de noche y el aire olía a los cubos de basura que se recocían al calor tropical.

—Sería un estúpido si no considerara la posible implicación de Larry —contestó Holden—. Puede que Mingo haya hecho alguna zambullida nocturna para recoger los objetos que hubiera estado escondiendo durante el día fuera del alcance de las cámaras, pero, si lo hubiera hecho muchas veces, es poco probable que nadie a bordo se haya dado cuenta.

—Larry es un pésimo empresario —los dedos de Kate se volvieron blancos en torno al volante—, pero no es un ladrón.

—¿Aunque el robo fuera el único modo de mantener el *Golden Bough* a flote?

—Mi mente te oye, pero mis entrañas de hermana no se lo tragan.

Holden evitó comentar que su hermano podría haber cambiado mucho desde que ella había dejado de formar parte de los buceadores Donnelly. Ella lo sabía tan bien como él.

—¿Me culpas por ello? —preguntó con voz ronca—. ¿Y si fuera tu familia la acusada de robar?

—Amor, no creo que te equivoques por querer proteger a tu familia. Mi primer impulso sería hacer lo mismo. Mi abuela pastún diría que es una cualidad del clan. Mi madre diría que es sencillamente un gesto humano.

Holden acarició la mejilla de Kate con los nudillos hasta que la piel dejó de tener un tono exageradamente pálido.

El ordenador que llevaba en el petate pitó.

Ella lo miró.

—La presión vuelve a descender —Holden no quería añadir más sombras a esos ojos, pero tuvo que contarle la verdad.

El cielo empezaba a adoptar ese tono gris, denso y traslúcido, que anunciaba un cambio en el tiempo. Las olas seguramente empezaban a crecer y a llevar vientos cortados. Nada peligroso, solo distinto. Un poco más grandes, un poco más fuertes, un poco menos predecibles. Una avanzadilla de la brutalidad de la fuerza que estaba por llegar.

«No hay plazos, por supuesto», pensó Kate con tristeza. «Solo un desastre más a punto de caer sobre mí».

«Nosotros».

Tenía ganas de llorar o gritar, cualquier cosa para aliviar la tensión que crecía en su interior, empujándola como las burbujas de aire en la sangre del buceador que no hubiera aguardado el tiempo necesario para la descompresión. Pero en su camino no había ninguna señal, nada que le indicara lo cerca que estaba de la superficie. O de ahogarse.

Al acercarse a la cabaña, las luces de la camioneta iluminaron un muelle que se balanceaba inquietantemente en las aguas picadas. No había ningún barco amarrado. Iban a tener que regresar a la marina para recoger el barco auxiliar antes de dirigirse al sitio de buceo a primera hora de la mañana.

Ya no le apetecía comer, pero, cuando Holden puso algo de pollo, fruta y pan ante ella, se obligó a masticar y tragar. Cuando ya no pudo aceptar un bocado más, empujó el plato.

—Qué desastre —exclamó—. Mingo saltaba por la borda todas las noche para recoger las piezas más ligeras y valiosas.

Holden emitió un sonido evasivo.

—Podría estar haciéndolo solo —continuó ella—. Una locura. Una estupidez, pero posible.

Holden partió un mango especialmente maduro y colocó los trozos más escogidos en el plato de Kate.

—Eso explicaría la escasez de gas que descubrí —Kate seguía reflexionando en voz alta—. Pero nadie puede bucear a doble turno durante mucho tiempo.

Contempló a Holden, la esperanza reflejada en los ojos color turquesa.

—Dado que yo mismo lo he hecho en más de una ocasión —contestó él con cautela—, debo decir que sí es posible, aunque requiere que el buceador sea experimentado y esté en muy buena forma.

Kate esperó oír el «pero», que planeaba sobre sus cabezas, silencioso, porque formularlo en voz alta sería como destrozar lo último que le quedaba de esperanza.

—El negocio está acabado, ¿verdad? —preguntó ella al fin.

Holden se levantó de la silla y se estiró. El muslo lo estaba matando, todavía no recuperado de la zambullida.

—Lo único que sabemos —contestó—, es que Mingo ha desaparecido y que podría haber estado robando objetos en zambullidas nocturnas en solitario. Algunos objetos de valor han aparecido en el mercado negro. Cómo llegaron allí es un misterio. Hoy, al bucear con Larry...

—¿Has buceado? —interrumpió ella, sobresaltada—. ¿Y qué pasa con tu pierna?

—Vi a tu hermano hacer lo mejor que podía con el material del que disponía —él ignoró la interrupción—. Y lo más importante es que sé que, aunque este proyecto se vaya al infierno, soportarás lo que sea que le suceda a Moon Rose Limited. Eres una superviviente, amor. No lo olvides nunca. La fiebre del tesoro que afecta a tu familia no te ha infectado.

—¿Buceaste a pesar de tu pierna? —los ojos de Kate se inundaron de lágrimas—. ¿Por qué?

—Porque Larry estaba dispuesto a bajar él solo.

—Y, si algo hubiese ido mal, yo me habría culpado por ello —susurró ella—. Por eso bajaste, ¿verdad? A pesar del dolor.

—El muslo me duele de todos modos. Al menos hice algo por lo que merecía la pena sufrir ese dolor.

—¿Y lo mereció?

—Encontramos algunas cosillas de oro, y el sifón sacó alguna gema suelta —contestó Holden mientras se frotaba la pierna distraídamente—. Lo bastante para mantener ocupado a Farnsworth durante unas horas, pero no para que los del departamento de antigüedades descorchen una botella de champán.

—Casi se nos ha acabado el tiempo, ¿verdad?

—A no ser que en las próximas veinticuatro o treinta y seis horas encontremos algo muy gordo, el proyecto se cerrará, si es eso a lo que te refieres.

—Quizás los chismorreos de muelles sean ciertos —opinó ella con expresión sombría—. A lo mejor el *Golden Bough* está maldito.

—Yo no sé nada de eso. Simplemente me ha gustado bucear en aguas cristalinas en las que no he tenido que buscar horribles artefactos preparados para explotar.

Ella aguardó a que dijera algo más, pero Holden se limitó a sacudir la cabeza.

—Podemos hablar durante horas de los «y si», y los «quizás» —continuó él—, pero ni una sola palabra que digamos cambiará lo que suceda mañana a bordo del *Golden Bough*. De modo que, acompáñame a mi estrecha y destartalada cama. Los problemas del amanecer llegarán demasiado pronto.

Kate contempló los fascinantes ojos, de un tono verde dorado, azules contra el cielo tropical, verdes en la jungla, siempre diferentes, siempre hermosos.

«Deja que el amante sea».

Un peso pareció abandonarla cuando Holden la tomó de la mano y la condujo por el pequeño pasillo.

—¿Se trata de una parada de descompresión? —preguntó ella con picardía.

—Un respiradero —él sonrió y la tumbó sobre la cama recién hecha.

—Pues casi preferiría dejarte sin respiración.

—Acabas de hacerlo —el color de los ojos cambió, al unísono con el latido del corazón.

—Entonces túmbate, mi amante —contestó ella—. Alivia la pierna y permíteme hacer todo el trabajo.

—La pierna no está herida, pero todo lo demás ha sonado muy bien.

Holden le hizo sitio en la cama mientras ella se inclinaba y deslizaba la lengua por la curva de sus labios. El cambio en la respiración y el repentino calor que emanó del cuerpo de Holden la hizo sonreír.

Cualquier cosa que hubiera podido querer decir quedó silenciada cuando Kate lo besó hasta que todos los músculos del atlético cuerpo se tensaron. Antes de terminar el beso, la camisa de Holden estaba desabrochada y la de ella subida sobre los pechos, revelando unos pezones erectos y orgullosos.

El vello sobre el torso iluminado por la luz de la lámpara atrajo la mirada de Kate, y después sus dedos. El vello era sorprendentemente sedoso, los músculos debajo ardientes y vibrantes de vida. La piel sobre el abdomen destacaba oscura contra los pálidos dedos, una especie de bronce oscuro de sabor tan cálido y dulce como su aspecto.

Kate deslizó la mano hacia abajo, acariciando uno de los pezones y la curva bajo el pectoral, continuando por las costillas hasta el firme abdomen. Estaba maravillosamente vivo, la piel respondía a cada caricia, los suspiros eran suaves y suplicantes.

—Siempre me haces sentir muy sexy —murmuró ella con una sonrisa.

—Es que lo eres.

—Qué curioso —Kate rio—, porque eres el único hombre que me ve así.

—Pareces muy convencida de eso —Holden le tomó el rostro entre las manos ahuecadas.

—Pues claro.

Antes de que él pudiera contestar nada, los labios de Kate volvían a cubrir su boca, y la ágil lengua exploraba cada rincón. Respiraron el uno dentro del otro, intensificando el beso, deseando más. Él maniobró para desnudarla de cintura para arriba. La pierna herida se introdujo entre las piernas de ella, y la encontró tan ardiente que le hizo gemir.

—Se supone que soy yo la que va a hacer todo el trabajo —le recordó ella.

—Pues trabaja un poco más deprisa. Los pantalones me aprietan.

Kate soltó una carcajada mientras se retorcía para quitarse la ropa que le quedaba, y antes de deslizar los pantalones y la ropa interior de Holden por las largas y atléticas piernas hasta que estuvo tan maravillosamente desnudo como ella. Mientras él se esforzaba por colocarse un preservativo, la lengua de Kate se deslizaba por la fea cicatriz del muslo.

—¿Estás seguro de que estás en condiciones? —preguntó ella en un susurro.

Holden le tomó una mano y la posó sobre la única parte de su cuerpo que dolía más que la herida de la pierna.

Casi sin aliento, ella sintió el latido, el grosor, el calor. Estaba ardiendo.

—No me refería a eso —insistió Kate, mirándolo a los ojos.

—Si quieres ayudarme a que el dolor desaparezca, déjame entrar en ese sedoso cuerpo. Te garantizo que la única cosa que sentiré será esa clase de placer que hace que el mundo deje de girar —mientras hablaba, Holden deslizó los dedos entre las piernas de Kate, comprobando esperanzado. El veredicto fue un gemido—. Ardiente y húmeda. Déjame entrar, amor.

Con la punta de los dedos mojados en la necesidad de Kate, Holden le acarició los pezones. Ella se estremeció como si le hubiera atravesado una corriente eléctrica. Y cuando las manos se cerraron en torno a sus pechos, masajeándolos, olvidó quién se suponía debía hacer el trabajo.

—Sí, más —suplicó con voz gutural.
La mano que seguía envolviendo la rígida masculinidad, le devolvió con creces las caricias.

A través de los ojos medio entornados, Holden vio fuego en los rojos cabellos con cada suspiro, cada estremecimiento, la pálida piel sonrojada de deseo, los ojos de un incandescente color turquesa en el que se habría ahogado sin dudarlo, feliz.

Le hubiera gustado explicarle lo hermosa que era, pero Kate se movió, llevándose con ella todo el aliento al tomarlo con una lenta y hambrienta zambullida.

Cabalgó sobre él delicadamente, completamente, tensando los músculos interiores para proporcionarles a ambos el máximo placer con el menor esfuerzo por parte de Holden. Él deslizaba las manos por todo su cuerpo, acariciando y exigiendo a la vez. Cuando ella se agachó para lamer el sudor del cuello, él le mordió el hombro, dejándola sin aliento. De modo que lo repitió, y otra vez más, hasta que el cuerpo de Kate empezó a ondular como el de una bailarina.

Holden se estremeció y le sujetó las caderas, inmovilizándola.

—Paciencia —murmuró con voz ronca, exigiendo algo que él mismo no tenía.

—Otro rasgo de los dragones —ella lo miró a los ojos y sonrió mientras tensaba los músculos para sujetarlo con más fuerza en su interior, apretando y acariciando de un modo que él no podía ni controlar ni rechazar—. Pero yo no soy un dragón. Soy un jinete de dragones.

Él se rindió con una carcajada y un desgarrador gemido, entregándose sin duda ni freno mientras ella se desmoronaba sobre él, llenándola mientras ella lo consumía.

Y en la quietud que siguió, durmieron, el calor de sus cuerpos ofreciendo consuelo y envolviéndolos mientras el amanecer, con su promesa de lágrimas y peligros, se acercaba más a ellos con cada aliento.

CAPÍTULO 16

Para cuando Kate y Holden hubieron repostado el barco auxiliar, recogido algunas piezas de repuesto en la tienda de efectos navales, y regresado al barco auxiliar, ambos sudaban copiosamente. El aire casi no se movía De repente soplaba una ráfaga de aire caliente, y de nuevo regresaba la inmovilidad. La humedad era tan elevada que apenas se notaba la diferencia entre el aire y el agua. El cielo estaba cubierto de bruma, casi opaco, una cúpula gris plateada. El sol era apenas un círculo blanco que se adivinaba entre el velo de calor y humedad.

El aire estaba cargado de una plomiza anticipación, la sensación era que la calma ecuatorial luchaba una batalla perdida contra el movimiento de la tierra y los ríos atmosféricos que los humanos conocían como vientos alisios. Pero la calma ecuatorial no cedía fácilmente. Antes de que los ríos atmosféricos regresaran se produciría la clase de tormentas en las que el cielo y el mar se enzarzaban en una guerra. Hasta que eso sucediera, solo habría una opresiva espera.

—¿Qué tal tu pierna? —preguntó Kate mientras llegaban al barco auxiliar.

—Un poco más hosca que el día.

—¡Ay!

—Ha estado mucho peor —«y volverá a estarlo en cuanto bucee de nuevo».

Sin embargo no había ninguna necesidad de compartir ese detalle con ella. Kate ya se sentía bastante mal viendo cómo se iba al garete el negocio familiar. No hacía falta hacerla sentirse culpable por él también.

—Tengo la horrible sensación de que algo va mal —admitió ella mientras subía a bordo del barco.

«Y así es», pensó Holden.

Él también sentía la tormenta aproximarse, lo sentía en el muslo, lo saboreaba en el fondo de la garganta. Podría tardar una hora. Podría tardar un día.

Pero al final llegaría. La esquiva tormenta tropical, bautizada como «Davida», al fin había decidido dejar de juguetear y ponerse seria, empujando toneladas de aire y agua de un lado a otro.

Kate lanzó el barco auxiliar rápidamente a velocidad de planeo. El fuerte viento generado por el rápido movimiento resultaba agradable y disipaba la pesadez del aire. Eso, y la sensación de inminencia, le hicieron pisar a fondo el acelerador, persiguiendo algo que solo podía sentir, no describir. Perseguía una sensación dentro de su cabeza, intentando verbalizarla.

Pasado un kilómetro el viento se hizo más fuerte, golpeando el agua y formando pequeñas, aunque fuertes, olas. El barco auxiliar tenía que empujar con fuerza la superficie del mar, el casco de aluminio golpeando las olas que se levantaban empujadas por el repentino viento.

—¿Te importaría aflojar un poco? —gritó Holden—. Me gustaría estar capacitado para bucear cuando lleguemos.

Kate comprendió que estaba llevando el barco a una velocidad más propia de aguas calmas. El viaje estaba siendo muy movido y, sin duda, el muslo de Holden ya le dolía por el descenso de la presión del aire.

—¿En qué ibas pensando?

—En el hecho de que las personas con vértigo tienen menos miedo a la altura que tentación de saltar. De volar. Eso lo entiendo. Estar de nuevo en el mar. Nosotros. ¿Crees que hay esperanza para nosotros?

Él casi sonrió, porque había pasado mucho rato, antes del amanecer, observándola mientras dormía, escuchando su respiración, abrazándola. Pensando.

—¿Cómo dicen en Estados Unidos de América? —preguntó—. ¿A por todas?

—Sí.

—Pues yo voy a por todas, Kate. El resto depende de ti.

El viento soplaba en fuertes rachas, empujando con fuerza el casco del barco. Kate respondía con movimientos automáticos de los controles, equilibrando el movimiento del barco.

—¿Tenemos alguna posibilidad de tener algo verdadero? —preguntó ella sin mirarlo.

—No sabía que hubiésemos estado sintiendo cosas de mentira.

—No me refería a eso —ella sonrió con tristeza—. Es que... todo lo demás.

—Esa complicación llamada vida.

—Sí.

—Me encantaría poder prometerte que será sencillo, pero, claro, lo sencillo no tiene mucho valor, ¿verdad?

—No, no lo tiene —la sonrisa se amplió.

—A los diecisiete años fuiste desgarradoramente valiente.

—Estaba muerta de miedo.

—En eso consiste el valor, amor. En hacer las cosas por mucho miedo que te den.

Antes de que pudiera contestar, el bolsillo de Kate vibró. Sujetando el timón con una mano, sacó el teléfono con la otra.

Holden vio la tensión reflejada en el bonito rostro antes siquiera de que contestara.

—Es el abuelo. Odia los teléfonos. Él nunca...

Bruscamente redujo la marcha del barco para poder oír la conversación por encima del ruido del motor. Mientras escuchaba, la tensión crecía ante la angustia en la voz, y las palabras, del anciano. De repente palideció, labios incluidos. Y, cuando Holden la apartó suavemente del timón, apenas se dio cuenta. Él ocupó su lugar, comprobó los controles y se volvió hacia ella.

—Estamos en camino —contestó ella al fin—. Diez minutos, puede que un poco más. El mar de repente se ha picado.

Con manos temblorosas guardó el móvil en el bolsillo. Y solo entonces comprendió que Holden le había cambiado el sitio.

—Puedo pilotar —le indicó—. Te va a doler el muslo, pero…

—Yo pilotaré. Lo soporto mejor cuando me anticipo al movimiento. ¿A tierra o al barco?

—Al barco. Larry está enfermo. El abuelo ha pedido un helicóptero para que lo evacúen.

—¿Algo que ver con el buceo?

—No lo sé.

Holden asintió y aceleró hasta el máximo de la capacidad del barco auxiliar dadas las condiciones del mar. El casco se elevó y voló hacia el barco y a Kate no le cupo la menor duda de que ese hombre sabía lo que hacía.

La seguridad no era sinónimo de confortabilidad. La espuma del mar rociaba el parabrisas y les mojaba a los dos, más de lo que ya había hecho la humedad reinante. Kate tuvo que agarrarse con fuerza para no salir volando del asiento, pero no se quejó. En realidad le parecía que viajaban a paso de tortuga, quiso pedirle que acelerara, pero no dijo ni una palabra. No sería seguro ir más rápido, y eso significaba que Holden no la escucharía.

«Por eso se sentó a los mandos», comprendió de repente. «¿Cómo lo ha sabido?».

A pesar de la fuerza con la que se sujetaba, las manos le temblaban. Eso era sin duda lo que Holden había visto antes de que ella misma se diera cuenta.

«Larry», pensó, sintiendo un irrefrenable deseo de gritar. «¿Qué te ha pasado? Ni te atrevas a estar realmente mal». Estaba aterrada hasta la médula. «¡Maldito sea el hambriento mar!». Pero incluso mientras maldecía en silencio, sabía que no era culpa del mar. Era de las elecciones. Elecciones humanas. De la libertad para ser estúpido, una libertad que se cobraba muchas vidas.

Un helicóptero negro con pontones negros pasó volando sobre sus cabezas en el mismo instante en que vieron la silueta del *Golden Bough* surgir de la densa condensación en el horizonte. El helicóptero llegaría al barco en un par de minutos. El barco auxiliar iba a tardar más tiempo, y el trayecto iba a ser mucho más duro para los pasajeros.

Holden no necesitaba mantener ninguna conversación para saber lo que sucedía bajo la espantada mirada de Kate, de modo que se concentró en conducir todo lo deprisa que podía. Cuando al fin se detuvieron junto al barco, el helicóptero ya aguardaba, apoyado en los gruesos pontones negros. Era viejo, casi una antigüedad, con una cabina en forma de burbuja. Los rotores giraban perezosamente y el aparato apenas parecía capaz de volar.

Un miembro de la tripulación, seguramente un técnico sanitario, terminó de fijar una camilla sobre uno de los pontones antes de cubrir a Larry con un plástico para protegerlo de las salpicaduras de agua. La barca que habían alquilado, a cuyo mando iba el abuelo, golpeaba suavemente el pontón, clavada en el sitio gracias al viento y a las habilidades del anciano.

La piloto, sentada en la cabina, gritaba algo a Patrick Donnelly. El top se ajustaba a su delgado cuerpo y las muchas trenzas que adornaban su cabeza estaban recogidas en la nuca, seguramente para que no le molestaran al ponerse el casco.

—¡En marcha! —se oyó la atronadora voz del abuelo—. ¡Llevadle enseguida a tierra!

Holden llevó el barco auxiliar junto a la barca en la que el abuelo había transportado al paciente hasta el helicóptero. Incluso a pesar de su preocupación, Kate no pudo evitar fijarse en la pericia con que Holden ejecutó la maniobra.

—Hazte cargo de los mandos —ordenó él.

En cuanto ella lo hizo, Holden se dirigió a la regala que se elevaba y descendía contra el barco del abuelo. Atento al oleaje, saltó ágilmente al otro barco sin siquiera provocar el menor balanceo.

Kate observaba impresionada. Saltar de un barco a otro debía formar parte del entrenamiento de un BACD. Hacía que pareciera muy sencillo, pero no lo era.

—…vuela justo por encima de las olas —gritaba la piloto con un marcado acento británico—. Hasta no estar seguros del estado del paciente, tendremos que tomar precauciones. Si quiere responsabilizarse de él, podemos volar más alto, pero el procedimiento estándar para evacuaciones en accidentes de buceo ordena que permanezcamos lo más bajos posible.

El abuelo abrió la boca para protestar, pero Holden lo interrumpió.

—Ella tiene razón. Kate se hará cargo del barco auxiliar y yo de este. Usted puede volar con Larry. La información que pueda proporcionar sobre él será más precisa que la de cualquiera de los demás, incluyendo a Kate.

El anciano se volvió hacia Holden, casi alegrándose de encontrar a alguien sobre quien descargar las emociones que lo atenazaban.

—¿Quién demonios se cree que es para…?

—Soy un antiguo buceador de la marina —volvió a interrumpir Holden mientras apartaba al abuelo de los mandos—. Estamos perdiendo tiempo. ¡Tripulante! —espetó.

—Sí, señor —contestó el hombre automáticamente, respondiendo a la autoridad que impregnaba el tono del recién llegado.

—Cuando tenga asegurado al paciente, ayude al señor Donnelly a subir a bordo —le ordenó.

—Pero el *Golden Bough*... —empezó a protestar el abuelo.

—Ya he pilotado ese barco, yo sola y en medio de una tormenta mucho peor que la que se está preparando —le recordó Kate, que había oído toda la conversación.

Durante unos tensos segundos, el abuelo sopesó sus opciones mientras ella contenía la respiración. Solo había dejado el barco al cuidado de otra persona en una ocasión, cuando el dolor y la fiebre le habían dejado fuera de juego. Al despertar tras una operación de urgencia, había sabido que su hijo y su nuera estaban muertos. Larry lo había acompañado, ayudado a soportarlo. Aunque ninguno de los dos hablaba de ello en voz alta, ambos lo recordaban. A pesar de sus ocasionales discusiones, el abuelo adoraba a Larry casi tanto como al mismo mar.

Y en esos momentos tenía una decisión que tomar.

El abuelo murmuró algunos improperios mientras medía las olas y elegía el momento de saltar al pontón con la agilidad de un hombre que tuviera la mitad de años.

—Páseme esa maleta —le ordenó a Holden.

Holden miró hacia abajo y sacó una desgastada maleta de cuero de una taquilla abierta, consiguiendo hacerla llegar a manos del abuelo sin que ninguno de los dos cayera al agua. Tras darle un apretón al hombro de Larry, cubierto por el plástico, el anciano subió al helicóptero.

—¿A qué hospital se dirigen? —le preguntó Holden a la piloto.

—Saint Swithin's, en Kingstown —contestó la mujer—. Tienen una unidad de descompresión. Está vieja, pero es como este pájaro, cumple bien con su trabajo.

La piloto se ajustó el casco y esperó a que todos se hubieran abrochado los cinturones.

Con mucho cuidado, Kate alejó el barco auxiliar para que Holden tuviera espacio para hacer lo propio. En cuanto estuvieron fuera de alcance, los rotores del helicóptero aceleraron hasta que se volvieron prácticamente invisibles. Tras un momento de vacilación, cuando los pontones interrumpieron el contacto con el agua salada, la nave se elevó. Volando a muy baja altura hacia la isla, el helicóptero enseguida se convirtió en un ruidoso punto negro que se dirigía hacia la costa.

Y para cuando Kate y Holden hubieron amarrado los barcos y subido a bordo del *Golden Bough*, ya había desaparecido de su vista.

—Esa piloto podría enseñarles un par de cosas a los pilotos de helicóptero que conozco —observó Holden—. La mayoría asciende tan deprisa que todo el mundo acaba aplastado. Aunque, para ser justos, nos estaban disparando.

Kate sonrió con tristeza, respiró hondo y se volvió hacia lo que quedaba de la tripulación. Luis, cubierto de suciedad, arena y agua, después de trabajar con el sifón. Raúl, con el traje de buceo a medio quitar. Ambos muy pálidos para el color habitual de su piel.

—Lo dejo —anunció Luis—. Este buceo está realmente maldito.

—Yo también —asintió Raúl.

—¿Otra vez? —preguntó ella.

—Nadie se va a tierra hasta que sepamos lo que ha pasado —anunció Holden, de pie junto a Kate.

En silencioso acuerdo, ella le entregó la llave del barco auxiliar.

—Hablad —Kate subrayó las palabras de Holden.

Raúl parecía dudar, pero una mirada a Kate, y a los inquietantes ojos de Holden, le animó a hablar.

—No sé mucho —empezó casi en un susurro apenas audible, antes de alzar un poco más la voz—. Larry dijo algo por el micrófono, sobre que no se encontraba bien. Llevábamos ahí abajo, no sé, quizás una hora, quizás menos.

—¿De modo que no más de noventa minutos desde que bajasteis? —preguntó Holden mientras consultaba su reloj de buceo.

—Larry bajó deprisa —Raúl se encogió de hombros—. ¿Yo? Con tranquilidad, tío.

—Adelante —lo animó Kate con el rostro muy pálido—. Llevabais ahí abajo alrededor de una hora, ¿y...?
—Él trabajaba con el sifón y yo cerca. Entonces suena como si el sifón hubiera succionado algo demasiado grande. No sé. No lo vi. Pero oí, o a lo mejor sentí, un gran «clac», y él gritó.
—¿Hasta ese momento, estaba Larry bien? —preguntó Holden
—No decía nada, y yo no pregunté. Trabajaba deprisa. Esa tormenta se acerca rápido.
Kate hizo un gesto para que Raúl siguiera hablando.
—Oí ese ruido tan raro y entonces Larry hizo la señal. Para ilustrar sus palabras, el buceador estiró el brazo y dobló el codo. La mano abierta y el pulgar hacia abajo. Después se llevó la mano al pecho y dio varias palmadas.
—Entendido —asintió Holden—. Es el signo universal de buceo para cuando algo va mal. No hace falta micrófono, solo una buena visibilidad. ¿Viste atascarse el sifón?
—Solo oí ese ruido infernal —insistió Raúl.
—¿Podría haberlo hecho Larry al dejar caer el sifón sobre algo, y no mientras succionaba algo demasiado grande? —preguntó Kate—. La succión podría hacer que la boquilla de metal golpeara con más fuerza de lo que uno se imagina.
—Yo estaba ocupado llevándole hacia unas monedas y cosas parecidas —Raúl volvió a encogerse de hombros—, todas muy bonitas y brillantes. No lo estaba mirando a él.
—¿En qué cuadrículas estabais trabajando? —preguntó Holden. No había visto nada brillante ni atractivo cuando había bajado.
—Solo me dijo que siguiera al sifón abajo —el otro hombre se secó el sudor del rostro con el brazo aún envuelto en neopreno—. Y eso hacía.
—¿Dónde está tu ordenador de buceo? —preguntó Kate.
—Volkert se lo quedó, como siempre.

Ella se dirigió al centro de buceo con Holden pisándole los talones.

—¿Qué pasa conmigo? —gritó Raúl.

—Espera órdenes —gritó ella por encima del hombro.

Kate entró como una exhalación en el centro de buceo y apagó la música de Volkert.

—¿En qué cuadrículas estaban buceando Larry y Raúl?

—Larry estaba haciendo un gran trabajo. Raúl no es gran cosa bajo el agua —añadió Volkert mientras se metía una galleta en la boca, boca que ya estaba medio llena.

—¿Qué cuadrículas? —repitió Kate, mascullando entre dientes.

Él señaló la pantalla en la que se desplegaban todas las cuadrículas. Dos de ellas estaban iluminadas.

—¿Estaba sacando oro? —preguntó ella.

—Larry lo encontró ahí mismo, en el suelo —contestó Volkert—. Entonces empezó a maniobrar el sifón y Luis a dar hurras. El sifón debió de resbalar, o Larry lo dejó caer. El viejo lo apagó y los buceadores empezaron a subir. ¿Queréis ver los archivos .mpg?

—Cópialos y envíamelos a mi correo electrónico —le indicó Holden—. Los repasaré. ¿Cuándo recibiste el último parte meteorológico?

—Hace dos horas —los gruesos dedos de Volkert se movieron con sorprendente rapidez sobre el teclado—. No es bueno. No es malo. Inestable.

—Eso es —Holden asintió—. Puede que el capitán quiera que volvamos a bucear antes de que la tormenta haga que sea imposible.

—Sí, claro. ¿Y cuántos van a regresar esta vez? —preguntó Volkert con sarcasmo.

—Cierra el pico y haz tu trabajo.

—¿Qué vas a hacer? —Kate dio alcance a Holden, que ya salía del centro de buceo.

—Sacar mi petate del barco auxiliar y bucear con Raúl.

—¿Y para qué? Un puñado de monedas de oro no significa nada.
—¿Viste las cuadrículas en las que estaba buceando Larry? —preguntó Holden.
—Sí.
—Cuando buceé ayer con él fuimos a la otra punta del pecio y no vimos más que basura. Hoy ha ido a bucear a la parte del pecio más alejada posible, sin salirse de la cuadrícula. El lugar elegido para hoy tiene el aspecto de un montón de lava cubierta de coral, justo al borde del precipicio. Un peligro bucear allí. Quiero saber por qué lo hizo.

Kate ya se había dado cuenta, pero no había querido pensar en ello. Le hacía plantearse preguntas que le ponían nerviosa, y las posibles respuestas le daban ganas de vomitar. Mordiéndose el labio, recordándose la necesidad de respirar, observó a Holden sacar el petate del barco.

—El ladrón tiene que ser Mingo —anunció cuando Holden regresó a cubierta.

—Es lo que indican las pruebas circunstanciales, pero solo si realmente encontraron el tesoro y lo ocultaron. Y no tenemos ninguna prueba de eso —«Aún», añadió Holden en silencio.

Y eso era lo que iba a buscar, en una mancha de lava, coral y escombros.

—¿Si no es Mingo, quién entonces? —preguntó Kate bruscamente.

—¿De verdad necesitas que te lo diga?

—¡No! Larry no puede ser.

—Desde mi llegada —Holden dejó caer el petate y apoyó las manos sobre los hombros de Kate—, he repasado horas de grabaciones de buceo de los chicos que siguen aquí con nosotros. Luis es un buceador aceptable, aunque le falta la condición física y la habilidad para hacer dobles turnos durante tanto tiempo sin meterse en un lío. Raúl no tiene el don del agua. Necesita a alguien que lo cuide ahí abajo, sobre todo después de la desaparición de Mingo.

La testaruda expresión en el rostro de Kate le indicó que no estaba consiguiendo hacerse entender.

—Larry asignó todas las zambullidas —continuó con calma—. Los buceadores trabajaron por toda la cuadrícula, salvo en el sitio en el que Larry encontró oro hoy.

—Eso no demuestra nada, salvo que Larry empezó por las zonas más seguras del pecio.

Holden quería abrazarla, protegerla de la tormenta. Pero no podía capear el temporal por ella. Ni podía obligarla a aceptar su ayuda. La elección era suya, era su vida.

—¿Y si Larry estaba haciendo turnos dobles, uno para los registros en las zonas en las que no había nada y otra para él, donde estaba el tesoro? —preguntó Holden con delicadeza—. Eso explicaría su extrema fatiga.

—También lo explicaría la bebida —contestó ella con tirantez. Su tono de voz indicaba que no creía realmente lo que estaba diciendo, pero tenía que decirlo de todos modos.

—A lo mejor. Y a lo mejor fue víctima de toxicidad del oxígeno, no de enfermedad descompresiva. En el hospital nos lo dirán.

—¿Envenenamiento por oxígeno? —preguntó ella sobresaltada.

—Cuando estuve en Iraq —le explicó él—, en ocasiones un grupo de cinco buceadores tenía que hacer el trabajo de diez. He visto hombres que bebieron en exceso y he visto víctimas de toxicidad del oxígeno. Larry no apestaba a alcohol. Bebía, pero no estaba borracho.

Ella asintió reticentemente.

—Si Larry estaba enfermo, durante todas las semanas trabajando en este espacio tan reducido, nadie más pilló el virus que tuviera.

Kate respiró hondo y volvió a asentir. No le gustaba hacia dónde la estaba llevando. Pero mucho menos le gustaba que Larry estuviera en el hospital.

—He visto a hombres bucear hasta que el envenenamiento

por oxígeno los tumbaba —continuó Holden—. Larry tenía más el aspecto de ser uno de esos hombres.

—No me puedo creer que mi hermano sea un ladrón —insistió ella con voz ronca—. Mingo, sí.

—La toxicidad del oxígeno es como caerse por un precipicio —le explicó él sin escatimar en detalles—. Puedes forzar la situación, y forzarla, y forzarla. Y a veces la aguja no se mueve lo bastante. Pero, en cuanto lo hace, ten por seguro que ahí abajo pasará algo malditamente estúpido.

—No me lo creeré hasta que tenga alguna prueba. Y no tengo ninguna prisa por encontrarla.

—Yo me sentiría igual si estuviera en tu lugar —Holden sonrió con dulzura no exenta de impaciencia y tristeza—. Si me das permiso, registraré los camarotes de la tripulación. Y no mires mientras registro el de Mingo.

«También miraré en el de Larry, pero no quiero obligarla a confrontar lo que, seguramente, será cierto. No quiero ser el emisario que destruya su mundo».

«Por segunda vez».

«Sobrevivirá, igual que sobrevivió a la muerte de sus padres, pero nunca volverá a sentirse cómoda conmigo».

Y esa era una consecuencia que Holden quería evitar a toda costa.

—¿El camarote de Mingo? Te ayudaré con eso —Kate parecía aliviada por dejar de hablar de la posible inocencia o culpabilidad de su hermano.

Avanzando con rapidez, condujo a Holden hacia los camarotes de la tripulación.

—¿Qué vas a contarles a tus jefes? —preguntó ella.

—Por ahora nada. En cuanto lo sepan, abandonarán el proyecto.

—Pero tú tienes el poder de cerrarlo ahora mismo, ¿verdad? —Kate se detuvo frente al camarote de Mingo. La puerta estaba pintada de un color amarillo brillante.

—He decidido no hacerlo.

—Gracias —ella emitió un prolongado suspiro.

—No hay de qué. Hay algunas cosas en las que no estoy de acuerdo con el departamento de antigüedades. Desmenuzan eventos, numeran piezas y las archivan según unas hojas elaboradas por otros burócratas. La vida es demasiado complicada para encajar en una hoja de cálculo.

Kate abrió la puerta del camarote que compartían Mingo y Luis.

—¡Vaya! —exclamó ante el desorden—. No vendría mal un poco de ventilación aquí.

—El ojo de buey ya está abierto.

—Pensaba más bien en dinamita y lejía.

Holden sonrió.

—¿Podría presentarse la persona que esté al mando? —el altavoz crujió y una vocecilla sonó al otro lado—. Estamos recibiendo nuevos partes meteorológicos.

El mensaje tenía como fondo la música electrónica de Volkert, pero la voz era de Farnsworth.

Holden miró a Kate.

—Ascendida en el campo de batalla —anunció él—. Capitán.

CAPÍTULO 17

Kate alargó la mano hacia el auricular verde de plástico colgado de la pared junto a la puerta. El aparato no había sido renovado jamás, y se notaba, pero funcionaba.

—Aquí Kate Donnelly —anunció—. Hasta que Larry regrese, soy el capitán. ¿Qué sucede? ¡Y bajad ese ruido!

—De acuerdo. Le paso el auricular a Volkert —anunció Farnsworth—. Tengo cosas que empaquetar antes de dirigirnos al puerto.

La música sonó más débil.

—Sí, de acuerdo —habló Volkert—. Nuestros amigos del servicio de meteorología aconsejan que nos movamos. Hay un setenta y cinco por ciento de probabilidades de que Davida caiga sobre nosotros.

—¿Son de fiar o se trata de una advertencia general? —preguntó ella.

—Según el mejor pronóstico, la muy maldita caerá sobre Venezuela y continuará hacia nosotros.

—¿Cómo es de fuerte?

—Esa es la parte buena. Solo se trata de una borrasca tropical, pero, si los británicos están en lo cierto, podría saltarse el paso de tormenta tropical y pasar a categoría 1. Nos vamos a mojar.

—Qué alegría —Kate cerró los ojos—. ¿Para cuándo está prevista su llegada?

—Unas doce o veinticuatro horas antes de que pase el vórtice —contestó Volkert—. La velocidad está siendo irregular.
—Como todo lo demás en esta maldita tormenta —ella asintió.
—¿Entonces nos dirigimos a puerto, tal y como dijo Larry, antes de zambullirse?
—Cuando llegue el momento de marcharse, haré un comunicado oficial —Kate desconectó el intercomunicador.
—Anímate. El servicio británico de meteorología solo acierta la mayoría de veces —observó Holden.
—Eso no ayuda —contestó ella, aunque no pudo contener una tímida sonrisa.
Con los brazos en jarras, observó el caos a su alrededor. Había dos camastros en el lado izquierdo. Ropa y sábanas estaban esparcidas por todo el camarote que, más que una habitación, parecía un armario en cuyo interior se hubiera producido una explosión.
—Por suerte el camarote del capitán está al otro lado del pasillo, abierto para cualquiera. No hace falta empezar por allí.
—Me alegra que ya no sea la limpiadora oficial —ella frunció el ceño—. Es evidente que Mingo se saltó la clase sobre mantener las cosas ordenadas. Lo primero que aprendes cuando vives en un barco es que no hay espacio suficiente para ser un cerdo.
—En la marina solía haber hasta tres hombres alojados en un camarote. Apenas podía vestirme sin que las piernas chocaran con el camastro de abajo. Por supuesto, el oficial encargado de registrar nuestros aposentos no lo dejaba todo tirado en el suelo.
—¿Registrar? —preguntó ella como un resorte.
—Por el contrabando.
—Me refería a si piensas que este lugar ha sido registrado. Eso solo tendría sentido si Mingo no trabajara solo.
—Exactamente —contestó Holden.
—¿Crees que escondía los objetos robados en su camarote?

—Al parecer alguien lo piensa. Los buceadores pueden ser muy desordenados en tierra, pero jamás he visto este caos a bordo de un barco. Desde luego no hasta el punto de tropezar con cosas cuando el mar está en calma.

—Haces que buscar helio suene a tarea sencilla —Kate hundió el rostro entre las manos durante un instante antes de erguirse.

—¿Disculpa? —él la miró fijamente, sin comprender.

—Si Mingo es un ladrón, y si trajo el botín al camarote, y si ha desaparecido sin el botín, y si alguien ha registrado todo esto, ¿nos queda algún «y si», por encontrar a nosotros?

—Dicho así parece un chiste —Holden enarcó las cejas.

—Ojalá lo fuera. Pero Larry está en el hospital y yo... —Kate se interrumpió.

—Elijo el montón de ropa —anunció Holden—, tú puedes empezar por las taquillas.

—Me pregunto quién ha mordido esto —preguntó ella distraídamente.

—¿El qué?

—Las taquillas.

Holden se acercó y examinó el pomo de las dos taquillas. Donde debería haber habido un candado para asegurar la puerta, no había nada más que unos cuantos agujeros.

—Las cizallas pueden dejar marcas como esas, sobre todo si resbalan —le explicó él—. ¿Hay alguna a bordo?

—Seguramente. El abuelo tiene de todo. Ya sabes cómo se ponen los hombres cuando van a una ferretería.

Holden sonrió tímidamente y sacó del bolsillo algo que parecía una horquilla, y que utilizó para tantear la puerta de la primera taquilla.

—¿Qué estás buscando?

—Cualquier cosa que tenga cables.

—¿Una bomba? —ella abrió los ojos desmesuradamente—. Eso es imposible.

—En realidad es improbable, pero bastante posible. Por suerte he sido entrenado para trabajar con lo posible. Pero, de momento, parece que aquí solo vamos a tener que enfrentarnos con lo probable. Eso es bueno.

Holden se volvió hacia ella y la abrazó, casi con violencia.

—Pase lo que pase, yo te protegeré.

Durante unos instantes, Kate se aferró a la fuerza masculina. Mientras él abría la primera taquilla, ella respiró hondo, atenta a cualquier sorpresa desagradable.

El estrecho armario tenía tres cajones, una pequeña barra para colgar ropa, y un espacio para zapatos y el petate en la parte de arriba. No se veía nada sorprendente, feo o cualquier otra cosa.

Y no había ni un solo cable a la vista.

—Es de Luis —anunció ella—. Reconozco la camiseta morada.

—Es difícil de olvidar —Holden asintió mientras palpaba la ropa colgada sin encontrar nada inesperado.

Examinó los cajones por fuera, sin ver nada, antes de permitir que Kate repasara el contenido. Había artículos de afeitado y calzoncillos. Mientras tanto, él se aseguraba de que la segunda taquilla tampoco tuviera cables.

—No sabía que los hombres llevaran tanga —observó ella—. En realidad, tampoco quería saberlo.

—Podría ser un recuerdo.

Apresuradamente, Kate sacó la mano del trocito de tela roja y se la frotó contra el pantalón.

—Necesito lavarme las manos.

—Espera a que hayamos examinado el colchón. No olvides rebuscar en el interior de los cajones —le aconsejó él mientras tanteaba los bordes de la segunda taquilla.

No había cables. Tampoco en los cajones.

Holden ayudó a Kate con el registro de la taquilla de Luis. El primer cajón salió sin dificultad, pero el segundo se resistía. El agua salada y el metal formaban una mezcla corrosiva.

—Comprueba la taquilla de Mingo —le indicó él—. Mientras, yo soltaré este cajón.

—De acuerdo. Ya sé mucho más de Luis de lo que me apetecía saber —contestó ella—. Pasemos a Mingo, cuya ropa interior, con suerte, habrá viajado a tierra con él.

Holden hizo un sonido que podría haber sido afirmación, protesta, o cualquier cosa entre medias mientras palpaba el cajón antes de dar un fuerte tirón para sacarlo.

—¿Estás seguro de que no eres policía? —preguntó ella mientras lo observaba en acción.

—En los internados los lugares para esconder cosas son muy limitados —fue la única contestación—. Y lo mismo puede decirse de los cuarteles.

Ella miró a su alrededor, pero había poco que ver. No había fotos colgadas detrás de las cuales poder esconder nada, no había tablas en el suelo ni alfombras, ningún rodapié, y la escasa luz revelaba la suciedad acumulada en cualquier lugar en que funcionara un motor diésel.

Después de deslizar la mirada por los camastros y los colchones, ella continuó con la segunda taquilla, imitando el método de Holden. Mingo tenía más o menos la misma cantidad de ropa que su hermano, incluyendo ropa interior muy ajustada.

—Parece que la mayor parte de las cosas siguen aquí —observó ella—, salvo el kit de afeitado.

La mano de Holden se detuvo antes de reanudar la búsqueda.

—Seguro que tiene más ropa en su apartamento, o en el de Raúl —sugirió Kate—. Así hay menos cosas que llevar de un lado a otro.

Diligentemente lo palpó todo en busca de cualquier cosa escondida en el interior del cajón. Al examinar el exterior, lo único que consiguió fue un pequeño corte en el dedo al pasarlo por el afilado carril. Hizo una mueca y pasó al siguiente cajón, que tampoco contenía nada de interés en su interior, exterior o fondo.

El tercer cajón estaba atascado. Tiró con todas sus fuerzas y soltó un juramento en silencio, pero el cajón ni se movió.

—¿Necesitas ayuda? —se ofreció Holden. Ya había repasado todos los cajones de la primera taquilla sin encontrar nada interesante.

—O tú o una palanca —ella dio un paso atrás.

—O un pie —contestó él—. Tiene todo el aspecto de haber sido pateado con frustración.

Tiró y sacudió, y volvió a tirar.

—O está atascado o encajado. Por suerte hay más de un modo de acceder a un cajón.

Holden sacó los dos cajones de encima de los raíles y los dejó a un lado. El contenido del tercer cajón consistía en unas camisetas enrolladas... y una cuña en el raíl que impedía que el cajón se abriera.

—Un cerrojo de baja gama —observó él mientras retiraba la cuña—, pero efectivo.

Ignorando las camisetas, Holden sacó el cajón y lo volcó para asegurase de que no hubiera nada oculto en el fondo. Una de las camisetas cayó al suelo haciendo un extraño ruido.

Kate la sacudió y encontró un fajo de billetes atados con una goma elástica. Con dedos acostumbrados a contar divisas extranjeras, repasó las esquinas de los billetes.

—Libras. En billetes de cincuenta. Seguramente mil o más —anunció—. Parece que Mingo no confía en los bancos y, definitivamente, anuncia que regresará en busca del botín.

«Si puede», pensó Holden.

Era evidente que Kate no deseaba seguir en esa dirección y él no quería obligarla a hacerlo hasta que no hubiera más remedio.

—Mingo debe haber estado cambiando su sueldo por libras en el banco. Menos volumen para la misma cantidad de dinero.

Holden contempló el fajo antes de concentrarse de nuevo en el cajón. En la parte trasera, por fuera, había un pequeño espacio entre la taquilla y el final del cajón. Todos los cajones tenían menos longitud que la profundidad de la taquilla con el fin de salvar cualquier perno empleado para fijar el armario a la pared o la cubierta.

—¿Qué tienes? —preguntó ella, levantando la vista del dinero.

—Parece la parte trasera de un ordenador de buceo.

Un poco de manipulación consiguió soltar el pequeño objeto aprisionado con cinta adhesiva.

—Bonito aparato —admiró él—. Delgado, ligero. Costoso. Un dispositivo inalámbrico para un equipo de muñeca. No recuerdo haber visto a Mingo llevar este.

—Eso vale más que este fajo de billetes —observó Kate—. Ahora sí que estoy segura de que va a regresar.

El hecho de que no hiciera más que volver sobre el mismo tema le indicó al contable que estaba tan preocupada por la desaparición de Mingo como lo estaba él.

—Es una pena que se largara cuando más lo necesitábamos —añadió ella.

—Me pregunto adónde solía ir llevando esto —se preguntó Holden sin apartar la mirada del ordenador. «¿Y quién más conocía su existencia?».

—¿Para qué necesitaría un segundo ordenador de buceo? —preguntó Kate.

—Como respaldo. Además, apuesto a que este no envía automáticamente información al centro de buceo del barco.

Kate se mordió el labio inferior hasta que comprendió que estaba apretando con todas sus fuerzas y aflojó.

El ordenador de buceo medía unos veinte centímetros de largo y estaba fabricado en acero inoxidable. La carcasa de plástico, sin ninguna inscripción, tenía forma de cuña. En sí mismo, no tenía nada de extraño. Holden lo giró en sus manos. La parte delantera albergaba una pantalla LCD. Encima, una brújula dispuesta en un extraño ángulo, a unos veinte grados del cuerpo principal.

—Oceanic Pro —anunció él tras leer el logotipo—. Esto no lo suministra el barco, ¿verdad?

—No lo he visto en ninguna lista de inventario. Seguramente lo trajo él mismo a bordo.

—No sería extraño. Yo he traído mis propios ordenadores de buceo y la máscara. Muchos buceadores prefieren su equipo habitual.

—Siempre que los dispositivos electrónicos estén conectados con el barco —explicó ella—, a Larry no le importa si llevan seis ordenadores de buceo encima y parecen árboles de Navidad.

—La Marina era más rigurosa, pero algunos buceadores llevaban dispositivos adicionales —Holden asintió.

Se fijó en un anillo morado dibujado en la parte inferior de la unidad, donde debería fijarse al equipo de buceo. El ordenador registraría, y transmitiría, a la unidad de la muñeca los niveles de gas, temperatura, localización, tiempo estimado para que se agotara la botella... toda la información que un buceador necesitaba para permanecer seguro bajo el agua o, al menos, tomar decisiones con conocimiento de causa. También registraría adónde iba el buceador y cómo regresar.

—Hay algo en el suelo de la taquilla —Kate hundió la cabeza en el interior del armario vacío—. El cajón debía cubrirlo. No veo nada en concreto, solo una especie de reflejo, del tamaño de una esfera de reloj.

—Déjame a mí —él la apartó.

—Yo puedo...

—Cables —la interrumpió secamente—. ¿Has visto algún cable?

Kate se apresuró a apartarse.

Holden se arrodilló e inspeccionó el interior antes de tantear con los dedos delicadamente. No había cables, solo suciedad.

Y más cinta adhesiva.

Tanteó, encontró un extremo de cinta y tiró. Con un lento sonido de succión, el enorme reloj quedó libre. Medía más de un centímetro de grosor y estaba fabricado en metal gris, aunque no cromado ni reflectante. El acabado era rugoso, no liso.

—Un Atlantis 530 —anunció Holden—. Esa cosa pesa como una pistola y hace de todo, menos practicar sexo contigo. Es muy elegante.

—Algunos buceadores igualan el número de aparatitos con el tamaño de su... eh... equipamiento más personal.

—Ya me he dado cuenta —Holden sonrió—. Supongo que esto tampoco pertenece al material estándar de los Donnelly.

—Demasiado caro para el abuelo. Como ha repetido en más de una ocasión, le da igual cuál sea la presión en la otra cara de la luna, o el trasero de Dios.

—¿Todavía planeaba sus zambullidas con tablas de descompresión analógicas? —Holden soltó una carcajada.

—Prácticamente —ella contempló la costosa pieza del equipo de buceo—. Mingo desde luego volverá a por eso.

Holden permaneció en silencio.

—¿No? —insistió Kate.

—Las pruebas no son claras.

—¿Qué significa eso?

—Lo sabes tan bien como yo —contestó él con naturalidad—. Pero no quieres pensar en ello.

Hubo un tenso silencio antes de que las palabras salieran a borbotones de la boca de Kate, como si se hubiera roto una compuerta.

—He pensado y pensado, y pensado, y nada tiene sentido. Mingo, y un equipo de buceo, han desaparecido, y uno de nuestros barcos auxiliares ha desaparecido, pero sus aparatos electrónicos de buceo personales están escondidos en su taquilla. Nadie lo ha visto en los garitos por los que suele ir en la isla. Nadie ha encontrado el barco que se llevó. Lo único que se me ocurre es que se cayó por la borda a la manera usual y se ahogó camino de St.Vincent.

—Y, exactamente, ¿cuál es la manera usual? —inquirió Holden.

—Asomarse por la borda estando borracho, perder el equilibrio y caer al agua. El alcohol no es un buen compañero de natación.

—Ah, esa manera. Sí, eso sucede. Aunque normalmente, el barco es encontrado a la deriva, o el cuerpo, o ambos.

—Normalmente.

—Normalmente, un buceador que decide irse de juerga se lleva, por lo menos, el dinero —objetó Holden—. Además, ¿para qué llevarse un traje de buceo y la botella de gas del barco? Esos chismes no son útiles fuera del agua y el equipo no vale gran cosa en una casa de empeño. Por no mencionar el robo del barco...

—Precisamente —ella asintió.

—Y, ¿precisamente en qué estamos de acuerdo? —él enarcó las cejas.

—¡En que nada de esto tiene sentido! —exclamó Kate, la frustración se reflejaba en cada sílaba.

—Correcto. Vamos a ver ese colchón.

—¡Puaj!

Sin embargo, registrar una cama usada era mejor que darle vueltas a la cabeza. Había tantas preguntas sin respuesta, y el insistente temor de que algo iba muy, muy mal.

«Es por el aire que entra por el ojo de buey», se dijo a sí misma. «Pegajoso y cargado de la promesa de una tormenta».

Lo único que reveló el colchón del camastro de arriba fue un montón de abolladuras que no tenían nada que ver con el contrabando, y mucho con los años. El colchón del camastro de abajo tenía las costuras rotas en algunos sitios.

Nada muy grande, solo lo bastante para poder introducir dos dedos. La inspección reveló la presencia de dos bolsitas de plástico.

Vacías.

—Quizás guardara aquí los objetos más valiosos —opinó Holden—. Muy poca imaginación, dada la astucia de la cuña del cajón, pero posible.

—¿Esconderlo a plena vista?

—Podrían ser drogas —él se encogió de hombros—. Podrían ser gemas y cosas así, y se las llevó a tierra cuando se fue. Explicaría la ausencia del kit para afeitarse.

—¿Lo explicaría?

—Por cachondo, enfadado o borracho que estuviera, dudo que Mingo fuera tan estúpido como para llevarse objetos robados a plena vista. Una bolsa con útiles de afeitado resulta de lo más conveniente.

—Es la versión masculina del bolso. Tiene sentido. Por fin. Me gusta —Kate asintió—. Mingo es la rata que roe el queso de la Corona.

Holden sonrió, deseando que fuera tan sencillo.

—De modo que Mingo está encontrando cosas mientras no encuentra nada —continuó ella—. Como bien has señalado, esa parte podría ser muy sencilla, sobre todo dado que Volkert está atontado con la música y pasa más tiempo abriendo bolsas de aperitivos que mirando la pantalla.

—O hace la vista gorda. Mucho más sencillo.

—Lo que sea. El caso es que Mingo encuentra objetos de valor y los deja allí para recuperarlos más tarde en zambullidas secretas.

—Eso puede hacerse durante un tiempo —concedió Holden—, pero utilizando ordenadores de buceo distintos, o apagando y reiniciando el único que llevas, se cargaría los algoritmos programados de serie y que dan por hecho que pasan dieciocho horas entre zambullida y zambullida.

—De modo que el ordenador de buceo nuevo o reiniciado no tendría en cuenta los gases residuales en la sangre del buceador.

—Cómo me gustan las mujeres inteligentes —Holden acarició el labio mordisqueado de Kate con el dedo—. Lo registres como lo registres, debes tener mucho cuidado con el número de zambullidas en un intervalo de tiempo dado. No es ciencia espacial, pero hay algunas leyes de la física que no se pueden obviar por muchos aparatitos que lleves.

—Como el envenenamiento por oxígeno.

Él asintió y titubeó antes de volver a hablar.

—¿Estás conforme entonces con la teoría de Mingo-es -una-rata?

—Conforme no es la palabra adecuada. Sin embargo, consiguió liarse con Raúl sin que nadie lo supiera.

—Existe una diferencia entre ignorar una relación e ignorar a alguien cuyos robos reducen tu parte de la bonificación por buceo.

Kate se resistió a dejarse llevar hacia donde Holden, y sus propios pensamientos, se empeñaban en empujarla, pero realmente no había modo de ignorar la presencia del elefante.

—De acuerdo. Es probable que alguien más de la tripulación lo supiera, o incluso varias personas —ella asintió—. Seguro que no se alegraron al saber que te habían enviado aquí.

—No. Seguro que no me querrían a bordo, sobre todo por las noches.

A Kate le hubiera gustado poder ignorar el hecho de que había sido su familia la que se había negado a que Holden durmiera a bordo, pero el elefante no paraba de crecer.

—No había sitio para ti —señaló.

—Quizás hace una semana no. Desde entonces, la tripulación ha menguado considerablemente. Podría haber insistido en alojarme a bordo, pero no lo hice. Eso fue culpa mía. Al principio me dije que estaba investigando tu posible implicación, y en su mayor parte era cierto. Pero, incluso después de

250

saber que eras inocente, permanecí en tierra porque tú estabas allí, y te deseaba. Te sigo deseando. Cada vez más.

El soplo de viento húmedo que entró por el ojo de buey, no hizo gran cosa por refrescar las ardientes mejillas de Kate.

—Y, de repente, Mingo encuentra, muy oportunamente, esa cadena de oro —continuó Holden con toda naturalidad, como si no acabara de mencionar el profundo deseo que sentía por ella—, justo cuando el departamento de antigüedades estaba buscando una excusa para cerrar la operación. Seguramente pensaron que transmitiría sus recomendaciones y regresaría a la vieja Inglaterra, dejándoles a ellos la labor de despedazar el pecio antes de la llegada de la tormenta.

—Eso exigiría planificación y previsión y… planificación.

De repente ella se sintió constreñida, el pecho oprimido. El elefante crecía a pasos agigantados e iba a acabar aplastada bajo su pata.

«Veo a Mingo sirviendo y sobornando a Volkert para que hiciera la vista gorda», pensó, «pero todo lo demás exige a alguien con cerebro de verdad, y un plan sistemático para el pillaje de pecios. Mingo es un ejecutor».

«Un ladrón de poca monta, no un cerebro».

«Respira. Despacio. Con calma. Correr y esconderse no sirve de nada, ¿recuerdas?».

Y sin embargo eso era lo que le apetecía hacer.

Holden aguardó, sintiendo la lucha de Kate como si fuera suya. No podía ni imaginarse lo difícil que debía ser para ella tener que admitir que entre su propia sangre había mentirosos y ladrones, y que eran lo bastante insensibles como para arrastrarla con ellos.

—Mingo no puede hacerlo solo —Kate respiró hondo, como si acabara de asimilar un fuerte golpe—. Eso, suponiendo que realmente hubiera un tesoro en el pecio. Es un «pero», muy grande.

«Y mi última esperanza».

Él permaneció en silencio, deseando no tener que ser la persona que le hiciera ver cómo era su familia.

—Si las zambullidas nocturnas eran frecuentes —continuó ella con la voz cargada de emoción—, alguien, alguna vez, habría tenido que notar las luces bajo el agua, incluso las pequeñas a veintisiete metros de profundidad y bajo la luna llena. El abuelo no puede ser el único en contemplar el agua en medio de la noche.

Un suspiro de alivio escapó de los labios de Holden. Kate estaba dejando caer la venda de sus ojos. Y eso le daba esperanzas de que lo que empezaba a surgir entre Kate y él pudiera sobrevivir a lo que quedaba por llegar.

—Sí —contestó.

—¿Cuándo dejaste de sospechar de mí? —preguntó ella—. ¿O no lo has hecho?

—A los pocos días ya ocupabas el último lugar de mi lista. Posees muchas cualidades, Kate, pero la hipocresía sistemática no es una de ellas. Ceguera voluntaria y lealtad para con la familia, sin duda. Complicidad, no.

—No me gusta pensar que Larry sea un ladrón —Kate cerró los ojos un instante antes de abrirlos de nuevo—. O el abuelo.

—Como dijiste una vez, la vida casi nunca consiste en lo que queremos.

La probabilidad de que Larry fuera inocente seguía disminuyendo más allá de toda posibilidad. Holden la observaba compasivo. Sus ojos habían adquirido el color verde del mar salpicado de motas doradas.

—Menudo desastre —susurró ella mientras se daba la vuelta—. Lo odio. Pero es mejor que enterrar la cabeza en la arena —titubeó un instante—. ¿No?

Él la atrajo hacia sí y enterró el rostro en sus cabellos. Kate se acurrucó entre los fuertes brazos durante interminables segundos. Holden la sentía estremecerse, sentía el calor de las lágrimas que caían desde las mejillas de Kate sobre sus brazos.

Y de repente se irguió, secándose furiosa las lágrimas. Con decisión, señaló el reloj que él seguía sujetando en una mano.

—Vamos a enchufar esa cosa en el centro de buceo —sugirió—, y veamos qué sale.

CAPÍTULO 18

Volkert debía haber estado pendiente de la puerta, pues en el instante en que esta se abrió, bajó el volumen de la música.

—Capitán Donnelly —saludó respetuosamente—, espero sinceramente que haya bajado para comunicarme personalmente que levamos ancla y nos dirigimos de regreso a la costa.

—Aún tenemos tiempo —contestó ella—, y un hueco reservado, al abrigo, en la marina. Puede que la isla pierda algunos árboles y turistas, pero el resto es seguro.

—¿Alguna noticia del otro capitán Donnelly?

—Solo un mensaje en el que indica que está bien y que le están haciendo pruebas.

Volkert asintió y la miró como si fuera la única persona en la habitación. Holden no se lo tomó como algo personal. Estaba claro que ese hombre sabía quién le pagaba las patatas y las galletas.

—Quiero ver el registro de buceo de toda la operación —anunció Kate.

Si había mostrado dudas ante Holden, delante de Volkert no se reflejaba ninguna.

—¿Todo? —preguntó el hombre.

—Absolutamente todo —insistió ella.

Holden sonrió al ver cómo Volkert se ponía de inmediato a trabajar. Sin duda ya lamentaba haberse insinuado a la dama días atrás.

—Ya lo estoy abriendo —Volkert masticó algo seco que parecía y olía a algo procedente de un pez muerto desde hacía mucho—. Acabo de recibir las grabaciones de sonido de los ordenadores, ya que aún no tengo metido el plan.

—Ah, y también necesitamos conocer las coordenadas de este ordenador de buceo y que compruebes si encaja con algún punto de nuestra cuadrícula —Holden dejó el reloj de Mingo sobre la mesa con un golpe frío y seco.

—Sea lo que sea que encuentres, no puede salir de nosotros tres —ordenó Kate secamente—. ¿Entendido?

—Sí, capitán —asintió Volkert.

Holden sabía que era demasiado tarde para ocultar información, pero evitó hacer ningún comentario. Fuera lo que fuera que estuviera sucediendo a bordo del barco, tenía que ser un secreto a voces cuyas grietas ocasionales eran selladas con dinero o amenazas. Pero Volkert no era estúpido del todo. No saltaría sobre la radio en cuanto Kate desapareciera de su vista.

—Por suerte, las nuevas unidades tienen todas conector USB —Volkert revolvió un cajón lleno de cables antes de desatornillar el panel de acceso y abrirlo—. Esta es la parte más difícil. Pero ahí abajo hay que tener cuidado con la presión.

—Eso es —Holden asintió.

—Ya está. Conéctelo —Volkert le pasó un cable a Kate—. Y mientras esperamos a que se cargue, intentaré sacar los archivos sobreescritos —se inclinó y pulsó varias teclas antes de mirar a su capitán de reojo y subir el volumen de la música.

—«Loco mequetrefe y me gustas un montón» —cantaba una voz femenina.

—No lo subas más —le ordenó Kate.

El ritmo era insistente, pero no abrumador, disimulado por el tecleo de Volkert.

«A lo mejor utiliza la música como sustituto de la cafeína», pensó Kate. «En cualquier caso, trabaja mejor con ruido de fondo».

Volkert abrió una vista del pecio y el paisaje marino circundante, compuesto todo a partir de fotos aisladas tomadas por la tripulación de supervisión original. Había huecos en algunas partes y el conjunto tenía un aspecto vagamente tenebroso, aunque no se sabía si era por la distorsión de la lente o la compresión.

—Teniendo el poder del Imperio, y no hemos podido sacar nada mejor —observó él con sarcasmo.

—El Imperio tiene muchas cosas que hacer, y la estética no es una de sus prioridades —contestó Holden—. Si se tratara del movimiento de tropas enemigas, serías capaz de contar las patas de un piojo.

—Ya —Volkert gruñó—. De acuerdo, tengo registros de buceo sacados de los ordenadores y de los planes archivados. Abriré primero los planes.

Una serie de líneas de color verde lima serpentearon por la cuadrícula, acompañados de pequeñas líneas de texto blancas que indicaban la fecha y la hora.

Kate se preguntó en silencio por qué demonios no le habían proporcionado algo parecido la última vez que lo había pedido.

«Porque no era el capitán», comprendió, furiosa.

Pero no era momento de perder los nervios. Volkert era la vía más rápida para conseguir la información que necesitada. Ya despediría a ese imbécil insubordinado más tarde.

—¿Cuál es el registro más antiguo que tienes? —preguntó ella.

Él movió el cursor hasta un renglón y lo marcó. Una fecha se iluminó.

Kate tomó el ratón y empezó a pasar el cursor por distintos

257

renglones elegidos al azar. Cada vez que lo hacía, una fecha se iluminaba. Cuantas más fechas aparecían, más irritada se sentía.

—A pesar de la impresionante lista, no veo más de cuarenta zambullidas —espetó ella—. Dos turnos por día, eso hace únicamente veinte jornadas. El *Golden Bough* estuvo anclado sobre el pecio mientras se limpiaba. El buceo de rescate de objetos comenzó al menos hará once semanas. Incluso si algunos días solo se pudo hacer una zambullida, esto no encaja.

—En realidad han sido cuarenta y tres zambullidas —anunció Volkert, regresando a su habitual estado de hosquedad—. La primera inspección, y otras dos más después de despejar la mayor parte del pecio. Eso es lo que tengo. No olvide que hubo al menos un especialista informático aquí antes de mi llegada. Por lo que he oído, más de uno. Bebedores empedernidos, si hacemos caso a los chismorreos de barco. Los únicos registros que tengo son de mi etapa.

«Etapa que empezó alrededor de una semana antes de mi llegada», Holden cayó de repente en la cuenta. «Interesante coincidencia. Como la cadena de oro».

«Una pena que las coincidencias resulten tan poco satisfactorias».

—¿Entonces faltan todos los registros de buceo anteriores a tu llegada al barco? —preguntó Kate.

—Seguramente están archivados bajo un protocolo, o protocolos, diferente —Volkert se encogió de hombros—. A mi llegada no recibí ninguna instrucción sobre cómo proceder. Me dejaron que creara mi propio protocolo y lo siguiera. Si se utilizaron otros antes de mi llegada, no he tenido tiempo de recuperarlos, y nadie me ha pedido que lo haga hasta ahora.

«El fondo de la bolsa de empleo», se recordó Kate. «Consigues aquello por lo que has pagado, y a este simio perezoso le estamos pagando con bananas».

«Respira hondo».
«Espira».
«Inspira».
Sin dejar de estar pendiente de Kate, Holden analizó los datos que aparecían en pantalla. A primera vista la cuadrícula estaba bastante bien cubierta de planes de buceo, concentrados en el centro, pero con mucha actividad en los extremos.

—¿Qué es eso de ahí abajo? —señaló una zona del mapa que parecía una caótica mezcla de píxeles. Solo una de las primeras rutas de buceo la cruzaba—. ¿Forma parte del lecho marino o está dañado el archivo?

—Da la impresión de que está abandonada —observó Kate—. La primera inspección realizada tras despejar la primera capa de desechos fue la única que la incluyó. Debe ser una mole de lava con crecimiento de coral.

—Muy peligroso bucear allí —opinó Holden—. El precipicio está muy cerca. Para cubrir la zona concienzudamente habría que sumergirse más de treinta metros. A no ser que el declive se nivele enseguida, antes de darte cuenta estás a cien metros o más de profundidad. La dificultad y el coste del rescate suben con cada centímetro de profundidad que desciendes.

Kate frunció el ceño, recordando largas cenas sentada a la mesa de la cocina del barco, con tres generaciones de Donnelly compartiendo esperanzas y viejos mapas.

—Buceo técnico y complejo, y seguramente poco útil —observó—. Si el barco se hundió justo por encima del montón de lava, el pecio debería haberse deslizado por el precipicio o caer del otro lado y quedarse en la llanura menos profunda mientras se pudría y desmoronaba.

—Dado que el pecio se sitúa ligeramente al este y el norte de esa zona, aparentemente intacto, y en las zonas menos profundas —observó Holden—, no habría ningún motivo económicamente aconsejable para investigar el territorio de buceo técnico. Unos cuantos pases, para ser rigurosos, serían suficientes para la mayoría de capitanes.

Aparentemente satisfecho con la dosis de proteína de su ingesta diaria, Volkert abrió una bolsa de galletas.

—Puedo hacer zoom, pero no se verá nada mejor que esto. Cuanto mayor sea el zoom, más borrosos se verán los detalles. E1 está formado principalmente por coral, roca y una caída al vacío. Nada saltó, ni siquiera revelando un trozo de hierro, al menos en el estudio que he encontrado.

—¿Podemos ver los planes descargados de los ordenadores de buceo, no los programados con antelación? —inquirió Kate.

Volkert tecleó con fuerza, soltó un juramento y volvió a empezar varias veces. Al fin encontró la combinación mágica de comandos.

—Esto es lo que hay.

La pantalla se había llenado de líneas color azul cobalto, pero más irregulares, dentadas, que las anteriores. En lugar de ser líneas rectas o sencillas curvas, eran menos definidas, marcadas en una serie de segmentos, casi como débiles relámpagos. En general, no encontraron nada sorprendente, aunque sí se desviaban de los planes de buceo en algunos puntos.

—Las líneas verdes corresponden a los planes, y las azules al lugar al que fueron realmente los buceadores —explicó Volkert, rompiendo el silencio mientras mordisqueaba con entusiasmo otra galleta—. La cuadrícula blanca no ha cambiado.

Kate y Holden asintieron. Ambos entendían la diferencia entre lo que sucedía en los planes y lo que sucedía bajo el agua. Los planes eran rectos. La realidad, curvilínea.

—Los buceadores son humanos —observó ella—. Si algo llama tu atención, lo investigas, el tiempo asignado bajo el agua no varía, pero otra parte del plan de buceo se acortará o ignorará.

Se inclinó hacia delante para observar con más detalle la maraña de líneas verdes y azules, y luego se apartó para tener una perspectiva de conjunto.

—¿Qué? —preguntó Holden.

—Hay unas cuantas desviaciones extrañas, como esa, el día antes de que llegásemos tú y yo —tomó el ratón y marcó una fecha antes de moverlo—, y esta otra —miró a Volkert—. Cambia el color de estas dos, o borra las demás líneas.

—Resaltando —el sonido de masticación se hizo más fuerte.

Las líneas que habían interesado a Kate se volvieron de un color rosa neón, facilitando la observación de la diferencia entre los planes de buceo y la realidad. El buceador había abandonado el plan, cruzado varias cuadrículas hasta el borde rocoso, y regresado a la cuadrícula que se le había asignado. No destacaba mucho en la maraña original de buceo planeado frente a buceo realizado, pero, cuando se ocultaban las demás líneas, la desviación era bastante evidente.

—Alguien se fue a dar un paseo —observó Holden. «Como una abeja en busca de miel».

—Volkert, ¿tenemos identificación de esas líneas? —preguntó ella, aunque estaba bastante segura de quién era.

«Mingo».

—Sí, bueno. El fanfarrón.

—Mingo —Holden no parecía nada sorprendido.

—¿Le llamó alguien para cambiar sus planes de buceo? —insistió Kate.

—No lo recuerdo —contestó Volkert—. Pero hay mucho parloteo.

«O estabas masticando demasiado fuerte para oír nada», pensó ella. «O te han pagado para olvidar. El resultado sería el mismo».

—¿Qué le hizo trasladarse tan lejos? —preguntó Holden—. ¿Quería asomarse al precipicio? ¿Quería provocar a Benchley? ¿Estaba viendo oro?

—Solo lo hizo una vez —una agobiante sensación se enroscaba alrededor de la garganta de Kate—. Seguramente llevó algo a otra cuadrícula y lo «descubrió», allí.

—De manera que sabía que había algo. Una feliz bienvenida, al parecer. Mingo retiró con sumo cuidado su botín para que pudiera ser descubierto en una zona del pecio improductiva en su mayor parte, donde Larry se ha estado concentrando desde entonces, siguiendo mis órdenes.

—Quizás Larry no... —la voz de Kate se apagó.

«Tenía que saberlo. Y el abuelo. Prácticamente me lo dijo al comentar que había secretos imposibles de mantener en un barco».

«Pero yo no quise escuchar entonces. Tampoco quiero hacerlo ahora, pero lo haré».

«Basta ya de esconderse de la cruda realidad».

—Daría lo que fuera por interrogar a Mingo —anunció ella con dolorosa calma.

—Lo haremos. Más o menos —sugirió Holden mientras dirigía su mirada a Volkert—. ¿Ese reloj ya está cargado?

El ritmo tecno llenó el denso silencio del barco. No había buceadores informando al centro de buceo. No había sonidos de hombre trabajando en la popa. No se oían pisadas de alguien corriendo de un lado a otro del barco.

Kate se estremeció, sintiéndose a bordo de un barco fantasma mientras miraba fijamente la pantalla. Ni siquiera la cálida cercanía de Holden bastaba para atravesar el repentino frío.

«Porque estoy a bordo de un barco fantasma, esperando noticias de uno de los espíritus».

—¿De qué color quiere el rastro de Mingo? —preguntó Volkert.

—Amarillo —ella pensó en la puerta lacada del camarote del buceador.

—Sí, de acuerdo —los gruesos dedos teclearon varias veces—. Aquí está.

La pantalla se iluminó de caminos amarillos, uno encima del otro. Muchos de los caminos amarillos no eran más que marcas puntuales. Algunos borrosos, una nube turbia dejada por la actividad concentrada en una sola zona. Algunas líneas amarillas eran largas, pero la mayoría sencillas marcas de localización.

Holden calculó el lugar al que él mismo había buceado, además de la visión generalizada del pecio que había memorizado en el trayecto de descenso.

—Mucho de eso no es un rastro de buceo —observó.

—¿Estás seguro de que esta información no está ya en algún registro de buceo? —preguntó Kate.

—Esta no es su estructura de anotación —Volkert sacudió la cabeza con la suficiente fuerza para hacer temblar su papada—. No encaja con ninguna codificación que utilice Donnelly.

Kate asimiló las palabras en silencio.

—Mingo ha estado ocupado —observó Holden.

—Mingo ha estado dibujando un mapa del tesoro —les ilustró ella con amargura—. Y mirad aquí. Ha ido muy a menudo a ese rincón rocoso —señaló un punto de la pantalla donde las marcas amarillas se arremolinaban alrededor de la extraña formación—. Holden, tú has estado ahí abajo. ¿Qué se ve en esa cuadrícula?

—Básicamente que es menos cuadrícula de lo que aparenta sobre el plan de buceo.

—¿Lo viste al bajar o al subir?

—Me habría fijado en la presencia de Benchley —Holden recordaba el dolor, parecido a un gancho al rojo vivo que estuviera hundiéndose en su muslo—, pero lo que vi fue una rejilla que solo parecía una sucesión de cuadrados ordenados en los planos. Lo cierto es que parecía más bien una red, estirada en algunos puntos para acomodarse a la realidad del lecho marino.

—¿No te llamó la atención nada de las rocas del borde de la cuadrícula?

—Durante el descenso no. Y durante el ascenso, tenía la mente ocupada en… otras cosas —como respirar a pesar del dolor—. Volkert, tú tienes mi registro de buceo, ¿verdad?

—Sí, siempre que lo hayas archivado —tras unos golpes de teclado apareció un rastro de buceo de color naranja.

—Estuviste en una cuadrícula que ni se acerca al punto en el que Mingo se desvió de su plan de buceo —Kate estudió la pantalla y soltó el aire que había estado conteniendo—. En realidad no podías estar más lejos del precipicio sin dejar de permanecer en el mismo pecio. No encontraste más que basura.

«Y dolor», pensó él. «Pero eso no es relevante, salvo para mí mismo».

—Y basura era todo lo que ibas a encontrar —continuó ella—. Porque te dieron un plan de buceo para una cuadrícula en la que no había nada.

—La cadena de oro fue encontrada cerca de ahí —observó Volkert.

El ruido del teclado dio paso a una pantalla iluminada con puntitos morados, uno por cada objeto de valor encontrado. Todos los registros de buceo archivados mostraron también los puntitos. La pantalla parecía un arcoíris.

—La cadena de oro fue, casi con total certeza, un señuelo —observó Holden con voz neutra.

—Sí —Kate frunció el ceño mientras estudiaba los puntos morados.

Holden observó el bonito rostro convertido en una pálida máscara de repulsión y pérdida, las pocas ilusiones infantiles que aún conservaba despedazándose y cayendo a sus pies. Le tocó un brazo, indicándole en silencio que no tendría que soportar ella sola esa tormenta.

—Larry elaboraba y asignaba los planes de buceo —observó ella con evidente desolación—. Por supuesto, con la contribución del abuelo, y cualquier información que mis padres hubieran dejado y que resultara relevante para este pecio. Lo buscaron durante años antes de morir. Años soñando con esmeraldas y zafiros, rubíes y perlas, el peso de una mujer en oro y gemas…

Kate se sacudió de encima el pasado y sus errores, las esperanzas y avaricias centradas en el mar Caribe, el pasado resplandeciendo a medida que la riqueza era extraída de su tumba de agua salada.

—¿Algo más que deberíamos saber? —le preguntó Holden a Volkert, dándole un golpecito en el hombro.

—No quiero tener problemas —el otro hombre se aclaró la garganta.

—Entonces no nos obligues a ir a por ti cuando descubramos algo que deberías habernos contado —le advirtió Holden, la voz tan dura como su mirada.

—De acuerdo —el sudafricano se removió inquieto en el asiento que crujió bajo su peso—. Puedo intentar encontrar algún viejo archivo, anterior a mi llegada.

«Cosa que ya te habíamos pedido», pensó Holden. Sin embargo, no se molestó en decirlo en voz alta. Volkert era muy consciente de que su trasero peligraba.

—El estudio de los británicos es una mierda.

—Ya me he dado cuenta.

—Alguien debió haber hecho otro mejor —continuó el hombre mientras se metía otra galleta en la boca—. Volveré a buscarlo.

—Sí, por favor —suplicó Holden con evidente ironía—. Y, si encuentras algo o decides rendirte, por favor notifícanoslo de inmediato.

Kate hizo ademán de añadir algo, pero él la empujó para sacarla del centro de buceo y cerró la puerta.

—De acuerdo —se volvió hacia ella—. Cuéntamelo.

—Larry podría olvidarse de borrar los registros de una segunda inspección, pero el abuelo no —le explicó ella—, y guardará una copia impresa en alguna parte. Es así de anticuado.

—La expedición ha encontrado un buen puñado de lingotes de plata, además de algún pedazo de oro aquí y allá —señaló Holden.

«Y apuesto a que todo fue llevado a tierra en esa maleta».

—Los lingotes estarían químicamente fundidos por el agua salada —reflexionó ella con voz desprovista de emoción—. Sacarlos requeriría mucho trabajo y la ayuda de varios buceadores. Difícil de manejar, difícil de ocultar, difícil de vender. En cuanto a lo demás que hemos encontrado... —se encogió de hombros.

—Unas migajas de pastel para mantener a los jefes supremos contentos y la operación financiada —concluyó él—. Si comprobamos las fechas, estoy casi seguro de que cada vez que peligraba la expedición, aparecía alguna migaja para aplacar a los dioses.

—Pero el resto del pastel sigue escondido.

—O ya ha sido engullido por el mercado negro. O ambas cosas. Hasta que...

El megáfono del pasillo se puso en marcha, enterrando la voz de Holden bajo el ruido estático.

—¿Está ahí el capitán? —preguntó Raúl con voz metálica.

—Aquí Kate —ella se acercó al intercomunicador más cercano, en la pared.

—El tiempo está empeorando. El viento es fuerte y estable, y esperamos algo gordo. El tiempo entre olas ha variado. El cocinero quiere regresar a tierra, y nosotros también. Malcolm ha metido sus cosas en la lancha rápida y se ha marchado.

«Menos mal que les quité las llaves a los barcos auxiliares», pensó ella.

—Ahora subo a comprobar el pronóstico del tiempo —contestó.

Desconectó el intercomunicador y se dirigió hacia el puente de mando y el ordenador del tiempo, tan especial como odiado, del abuelo.

CAPÍTULO 19

El ordenador del abuelo no proporcionó ninguna información nueva. La tormenta, en efecto, parecía haber decidido montar una rabieta. Y se estaba formando más deprisa de lo previsto. El mar había pasado de cristalino a turbio. Pequeñas y caóticas olas de energía pasaban por el barco, una advertencia de la tormenta que se avecinaba. El aire olía diferente, más pesado. Una niebla ahumada ocultaba el horizonte.

—Esto no es más que el comienzo —observó Kate preocupada mientras salía del puente de mando—. Si sigue así, las próximas veinticuatro horas serán moviditas.

—¿Te encuentras bien? —preguntó Holden mientras contemplaba el horizonte.

—Aparte de que me hayan mentido, estoy bien, ¿por qué lo preguntas?

—Porque eres el capitán del barco y estás contemplando el borde de una tormenta tropical, y hace un puñado de días estabas luchando contigo misma bajo cubierta, sobre un plácido mar.

—El mar no es nada comparado con lo enfadada que estoy ahora mismo.

—Dale unas cuantas horas —observó él con dulzura—. Puede que se encuentre al otro lado de la costa, y bastante más al norte, pero cuando veo un tiempo como este, me entran ganas de comprobar que todo esté bien clavado al suelo.

—Dame unas cuantas horas más como las últimas, seré capaz de mirar a la tormenta de frente y gritarle a la cara hasta que amaine —ella dejó escapar un profundo suspiró, respiró hondo y soltó el aire lentamente—. Esto ha terminado. Regresamos a tierra.

—Hay tiempo para una corta zambullida —protestó Holden—. Me gustaría echar un vistazo a ese montón de rocas.

—Raúl es el único buceador que permanece a bordo. Y, aunque le ordene que baje contigo, dudo que lo haga. Están asustados por algo más que la tormenta. Y no me conocen lo bastante para confiar en mí.

Holden quería seguir protestando, pero sabía que ella tenía razón.

«La tormenta estallará, como siempre hace», se dijo a sí mismo. «Podemos volver cuando se haya calmado y ver qué queda. Esa formación de lava cubierta de coral no va a desaparecer».

«Me encantaría ver qué encontró Mingo, y qué era tan valioso como para hacerle bucear de noche y a escondidas».

Consciente de que la tripulación la observaba, Kate se agarró a la barandilla y se obligó a vivir únicamente el presente, no perderse en el pasado o el futuro cercano cuando la última mentira fuera revelada y ella quedara sola, y sangrando, en el naufragio de sus creencias de la infancia.

Holden le rozó con el brazo. Un brazo caliente, fuerte, vivo, que le recordaba que si estaba sola era solo porque ella quería. Kate se acercó a él un instante antes de enfrentarse a la tripulación que aguardaba arremolinada en cubierta. Necesitaban un líder, y eso significaba que la necesitaban a ella.

El viento giró y lanzó sus cabellos contra el rostro como miles de látigos.

—Esta es la tormenta tropical Davida —anunció Kate—. Azotará las costas de Venezuela.

La tripulación se removió inquieta y miró nerviosa hacia el tormentoso horizonte. Raúl se persignó mientras el cocinero soltaba un juramento lo bastante fuerte como para ser oído por encima de la tormenta. Incluso Volkert había salido de su cueva.

—¿Y qué pasa con nosotros? —preguntó el cocinero.

—Vamos a llevar el *Golden Bough* a una marina al abrigo.

El teléfono de Holden sonó, vibrando contra su pierna. Pero lo ignoró. Quienquiera que fuera podría esperar. La infeliz tripulación no.

—Pero no nos marcharemos hasta que todo el material esté bien guardado y asegurado, incluyendo los dos barcos auxiliares —continuó Kate—. ¡A trabajar!

Mientras la tripulación se dispersaba, el teléfono de Holden volvió a sonar. Al sacarlo del bolsillo, vio que era el departamento de antigüedades.

«Seguramente van a contarme lo que ya sé. Davida es una auténtica zorra».

Holden se apartó de Kate y la tripulación, volviéndose hacia el ojo de buey para minimizar el ruido.

—Cameron.

—Por fin —exclamó Chatham con amargura—. Tenemos un problema aquí. Necesitamos que vuelvas lo antes posible.

—Debo haber oído mal. Repítalo de nuevo.

—Debes regresar a Londres antes de que Davida obligue a cerrar el aeropuerto de St. Vincent. Vendrás a informar directamente a la oficina.

—Esto es muy repentino.

—La expedición ha terminado —anunció Chatham, la voz cargada de malicia—. Ha sido una porquería desde el principio. Ya no vamos a tirar más dinero.

—Hay algunas novedades que...

—Novedades —interrumpió el otro hombre—. ¿Es el nuevo término para «follarte a la Donnelly»?

—Ella no...

—Aunque ese pecadillo podría ser ignorado en una operación espectacularmente exitosa —Chatham volvió a interrumpir—, el *Golden Bough* ha demostrado ser cualquier cosa menos eso.

—Mi vida personal no interfiere en el trabajo que hago aquí.

—Y una mierda.

Holden era muy consciente de la presencia de Kate a su espalda, pero no por ello bajó el tono de voz.

—Acabamos de descubrir una operación para robar el tesoro en la que están implicados algunos miembros de la tripulación. Ese ladrón podría muy bien ser el responsable de la escasez de objetos valiosos rescatados.

—¡Basura! *Moon Rose* es una fantasía histórica. Como dicen los norteamericanos, ha llegado el momento de la realidad. Tras la ausencia de beneficios para lo que hemos invertido, tu error de juicio es tan notable como decepcionante.

Holden agarró con fuerza el teléfono, deseando que fuera el cuello de Chatham.

—Nuestras fuentes también han desvelado ciertas irregularidades en vuestros informes de hallazgos —continuaba la desagradable voz—. Llegados a este punto, las pruebas son más que circunstanciales. Si quieres que esto no vaya a más, procura estar a bordo del primer vuelo que abandone St. Vincent y nos olvidaremos de este infeliz incidente. No me gustaría ver a un condecorado miembro de nuestra marina caer en desgracia. ¿He sido claro?

—Bastante, señor. Tan claro como que solo dispone de una parte de la información, y no es la parte más importante, precisamente.

—Tonterías. Acéptalo como un hombre, junto con el resto del departamento, y veremos qué puedo hacer para suavizarlo. Hay un vuelo que sale de Kingston en menos de tres horas. Procura estar a bordo.

Chatham colgó.

«¡Gilipollas!», pensó Holden con rabia.

Se volvió y encontró el preocupado rostro de Kate fijo en él.

—¿Qué sucede? —preguntó.

La niebla empezaba a envolverles, avanzadilla de las largas y retorcidas cortinas de lluvia que seguirían.

—Me han ordenado que regrese a Londres —le informó él—. De inmediato.

—¿Por qué?

—Eso da igual. No voy a ir.

—No lo entiendo.

—Como solía decir mi comandante, los porqués y los cómos no son tan importantes cuando se tiene en la mano un dispositivo que desactivar —Holden sonrió tímidamente—. No los llamábamos minas o bombas, dispositivo suena menos peligroso. El comandante nos metió en la cabeza que nuestro trabajo no consistía en averiguar cómo había llegado allí ese dispositivo, sino en evitar que estallara, y en mantenernos vivos. En ese orden. En el fondo se trata de un consejo estupendo aplicable a muchas cosas.

—¿Qué necesitas para mantenerte vivo? —Kate se acercó a él, los cabellos y ojos radiantes frente a la tormenta que se aproximaba.

—A ti —contestó él mientras la abrazaba con fuerza—. Lo demás me importa una mierda.

—Pues soy tuya —ella le acarició el rostro y se hundió en los impresionantes ojos.

Holden deseaba que fuera así, que las frágiles raíces de su relación no fueran arrancadas por la tormenta, o sus consecuencias.

«No puedes predecir el futuro, chico. Toma lo que tienes y da gracias a Dios por ello».

—El departamento de antigüedades me ha ordenado que cierre la operación —le explicó.

—¿Mientras dure la tormenta?

—No se ha hablado de reanudarla.
—¿Y qué pasa si el sitio sobrevive a la tormenta con solo unos pocos daños?
—Se han lavado las manos. Chatham se niega a oír hablar de ladrones o cualquier otra información nueva. Yo creo más bien que, en lo que al departamento de antigüedades respecta, cuanto antes entierre la tormenta todo lo que hay, mejor, y si puede ser conmigo, también.
—Bastardos —exclamó ella.
Kate se puso de puntillas y besó a Holden hasta que ambos estuvieron más caldeados que la ligera lluvia que caía sobre cubierta.
—Kate, si quiero seguir haciendo preguntas a pesar de la tormenta, preguntas que incluyan a tu familia, ¿cambiará algo entre nosotros?
—Yo también tengo algunas preguntas —ella se apartó los mojados cabellos del rostro—. Podemos comparar notas cuanto estemos en tierra. Espero ver a Larry, o al menos al abuelo, antes de que la tormenta sacuda la isla. No me gusta que me mientan —las palabras destilaban más fuerza por la calma con la que eran pronunciadas.
—Me gustaría obtener tu permiso para registrar el camarote de Larry —anunció Holden.
—¿Ahora?
—Sí.
—Pues hazlo. Yo tengo un barco que asegurar —ella se volvió.
—Gracias, Kate. Capitán.
—No hay de qué. Estoy harta de jugar con las sombras en la pared.
Las palabras de Kate aún resonaban en la mente de Holden mientras se dirigía hacia el camarote de Larry en la cubierta principal. Al igual que en los camarotes de la tripulación, la puerta solo se cerraba por dentro. Aparte de ser más grande, y de no tener aspecto de haber sido registrado,

no había mucha diferencia entre el camarote del capitán y el de Mingo.

La cama de Larry estaba hecha, aunque no superaría una inspección de la Marina. La ropa estaba doblada o colgada, los zapatos apilados, nada con lo que tropezar aunque la tormenta se hiciera más fuerte. Tampoco había nada pegado con cinta adhesiva en la parte trasera o los laterales de los cajones de las taquillas.

Mientras se acercaba hacia el pequeño escritorio del rincón, una foto en color fijada a la pared llamó su atención. Una Kate mucho más joven colgaba boca abajo de la barandilla del *Golden Bough* mientras Larry fingía exageradamente intentar tirarla por la borda. Los cabellos colgaban en una salvaje maraña roja y ella reía con la contagiosa despreocupación de una niña. Larry también reía. Al fondo, el abuelo les observaba con una indulgente sonrisa.

Holden se sintió como un intruso, perdiendo todo el interés en la búsqueda. Sin embargo, siguió buscando, porque tenía que hacerlo.

El primer cajón de la mesa reveló la habitual mezcla de cosas que en algún momento habían tenido su utilidad, y quizás volvería a tenerla: bolígrafos, regla, papel, clips, gomas elásticas, una lupa, un viejo móvil que ya no funcionaba, varios tacos de notas adhesivas. También había una pequeña cajita negra de plástico. En su interior, un reloj de buceo idéntico al de Mingo.

Sintiéndose como un ladrón, Holden se metió el reloj en el bolsillo y dejó la cajita en su sitio.

El segundo cajón contenía artículos de revistas y periódicos viejos sobre rescates de tesoros españoles, además de una colección de mapas de tesoros, de aspecto poco fiable, de los que solían venderse a los buceadores más ingenuos. Ninguno de los mapas pertenecía a la zona de St. Vincent y Granadinas.

Para cuando Holden regresó hacia el puente de mando, los barcos auxiliares ya habían sido izados a bordo y fijados a unos soportes, al igual que el sifón y la manguera. Las cubiertas estaban despejadas, el barco listo para zarpar.

—¿Qué pasa con la boya de buceo? —le gritó Luis a Kate mientras ella subía al puente de mando.

—Déjala —gritó—. Debería capear el temporal sin problema.

Holden permaneció en cubierta. El reloj de Larry le pesaba como un cinturón de plomo en el bolsillo. Mientras bajaba al centro de buceo, el *Golden Bough* pareció cobrar vida. Pesadas cadenas de metal golpeaban en la caja de cadena, el sonido aún más fuerte que el ritmo tecno. La vibración sacudió las planchas de cubierta y todo el barco se estremeció cuando el ancla al fin se separó del fondo. El movimiento del barco cambió de inmediato, volviéndose más vivo, una fuerza desatada.

—¿Dónde está el conector que utilizaste para enganchar el reloj de Mingo al puerto USB del ordenador? —le preguntó Holden a Volkert.

El sudafricano cerró un cajón, comprobó que estaba bien asegurado y abrió otro más profundo que contenía diversos cables y conectores enrollados. Sin decir una palabra sacó uno, se lo entregó a Holden y reanudó su tarea de comprobar que todos los ordenadores y monitores estuvieran asegurados.

—¿Me enviaste a mi correo electrónico el contenido del reloj de Mingo?

—Sí.

—Excelente —Holden asintió mientras se guardaba el conector en un bolsillo—. ¿Necesitas ayuda?

—Llevo preparándome desde ayer —Volkert sacudió la cabeza.

La cadena dejó de hacer ruido en la caja y el ancla encajó en su contenedor de proa.

Holden regresó hacia el puente de mando. Con cada paso que le alejaba del centro de gravedad del barco, el movimiento se hacía más fuerte. Para cuando llegó al puente de mando el horizonte se inclinaba y enderezaba con rítmica regularidad. Cuanto más grande era la ola, mayor el movimiento. De repente comprendió que sonreía. A pesar del agudo dolor en la pierna, y el maldito peso del reloj de Larry, Holden sentía la felicidad que siempre lo embargaba cuando se encontraba en el mar con un buen viento. Y eso era la tormenta, de momento, bastante por debajo de treinta nudos, un emocionante viaje en la montaña rusa de la naturaleza.

Al abrir la puerta del puente de mando, Kate lo saludó con una inclinación de cabeza antes de regresar a sus quehaceres ante los mandos del barco, comprobando que los dos motores funcionaran y que todos los instrumentos de medición estuvieran en verde. Su postura ante el timón era natural, las manos firmes mientras giraba el barco y lo enfilaba en dirección a Lee Harbor, el puerto a sotavento de St. Vincent. El *Golden Bough* quizás no tuviera un aspecto elegante, pero tomaba las olas y el viento como el sólido caballo percherón que era.

Holden se instaló en el banco corrido al fondo del puente de mando. Por su aspecto, llevaba un tiempo ejerciendo de cama para el abuelo Donnelly. Pensó en varias excusas para sacar a relucir el reloj de Larry, y decidió que, hasta que no tuviera la oportunidad de descargar la información y compararla con la de Mingo, no había ningún motivo para alterar a Kate. Ya tenía bastante con manejar el barco y la tormenta.

La radio crujió y se oyeron conversaciones y advertencias provenientes de las emisoras marinas locales. Los barcos pequeños debían permanecer amarrados en tierra.

—Lo haces muy bien —observó él tras unos minutos.

—Es como montar en bicicleta —Kate sonrió tímidamente mientras repetía las palabras de su abuelo—. El miedo sigue ahí, pero es más un eco que un grito. Siempre me ha gustado estar al timón.

—Muy excitante para la pequeña de la familia.

—Sí. Solían bromear a mi costa. A mamá le encantaban el viento y las olas fuertes. Solía tomar un barco auxiliar y surfear las olas. Yo la acompañaba, antes de aprender a hacerlo yo misma. Era muy divertido. Mucho más que un parque de atracciones.

Holden observó la sonrisa ensancharse en el rostro de Kate, antes de borrarse.

—La vida a bordo de *Golden Bough* era estupenda, hasta que dejó de serlo —encendió uno de los limpiaparabrisas y lo apagó—. Había olvidado la parte buena.

—Así estamos programados los humanos —él asintió—. Las malas experiencias llegan hasta el hueso, es la manera que tiene la naturaleza de asegurar que aprendemos las lecciones.

En su voz se reflejaban los ecos de sus propias pesadillas, de su propio dolor.

Un capitán llamó por radio a otro barco, planeando una velada en la ciudad.

—A veces aprendemos demasiado bien —contestó ella mientras ajustaba automáticamente el timón para mantener el rumbo del barco a pesar del despreocupado juego del viento y las olas—. Perdemos los buenos recuerdos.

—¿Como la sensación de manejar un barco sólido en un mar incierto?

—Exactamente —Kate sonrió resplandeciente—. Solo el abuelo lo comprendía. Papá era como Larry. Un barco no es más que el medio para llevar el equipo de buceo de un lugar a otro.

De nuevo Holden sintió el peso del reloj de Larry, y de sus implicaciones.

«No puedo hacer nada hasta que no vea el contenido de esta maldita cosa. Preocupar a Kate es innecesario y cruel».

La radio volvió a crujir, pero las palabras eran ininteligibles, un ruido de fondo como el viento y la salpicadura del agua contra el casco.

—¿A tu madre le gustaba manejar el timón del barco de buceo?

—Prefería las cartas de navegación, los libros y los sueños.

Yo era la que pasaba horas y horas con el abuelo —Kate hizo una pausa—. Apenas hablábamos. Es lo que más recuerdo. No necesitábamos charlar. Yo aprendí rápidamente, y después de haber aprendido, nos limitábamos a contemplar el infinito baile del mar, el tiempo y la luz sobre el agua. En cierto modo el abuelo y yo éramos iguales.

—Lo quieres.

Una sombra cruzó el bonito rostro mientras Kate ajustaba el timón para recibir la embestida del viento.

—Sí, mucho, y a veces no me gusta nada. Y Larry... —sacudió la cabeza—. No sé qué pensar y, de todos modos, no puedo hacer nada.

—Las relaciones familiares nunca son tan sencillas como parecen sobre el papel —Holden asintió, los recuerdos tiñendo su voz—. Mis padres tomaron decisiones que no me gustan, y yo he tomado muchas que no me gustan. Tiene poco que ver con amar o ser amado. Gustar y amar son emociones diferentes. Una no implica la otra.

—Pero cuando sientes ambas cosas por una misma persona...

—Sí —él se inclinó hacia delante y le acarició la mejilla con los dedos—. Eso es estupendo.

La radio seguía murmurando palabras y estática. Un pequeño barco anunció su entrada en el rompeolas de una pequeña marina.

Kate vio descender la primera línea de la zona de ráfagas y puso en marcha la cobertura de radar y las luces. Aunque aún faltaban horas para que fuera de noche, la tormenta lo había oscurecido todo.

El rítmico batir de la lluvia y los limpiaparabrisas se convirtieron en la música de fondo mientras situaba el *Golden Bough* sobre una línea que hacía estremecerse el barco. Nada peligroso, pero tampoco especialmente cómodo.

Holden se situó en el puesto de vigilancia a babor para que Kate pudiera concentrarse en el de estribor. El radar captaba objetos grandes, pero la lluvia y la espuma de las olas podían ocultar otros más pequeños. Además, los barcos pequeños no llevaban reflectores de radares.

Finalizaron el trayecto hasta Lee Harbor en un agradable silencio, amarraron el barco, pagaron a la tripulación y echaron un vistazo al cielo. En el lado de sotavento estaba mucho más tranquilo.

—Tres kilómetros caminando bajo la lluvia o poco más de uno en el incierto cobijo del barco auxiliar hasta el muelle de repostaje donde está aparcada la camioneta —propuso Kate.

—Voto por el barco auxiliar. Si me apeteciera empaparme caminando bajo la lluvia, me habría alistado en la Infantería.

CAPÍTULO 20

Cuando Holden y Kate al fin llegaron al camino de tierra que conducía a la cabaña, la perpetua luz crepuscular de la tormenta les pareció casi normal, igual que la lluvia. La temperatura era lo bastante elevada como para hacerles sudar, y la humedad demasiado excesiva para absorber el sudor. O quizás Kate simplemente seguía echando humo tras la última llamada de su abuelo.

—¿Te ha dicho algo más sobre Larry? —preguntó Holden.

—No. El abuelo estaba demasiado ocupado explicándome que tenía combustible de sobra para haber aguantado la tormenta.

—Ya oí esa parte —él asintió. Habría sido difícil no hacerlo, pues ella había puesto el altavoz para poder conducir mientras hablaban—. También te oí decirle que nadie regala lazos azules por estrellarte contra las olas en medio de una tormenta tropical cuando hay un puerto seguro en las inmediaciones. Al menos Larry parece estarse recuperando rápidamente.

—Eso dice el abuelo. Me sentiría mejor si pudiera hablar con él —contestó Kate mientras la camioneta daba saltos sobre los baches—, pero estaba durmiendo.

—¿Los médicos han dado alguna explicación de lo que le sucedió?

—Siguen analizando los resultados de las pruebas.

El petate de Holden pitó entre sus piernas. Sacó el ordenador y, entre bache y bache, comprobó el último aviso.

—¿Y ahora qué? —preguntó ella.

—Todos los vuelos, tanto de salida como de llegada, han sido cancelados hasta nuevo aviso. Sigue siendo seguro para aviones más grandes, pero ninguna aerolínea comercial querrá explicarle a la compañía de seguros que decidió despegar con una tormenta tropical que está virando a huracán.

—Las tormentas se alimentan de aguas cálidas —explicó Kate mientras apagaba el motor—. Cuanto más tiempo permanezcan en el mar, más grandes se hacen.

—Es como zambullirse en una red de energía —él asintió—. Solo la tierra debilita la tormenta. En cualquier caso, disminuye la urgencia de hablar con, «interrogar a», tu familia sobre lo que está sucediendo con las zambullidas no programadas.

—¿En serio?

—Nadie irá a ninguna parte hasta que pase la tormenta. Podemos arreglarlo mañana y decidir a qué autoridad notificarlo, en caso de tener que hacerlo —continuó Holden—. O, en el caso de que la tormenta muera en la costa, iremos esta misma noche al hospital para aclararlo.

—Primero tengo que aclarar mi cabeza —observó Kate. «Y mi corazón»—. Desde que Mingo se marchó, me siento como si estuviera dando palos de ciego.

—Las hojas de cálculo se te dan bien —la animó él—. A lo mejor deberíamos intentar encajar todos los hechos y probabilidades en una.

—O en un diagrama de flujo.

—Si supiera de qué estás hablando, seguramente estaría de acuerdo.

—Te lo mostraré —se ofreció ella.

Al abrir la puerta de la camioneta fue como si la hierba y los arbustos, el mar y las hojas, incluso la tierra, temblaran ante el suave rugido de la inminente tormenta. Aunque la primera línea de turbonada había pasado, el agua seguía cayendo de las miles de hojas, acumulándose en grandes charcos. El aire olía a sal, y estaba pesado de electricidad a pesar de que no se veían relámpagos ni truenos.

La lancha rápida de Farnsworth no estaba en el muelle de la cabaña. Tanto mejor, pues el muelle flotante se retorcía como una serpiente sobre las inquietas aguas. Aunque la cabaña no estaba del lado de la isla azotada por la tormenta, tampoco estaba exactamente a sotavento.

—Supongo que Malcolm se irá a la ciudad —observó Kate.

—Con todos los turistas huyendo antes de que se cierre el aeropuerto, debería haber muchas habitaciones libres. O quizás su chica tenga una casa sólida.

—Me alegra que no esté aquí. No me apetece alternar con alguien a quien apenas conozco cuando mi hermano está enfermo y el negocio familiar abocado a la bancarrota.

«Y cuando parece que hay uno o dos ladrones animando el cotarro».

Holden le acarició la espalda, aunque su mente estaba concentrada en el momento en que iba a encender el ordenador y cargar el reloj de Larry.

—A mí tampoco me apetece pasar una larga noche con Farnsworth.

Después de haberse puesto ropa seca, Kate preparó la típica cena fría a base de pollo, fruta y arroz. Holden se instaló en la barra americana, enchufó el ordenador, cargó el reloj de buceo. Y esperó.

—¿Por qué has traído el reloj de Mingo? —preguntó ella.

—Es el de Larry. O, para ser más precisos, el que encontré en su camarote.

—¿Escondido? —el estómago de Kate se encogió.

—No. En una caja metida en un cajón del escritorio, sin cerrar.

Ella soltó un suspiro y regresó a la cena.

Holden revisó su correo electrónico, abrió el fichero que Volkert le había enviado con el contenido del reloj de Mingo, y el registro de buceo en el de Larry.

En silencio, ella llenó dos vasos con té helado y sirvió dos platos. Le inquietaba no ver el rostro de Holden, lo que le indicaba hasta qué punto se había acostumbrado a captar los matices en su estado de ánimo, matices que nadie más veía. Se acercó a él, situándose a su espalda, y observó la pantalla hasta que las lágrimas le nublaron la visión.

Sin decir una palabra, él le rodeó la cintura con un brazo y sentó a Kate sobre su regazo, ignorando la punzada de dolor en el muslo. Parecía muy triste, y enfadada, y cansada. Necesitaba abrazarla, decirle en silencio que no estaba sola.

—Larry trabajaba con Mingo.

—Es posible que le tendieran una trampa a tu hermano —observó Holden con cautela.

—Es posible —la contestación atravesó un sollozo—. Pero no probable, ¿verdad?

Él optó por no contestar, pues la verdad no le iba a servir de consuelo, y él solo quería consolarla.

—Las zambullidas de Mingo y de Larry cubrían el mismo territorio —Holden asintió—, pero en distintos momentos. O bien buceaban solos o tenían un compañero distinto.

—Mingo es lo bastante arrogante como para bucear solo de noche —observó ella tras una pausa—. Pero Larry es un buceador precavido. Puede que lo hiciera una o dos veces, pero ¿prácticamente todas las noches desde nuestra llegada? No me extraña que pareciera medio muerto. No me puedo creer que aguantara tanto tiempo sin derrumbarse.

Holden estuvo a punto de mencionar que no era seguro que Larry hubiera buceado con el reloj cada vez que había una zambullida nocturna registrada, pero se mantuvo en silencio, limitándose a acariciarle los tensos músculos de la espalda y hombros. Kate se apoyó contra él, pero sin apartar la vista de las malditas trayectorias dibujadas en la pantalla.

—¿Crees que Mingo estará vivo? —preguntó ella tras un largo silencio.
—Hasta que no aparezca un cuerpo, siempre hay la posibilidad de que esté vivo.
—Empiezo a odiar esa palabra.
—¿Posibilidad? —preguntó Holden.
Ella asintió.
—Ofrece demasiadas maneras para esquivar la abrumadoramente probable verdad.
—Si Mingo se ahogó durante una zambullida en solitario, ¿quién se llevó el barco auxiliar que falta del *Golden Bough*? —inquirió él—. ¿Y por qué no se ha encontrado ningún cuerpo? Las corrientes en la zona del pecio fluyen hacia St. Vincent.
—El cinturón de lastre podría mantenerlo hundido.
—Hasta que el proceso natural de descomposición cree gas, el cual crea flotabilidad.
Kate hizo una mueca.
—Lo siento, amor —se disculpó Holden—. Olvidé lo quisquillosos que sois los estadounidenses con los procesos naturales.
—¿Entonces Mingo se está escondiendo en alguna parte?
—O ha habido alguna jugada sucia de por medio.
—Puede que me vea obligada a aceptar que mi hermano sea un ladrón, pero ¿asesino? —ella lo miró con expresión espantada reflejada en los ojos color turquesa—. Ni hablar.
—Recuerda que, para vender los objetos robados, Mingo tenía que tratar con maleantes —el abrazo de Holden se hizo más fuerte.
—¿Ha aparecido algo más en el mercado negro?
—El departamento de antigüedades no me ha puesto al día a ese respecto.
—De modo que podría haberse escamoteado desde un poquito hasta una millonada, o no —observó ella—. Mingo podría estar muerto, o vivo. Larry puede que no haya sido, pero es probable que haya tomado parte en el robo —se fro-

tó la frente—. Me empieza a doler muchísimo la cabeza, y no solo por la bajada de presión ante la inminente tormenta. Dudo que los vientos lleguen siquiera a cuarenta y ocho kilómetros por hora en el lado de sotavento. Las rachas son otra cosa. Hemos tenido algunas muy fuertes.

—Hay una cosa más a tener en cuenta —Holden habló tras titubear un instante.

—Estoy sentada —bromeó Kate mientras se preparaba para lo peor, pues tenía la sensación de que no iba a gustarle lo que iba a oír.

—Sí, ya lo he notado —él la acarició y hundió la nariz en su cuello antes de apartarse de la tentación—. También tenemos que evaluar el posible riesgo que corre tu familia.

—Se trata de una tormenta tropical, no un gran huracán. Y, aunque llegue a categoría 1, estaremos bien. Pero, si estás preocupado, podemos trasladarnos a una zona de la isla más elevada, o a alguno de los hoteles más nuevos.

Una ráfaga de viento hizo temblar las ventanas y levantó corrientes de aire.

—Excelente idea —contestó Holden—. Unas cuantas ráfagas más como esa, y el tejado saldrá volando.

—En Charlotte —ella contempló los cambiantes y fascinantes ojos y se preguntó si tendría tiempo de acostumbrarse a ellos—, esto no sería más que un respiro del sofocante calor y la humedad.

—Ese sitio en el que vives debe ser encantador—él enarcó las negras cejas—. En cualquier caso, estaba pensando más en un peligro humano.

—¿Por ejemplo?

—Si Mingo está vivo y ha estado robando un tesoro por valor de miles, o incluso millones, de libras, querrá cubrir su rastro.

—No creerás que haya matado a nadie, ¿verdad? Quiero decir que es un imbécil, pero no lo veo como un asesino a sangre fría.

—Para algunas personas, la avaricia excusa toda clase de crímenes.

—Me siento como aquella noche sola en el barco —Kate se estremeció—. Sabía que mis padres necesitaban ayuda y estaba aterrorizada por no poder alcanzarlos. Pero ahora es Larry el que está perdido y en peligro, y el que necesita desesperadamente que lo ayuden.

Holden le acarició los cabellos húmedos, que seguían ardiendo como brasas. Tenía ganas de decirle que nada de eso era culpa suya, pero sabía que no serviría de nada. En su lugar, él se habría sentido igual.

—Estoy llamando al hospital —continuó ella—. Tengo que hablar con el abuelo y con Larry. No puedo pasar la noche dándole vueltas a la cabeza.

Tras un breve abrazo, Holden la soltó. Ella sacó el móvil del bolsillo del pantalón y buscó el número del hospital.

—Soy la hermana de Larry Donnelly, que fue admitido esta mañana después de un accidente de buceo en un pecio. Necesito hablar con él. Es urgente. Sí, esperaré.

Otra ráfaga de viento golpeó la cabaña, acompañada de lluvia que sonaba como si unos clavos hubiesen caído sobre el tejado. Las luces se apagaron.

En el silencio que siguió, el ordenador de Holden pitó con una nueva actualización meteorológica. La tormenta tenía un treinta y cinco por ciento de probabilidades de alcanzar la costa como categoría 1, pero no se esperaba hasta la mañana siguiente. Para cuando el centro hubiera pasado y se hubieran mojado, ya sería casi mediodía. La tormenta estaba obteniendo su energía del agua caliente y tomándose su tiempo para crecer y continuar su camino.

—¿Qué? —preguntó Kate con voz crecientemente aguda.

Él levantó la vista y la vio inusualmente inmóvil.

—¿Está segura? —continuó ella con voz tensa—. Por favor, compruébelo otra vez. Por supuesto, esperaré.

—¿Qué sucede? —preguntó Holden.

—Larry se dio de alta en contra de la opinión del... sí, aquí estoy. Entiendo. ¿A qué hora dice que fue? ¿Había alguien con él? —una pausa—. Gracias. Siento haberle molestado.

Las mejillas de Kate estaban sonrojadas y sus ojos lanzaban furiosos destellos.

—Pidió el alta voluntaria hace unas horas y ni siquiera me ha informado. El abuelo podría estar con él, pero la enfermera no está segura.

—Entonces no hay motivo alguno para quedarse aquí —opinó él—. Lo peor de la tormenta no vendrá hasta que pase el ojo, pero tampoco será muy agradable hasta entonces, sobre todo sin electricidad. Busquemos un hotel con generador de emergencia y...

El teléfono de Kate sonó. El número que apareció reflejado en la pantalla le era desconocido.

—Kate Donnelly.

Tras escuchar unos segundos, perdió el equilibrio y Holden acudió a sujetarla.

—¿Sí? ¿Cómo? ¿Está seguro? No, no tenía ni idea. No, no avise a la policía. Al parecer a mi hermano le apetecía dar un paseo en plena tormenta —Kate colgó—. Bueno, supongo que ya tenemos la respuesta a algunas de nuestras preguntas —anunció en un tono hueco.

Holden esperó. Si antes Kate había estado enfadada, en esos momentos oscilaba entre la ira y el espanto.

—Era el práctico del puerto —le explicó—. Estaba haciendo una comprobación de los barcos más grandes cuando vio al *Golden Bough* zarpar y dirigirse a mar abierto —le temblaban ligeramente las manos, pero se calmó lo suficiente para marcar el número de su hermano—. El práctico del puerto ha llamado para echarme la bronca por no avisar que tenía planeado zarpar.

—¿Era Larry? —preguntó él.

—Lo único que dijo el práctico del puerto fue que vio a un hombre en el puente de mando —ella escuchó el insistente tono de llamada—, pero estaba demasiado lejos para poderle ver la cara.

—Kate, siento que...

—Yo también —le interrumpió ella secamente mientras contaba el décimo tono de llamada y colgaba—. Pero aún tengo tiempo de encontrarles y mandarles al infierno.

—Hay un aviso para que los barcos pequeños no naveguen.

—El barco auxiliar es más grande que el mínimo recomendado —contestó Kate con impaciencia—. Tengo tiempo de salir y regresar sin problema antes de que la tormenta empiece a ponerse fea.

—Qué tozuda eres.

—No. Es que estoy harta de que mi familia me deje de lado.

—Kate —continuó él con dulzura—, ni siquiera sabes dónde ha ido el barco.

—Larry y el abuelo se dirigen al pecio del *Moon Rose* —le aseguró ella con amargura—. Sacarán el verdadero tesoro que han mantenido oculto y se largarán antes de que llegue lo peor de la tormenta. Como me dijo el abuelo, ya ha capeado más de una tormenta. A veces se está más seguro en el mar que amarrado al puerto equivocado.

—Es una observación muy aguda —observó Holden tras reflexionar unos instantes—. Se dirige hacia la tormenta y desaparece. El rastro se enfría y él se larga con el tesoro. Suponiendo, claro está, que el capitán no infravalore la tormenta y se hunda.

—En cualquier cosa por debajo de categoría 2, apostaría por el abuelo y el *Golden Bough*.

—Sin embargo, tú no estarás a bordo del *Golden Bough*. Estarás a bordo de un barco mucho más pequeño.

—El barco auxiliar es muy fuerte. Lo digo con conocimiento de causa. Pasé horas en él, en la oscuridad, en medio de una tormenta como esta. Sola.

—Kate, no puedo permitir...

—No te he pedido permiso —ella se volvió—. Puedes quedarte aquí o dejarme en Lee Harbor, y luego marcharte a un hotel.

—El sol se está poniendo —protestó él con más paciencia de la que sentía—, y la tormenta podría tocar tierra antes de lo previsto.

—O después. Si la cosa se pone fea rápidamente, me quedaré a bordo del barco hasta que sea seguro regresar.

—Eso es...

—No —le interrumpió Kate—. No voy a quedarme aquí preguntándome si están vivos, quedándome atrás de nuevo con demasiadas preguntas, sin respuestas, y toda una vida para pensar que yo podría haber hecho algo.

—Cuanto más tiempo perdamos discutiendo, más fuerte se hará la tormenta.

—Entonces, ¿por qué discutimos? Tampoco te he pedido que me acompañes —señaló ella.

—Excelente, porque no voy a ir contigo. Tú te quedas aquí. Yo pilotaré el barco auxiliar hasta el pecio.

—Si me dejas atrás, conseguiré un barco y te seguiré.

Holden la miró fijamente y supo que eso era exactamente lo que iba a hacer.

—¡Mierda! —exclamó él con rabia—. Vamos.

CAPÍTULO 21

El sol ya estaba por debajo del horizonte, pero un brillo anaranjado persistía bajo el salvaje cielo. Las nubes estaban iluminadas, cual napalm, doradas en la parte inferior, moradas en la superior. Por un instante, la noche pendió de una irreal calma. Y entonces el viento batió, borrando todos los límites, mezclando la espuma blanca de las olas con la bruma en una salada lluvia racheada.

Tanto Holden como Kate llevaban puestos chalecos flotadores con un dispositivo GPS que se activaba cuando se inflaba. Debajo llevaban unos chubasqueros ligeros que repelían la mayor parte de la lluvia. Tampoco importaba. Entre el calor corporal y la humedad extrema, su piel estaba lejos de estar seca.

El agua estaba muy picada y la espuma se movía en todas direcciones, empujada por unas olas que aumentaban en altura con la creciente fuerza del viento. Holden manejaba el timón, las manos firmes y la expresión sombría en la mortecina luz. La proa golpeaba con fuerza las olas, lanzando el agua al aire.

—¿Qué tal la pierna? —Kate se sujetaba lo mejor que podía.

—Dando la lata, aunque ser el piloto ayuda.

Ella hizo una mueca ante el tono cortante de la voz de Holden y recordó que era él quien había insistido en acompañarla en esa «cabezonería». Lo único que podía hacer era aguantar e intentar distinguir todo objeto que escapara al radar.

—¿Has considerado la posibilidad de que, en lugar de a una agradable reunión familiar, podríamos estar dirigiéndonos hacia una pareja de enfadados ladrones armados? —preguntó él.

—El abuelo y Larry no me harían daño.

—Por mi experiencia, sé que los humanos son menos predecibles que las bombas. La supervivencia es una esperanza, no una certeza.

—No me harán ningún daño físico —insistió ella.

El daño emocional era una cuestión totalmente diferente, pero Kate no tenía ganas de hablar de ello.

Las luces de un barco centellearon a lo lejos, apareciendo y desapareciendo con el movimiento de las olas.

—Me alegra saber que no somos los únicos idiotas paseando en medio de una tormenta —observó Holden.

—Parece que se dirigen hacia St. Vincent —ella consultó el radar y las luces—, pero no vienen del pecio del *Moon Rose*.

Concentrado en nivelar el barco, él no hizo ningún comentario. El trayecto estaba siendo brusco, aunque no peligroso. Eso llegaría después, en el viaje de vuelta, cuando la tormenta se hubiera hecho más fuerte y la dirección del viento y del agua obligara al barco auxiliar a surfear, literalmente, de una ola a la siguiente.

El barco se estrelló entre dos olas inusualmente grandes.

—Veo luces donde estuvo anclado el *Golden Bough* —anunció ella esforzándose por ver entre las salpicaduras de agua salada que azotaban el parabrisas—. Deber estar iluminado como un árbol de Navidad.

Holden comprobó la pantalla del radar y vio un débil destello en el lugar preciso donde debería estar situado el *Golden Bough*. Con un rápido movimiento de la mano apagó todas las luces del barco, incluyendo las obligatorias luces verdes y rojas.

—De todos modos pueden descubrirnos con el radar —le recordó Kate sin entusiasmo.

—Si bucean con este tiempo, estarán más ocupados que un hombre de una sola pierna en un concurso de patadas en el trasero—contestó Holden, imitando el acento estadounidense de su madre—. Dudo que nadie esté pendiente del radar en busca de algún visitante.

—Seguramente por eso está el barco tan iluminado —asintió ella—. La cubierta mojada y el mar picado convierten la superficie de trabajo en una zona muy resbaladiza.

Kate y Holden observaron el foco de luz en que se había convertido el *Golden Bough* hacerse lentamente más grande, hasta que pudieron ver con suficiente detalle la cubierta y lo que parecía una lancha rápida amarrada a la popa. Las luces de trabajo se concentraban a babor, dejando el estribor a oscuras.

—Al abuelo nunca le gustó ese carísimo juguete —dijo ella—. Parece que ha decidido sacarle partido trayéndolo con él.

—¿Por qué no lo fijó al segundo soporte en lugar de descolgarlo por la popa? —Holden confió en que ella tuviera razón.

—El casco de una lancha rápida no encaja en el soporte de un barco auxiliar.

El *Golden Bough* se elevó y descendió con el paso de las olas de proa a popa.

—¿Aguantará el otro ancla? —preguntó él.

—Con este viento no hay problemas. Treinta o cincuenta kilómetros por hora más y el ancla sería arrastrada hasta que se enganche en algún coral. Pero esos vientos no se esperan hasta dentro de doce horas.

«A no ser que la tormenta no siga los gráficos de ordenador a cuatro colores tan cuidadosamente elaborados».

—Avísame si ves a alguien —le indicó Holden mientras describía un círculo alrededor del *Golden Bough*—. La puerta de la cubierta inferior del lado de estribor está cerrada.

—Y la bandera de buceo está izada —asintió ella con amargura—. Malditos sean. Dirígete hacia popa. Subiré a bordo por ahí, abriré la puerta de estribor y te ayudaré a amarrar el barco.

—Hazte cargo del timón. Yo subiré a bordo.

—Pero tu pierna...

—Ha sobrevivido a cosas mucho peores —terminó él la frase con impaciencia—. Para algunas cosas, es necesaria la fuerza. Hazte cargo del timón.

Kate ocupó el lugar de Holden y se acercó lo bastante al escalón de buceo de popa para que él pudiera saltar a bordo con su petate. Holden esperó a que su pierna mala dejara de temblar antes de trepar hasta la cubierta inferior.

No vio a nadie, ni oyó nada, salvo el murmullo del generador, compañero barítono del llanto de contralto del viento. Todo lo deprisa que le permitía una cubierta mojada que no dejaba de moverse, corrió a estribor y abrió una sección de la regala. Después se agarró con fuerza y esperó a que Kate llevara el barco auxiliar en paralelo al barco de buceo, con una pericia que le arrancó un silencioso aplauso.

—Cuidado —gritó ella—. He atado un peso al cabo.

Instantes después, la cuerda voló sobre la regala a pesar del viento en contra y aterrizó sobre cubierta con un golpe metálico. Si alguien más lo oyó, no hubo ninguna evidencia de ello y Holden amarró rápidamente el barco auxiliar antes de ayudar a subir a Kate. Una persona inexperta habría terminado en el agua, o bajo el barco, pero ella poseía los reflejos de alguien que, durante la mitad de su vida, había conocido el mar mejor que la tierra.

—Quienquiera que esté aquí, no parece estar en cubierta en estos momentos —señaló él.

—A lo mejor la bandera de buceo no está solo para decorar.

—La agudeza mental no es imprescindible para bucear de noche en medio de una tormenta —observó Holden—, pero sería de gran ayuda para explicar toda la maldita idiotez que ha predominado hasta ahora.

Una ráfaga de viento surgió de la oscuridad, rociando con espuma blanca y silbando alrededor de los ojos de buey. Daba la sensación de que nada, salvo el viento, estuviera a bordo para saludarlos.

—Supongo que están demasiado ocupados para percatarse de nuestra presencia —sugirió Kate.

—O han decidido no dispararnos de momento.

—No eres muy optimista, ¿verdad?

Holden hizo un sonido que bien podría confundirse con una risa o un juramento.

—La única arma a bordo del *Golden Bough* está guardada bajo llave en el puente de mando —le explicó ella—. El abuelo seguramente esté en el centro de buceo con nada más peligroso que un micrófono en la mano.

Holden tenía sus dudas, pero se las guardó para sí mismo. El hecho de que el abuelo Donnelly pasara de los setenta no significaba que fuera inofensivo. En realidad, más bien todo lo contrario. El mar tenía poca paciencia con los torpes o los estúpidos.

—¿Al centro de buceo o al puente de mando? —preguntó él.

—Al centro de buceo. Si el abuelo o Larry no están allí, probaremos con los camarotes de la tripulación.

Tras diez minutos de carrera a través del barco, no encontraron nada vivo, aparte del viento y el agua.

—Deben de estar buceando —aseguró Kate con firmeza—. ¡Ambos saben que no deberían! El médico le dijo al abuelo que bucear podría matarlo, y Larry ya está medio muerto por bucear en exceso. No me creo que, sea lo que sea que se encuentre a bordo del *Moon Rose*, valga la pena morir por ello.

Pero lo que realmente la asustaba era que su familia se encontrara bajo el agua. Ella estaba fuera, ellos podrían encontrarse en un tremendo peligro y no sería capaz de salvarlos… de nuevo.

«El pasado y el futuro se engullen el uno al otro en una infinita espiral de terror, futilidad y muerte, y ella solo podía quedarse de pie frente a la tormenta y gritar…».

A lo lejos oyó a Holden llamarla, haciéndola regresar de la pesadilla y el horror. Estremeciéndose, se apartó de él.

—Estoy bien —le aseguró—. Solo ha sido un…

—Flashback —sugirió Holden.

—Sí. Ha sido estúpido.

—No, simplemente humano, cariño. Dirígete al centro de buceo mientras yo me pongo el traje.

—No puedes bajar ahí tú solo —ella lo miró con ojos espantados en un rostro muy pálido.

—Parece que no voy a estar solo —contestó Holden con cierto toque humorístico—. Estaré tropezándome con los Donnelly.

La idea de que Holden pudiera bucear solo de noche y en medio de una tormenta la sacudió como un relámpago, mostrándole cosas sobre sí misma que no había conocido hasta ese momento.

Era capaz de soportar la pérdida de su hermano y de su abuelo, pero jamás sobreviviría a la muerte de Holden.

—No te dejaré solo en ningún momento —le anunció Kate.

—Eso es pedirte demasiado.

—Quedarme aquí arriba mientras tú buceas solo sí es pedirme demasiado. Pase lo que pase, prefiero estar contigo, Holden. Te amo.

—Y yo estoy completamente enamorado de ti —él la besó con ternura—. Vaya un momento para descubrirlo.

—Mejor ahora que nunca —ella lo abrazó con fuerza.

El barco se inclinó ante una repentina ráfaga de viento.

Al unísono, se volvieron y se dirigieron hacia las taquillas de buceo. Kate descubrió que Holden había estado en lo cierto. Larry había mantenido su equipo de buceo en perfecto estado. Tenía el pecho más grande, y las caderas más anchas, que diez años atrás, pero seguía siendo el que mejor le encajaba de todos los que había disponibles.

Ninguno habló de los trajes de buceo que faltaban de las taquillas. Holden se alegró al comprobar que el que se había puesto horas antes seguía a bordo.

—¿Tienes alguna barra luminosa? —preguntó él—. Son muy útiles bajo el agua, sobre todo dado que estos trajes no son reflectantes.

Ella se acercó a una papelera que contenía piezas sueltas de equipos de buceo y regresó con un puñado de barras luminosas. Le entregó a él la mitad y guardó el resto en su bolsa de buceo.

—¿Alguna vez has buceado de noche solo con tu frontal y barras luminosas? —preguntó Holden mientras se ponía el traje.

—Sí, pero nunca a más de dieciocho metros de profundidad.

—¿Y qué te pareció?

—Fue emocionante. Estuve un poco nerviosa, pero en unos minutos se me pasó. Al final, me encantó, y repetía siempre que podía. Por la noche todo se ve diferente. Es mágico.

—Excelente —él sonrió—. Algunas personas no están hechas para bucear de noche. Solo consiguen ver sus propios temores.

No hizo mención alguna de los años que habían pasado desde la última ocasión en que Kate había buceado, ni del modo en que habían muerto sus padres. Era imposible saber cómo reaccionaría a bucear de noche hasta que estuviera bajo el agua.

Aunque seguía prefiriendo que ella se quedara a bordo, admiró en silencio su valor al intentar zambullirse.

Kate comprobó el nivel de gas en las botellas. No iban a bucear mucho rato, pero de noche se gastaba más aire que de día. En parte por la ansiedad. Las criaturas diurnas sentían la necesidad de ver algo más que un pequeño cono de luz. Y ella no quería ser uno de esos buceadores que sucumbía a su propia imaginación o, como en su caso, a los recuerdos...

«La tos y los estremecimientos de su padre al ser izado a bordo, la cubierta resbaladiza bajo la tormenta, la dolorosa pregunta de dónde estaba el cuerpo de su madre».

Pero nada de eso era tan malo como el presente, la sensación de que le habían tendido una trampa, de haber sido traicionada por su propia familia. La habían convencido para que acudiera a la isla para servir de muñeca pelirroja, una distracción para desviar la atención de los delitos de los Donnelly.

—Nuestro cuadrante misterioso está al sur-sureste de nuestra posición actual —explicó Holden mientras se subía la cremallera y flexionaba la pierna para intentar aliviar el dolor—. ¿Qué crees que deberíamos buscar?

—No lo sé. Podría estar todo suelto, pero lo dudo. Si yo dirigiera una operación de rescate como esta, lo ataría todo a bolsas de elevación —reflexionó Kate, refiriéndose a un sólido globo enganchado a un gancho metálico que podía ser asegurado a una red llena de objetos encontrados—, y los almacenaría debajo de la lava o el coral. Incluso en una cueva. Ese montón de rocas tenía el aspecto de ser un buen escondite.

—Muy útiles esas bolsas de elevación —Holden asintió y comprobó sus botellas, antes de hacer lo mismo con las de Kate—. Pero no es para inexpertos. ¿Deberíamos llevarnos algún contenedor más por si encontramos algo?

—Podríamos. Tenemos gas de sobra.

Se dirigieron a popa para terminar de ponerse los trajes. La lluvia empezaba a caer con fuerza, pero la ignoraron. Pronto estarían bajo el agua.

—Yo casi nunca he utilizado globos de elevación —explicó él—. En mi trabajo solemos izar objetos con redes y cables. Y muy lentamente, por cierto. Procurábamos evitar que los cambios de presión hicieran que todo se dañara.

—El oro no supone ningún problema —le aclaró ella—. Puede subir a superficie como un cohete.

—Comprueba mi traje —le pidió Holden mientras se daba la vuelta para que ella pudiera comprobar las conexiones de las botellas.

—Tu trasero está bien —contestó Kate.

La voz reflejó la sonrisa, y los nervios. Iba a bucear, pero la idea no le resultaba atractiva.

—No luches contra el agua, cariño —Holden comprobó el equipo de Kate—. Siempre ganará.

—Lo sé —ella suspiró.

—Si no me ves, enciende una barra luminosa.

—Lo mismo digo.

—¿Estás preparada para hacer esto? —preguntó él antes de colocarse la máscara de buceo.

—Tanto como vaya a estarlo nunca, aunque impaciente por bajar no estoy.

—Estarías enferma si tuvieras ganas.

Se abrazaron torpemente, sintiendo neopreno y plástico en lugar de calor y piel. A su alrededor solo había oscuridad y un poco de morado tras las infinitas capas de nubes.

—Mira hacia abajo, desciende despacio, deja que tu vista se acostumbre —la voz de Holden era algo más aguda y cortante por el efecto del sistema de comunicación y la mezcla de aire. Encendió el frontal—. Y no mires…

—A las luces —continuó ella ladeando la cabeza mientras encendía su propio frontal.

Se arrastraron por un borde de la popa que no estaba ocupado por la lancha rápida. Mientras se deslizaban hacia la boya de buceo, el *Golden Bough* surgió amenazante sobre ellos, como la silueta de un enorme leviatán rodeado de tormenta y luz.

Kate se concentró en contar, respirando únicamente en los números pares, sin pensar en nada salvo en mantener un ritmo regular. Era un truco de buceo que había utilizado en numerosas ocasiones en tierra, donde la había ayudado a soportar algunos momentos muy malos.

Cuando Holden se dio la vuelta para descender boca abajo, ella esperó una respiración antes de seguirlo. Le llevó un momento encontrarlo en el cono de luz de su frontal. Energizada por la tormenta, el agua los movía de un lado a otro con la facilidad de la fuerza infinita. Pero ellos no se resistieron a los tirones y empujones. Se limitaron a deslizarse hacia abajo, parándose en los puntos de compresión. La fuerza de la tormenta disminuía con cada metro que descendían.

Más adelante, la fuerza del viento sí podría llegar hasta el fondo, revolviéndolo y anulando toda visibilidad, arrancando pedazos de coral y rocas, y dispersando los frágiles restos del *Moon Rose*.

Pero aún no. Aunque el agua no estuviera tan cristalina como el día anterior, sí era lo bastante transparente para que Kate no sintiera claustrofobia. De vez en cuando captaba las aletas de Holden, a unos tres metros por debajo de ella. Su luz era un nimbo dorado que se difuminaba a unos metros de su cabeza, dispersada por las partículas suspendidas en el agua. Cuando Kate volvió a mirar hacia la superficie, ya no había ningún disco plateado de luz, solo una especie de luz crepuscular donde el cielo se encontraba con el agua.

De nuevo se concentró en contar y en mantener la respiración uniforme, saboreando la sequedad del gas mientras pasaba de un confinamiento presurizado a la mezcla respirable en el interior de la máscara. El peso del agua aumentaba con cada patada de descenso que daba con las aletas. Cada vez que sentía crecer la ansiedad porque el haz de luz de su frontal se dispersaba casi de inmediato, colocaba los dedos en el borde de la linterna para proporcionarse a sí misma algo sobre lo que concentrarse, además de las partículas en suspensión. De inmediato la sensación de vértigo desapareció.

—¿Estás bien? —preguntó Holden.

—Sí. Intento mantenerme concentrada a pesar de la nebulosa de partículas suspendidas en el agua.

Las voces sonaban incorpóreas, incluso sus propios pulmones le sonaban a Kate como si fueran de otro mundo. Seguía contando, y comprendió que su cuerpo ya sabía lo que hacer: mantener las piernas ligeramente separadas, las aletas planas y hacia el exterior para ralentizar el descenso hasta una velocidad manejable.

Holden se volvió hacia ella y la luz se reflejó en la máscara. Ella levantó el pulgar para tranquilizarlo. El gesto brillando en el haz de luz. Él le devolvió el mismo gesto.

Cuando Kate volvió a mirar hacia abajo vio otra luz. Estaba quieta, pero aumentaba y decaía en un lento y predecible ritmo.

«Una baliza», pensó ella. «Los buceadores nadan hacia ella, y desde allí en línea recta hasta el barco. Muy útil cuando no quieres que tu posición sea delatada por una boya de buceo».

Su familia no solía utilizar balizas, pero nada en esa operación de buceo era normal.

—¿Es una de las vuestras? —preguntó Holden mientras señalaba la luz.

—Supongo. Normalmente empleamos cables, o seguimos la draga o la línea del sifón.

—Cuando nos conocimos dijimos adiós a todo lo normal —observó él.

—No mires a la baliza —ella sonrió—. No quemes tu visión nocturna.

Holden ya había apartado la mirada, pero no dijo nada. Prefería recibir ese consejo redundante a olvidar algo importante.

En la segunda parada de compresión, el lecho marino pareció subir a su encuentro. Aunque por encima de sus cabezas estaba bastante oscuro, algo de luz todavía conseguía llegar hasta ellos, además de la luz de la baliza. A su alrededor había un constante movimiento de bancos de diminutos peces atraídos por la luz que a continuación se reflejaba en las escamas plateadas o de colores.

«Es como encontrarse en un remolino de gemas», pensó Kate maravillada.

Para ella, la belleza era tan sobrenatural como relajante, ralentizando el acelerado ritmo de sus pensamientos hasta que quedaban casi sincronizados con los relajados movimientos requeridos bajo el agua.

Después de la parada de descompresión, el lecho marino se hizo más grande ante ellos, apareciendo como un horizonte plano y limitado que se extendía a lo lejos en formas irregulares hasta donde alcanzaba la luz de sus linternas. El esqueleto del *Moon Rose* aparecía negro y deforme.

La respiración de Kate se aceleró al contemplar el pecio, apuñalada por una sensación que no había experimentado en años. El instante en que había pasado de contemplar las fotos de cosas que sus padres y abuelo habían explorado, a estar realmente allí. Era una sensación que nunca la abandonaba, ni siquiera aunque se hubiera obligado a sí misma a olvidar durante los años que había vivido en tierra firme.

Pero todo había regresado, y la fuerza le asustaba.

Ante ella se extendía la historia en tres dimensiones. Había habido hombres y mujeres a bordo del *Moon Rose*. Cada uno de ellos habían tenido una vida, y recuerdos, y todo había terminado con un naufragio en una tormenta. Lo único que quedaba ya eran unas maderas dispersas que solo podían ser ensambladas con imaginación y asombro.

Los palos y costillas sobresalían de la arena y el fondo rocoso como un fantástico jardín de coral. Los peces nadaban perezosamente alrededor del pecio, algunos brillando en la casi total oscuridad. Era como ver un sueño, con una desconexión entre acción y pensamiento, presión constante, y el peso del pasado y el presente.

«Puedo elegir qué destacar, qué aceptar, qué olvidar», se dijo Kate a sí misma. «Puedo elegir lo que quiero que sea mío».

«Holden».

«El futuro».

«Y puedo tener ambas cosas después de la zambullida. Lo único que tengo que hacer es pasar de este momento al momento en que ambos estemos de nuevo a bordo del *Golden Bough*».

Vio a Holden por el rabillo del ojo. Comprobó el reloj de buceo, que resplandecía con luz verde amarillenta. Se dirigía hacia el sureste.

—No debería estar muy lejos del borde de la cuadrícula, donde todo desciende bruscamente —opinó él.

—En línea recta —contestó ella—. Una pena que estemos nadando a cámara lenta.

—La impaciencia es el enemigo.

Ella sonrió.

Estaban lo bastante cerca para hacerse una idea del tamaño del barco. Era como nadar a través del esqueleto de una ballena. Todo el pecio vibraba de vida. El coral cubría lo que una vez había sido madera expuesta, floreciendo como las flores en un campo de batalla para conmemorar a los muertos.

—Nadie está trabajando en el pecio —anunció Kate.

—A lo lejos veo luz. A las diez en punto —contestó él.

—Ya lo veo. Parece la linterna preferida de Larry.

—Está justo donde pensábamos. Casi fuera de la cuadrícula junto al montón de piedras, muy cerca del precipicio.

Incluso a pesar de la distorsión del sistema de comunicación, algo en la voz de Holden hizo que ella se detuviera.

—¿Cómo está tu pierna?

—Sigue obedeciendo órdenes. Eso es lo único que importa.

No hizo mención del dolor que se extendía por el muslo con cada latido del corazón. Sabía que bucear le iba a causar dolor, y así era. Hablar de ello le dificultaba concentrarse en lo que debía hacerse.

Siguiendo la brújula de buceo y el borroso cono de luz de

su frontal, Holden se dirigió hacia un montículo de piedras casi enterrado por coral y pedazos de lava. La luz se hizo más fuerte. Cuando Kate inició el descenso hacia ella, Holden la agarró del brazo.

—Espera —le aconsejó—. ¿Ves alguna otra luz? Ambos miraron hacia arriba, abajo y a los lados.

—No —contestó ella al fin—. ¿Y tú?

—Nada. Sube y no te saltes ninguna parada de descompresión. En seguida te sigo.

—Márchate tú. Yo me ocuparé de Larry.

—Nos quedaremos juntos —Holden apenas pudo dejar de expresar lo que pensaba de esa idea.

Se dirigieron hacia una figura que permanecía quieta ante la abertura de una pequeña gruta, apertura apenas lo bastante grande para que alguien pudiera estar de pie. Por lo que Holden era capaz de ver con la luz de la linterna del otro hombre, sería imposible moverse por la cueva sin golpear botellas, miembros y demás enseres contra el coral y las piernas.

—Ten muchísimo cuidado —le pidió a Kate—. A menudo, las cosas que parecen sólidas bajo el agua no lo son, y si lo son, aplastar una válvula o un tubo, o una mano, contra ellas podría ser muy malo.

«¿Eso fue lo que le sucedió a mi madre?».

Kate desechó la idea de su mente. Lo único que importaba era el presente, la vida, ese momento en el que Holden se acercaba a la gruta con decididos golpes de aletas.

A corta distancia de la peligrosa cueva se detuvo y, llevándose una mano al muslo, comprobó que tenía el cuchillo de buceo. Si la cosa se ponía fea, quería tener una hoja afilada a mano.

En el interior de la gruta, la luz de Larry ondeaba a cámara lenta mientras enganchaba una red a un gancho que sujetaba con una mano. Tras agarrar el gancho con fuerza, se apartó nadando de la cueva, arrastrando la red y el gancho a una zona abierta. Volvió a comprobar el gancho, suspendido en el agua a varios metros del precipicio, rodeado de grandes abanicos planos de coral.

Y entonces Larry se movió como si estuviera haciendo una señal para que un platillo volante lo recogiera para llevarlo a casa. Con los brazos extendidos hacia arriba, la red y el globo en una mano. Una brillante luz azul se encendió como una llama.

Holden ya se lo había esperado y cerró los ojos. Al abrirlos unos segundos después, la bolsa estaba subiendo. Inflado e iluminado, el globo aceleró y subió disparado hacia la superficie.

Las palabras distorsionadas de Kate contenían más ira que significado al zumbar a través del micrófono. La sombra a la derecha de Holden le indicó que se había unido a él junto a la gruta. Una fuerte luz iluminó la superficie por encima de la bolsa, cuyos LED se convirtieron en una baliza para guiar a alguien desde la superficie y que pudiera sacarlo del agua, o para ayudar a Larry a encontrarla él solo.

Kate se deslizó junto a Holden y enfocó la luz hacia el campo de visión de Larry para llamar su atención. Su hermano se volvió y la miró espantado, casi cayéndose hacia atrás a cámara lenta. En cualquier otro momento incluso podría haber resultado gracioso.

Larry la señaló con un dedo y, en un gesto de rabia, sacudió la mano para que se alejara.

Kate sostuvo tres dedos en alto para indicarle el canal que Holden y ella habían estado usando para comunicarse. Él se colocó frente a ella, agitando los brazos lentamente, la máscara de buceo vuelta en su dirección. El lenguaje corporal era de ira, toda la que era posible manifestar a cámara lenta.

Kate bajó la luz de la linterna, aunque lo que de verdad le apetecía era clavársela a su hermano en el ojo.

«Cambia de canal, mentiroso», sus pensamientos fueron interrumpidos por una voz que bramaba por el intercomunicador, una voz aguda por culpa de la mezcla de gases que respiraba.

—¡No deberías estar aquí!
—¿Abuelo? ¿Qué haces aquí abajo? No, borra eso. Ya lo sé. Estás robando. Pero ¿merece la pena morir por lo que sea que estés metiendo en esa bolsa?
—¡Deberías haberte mantenido al margen!
—¿En serio? Entonces, ¿por qué me llamasteis Larry y tú?
—No queríamos que…
—Cierre el pico —intervino Holden, la voz brusca a pesar de la distorsión provocada por la mezcla de gases.
—Podemos continuar esta conversación arriba. Cuanto más tiempo permanezcamos aquí abajo, más probabilidades hay de que el abuelo sufra una embolia al subir.
—Aún tengo que enviar una cosa más —protestó el abuelo.
—Pero… —comenzó ella.
—No hay «peros». Si no consigo sacarlo todo, Larry morirá. ¡Demonios! Todos moriremos.
—Explíquese —ordenó Holden bruscamente, temiendo saber ya la verdad.
—Ese jodido buitre carroñero está apuntando a Larry con una pistola.

CAPÍTULO 22

Kate estaba demasiado espantada para pronunciar palabra alguna.

—¿Farnsworth? —preguntó Holden.

El abuelo hizo un gesto afirmativo. Era evidente que su estallido se había llevado la poca energía que le quedaba. Lentamente se volvió, la presión del agua envolviendo el gesto en una especie de elegancia mientras regresaba nadando a la cueva.

—Empieza a ascender —le indicó Kate a Holden—. Yo iré a buscar al abuelo y lo que quede por subir.

—Te ayudaré.

—No hay sitio. Por una vez, ser pequeña tiene su ventaja —ella nadó hacia la gruta.

Holden quiso discutir, pero Kate tenía razón. Cuanto menos tiempo pasara en el fondo del mar, menos se debilitaría su pierna. Y quería estar lo más fuerte posible para enfrentarse a un burócrata armado.

La pesada respiración del abuelo llegó a través del intercomunicador. Fuera lo que fuera que estuviera intentando sacar, le estaba dejando sin fuerza.

—Voy por tu izquierda —anunció ella.

El abuelo se apartó todo lo posible. Juntos sacaron un pequeño arcón de la gruta. Casi toda la superficie estaba cubierta de corrosión, convirtiendo lo que una vez sin duda había sido plata o bronce en una cosa fea y picada de color verde negruzco. El arcón mediría casi un metro de largo, cuarenta y cinco centímetros de profundidad y otros tanto de alto.

El peso resultaba sorprendente.

—¿Es esto lo que creo que es? —preguntó ella con un estremecimiento.

—No lo sabremos hasta que lo abramos. Espero que aguante el ascenso. No hay tiempo para presurizarlo. Se me acaba el aire. No soy tan rápido como solía ser.

El abuelo y Kate enrollaron una cuerda naranja alrededor del arcón, atándolo como si se tratara de un paquete. Por último, el anciano aseguró el último de los globos de elevación y le indicó con un gesto que se apartara.

—Por lo que he oído, no será fácil subirlo a bordo —intervino Holden, parado en la primera estación de descompresión.

—Apártate —insistió el abuelo.

Kate obedeció.

Tras desplegar el propulsor del globo de elevación, el anciano también se apartó. La boya se abrió como un champiñón submarino y lentamente ascendió hacia la superficie.

Por el intercomunicador les llegó un nuevo ruido.

—Ahí estáis —sonó, jovial, la voz de Farnsworth—. Me ha costado un poco localizar el canal adecuado, pero ya estamos todos juntos.

Tras haberse acostumbrado a las voces agudas debidas a la mezcla de gas, la de Farnsworth les resultaba inusualmente grave.

Dado que Holden no tenía nada interesante que decirle a Farnsworth, optó por no hablar, reservando su energía para hacer frente al dolor del muslo.

—¿Dónde está Larry? —exigió saber Kate mientras seguía a su abuelo en el lento ascenso.

—Está conmigo. Saluda, Larry.

El sonido que hizo el otro hombre se pareció más a un gruñido.

—¿Estás bien? —preguntó ella.

—Atado como un cerdo, con dolor de cabeza y deseando no haberme encontrado nunca con este británico hijo de perra —contestó su hermano.

—Qué simpático —Farnsworth rio—. Saliste del hospital sin ningún problema.

—Porque llevabas una pistola escondida bajo el chubasquero —puntualizó el abuelo.

—Muy estadounidense el gesto —habló al fin Holden.

—Desafortunado, pero ya estamos todos juntos —contestó Farnsworth—. No os demoréis en la subida. No tengo mucha paciencia.

—El abuelo no puede acortar los tiempos de descompresión —exclamó Kate—. ¡Ni siquiera debería estar aquí abajo!

—Ni se os ocurra demorarlo —les advirtió Malcolm—. He oído de cosas muy desagradables que les han sucedido a los buceadores que permanecieron demasiado tiempo cerca de la gruta. Como Mingo. Ah, por cierto, ya no está entre nosotros. Supongo que Benchley seguirá cagando neopreno.

—¿El tiburón atrapó a Mingo? —preguntó Kate—. ¿Estás seguro?

—¿Qué versión prefieres, querida? Puedes elegir entre que maté a Mingo y lo hundí con una bala de cañón atada al tobillo, o que Benchley se tomó su tentempié de medianoche.

—Bastardo asesino —murmuró ella.

—Mingo se merecía algo mucho peor. Me estaba robando y vendiendo objetos rescatados en el mercado negro. El muy estúpido estuvo a punto de arruinar toda la operación.

—Ojalá te pudras en el infierno —masculló el abuelo.

—En realidad, en Paraguay —puntualizó Farnsworth—. Tengo un avión esperándome. Pero no temáis, he descubierto que no me gusta matar. Si resolvéis el puzle que he creado, todos sobreviviréis.

El sonido de la respiración del abuelo se hizo excesivamente fuerte.

—Apaga el intercomunicador, abuelo —protestó Farnsworth—. No oigo mis propios pensamientos.

—Déjale en paz —gritó Kate—. Tienes suerte de no haberlo matado.

—Deja de lloriquear —le ordenó él—. Resulta poco atractivo y muy irritante. Holden tiene derecho a sentirse molesto conmigo. Por lo que he visto en su historial médico, el dolor del muslo debe ser insoportable.

Holden pensó en las distintas maneras en que le encantaría compartir su dolor con ese tipo. Pero todas requerían acercarse a él, lo cual no iba a suceder de inmediato.

—Fue toda una sorpresa que pudieras bucear siquiera —continuó Farnsworth con su implacable tono alegre.

A juzgar por la respuesta de Holden, podría haber estado hablando solo.

—¿Tanto duele, viejo amigo? —él rio.

—¡Vete a la porra! —exclamó Holden. Tenía otras cosas en que pensar que en ese alegre sádico, por ejemplo en cómo iba a sobrevivir Kate a todo ese lío.

—A Chatham le sentó muy mal saber que te habías puesto el traje de buceo —continuó Farnsworth—. Aparte de retrasar nuestra segunda actividad, los accidentes laborales son una mancha en su historial. Tirarte a esa tía también fue un error. Al final resulta que has cometido unos cuantos.

Silencio.

—Da igual, amigo —Farnsworth soltó una carcajada—. Me ha encantado ver cómo la fastidiabas. Ha sido bastante entretenido en realidad. Estaré esperando en la popa cuando termine tu descompresión. No me defraudes llegando tarde, ni intentando saltar a bordo antes de tiempo.

Sin añadir nada más, desconectó el circuito.

O pareció hacerlo. No había manera de asegurarlo.

Holden contó el tiempo y respiró a través del dolor hasta

que los demás alcanzaron la última parada de descompresión. El agua estaba más agitada en ese punto, subiendo y bajando con la energía de la tormenta, indicándoles que en la superficie sería mucho peor.

Antes de estar listos para ascender hasta la superficie, Holden alzó siete dedos en el aire mientras señalaba a Kate. Cuando el abuelo levantó la mano para unirse a ellos, Holden gesticuló una firme negativa. Después de unos segundos, el anciano levantó el pulgar hacia arriba. Kate y Holden pasaron al canal siete.

—Cuando alcancemos la superficie, voy a comportarme como si apenas pudiera caminar —explicó rápidamente. No se molestó en precisar que no sería totalmente fingido, porque no quería que ella se preocupara aún más. La sensación del muslo era como si sostuviera un pequeño sol que intentara atravesar piel y hueso—. Mantente lejos de mí para que Farnsworth tenga que dividir su atención. Esperaré el momento de llevármelo.

—Larry —fue lo único que salió de labios de Kate.

—Lo desataremos en cuanto podamos, pero lo primero es neutralizar a Farnsworth. Dile que el abuelo y yo necesitamos ayuda para subir al barco.

«No es probable que se lo trague, pero es mejor que nada».

Ella hizo un gesto de asentimiento y ambos volvieron a sintonizar el canal en el que Farnsworth creía que habían estado todo el tiempo.

Kate se aferró al cable en la parada de descompresión e intentó mantener el control. No luchaba contra el miedo, sino contra una especie de salvajismo primitivo que nunca había sentido. No se consideraba una persona violenta, pero la necesidad de hacerle daño a Farnsworth le hacía hervir la sangre.

Finalizó la descompresión pensando en cómo podría acabar con la vida de Farnsworth o quitarle la pistola. Al deslizarse a la superficie fue recibida por las luces amarillas y el reflejo de la luna que creaba un techo plateado y dorado que advertía de los fuertes vientos y las olas. Para cuando asomó la cabeza y nadó hacia la popa, la superficie del agua se había convertido en una montaña rusa y espuma blanca. La luz amarilla surgía de babor, proporcionando una baliza hacia la que nadar.

Mientras los otros dos buceadores asomaban la cabeza por encima del agua, Holden pensó en apagar el frontal e intentar subir a bordo sin que Farnsworth se diera cuenta, pero de inmediato rechazó la idea. Bastaba con que ese bastardo amenazara a Kate para volverlo indefenso. Mejor hacer creer a ese hombre que eran dóciles.

—Primero el viejo, luego la zorra y por último Cameron —ordenó Farnsworth a través del intercomunicador.

—El abuelo no puede salir solo del agua —explicó Kate—. Y Holden tampoco.

—Lástima. Voy a tener que dispararles donde están.

—¡Espera! —gritó ella—. Deja que yo les ayude.

Holden pensó amargamente que ser disparado casi sonaba bien. Tenía la sensación de que todos los músculos y tendones del muslo se estaban quemando a fuego lento, pero la agonía permanecería cuando toda la carne hubiera quedado reducida a cenizas.

«Dentro de una media hora estaré mejor», se recordó a sí mismo. Lo único que tenía que hacer era salir de allí. «Ya lo he hecho antes y he sobrevivido. Esta vez no será diferente».

Kate ayudó al abuelo todo lo que pudo, arrojó las aletas sobre la popa y se arrastró a bordo con la ayuda del anciano. Ambos se quitaron las máscaras, los auriculares y las botellas de aire.

El aire era frío y húmedo. Su olor era dulzón y sabía a electricidad. Nada sorprendente, dado que los relámpagos descargaban repetidamente a su alrededor.

—Si veo a alguien subir a bordo con un cinturón de lastre, le disparo. Arrojadlos al agua.

Dos cinturones de plomo chocaron contra la popa y se deslizaron hasta el agua.

«¡Mierda!», pensó Holden mientras se soltaba el cinturón. Pues precisamente había pensado en estamparlo contra la cabeza de Farnsworth.

«Hay otros modos», se consoló.

El cuchillo de buceo era uno de ellos. Se agarró a la escalerilla de popa mientras su rostro era azotado por la lluvia. Una de las botellas de gas resbaló y cayó al agua. Nadie se movió para recuperarla.

—Tú primero, abuelo —ordenó Farnsworth—. Sube a bordo y siéntate bajo el foco de luz junto al cabestrante.

El anciano subió a bordo y se sentó en el lugar señalado por su secuestrador. Tenía el rostro pálido, casi cadavérico.

—Ahora tú —indicó el otro hombre a Kate—. Siéntate a su lado y abrázate a las rodillas.

De un rápido vistazo, ella comprobó que Farnsworth llevaba puesto un traje de neopreno para protegerse del viento y las olas, y sujetaba la pistola con una mano lo bastante firme como para no animarle a poner en riesgo la vida de su abuelo.

—Holden necesita ayuda para subir a bordo —le recordó.

—Pues entonces que se quede en el agua. Muévete.

Para cuando Kate estuvo a bordo, Holden se había deshecho de las botellas de aire y se había izado hasta la popa. Colgaba de cualquier cosa a la que pudiera aferrarse, pues el mundo giraba, y no solo por el movimiento de las olas y el viento. Liberado de la máscara, ya no luchó contra las náuseas que lo invadían. Vomitó, permitiendo que las olas se lo llevaran todo y, de inmediato, se sintió mejor.

«En cuanto regrese a tierra pediré una cita con el cirujano», se dijo a sí mismo.

Eso, suponiendo que regresara a tierra. Sin embargo, preocuparse por eso no serviría de nada y podría reducir sus probabilidades, de modo que dejó de pensar en cualquier cosa que no fuera sobrevivir.

Se quitó los guantes de buceo y comprobó que el cuchillo seguía en su sitio. Tras soltar la presilla que mantenía el cuchillo sujeto en la funda, intentó decidir el mejor modo para subir a bordo. En ese momento no se fiaba de que su muslo aguantara el peso del cuerpo y, mientras ocultaba el cuchillo atado a la pierna, se arrastró a bordo y gateó. La lluvia azotaba la cubierta. Le siguió un chorro de agua salada proveniente de una ola inusualmente grande. El movimiento del barco era perezoso, a pesar de que el viento, la corriente y la marea se hubieran unido.

—Levántate y dirígete al camarote principal —le indicó Farnsworth.

La dirección de la que provenía la voz le indicó a Holden que el otro hombre había subido las escaleras hasta la cubierta principal.

—Si no puedes, te...

—Dispararás —lo interrumpió Holden, visiblemente cansado.

—En realidad, dispararé a la zorra. Por ti no merece la pena desperdiciar una bala.

«Tú sigue pensando así, cabrón despreciativo», pensó Holden.

Exagerando el esfuerzo, se puso en pie y siguió lentamente a Kate y a su abuelo escaleras arriba.

El viento les lanzaba ráfagas de lluvia como si fuera metralla, a pesar de lo cual Kate sudaba. Culpó de ello al traje de neopreno, pero sabía bien que la verdadera causa era la pistola de Farnsworth. Se quitó los pesados guantes y comprobó que su abuelo ya lo había hecho.

Farnsworth esperó dentro del camarote principal, observándoles mientras se equilibraban contra el balanceo del barco y entraban. Mantuvo casi toda la atención en Holden, a pesar de la clara expresión de dolor que reflejaba su rostro.

—¡Larry! —exclamó Kate.

Sin aguardar permiso, corrió hasta su hermano, tumbado sobre el largo colchón clavado a un lado del camarote. Estaba pálido, claramente agotado y le resultaba difícil enfocar la vista. También estaba empapado de pies a cabeza.

Y estaba atado de pies y manos a las patas del sofá.

—No te preocupes —la tranquilizó Larry con voz pastosa—. Respiro bien. Solo estoy cansado. Ese bastardo me ha hecho sacar las redes...

—Te traeré una manta.

—Lo que harás será apartarte de tu hermano —la voz de Farnsworth resultaba casi estremecedora ante la falta de emoción.

—Hazlo, Kate —le aconsejó Holden—. Está esperando una excusa para disparar. Sujetar una pistola produce ese efecto en algunas personas.

—La tentación es una malvada zorra —el otro hombre lanzó una furiosa mirada a Larry—. De modo que cierra el pico y mantenlo cerrado. Estoy más que harto de tus lloriqueos.

Larry se dejó caer y regresó a su estado de semiinconsciencia.

La lluvia y el agua salada entraban por los ojos de buey cada vez que cambiaba el viento. Unas personas vestidas con ropa normal habrían sentido frío, pero todos, salvo Larry, llevaban puestos neoprenos y el agua helada les resultaba refrescante.

Preocupada y con el ceño fruncido, Kate se apartó de su hermano. Sin previo aviso, el barco se inclinó y ella se vio lanzada hacia atrás, contra la mesa del camarote. Cuando apoyó las manos a su espalda para sujetarse, sintió el inconfundible peso y suavidad del oro en sus dedos. Volviéndose, contempló atónita un montón de objetos de oro descuidadamente amontonados sobre la mesa de madera.

—Bonito, ¿verdad? —observó Farnsworth.

—¿Bonito? —contestó ella—. Es... imposible.

El oro parecía vivo, deslizándose con el movimiento del barco, apenas sujeto por el borde de la mesa. Cadenas, monedas, pulseras, pendientes, corazas, brazaletes, anillos, collares, estatuillas. Oro en todas sus formas imaginables. Sutil, brillante, hechizante, soportando el peso del tiempo y la naturaleza del metal. De algunas piezas surgían destellos de colores de sus gemas. Otras eran valiosísimas simplemente por el trabajo de orfebrería.

Como si la voz llegara desde muy lejos, Kate oyó a Farnsworth ordenarle al abuelo y a Holden que se colocaran junto a Larry. Intentaba sacudirse el hechizo del pasado y la belleza, para centrarse en el peligroso presente, pero el atractivo de la historia era demasiado irresistible. No podía hacer nada sobre Farnsworth y su moderna pistola, pero podía absorber la presencia de la clase de tesoros que habían empujado durante siglos a los hombres, la brillante razón por la cual había tantas muertes y sueños revoloteando alrededor de la riqueza del Nuevo Mundo.

—Adelante, toca —la animó Malcolm, con expresión divertida—. Aquí hay más oro del que muchas personas verán en su vida.

—La historia —contestó ella— es asombrosa. Mi madre coleccionó dibujos antiguos de joyas como estas.

Kate tocó una corona que descansaba sobre una cadena de oro, en lugar de sobre una cabeza regia. La corona estaba hecha de largos, casi delicados, tentáculos de oro que se retorcían en los puntos de la diadema, como llamas congeladas en el metal. Y de cada punto salía un cabujón de esmeralda... oscuras lágrimas de ambiciones largo tiempo desaparecidas que seguían brillando con ricas promesas. Como joya, la corona poseía un considerable valor monetario. Como historia, su valor era incalculable.

Con cada segundo que pasaba, y a medida que el dolor empezaba a aflojar su paralizante garra sobre la pierna, Holden respiraba con mayor facilidad. El ocasional chorro de agua que entraba por el ojo de buey le hacía bien al sudoroso rostro.

«Mantenlos a todos distraídos un poco más de tiempo», le rogó a Kate en silencio. «Me estoy poniendo mejor por momentos.»

—Precioso, ¿verdad? —preguntó Farnsworth, los ojos desmesuradamente abiertos, como monedas de oro mientras contemplaba las joyas, la pistola apoyada contra el muslo—. Esa filigrana hará salivar a los compradores.

Ella siguió su mirada hasta una pieza lo bastante grande para ser una coraza, pensada para apoyarse sobre el pecho de una dama. Esmeraldas, zafiros y rubíes brillaban como un jardín en miniatura, besado por gotas de rocío de diamante.

—El trabajo de orfebrería es increíblemente fino —Kate asintió—. Se parece mucho al dibujo sobre el que mi madre solía soñar. Fue encargada por un viejo aristócrata español para su joven y consentida esposa. Quería que eclipsara a la mismísima reina en el baile de primavera que se celebraría en Sevilla, en 1685. Ningún orfebre en toda España era capaz de materializar el diseño para la joven por lo que se mandó hacer en Venecia. Según dicen, la elaboración de la pieza casi arruinó a su esposo.

La joya se deslizó como un sueño líquido entre los dedos de Kate, sin mancillar por la oscura corrupción de la vanidad, lujuria y envidia humanas.

—Lo más probable —continuó ella— es que el aristócrata fuera castigado por la reina cuando un bonita y joven advenediza lució unas joyas que ensombrecían a la realeza. El protocolo de la corte exigía que la joven le regalara el collar a la reina, lo cual no sucedió. Según la leyenda, el aristócrata y su joven esposa pudieron conservar el collar, pero fueron exiliados al Nuevo Mundo. No existen registros de la llegada del barco a tierra. Pero aquí está el collar, junto a una máscara de oro macizo de un dios, o rey, inca.

La lluvia cayó como un rugiente suspiro sobre la cubierta mientras el barco se elevaba para recibir una ola y volvía a deslizarse hacia abajo sobre la espalda de la invisible fuerza. El *Golden Bough* pareció un poco lento en su respuesta. El abuelo frunció el ceño y contempló la madera bajo sus pies, como si fuera capaz de ver a través de ella hasta el pantoque.

—Lástima que tenga que marcharme —anunció Malcolm—. Tengo entendido que hay mucho más ahí abajo, pero no tengo tiempo de bucear en su busca. Debería haberme marchado hace días, pero las noches... eran tan malditamente lucrativas. Recompensaron con creces mi paciencia. Tal y como yo voy a recompensar vuestra cooperación.

—¿Qué? —Kate se volvió sorprendida.

—Me llevaré una parte de esto, pero no todo —le explicó él mientras señalaba la mesa—. Soy un corredor, no un levantador de pesas.

Una ráfaga de viento zarandeó el barco como si fuera un juguete, contra el punto de anclaje. Todos tuvieron que agarrarse fuerte mientras la cubierta se escoraba a babor. Farnsworth se tambaleó hasta la cocina y cayó de rodillas en un charco de agua salada y lluvia. Los nudillos se volvieron blancos alrededor de la pistola.

Holden se lanzó a por el arma, aunque solo veía estrellas en los bordes de su campo de visión y era consciente de demandar una fuerza de la que su muslo carecía. Malcolm elevó la pistola justo a tiempo para que Holden viera el negro cañón ante sus ojos. No estaba lo bastante mojada para resultar inofensiva.

—Atrás —gruñó Farnsworth por encima del aullido del viento que entraba por los ojos de buey.

Furioso por haber desaprovechado la oportunidad, Holden dio un paso atrás hasta que la pierna cedió y se cayó al suelo.

—Es un asco estar tan flojo, ¿verdad? —preguntó Malcolm—. Toda esa musculatura, inservible ante un idiota flacucho con una pistola en la mano.

El dolor lanzó una dentellada sobre Holden, pero no resultó tan fuerte como la rabia por no haber sometido al otro hombre.

«Habrá otra oportunidad», se prometió Holden con amargura. «Está demasiado ocupado fanfarroneando como para no fastidiarla. Un profesional nos habría disparado en el agua y se habría largado con el tesoro».

Por suerte, Farnsworth era un aficionado en el juego de matar.

—Arrástrate hasta allí y siéntate en una de las sillas giratorias —le ordenó su captor mientras señalaba hacia la mesa cubierta de oro—. Tú también, abuelo. Sentaos espalda contra espalda. Kate, junto a Larry.

Holden podía caminar, pero no vio ningún motivo para desperdiciar energía. A gatas alcanzó una silla giratoria y se sentó en ella. El abuelo se movió con cautela, las piernas bien separadas para ayudarle a mantener el equilibrio.

—Girad las sillas para daros la espalda —les indicó Farnsworth—. Kate, toma la cuerda que he colgado del gancho junto a la puerta y tráela aquí. Ten mucho cuidado. No me gustaría tener que dispararte, o a tu hermano, porque tropezaste y caíste contra mí.

Por el rabillo del ojo ella miró a Holden, que observaba a Malcolm con intensidad depredadora.

Apenas audibles bajo el ruido del generador y la tormenta, las bombas automáticas de achique se pusieron en marcha. En el puente de mando, una alarma saltó. Las bombas de achique se ahogaron y murieron.

—¡Déjame ir o el barco se hundirá! —exclamó el abuelo con rabia.

CAPÍTULO 23

—Cierra el pico, viejo. Tendrás tiempo de sobra, si Cameron es la mitad de listo de lo que cree ser —observó Malcolm con descuido—. Estoy seguro de que nuestro forzudo héroe está planeando algo. Dobla los brazos por detrás de la espalda, héroe. Tú también, abuelo.

Holden giró las muñecas y las colocó una sobre la otra para dejar más hueco.

—Rapidito, Kate. Átalos juntos.

El sonido de la bomba de achique arrancando y apagándose, y la sensación que provocaba el movimiento del barco daba más miedo que Farnsworth y su cansina arma. Kate se puso rápidamente a la tarea, ignorando el hecho de que los dos hombres se inclinaban ligeramente para apartarse del respaldo de la silla. Además, Holden llenó los pulmones de aire y aguantó la respiración mientras ella enrollaba la cuerda naranja alrededor de sillas y hombres.

Al deslizar la mirada sobre la pierna de Holden, vio un cuchillo metido en su funda. Al levantar la vista, él sacudió ligeramente la cabeza.

—Más apretado —ordenó Malcolm antes de tambalearse cuando el agua entró por la proa y corrió sobre la cubierta principal—. ¡Mierda! Haz tu trabajo.

Kate hizo un impresionante nudo sobre el pecho de su abuelo.

—Te enseñé demasiado bien, Kitty —observó el anciano—. Es el mejor nudo viceroy que he visto en mi vida.

—Siempre me ha gustado su diseño —contestó ella.

Holden repasó mentalmente las lecciones de nudos y casi sonrió a pesar del dolor. Un fuerte tirón y el bonito nudo se soltaría. Eso, en cuanto encontraran el modo de que uno de los dos liberara la mano para alcanzarlo. No era tan sencillo como parecía, pero al menos les daba una oportunidad.

—Qué bonito —intervino Farnsworth—. Ahora apártate, zorra —él le propinó un empujón.

—Qué valiente eres con las mujeres, ¿no? —preguntó el abuelo—. Lodo de alcantarilla.

—Podría comprar este barco mil veces. ¿Qué te hace pensar que me importa la opinión de un insignificante irlandés como tú?

—Todo boca, pero no hay pantalones —continuó el anciano—. Desátame y vuelve a decirme eso.

Con una maliciosa sonrisa, Farnsworth abofeteó al abuelo con fuerza.

Kate dio un respingo y agarró la primera pieza del tesoro que llamó su atención.

Sin detenerse, Malcolm golpeó a continuación a Holden con la pistola, dejándole una marca roja en el pómulo.

—He deseado hacerlo desde que subiste a bordo —le explicó—, tú y tus conexiones familiares y medallas, y ese bonito acento londinense. Yo he llegado por el camino más difícil, pateado por mi viejo y aprendiendo a imitar a los mejores. Pues adivina quién es ahora el mejor —tomándose su tiempo, disfrutando del momento, levantó el arma para propinarle otro brutal golpe.

Holden se había dejado ir con el primer golpe, amortiguando su fuerza. Pero unos cuantos más y acabaría con el cerebro como un huevo revuelto.

—¡Déjalo! —gritó ella alzando la mano.

Sus dedos agarraban con fuerza una rana dorada del tamaño de una mano, e incalculable valor, adornada con cabujones de esmeralda. Las joyas le daban un asombroso aspecto de piel de verdad. Los dos ojos de rubí brillaban, lavados por el agua que entraba por el ojo de buey más cercano.

—¿Te has vuelto loca? —Farnsworth levantó la vista en el instante en que iba a soltar el segundo golpe.

Ella sopesó la criatura que tenía en la mano. La sensación era de pura riqueza, como la embriagadora habilidad para crear un capricho con forma de joya a partir de la fortuna de los reyes. La sensación era de poder.

Y lanzó la rana por el ojo de buey.

Malcolm la miró estupefacto, la boca abriéndose y cerrándose sin proferir sonido alguno.

Ciegamente, ella tomó otra pieza, algo pesado y sólido. La máscara.

—Déjalos en paz o caerán más por la borda. ¿Qué valor tiene para ti golpear a personas indefensas?

El barco volvió a tambalearse. Lo único que mantuvo a Kate de pie fue la mano que se agarraba al ojo de buey abierto y la joya apoyada sobre él.

—¿Y cuánto vale para ti mantenerlo con vida? —Farnsworth agarró a Holden por los cabellos y apoyó la pistola contra su mejilla.

Lentamente, ella volvió a meter la mano que sujetaba la máscara. Lo que más le apetecía era arrojársela a ese hombre a la cabeza, pero tenía miedo de darle a Holden. Al menos Farnsworth se había distraído y no lo había golpeado. Tendría que contentarse con eso.

Malcolm se dirigió hacia ella, le puso la zancadilla y le golpeó la cabeza con la pistola mientras caía al suelo. Después la izó por el pelo, contempló la turbia mirada, y la soltó.

—Si te mueves, recibirás más.

Kate cayó desmadejada sobre el suelo a escasos metros de Holden. Amargamente, silenciosamente, forcejeando con la cuerda y el pegajoso neopreno, él separó y aplastó las muñecas. A continuación, pegó la espalda contra el respaldo de su silla y soltó el aire, pasándole al abuelo Donnelly el máximo de cuerda, pues el nudo estaba sobre el pecho del anciano. De tanto tirar y retorcer la cuerda, al anciano hizo todo lo posible para liberar su mano.

Farnsworth los ignoró. Parecía tener prisa y sudaba copiosamente mientras sacaba una preciosa maleta de aluminio de debajo del sofá. Era la clase de maleta creada para proteger armas, aparatos electrónicos delicados o cualquier cosa pequeña y portátil que tuviera que ser tratada con mimo.

El barco volvió a escorarse con fuerza. Un relámpago estalló seguido de inmediato por un ensordecedor trueno. Los objetos resbalaron y saltaron sobre la mesa. Unos pocos cayeron al suelo. El pie de Farnsworth pisó una cadena de oro y cayó de espaldas. La pistola escapó de sus manos y golpeó el suelo con fuerza, aunque no se disparó. La maleta metálica dio un salto, provocándole una herida sangrante en la mano.

Soltando un juramento, Malcolm recuperó el arma, miró furioso a su alrededor, no percibió nada amenazador e ignoró todo salvo el tesoro que tenía frente a él. Dejó la pistola sobre la mesa y abrió la maleta. Unas cuantas gemas sueltas brillaban en su interior, como si alguien hubiera cortado un arcoíris. Rápidamente, agarró puñados de joyas de la mesa y las dejó caer dentro de la maleta.

La alarma del pantoque volvió a sonar cuando las bombas de achique se pararon.

Sudando y jurando, Malcolm llenó la maleta de riquezas hasta que no cabía nada más. Al intentar cerrarla, le resultó imposible. De sus labios surgió un sonido más animal que humano mientras sacaba histérico el oro sobrante.

Holden no había apartado la atención de Kate desde que había caído al suelo. Estaba a escasos metros de él cuando, aturdida, abrió los ojos. Lentamente volvió en sí y observó la habitación desde su posición a la altura del tobillo.

«Quédate tumbada, Kate. Farnsworth está loco, a punto de perder el control».

El mar se estremeció bajo la tormenta. El barco no era más que un juguete anclado en la lavadora del infierno. El *Golden Bough* montaba las olas, aunque sin ninguna elegancia.

—No puedo —gruñó el abuelo—. Tengo las articulaciones demasiado rígidas.

—Entonces deme algo de holgura —susurró Holden.

No iba a poder llegar hasta el nudo sobre el pecho del abuelo, ni soltar la mano derecha para alcanzar el cuchillo, pero sí podría mover la izquierda lo suficiente para agarrar a Farnsworth si era lo bastante estúpido como para acercarse un poco más.

Con la maleta bien cerrada, Malcolm volvió a mirar a su alrededor. Al ver los feroces ojos dorados de Holden, redujo los escasos metros que los separaban, incapaz de resistir la tentación de volver a cruzarle la atractiva cara con la pistola otra vez.

La mano de Holden se disparó hacia arriba y sujetó la pistola, apuntando con ella al techo.

—¡Kate, sal de aquí y escóndete! ¡Y no vuelvas! Farnsworth va a matar a todo el que vea antes de marcharse.

Las cuerdas se deslizaron por el bíceps de Holden y se tensaron. Le pareció oír un sonido metálico proveniente de la espalda de Malcolm, pero lo perdió ante el estruendo del disparo. Aunque la pistola no era un cañón de mano como los que había visto en la Marina, el ruido sí fue lo bastante fuerte para que le zumbaran los oídos.

Medio aturdido por lo inesperado, Farnsworth soltó un juramento y se retorció, intentando soltarse.

Pero Holden seguía aferrándose a la pistola. Sintió un tirón en el muslo y juró en silencio. En lugar de escapar, Kate se estaba haciendo con su cuchillo de buceo.

Farnsworth era más pequeño, pero tenía más libertad, más ventaja, y su pierna no estaba paralizada por el dolor. Holden solo contaba con unos segundos antes de perder el control sobre el arma, y se aferró a cada uno de ellos.

De repente la cuerda que lo sujetaba se aflojó del todo. Holden lanzó el peso sobre la pierna izquierda y le indicó al abuelo que hiciera lo mismo mientras los disparos sonaban a su alrededor. El nudo estaba deshecho, pero la cuerda les estorbaba.

Dentro y fuera del barco, los relámpagos estallaban continuamente, cegando a Holden hasta que no vio más que sombras moradas del arma que se inclinaba lentamente hacia él.

—Saluda de mi parte al departamento de antigüedades —masculló Malcolm entre dientes mientras conseguía apuntar al contable con la pistola.

Kate se levantó del suelo de un salto y le soltó un navajazo a Farnsworth en la mano que sujetaba la pistola, con la intención de que dejara de apuntar a Holden. Un disparo, como un trueno, sonó en el instante en que el abuelo empujaba a Holden a un lado. Los dos hombres cayeron al suelo en una maraña de cuerda naranja y sangre.

Hubo un ruido de entrechocar de metal, seguido del grito de sorpresa de Farnsworth cuando el cuchillo de Kate le cortó los nudillos. Golpeándola, se la quitó de encima y se tambaleó cuando el barco volvió a escorarse peligrosamente, antes de volver a apuntar a Holden.

En el silencio que se produjo entre el rayo y el trueno, llegó el sonido seco de un gatillo apretado una y otra vez.

Vacío.

Con un salvaje juramento, Malcolm intentó golpear a Holden en la cabeza con la culata de la pistola, pero tropezó con la cuerda naranja. Desistió y optó por intentar agarrar a Kate, que se lanzó bajo la mesa, fuera de su alcance mientras el barco volvía a elevarse con una nueva ola.

Perdiendo el equilibrio, Farnsworth se trastabilló. La maleta metálica golpeó el borde de la mesa y la espuma blanca del mar cayó sobre la cubierta como una catarata.

—¡Es demasiado pronto! —gimoteó, el miedo y la ira luchando por hacerse con el control.

Malcolm se irguió y abrió la puerta de golpe, golpeando la pared. La tormenta entró furiosa y, con una desesperada embestida, él desapareció.

El barco se inclinó y la puerta se cerró de otro golpe.

—Kate —llamó Holden, reptando de debajo del cuerpo del abuelo—. ¿Estás bien?

—Estás cubierto de sangre —exclamó ella horrorizada.

—Tu abuelo recibió el disparo destinado a mí —mientras hablaba, él comprobaba las heridas del anciano—. El neopreno se rompió sobre las costillas —tanteó ligeramente—. Hay mucha sangre, pero no hay herida de entrada.

—Ayúdame a ponerme de pie —el abuelo agitó una mano en el aire—. Tengo que ir al cuarto de máquinas para inspeccionar la bomba de achique. No me gusta cómo se mueve el barco.

El sonido del motor de la lancha rápida atronó por encima de la tormenta.

—Comprobaré las bombas —indicó Kate.

—Espera —Holden la agarró por la muñeca—. Farnsworth dijo que había dejado un pequeño puzle. Por algunos comentarios que hizo, está claro que tenía acceso a mis archivos. Quiero asegurarme que el puzle no es de los que explota.

—Estás paranoico —contestó ella.

—Estoy vivo. Suelta a Larry y atiende a tu familia.

—Hay herramientas en el almacén junto al cuarto de máquinas. Lo más rápido es entrar por la cubierta de popa —Kate señaló hacia otra puerta—. Voy a dejar a Larry como está. Está demasiado enfermo para mantenerse en el sofá sin las ataduras.

—Pon los motores en marcha —le indicó el abuelo.

—No —contestó Holden desde la puerta—. No toques ningún botón ni palanca hasta que lo haya comprobado todo.

La lluvia lo golpeó como puños y el viento intentó hacerle perder el equilibrio. Holden se agarró a la barandilla mientras se abría camino hacia la sala de máquinas. El suelo estaba resbaladizo, al igual que la manija de la escotilla, pero con esfuerzo consiguió abrirla. Descendió parcialmente por la escalerilla impulsado, sobre todo, por la fuerza de los brazos porque no quería utilizar la pierna mala a no ser que no le quedara más remedio.

Cerró la escotilla. A su espalda la luz brillaba débilmente.

«Gracias por dejar una luz encendida, Farnsworth. Querías que me resultara sencillo encontrarlo».

El pasillo era lo bastante estrecho para que Holden pudiera sujetarse a las paredes con las manos, sin tener que usar las piernas. Dado que paredes, techo y suelo estaban en constante e impredecible movimiento, agradeció el soporte. La puerta de la sala de máquinas estaba abierta, fijada a la pared lateral. Una luz amarilla verdosa salía del interior. Un bolsa gris de lona, llena de herramientas, seguía allí donde Malcolm la había dejado. Encima descansaban unos protectores de oídos.

«Ha disfrutado con el montaje. Casi le oigo reírse ante su propia inteligencia».

Holden ignoró lo que podría ser un cebo. El generador rugió como el caballo percherón que era. La habitación estaba caldeada por el calor que desprendían las máquinas. De haber estado los motores principales en funcionamiento, el calor habría resultado sofocante.

Sin acercarse, se sujetó a la puerta y echó un vistazo a la estancia. Aunque Farnsworth hubiera llevado algún dispositivo de la isla, no había tenido tiempo suficiente para montar algo demasiado elaborado antes de que Kate y él llegaran. Mientras estuvieron bajo el agua, seguramente había pasado la mayor parte del tiempo reuniendo los globos de elevación. Lo que fuera que hubiera preparado para Holden no podía ser muy complicado.

«El dispositivo estará situado allí donde una explosión se cargaría el sistema de alimentación de combustible o los controles». Holden sabía que podía dejar caer una cerilla en el diésel y la llama se apagaría sin más. En un día frío, y con mano firme, era capaz de hacer lo mismo incluso con gasolina. De modo que para ser eficaz, el dispositivo tendría que llevar, además de un explosivo, un acelerante para el diésel.

Ignorando el bamboleo del barco, buscó algo irregular en los dos enormes motores gemelos, algo escondido entre los largos cilindros, cables y tubos. Su mirada iba de un motor a otro, comparándolos, buscando cualquier anomalía.

«Ahí».

La bomba de gasolina del motor de babor era un cono de plástico traslúcido lleno de diésel que se movía en remolinos alrededor de un filtro cónico. El dispositivo era un pequeño ladrillo de explosivo envuelto en papel, cuajado de cables, algunos conectados al detonador, algunos a un despertador.

«Cortesía de Internet», pensó Holden. «Cualquiera con un mínimo de ingenio y un ordenador es capaz de encontrar las indicaciones. Espero que el C4 no sea casero».

«Odio a los aficionados. El noventa por ciento de lo que fabrican no funciona».

Sin embargo, descubrir si ese dispositivo entraba dentro del asesino diez por ciento requería tiempo, y la clase de atención y cuidado que un barco zarandeado por una tormenta tropical no permitía.

«Va a llevar tiempo, mucho tiempo, y tengo las mismas posibilidades de hacer estallar el dispositivo que de desactivarlo».

Miró a su alrededor en busca de cualquier cosa que pudiera recibir una transmisión de radio. Los mandos de apertura de garajes eran uno de los más populares.

«Espero que Farnsworth sea lo bastante estúpido como para intentar activarlo a distancia. Las interferencias de la tormenta, y el metal del casco y el cuarto de máquinas, impedirán la recepción».

Acercándose un poco más, Holden se sujetó para soportar los constantes y excéntricos movimientos del barco y examinó el dispositivo mientras recordaba la alegre voz de Farnsworth explicándoles que podrían alcanzar la orilla, aunque tuvieran que nadar durante el último tramo.

Como todo en lo que trabajaba Malcolm, la bomba era jodidamente perfecta. Sin duda lo había sacado de algún libro de texto para anarquistas y yihadistas. Cada juntura estaba sellada con una gota de soldadura. El envoltorio del C4 protegía las afiladas aristas. Desde luego parecía uno de los dispositivos pertenecientes al diez por ciento que podría llegar a explotar.

«La cantidad de C4 es pequeña. Podría matar a algún desgraciado que estuviera cerca, y seguramente hacer saltar por los aires el sistema de alimentación de combustible, pero…».

Durante largo rato, Holden mantuvo el ceño fruncido. Ese dispositivo no tenía sentido, y el tubo plateado que formaba parte de él no dejaba de intrigarle. Y de repente lo comprendió.

«Termita».

La arenga en lengua pastún compitió con los demás sonidos en la sala de máquinas mientras Holden lanzaba juramentos contra Farnsworth y todos sus ancestros hasta el principio de los tiempos. La termita transformaría el diésel en un rugiente demonio. No habría sitio adonde ir. Ningún escondite en el que poder sobrevivir. Una muerte rápida por acción de la llamarada, o una más lenta por ahogamiento.

«El jodido temporizador no cuenta el tiempo, pero eso no significa nada. Los temporizadores son para las películas».

«Farnsworth solo tenía prisa por alejarse de nosotros, y no tenía modo de saber cuánto tiempo requeriría la recuperación de los globos de elevación, de modo que debe haber dotado el dispositivo con un amplio margen de seguridad para permitirle escapar».

Holden repasó mentalmente los pasos que iban a hacer falta para desactivar el dispositivo, pero le resultaba difícil concentrarse. Algo que había dicho el abuelo Donnelly llamaba insistentemente a su cabeza, exigiendo ser añadido a la ecuación formada por el dispositivo, el barco, la tormenta y el tiempo.

«Bombas de achique».

«Hundirse».

El barco se bamboleó de nuevo, recibiendo cada ola con más torpeza que la anterior, como si el *Golden Bough* se estuviera acomodando lentamente más y más profundamente en el mar.

«El dispositivo es una cortina de humo. El verdadero peligro es el naufragio, pero Farnsworth esperaba que estuviera tan obsesionado con este bonito juguete que no me diera cuenta del otro sabotaje que había preparado hasta que fuera demasiado tarde».

Súbitamente Holden se dio cuenta de que sus pies estaban hundidos en el agua. Rápidamente se agachó, metió un dedo en el charco y se lo llevó a la boca. Esperaba que esa agua fuera dulce, proveniente de la máquina potabilizadora.

Pero era salada.

No se había encontrado la sala de máquinas inundada cuando había llegado, y el neopreno le había impedido darse cuenta de la lenta e inexorable crecida del agua, un agua que mataría mucho menos espectacularmente, pero que al final produciría el mismo efecto que cualquier explosivo ideado por la mente humana.

Ignorando el dolor en el muslo, Holden salió lo más deprisa que pudo y comprobó que el barco auxiliar seguía amarrado al barco. Iba a necesitar un poco de puesta a punto, pero era seguro. El muslo lo estaba matando, pero lo ignoró mientras subía las escaleras a la mayor velocidad que le permitía el bamboleante barco. Para cuando abrió la puerta del camarote principal, se sentía como si acabara de llegar de un partido de rugby especialmente duro.

—Tenemos que abandonar el barco de inmediato —anunció.

—¿Qué? —Kate levantó la vista del vendaje que estaba colocando sobre las costillas de su abuelo.

—¡Eso es una locura! —exclamó el anciano.
—No —contestó Holden secamente—. La locura sería quedarse a bordo de un barco que se hunde. El agua alcanza al menos un centímetro en la sala de máquinas y sigue subiendo mientras estamos aquí hablando. El pantoque está inundado y la bomba ha dejado de funcionar.
—¿Sabotaje? —preguntó el anciano, el rostro enrojecido de rabia.
—Eso da igual —Holden tomó el cuchillo de buceo de la mesa que seguía cubierta con el tesoro del pirata y se dirigió hacia Larry—. El barco auxiliar sigue amarrado al barco. Ese imbécil se llevó la bonita lancha rápida. Espero que se inunde camino de St.Vincent.
—Ayúdame a levantarme —balbució el abuelo—.Yo puedo salvar mi barco.
—No hay tiempo. Podríamos naufragar con la siguiente avalancha de olas —Holden empezó a cortar la ataduras de Larry—. Sube a tu abuelo al barco auxiliar, Kate.Yo llevaré a tu hermano.
Metódicamente se concentró en espabilar a Larry a bofetadas.
El horrible sonido le indicó a Kate lo complicado de la situación. Holden no era la clase de hombre que abofeteaba a un indefenso.
—Vámonos —le ordenó al abuelo—. Puedes apoyarte en mí.
—Pero… mi barco… el tesoro.
—Que le den al tesoro —rugió Holden mientras guardaba el cuchillo en la funda y tiraba de Larry—. Lo único que merece la pena salvar son nuestras vidas.
El *Golden Bough* se inclinó mientras intentaba hacer frente a las negras colinas de agua que corrían hacia proa. Gruesas lágrimas rodaban por las mejillas del anciano al sentir cómo su amado barco luchaba por su vida.
Y la perdía.

—Puedo llegar yo solo al barco auxiliar —le espetó a Kate—. Ayuda con Larry —el abuelo salió por la puerta, directo hacia la tormenta.

Ella se volvió y tomó uno de los brazos de su hermano. Estaba de pie, respondiendo como un niño despertado de un profundo sueño por un adulto que lo arrastraba hacia otra cama. Si se lo ordenaban, era capaz de caminar, pero no era realmente consciente de nada.

—Espera con él junto a la puerta —le indicó Holden a Kate mientras se inclinaba y agarraba la cuerda naranja con la que había estado atado.

—Las escaleras —contestó ella.

No añadió nada más. No hizo falta.

—Lo sé —asintió él—. Mi pierna está demasiado fastidiada para poder cargar con él —sus manos se movían rápidamente, con seguridad, dando forma a un arnés a partir del extremo de la cuerda.

Ella comprendió lo que hacía y ayudó a colocarle el arnés a Larry. Su hermano ni ayudó ni se resistió. La causa de su pasividad era evidente, pero aun así ella se sintió angustiada.

—Yo bajaré primero y lo amarraré a las escaleras —le explicó él—. Tú mantenle recto.

Kate esperó a que Holden fijara un aseguramiento en la escalera. Su hermano quizás se golpearía, pero no iba a caer y romperse el cuello.

—¡Asegurado! —gritó él por encima de la tormenta.

Ella hizo lo que pudo para guiar a su hermano sobre el primer peldaño mientras el barco no dejaba de escorarse y bambolearse peligrosamente. Holden arrojó todo su peso contra la cuerda de seguridad, permitiendo que Larry descendiera en una caída más o menos controlada.

El barco se alzó sobre una nueva ola, pero no lo suficiente. El agua inundó la proa arrojando un torrente negro y blanco sobre la cubierta inferior.

—¡Holden! —gritó ella.

Él se apoyó, y a Larry también, contra la cuerda de seguridad para evitar ser arrastrado por la borda. Cuando sintió que la fuerza del agua disminuía, llamó a Kate.

—¡Abajo!

Ella bajó las escaleras con la velocidad de una niña criada sobre un barco. Juntos sujetaron y empujaron a Larry por la cubierta. A pesar de su recubrimiento antideslizante, caminar sobre ella era un peligro, sobre todo cuando un torrente de agua rompía sobre la cubierta inferior. Holden utilizó la cuerda para bajar a Larry al barco auxiliar y prácticamente se dejó caer él mismo. Kate lo siguió de cerca.

El abuelo ya había puesto en marcha el motor.

—¡Soltad amarras!

Con el movimiento del pequeño barco contra el más grande, desatar el cabo iba a llevar demasiado tiempo. Holden sacó el cuchillo de buceo de la funda y cortó las cuerdas. El barco auxiliar saltó, libre del *Golden Bough*, que se hundía lentamente.

—He programado el trayecto hacia Lee Harbor —le explicó el abuelo a Kate mientras apartaba el barco auxiliar, las manos firmes a pesar del continuo fluir de lágrimas que rodaban por sus rugosas mejillas—. Hazte cargo del timón, Kate. Nadie sabe surfear con un pequeño barco como tú. Y eso es lo que vamos a tener que hacer casi todo el tiempo.

Mientras tanto, Holden embutía a Larry en un chaleco salvavidas y acomodaba el delgado cuerpo bajo el salpicadero. No estaría cómodo, pero era más seguro que dar bandazos por todo el barco. El abuelo sacó más chalecos y se los pasó a Holden, que se puso uno rápidamente antes de ayudar a Kate con el suyo mientras ella seguía pendiente de calcular la llegada de las olas.

—Si te cansas, me haré cargo yo —le susurró él al oído—. Tengo algo de experiencia.

—Descansa esa pierna todo lo que puedas. Yo solía hacer esto por diversión.

Pero cuando empezaron los relámpagos ya no hubo más placer dibujado en su rostro. Hacía falta habilidad y concentración para cabalgar las olas que ascendían bajo la popa del barco, levantándolo y lanzándolo hacia delante. Demasiada aceleración y se adelantaría a la ola, enterrando la proa en el agua y volcando el barco. Demasiada poca y la siguiente ola rompería sobre el barco, inundándolo.

Holden la observó durante unos minutos, admirando su pericia y valor, aun cuando desearía evitarle esa situación. Si el viento y la corriente hubieran ido en dirección contraria, el barco auxiliar habría bordeado el límite de sus capacidades tan solo con mantenerse a flote. Dada la situación, los progresos hacia la costa eran buenos, gracias a las firmes manos de Kate.

Tomó un contenedor y empezó a achicar agua, a pesar del punzante dolor que le atravesaba la pierna.

«Pasará. Siempre pasa».

Y la vida también, pero Holden no remoloneaba en ella. Y en esos momentos, sobrevivir requería cada átomo de voluntad y concentración.

CAPÍTULO 24

Kate miró por la ventanilla trasera de la vieja pickup y vio Lee Harbor bajo una cortina de lluvia y viento. Durante un largo y frustrante momento se quedó mirando.

—Te dije que te quedaras con ellos —Holden interrumpió su ensimismamiento.

—La ambulancia está de camino —contestó ella mientras arrancaba el motor—. No puedo hacer nada por el abuelo y Larry, pero puedo conducir un coche con marchas mejor que tú en estos momentos.

Ya habían mantenido esa discusión camino del puerto, de modo que Holden guardó sus energías para lo que les esperaba. El cielo estaba negro con algunas nubes deshilachadas, visibles cada vez que un relámpago morado aparecía a lo lejos. El viento fluía sobre el agua, agitando barcos y arrancando llantos de las jarcias. Incluso lejos del mar, el aire sabía a salmuera.

«O a lo mejor no es más que la costra de sal que cae de mi pelo», pensó él mientras se pasaba la lengua por los labios.

Al menos mantenía su mente alejada del muslo, que no dejaba de dolerle.

Un rayo cayó cerca, iluminándolo todo con luz blanca y dejando unas imágenes residuales incandescentes. El trueno estalló casi simultáneamente, agitando el mundo. Objetos de las calles y el bosque se estrellaron contra la camioneta a impredecibles intervalos.

Kate dio un respingo ante el último objeto que los alcanzó y se dijo que estaba mejor en el coche que en un barco auxiliar de metal en medio de un mar salvaje. La visibilidad era parecida en ambos casos. Las luces delanteras revelaban una lluvia caprichosa y una lúgubre oscuridad. No había una escala verdadera, nada que ayudara a determinar la distancia que alcanzaban los faros. Solo había lluvia y viento, noche y relámpagos.

—¿Estás seguro de que sigue siendo una tormenta tropical? —preguntó ella.

—La última vez que lo comprobé lo era. Pero algunas ráfagas están por encima del límite superior de ciento dieciocho kilómetros. Los vientos sostenidos siguen por debajo.

—Pues a mí me parecen superiores a eso —insistió Kate con amargura mientras se esforzaba por mantener la endeble pickup sobre la carretera—. ¿Crees de verdad que Farnsworth intentará volar en estas condiciones?

—No tiene mucha elección. Aunque nos hubiésemos hundido todos con el *Golden Bough*, nunca podría estar seguro de que no hubiésemos aireado sus trapos sucios por radio, o por el móvil, antes de ahogarnos. Es un aficionado, gracias a Dios. Un profesional nos habría matado, esperado a que pasara la tormenta y subido al primer avión con una nueva identidad y una maleta llena de joyas.

—Admito que está loco y es un amateur —ella dio un volantazo para evitar algo, que no pudo identificar, que se dirigía hacia ellos—. Al parecer sí sabía bucear. ¿También es piloto?

—Lo dudo. Por lo que dijo tu abuelo, Farnsworth aprendió a bucear con un libro y una piscina. Hace falta un piloto muy bueno, y afortunado, para volar con este tiempo.

—Pero ¿podría hacerse?

—Desde luego —Holden asintió mientras pensaba en algunos informes de zonas de combate de los que había tenido conocimiento—. La necesidad es una cruel amante. Si hay un avión y una pista en St. Vincent, debemos asumir que Farnsworth se dirige hacia allí.

—Dudo que ninguna de las pistas ilegales estén utilizables —reflexionó ella.

—¿Disculpa?

—Las pistas talladas en el bosque para usos privados, y a menudo ilegales. No están pavimentadas. La única pista pública que estará en condiciones es la que usamos para aterrizar, pero todos los vuelos han sido cancelados.

—Solo los vuelos comerciales. Se da por hecho que los pilotos de avioneta tendrán el sentido común de permanecer en tierra —la sonrisa de Holden era más una mueca—. Farnsworth está desesperado. Si es capaz de alzar una cometa, intentará volar con ella.

—Ni siquiera estamos seguros de que haya alcanzado la orilla.

—También hemos mantenido una discusión sobre eso ya, justo antes de discutir sobre mi capacidad para conducir.

Kate optó por callarse y concentrarse en conducir. Sabía que Holden se sentía, en cierta medida, responsable por lo que había hecho Farnsworth, como si tener la misma nacionalidad, y trabajar para el mismo organismo significara que eran ambos culpables de lo que solo uno de ellos había hecho.

—Lo siento —se disculpó él, como si le hubiese estado leyendo la mente—. Debería haberme dado cuenta antes de la jugada.

—Hiciste todo lo que pudiste.

—Aún no.

La lluvia caía sobre la camioneta, superando la capacidad de los limpiaparabrisas. Hojas voladoras de palmeras chocaban contra el cristal y se pegaban a él como gigantescos murciélagos. Uno de los limpiaparabrisas dejó de funcionar mientras la lluvia y el viento seguían arrancando hojas. Por suerte, el limpiaparabrisas estropeado estaba del lado del copiloto.

El grito del viento subió y bajó como el aullido de un animal enjaulado. Los relámpagos tiñeron el mundo de blanco, y los truenos bombardearon todo a su alrededor. El agua se acumuló en la carretera y a los neumáticos les resultaba difícil agarrarse.

—Aguanta, esto podría ponerse difícil —le advirtió ella.

—Menos mal. Estaba a punto de morir de aburrimiento.

Kate habría jurado que había perdido su capacidad para reírse, pero no era así. Soltó una carcajada y descubrió que la ayudaba a liberar la presión que se acumulaba en su interior, mejoraba sus reflejos y le permitía concentrarse más.

—Gracias —le contestó a Holden.

—Ha sido un placer —él le acarició la mejilla con dedos húmedos—. Una de las primeras cosas que nos enseña la guerra es que la risa te mantiene cuerdo.

La camioneta continuó su camino bamboleándose con dificultad. Un ligero borrón de luz en la distancia pronto se convirtió en el aeropuerto. Mientras aparcaban, cortinas de lluvia brillaban como oro líquido bajo las luces del aparcamiento vacío. Hojas de palmeras y otras cosas inidentificables atravesaron horizontalmente los focos de luz y se sumergieron en la oscuridad.

De repente el viento se hizo más débil hasta detenerse, como si la tormenta estuviera tomándose un tiempo para respirar. A través de las cortinas de lluvia, las luces del coche captaron un vehículo aparcado en el extremo más lejano de la terminal principal, junto a un edificio más pequeño destinado a avionetas privadas y sus pasajeros. El coche parecía negro, pero el modelo y la marca eran correctos.

—Farnsworth alquiló un Mustang rojo chillón —le explicó ella.

—¿Estás segura?

—Está incluido en la lista de gastos. No menciona que sea rojo, eso lo dijo el abuelo cuando se quejó de la cara lancha rápida.

—Con esta luz, el rojo parece negro —afirmó Holden.
En cuanto detuvieron la camioneta junto al coche, él se bajó y apoyó una mano sobre el capó. Estaba tan caliente que casi salía vapor. En una esquina, el parabrisas lucía una pegatina de una casa de alquiler de coches.

Kate bajó de la furgoneta y se reunió con él. Lo oyó hablar en algo que debía ser pastún.

—Esperaba sinceramente estar equivocado, y que ese cerdo psicótico se hubiera ahogado —Holden se volvió hacia ella.

—A veces tener razón es un asco —ella asintió con gesto serio.

—¿Te importaría esperar en la camioneta?

—Solo si tú también lo haces.

De nuevo la misma vieja discusión.

Holden volvió a pasar al pastún mientras se dirigía hacia la traqueteante estructura metálica que proporcionaba servicios de vuelo. Era el único sitio que tenía las luces encendidas.

Kate lo siguió de cerca. No le pidió una traducción de las airadas palabras. Ya se imaginaba que no le iban a gustar. Pero, al menos, caminaba sin apenas cojear. Era evidente que el agitado trayecto hasta Lee Harbor y el posterior en una camioneta sacudida por la tormenta, le había dado la oportunidad a su pierna de recuperarse del buceo.

«Y de la pelea», pensó ella. «No lo olvides».

El recuerdo de los puños y los disparos la hizo estremecerse. Esperaba sinceramente que no se repitieran.

Lo que sí tenía claro era que no estaba dispuesta a dejar a Holden solo con un loco.

Entre el edificio y la terminal principal, iluminados por las luces de la pista, diversos objetos volaban por todas partes y cruzaban la plataforma de estacionamiento. La lluvia caía con tanta fuerza que, solo por estar debajo, Kate se sentía como si estuviera vadeando barro con una pesada carga a cuestas. El agua le caía por el cuello del equipo de buceo y se mezclaba con el sudor de su cuerpo.

«Al menos los trajes son negros», pensó ella. Ambos parecían sombras deslizándose bajo la lluvia.

Holden se detuvo ante el pequeño edificio cuyas luces apenas conseguían rasgar la cortina de oscuridad de la tormenta. La débil iluminación bastó para poder leer el cartel clavado a la puerta.

—¿Qué hay ahí dentro? —preguntó ella.

—Paradise Air. Presumen de tener vuelos para cualquier presupuesto, incluyendo un jet disponible para los impacientes. Con toda probabilidad es más viejo que nosotros.

—¿Y podría despegar en estas condiciones?

—Hasta un cubo de basura podría despegar —contestó él—. Permanecer en el aire es otra historia.

—¿Está cerrada? —Kate posó la mirada en la puerta.

—No lo he comprobado. Varias de las ventanas con láminas a favor del viento están abiertas.

—Máxima ventilación con la menor cantidad de agua —observó ella—. ¿Crees que Farnsworth tendrá algún compinche?

—No parece de los que comparte. Voy a intentar oír algo mientras tú esperas aquí o en la camioneta. Si hay jaleo, por el amor de Dios, saca tu precioso culo de aquí.

Sin darle oportunidad de responder, Holden desapareció bajo una cortina de agua.

Y Kate lo siguió. Aunque no conseguía verlo, sí veía las luces hacia las que se dirigía. Cuando lo encontró, parecía un arbusto tropical aplastado por la lluvia. A unas decenas de metros más allá del edificio, tres aviones aparcados en línea se estremecían contra las amarras. Los hangares eran para la gente rica y las empresas. Paradise Air no tenía suficiente categoría.

Ella se acurrucó junto a Holden. Cotillear no resultaba complicado. El tejado de latón ondulado garantizaba que cualquiera que intentara hablar allí dentro prácticamente tuviera que gritar para ser oído por encima del estruendo que provocaba la lluvia al golpear el metal.

Holden se situó junto a una ventana para poder observar el interior entre las láminas de las persianas. Farnsworth discutía con alguien. Se había tomado el tiempo necesario para quitarse el traje de buceo y llevaba un atuendo informal, y bastante mojado por haber corrido bajo la lluvia con él desde el coche al edificio.

—Teníamos un acuerdo —gritaba Farnsworth.

—Eso fue antes de que mi equipo midiera vientos de ciento veinte kilómetros por hora —habló una mujer, con voz aún más cortante y refinada que la de Farnsworth en sus mejores momentos.

—No ha sido más que una ráfaga, no un viento constante. ¿Lo ves? Ahora solo son de noventa kilómetros.

—Cuando se mantenga a ochenta, te llevaré a Sudamérica. Puede que tengas ganas de morir, pero yo no.

Y, como si pretendiera subrayar sus palabras, la mujer se colocó frente a Farnsworth. Era casi tan alta como él, mestiza, y muy decidida.

—Te pagaré el doble de lo acordado —le ofreció Malcolm.

—Los muertos no necesitan dinero.

—Muere ahora, o vive y llévame en ese avión —Farnsworth sacó la pistola de debajo de la cazadora—. Elige.

—Estás loco —la mujer palideció bajo su habitualmente oscura piel.

—Ese no es tu problema. ¿Qué va a ser? ¿Morir ahora o confiar en tu habilidad y vivir?

La piloto empezó a intentar razonar con el otro hombre.

Holden no esperó a oír más. Era evidente que Farnsworth había cambiado el cargador. Colocando a Kate a su espalda, se movió hasta que ya no pudieron oírles. No tuvieron que ir muy lejos, pues el viento aullaba con renovadas fuerzas. Se tambalearon e inclinaron para mantenerse en pie. Ramas, piedras, hojas y palos los golpeaban.

—Tenemos que ayudarla —exclamó ella antes de que Holden pudiera hablar—. Pero si entramos ahí dentro es probable que nos dispare.

—¿Tienes un martillo o una cizalla en esa oxidada caja de herramientas de la camioneta?
—No lo he comprobado, porque la camioneta no ha tenido ninguna avería. ¿Por qué?
—Echemos un vistazo —fue la única contestación de Holden.

Él la agarró del brazo, tanto para ayudarla ante el creciente viento como para asegurarse de que no intentara salvar a la piloto sin él. El viento les empujó hasta la camioneta. Unos cuantos juramentos y golpes bastaron para abrir la caja oxidada. Ignoró las pinzas, el medidor de voltaje, los destornilladores y las tuercas mientras hundía las manos hasta el fondo de la caja. Y allí, entre arandelas y tornillos, encontró una pequeña cizalla y un martillo.

Haciendo caso omiso del dolor en el muslo, que parecía haber despertado mientras caminaba en la tormenta, Holden agarró las herramientas con una mano y a Kate con la otra.

—Date prisa —le urgió—. Tenemos que llegar a los aviones antes que Farnsworth.

Inclinándose contra el viento, empujaron a través de la cortina de agua hasta la plataforma de estacionamiento. Los tres aviones se estremecían contra los amarres, goteando y bamboleándose como peces luchando contra una fuerte corriente. Todos los aviones llevaban dibujado el logotipo de Paradise Air.

Los relámpagos iluminaban al azar la oscuridad, seguidos invariablemente por el estruendo del trueno. En el relativo silencio que siguió, Holden y Kate oyeron un disparo y un grito de mujer.

—¡Dios mío! —exclamó ella—. Le ha disparado.
—Lo dudo.
—Pero lo he oído.
—Farnsworth está loco, pero no es estúpido —le explicó Holden—. Necesita un piloto. Simplemente se ha cansado de discutir. Toma el martillo y apártate. Cuando lo saque de ahí, pon a la piloto a cubierto.

—Ten cuidado —ante la vaga idea de lo que planeaba Holden, Kate sintió que se le helaba la sangre—. Uno de esos cables podría arrancarte la cabeza.

—Nunca me arriesgo con unas tijeras, amor. Los cuchillos son mucho más excitantes. Hazme una seña si ves que se abre la puerta.

Holden esperó, agarrado a uno de los postes de metal hundidos en la plataforma de estacionamiento para separar a los pasajeros de los aviones, mientras ella se tambaleaba contra el viento. A continuación se volvió hacia la primera fila de aviones.

Los amarres eran unos cables tensores que surgían de un aro de metal de cada ala y terminaban en un anclaje hundido en el cemento. Los finos cables vibraban con la tensión, emitiendo un sonido similar al de las jarcias en el puerto. Estaban demasiado tensos para poder soltarlos de la manera habitual. Holden sujetó el cable con la cizalla y volvió la cabeza.

Con todas las fuerzas que le proporcionaban la adrenalina y la necesidad, apretó.

CAPÍTULO 25

El fino cable de metal salió disparado como un látigo hacia Holden, atravesando el neopreno como si no fuera más que aire. La sangre manaba mientras el pequeño avión se tambaleaba bajo el viento y se revolvía como un pájaro que tuviera un ala amarrada al suelo. La amarra de cola se soltó.

El estruendo de dos avionetas chocando repetidamente se alzó por encima de la tormenta.

Holden corrió hasta la puerta trasera del edificio y esperó. El ardor que sentía en el brazo izquierdo carecía de importancia, prácticamente una sombra del que pulsaba en su muslo tras haber estado agachado y después correr.

«Irrelevante», pensó. «Todo esto aguantará unos cuantos minutos más».

De haber estado Farnsworth solo, Holden habría intentado cortarle el cuello con el cuchillo de buceo a la primera persona con la que se topara al cruzar la puerta. Pero no había manera de saber quién sería esa primera persona.

Un sonido de deslizamiento, seguido de un crujido, señalizó el momento en que una de las avionetas se colocaba perpendicular tras una nueva ráfaga de viento. Algo pasó volando junto a la cabeza de Holden, lo bastante cerca para escocerle. Un pedazo de aluminio ondulado, doblado tras una colisión previa, describió un elegante arco para aterrizar en el suelo donde continuó rodando, retorcido y mortífero.

Y ruidoso.

Kate comenzó a hacer señales frenéticamente.

Holden se tensó. Entre la oscuridad, y el movimiento de la lluvia y el viento, podía considerarse invisible. Observó la franja de luz hacerse más grande a medida que la puerta se abría.

Farnsworth comenzó a soltar juramentos al ver el amasijo de avionetas. Los zapatos de cuero asomaron por la puerta.

Y Holden irrumpió, cerrándola de golpe. La pierna herida ralentizó el momento del golpe.

Malcolm soltó un alarido cuando su pie quedó aplastado entre el quicio de metal y la propia puerta. De la parte delantera del edificio llegó el sonido de un portazo. La piloto corría en dirección contraria.

«Chica lista», pensó Holden.

Sudando, empujó la puerta con más fuerza en un intento de lisiar al otro hombre. Farnsworth empujó en sentido contrario con sorprendente fuerza hasta que la pierna mala de Holden cedió ligeramente.

Lo justo.

De un fuerte tirón, Farnsworth liberó su pie y cargó contra Holden, haciéndole perder el equilibrio. Apenas consiguió esquivar el balanceo de la puerta.

Oyó a Kate gritar su nombre y, mientras rodaba por el suelo, le gritó a ella también.

—¡Corre!

Farnsworth salió cojeando por la puerta, un pie sin zapato, la pistola en la mano derecha y la maleta de metal en la izquierda. Buscó algún objetivo, pero sus ojos aún no se habían habituado a la oscuridad.

Con toda la prisa de que fue capaz, Holden se levantó del suelo y se lanzó contra el otro hombre. Hubo un crujido audible cuando su hombro se hundió en las costillas de

Farnsworth. Holden vio el brillo de la pistola en la mano del otro hombre mientras se lanzaba al suelo de lado, golpeándose la rabadilla y un codo contra el suelo. La maleta de metal se estrelló contra el cemento.

Holden saltó hacia la pistola, pero su pierna no estaba en condiciones. El golpe contra el suelo hizo que miles de estrellas estallaran en sus ojos. De repente sintió la cabeza llena de cristales rotos y la pierna al rojo vivo. La única manera de localizar a su oponente era a través de sus juramentos y burlas.

—Ha pasado mucho tiempo desde los campos de rugby, muchacho —gruñó Farnsworth—. De todos modos, yo nunca jugué limpio.

Holden sacó el cuchillo de buceo de la funda y se lanzó contra Farnsworth, que perdía su energía regodeándose. El acero se hundió en la muñeca izquierda de Malcolm, retorciéndose hasta tocar hueso. El otro hombre aulló de dolor, dejó caer la maleta y golpeó el hombro de Holden con el cañón de la pistola. El golpe fue de refilón, pero lo bastante fuerte para entumecerle el brazo durante un instante.

El cuchillo cayó al suelo.

Holden volvió a levantar el codo izquierdo en un intento de alcanzar la garganta de Farnsworth. Instintivamente, el otro hombre agachó la cabeza, pero aun así el golpe lo derribó. Holden lo siguió en la caída, luchando por el control del arma. Como objetos lanzados por el viento, los dos hombres rodaron luchando por una posición.

Sin que se fijaran en ella, Kate rodeó a los dos hombres y esperó la oportunidad para utilizar el pequeño martillo contra Farnsworth. Aunque delgado, ese hombre era más fuerte de lo que uno podría pensar.

Cuando Holden vio descender de nuevo el arma, retorció el brazo de Farnsworth mientras seguían rodando por el suelo y pateando bajo la lluvia que caía sobre ellos como el mar vuelto del revés. Holden empezaba a verlo todo negro y sus brazos dolían. Cuando al fin dejaron de rodar, él se encontró encima. Farnsworth arañaba y pateaba, pero no lograba superar la fuerza bruta de Holden. Sus dedos soltaron el cuello de Holden, pero a cambio le lanzó un rodillazo bajo las costillas.

Un dolor, salvaje y morado explotó cuando el diafragma de Holden recibió el golpe. Aunque todo se volvió negro, su obsesión era no permitir que Malcolm le disparara. A esa distancia, era imposible que fallara. Holden agarró con fuerza la mano que sujetaba la pistola y apretó con todas sus fuerzas hasta que de nuevo la rodilla se estrelló contra el muslo herido y la noche estalló. Sintió aflojarse la mano, el mundo alejarse, y rezó para que Kate hubiera corrido lejos.

—Gilipollas. De. Clase. Alta —Farnsworth golpeaba a Holden con cada palabra.

Se lo quitó de encima de un empujón y se puso de rodillas, tambaleándose. Intentó llevar la pistola hasta el rostro de Holden con ambas manos, pero su mano izquierda estaba inutilizada y empapada por la sangre de la herida de la muñeca.

Kate lanzó el martillo hacia la parte trasera de la cabeza de Malcolm.

Pero en el último instante, él se dio cuenta del nuevo peligro que lo acechaba y rodó hacia un lado. El martillo lo golpeó, pero solo en el hombro.

«Por Dios, qué rápido es», pensó ella.

Siguió rodando, más bien dando volteretas, hasta estar fuera de su alcance, pero lo bastante cerca para poder apuntar a cualquiera de los dos con el arma. Y eligió a Holden.

—Deja lo que tengas en la mano —le ordenó Farnsworth a Kate.

El martillo cayó al suelo, pero el ruido que llamó la atención del hombre fue la maleta metálica deslizándose en su dirección, empujada por el viento.

«Ese hijo de perra tiene la suerte de su parte», pensó Kate con amargura mientras la maleta acudía como un perro a su dueño.

Sin embargo, la maleta siguió deslizándose, fuera del alcance de su dueño.

Farnsworth inició automáticamente una carrera en pos de la maleta, aterrizó sobre el pie malo y gritó. Pero, incluso mientras ella echaba a correr, la apuntó con la pistola. Y Kate se quedó paralizada.

—Eres más lista de lo que pareces —observó Farnsworth.

Kate estaba pendiente de él, esperando una nueva oportunidad. La lluvia caía sobre ella como si saliera de una manguera, pero apenas lo notaba. Lo único que importaba era quitarle a Farnsworth su pistola.

La maleta se escapó del alcance de Malcolm y tomó velocidad sobre la resbaladiza plataforma de estacionamiento. El viento era tan fuerte que resultaba difícil mantenerse de pie.

Kate apenas lo notaba, permitiendo que su cuerpo girara y recuperara el equilibrio como si estuviera a bordo del barco. Toda su concentración estaba puesta en la pistola que apuntaba a Holden. Usando el viento como excusa, poco a poco se fue acercando. Afortunado o no, Farnsworth estaba herido, sangraba, y apenas era capaz de mantenerse en pie. Lo único que lo mantenía era la adrenalina.

Esperaría, observaría y estaría preparada en el momento en que perdiera su concentración.

Desde su posición en el suelo, Holden vio a Kate deslizarse hacia Farnsworth y quiso gritar de frustración. Aunque estuviera herido, no era rival para ella.

—Vosotros dos deberíais haberos hundido con el barco —declaró Malcolm, repartiendo su atención entre la deslizante maleta y las dos personas—. Voy a tener que dar unas cuantas explicaciones más de las previstas.

Holden rodó de lado y gruñó para desviar la atención del otro hombre sobre Kate.

—No pases de ahí, Cameron —la pistola lo apuntó con firmeza.

Ella se acercó un poco más.

Farnsworth reculó, alejándose de ambos. Estuvo a punto de caer, pero recuperó el equilibrio con la ayuda del viento. Sus ojos centelleaban cuando eran iluminados por la luz de los relámpagos. Su mirada basculaba entre la maleta, enganchada en un trozo de escombro, y sus dos prisioneros. Pero lo que más le atraía era la maleta, la riqueza de siglos fuera del alcance de su mano.

La maleta saltó como si hubiera recibido una patada, se soltó y giró lentamente por el asfalto.

—¡No! —gritó Farnsworth.

La maleta siguió.

—¡Agárrala! —le gritó Kate—. Aún no es demasiado tarde. Puedes recuperarla antes de que llegue la policía.

—¿Y a quién van a creer? —preguntó Malcolm mientras por el rabillo del ojo veía la maleta correr por la pista, cada vez más lejos—. ¿A un honrado agente del gobierno británico como yo o a un tipo vestido con traje de buceo, pillado en el momento de fugarse con un tesoro de incalculable valor? Eso, por no olvidar a la zorra estadounidense del ladrón, la que lo condujo hasta el botín por medio de su abuelo y su hermano.

—No te creerán —le aseguró ella.

—Yo seré el único en poder hablar.

Kate vio el cañón de la pistola apuntarla hasta que le pareció tan grande que engullía la tormenta. Nada existía ya, salvo ese trocito de metal y ese terrorífico círculo negro en el centro.

—Por el ganador y todo eso —anunció él con una sonrisa.

Soltando un salvaje rugido, Holden se abalanzó sobre Farnsworth, tumbándolo. Kate se lanzó sobre la pistola para asegurarse de que no les apuntara a ellos. Su peso dobló el brazo de Malcolm hacia atrás, haciéndole caer en una postura extraña. El sonido de hueso roto fue más fuerte que el golpear de los objetos sobre el asfalto.

Holden gateó, vagamente consciente de que le dolía mucho, pero le daba igual. Alguien gritaba.

Farnsworth.

Los escombros impulsados por el viento pasaban junto a ellos, en ocasiones fallando, en ocasiones impactando sobre sus cuerpos. Todo lo que el viento podía levantar era levantado, y lanzado en un remolino con suma facilidad. Holden ignoró la lluvia torrencial y los golpes y le arrancó a Malcolm la pistola de la mano, provocándole un nuevo aullido. En un movimiento automático, sacó el cargador y lo lanzó por la pista, donde el viento lo recibió como un nuevo juguete y se lo llevó a la más profunda oscuridad.

—¿Dónde estás herida? —Holden se volvió hacia Kate y le acarició el rostro con dulzura.

—Por todas partes, pero nada vital. ¿Qué tal el muslo?

—Sigue ahí.

—Voy a por la maleta —ella se puso en pie—. Tú vigila a esta serpiente.

Mientras se acercaba a ella, la maleta se alejaba hacia la oscuridad. Las ramas golpeaban el cielo y la tierra con igual fuerza a medida que el viento ganaba fuerza, arrastrándolo todo, arrancando todo lo que no hubiera sido ya arrancado. La pistola arañó el asfalto antes de ser engullida por el remolino.

—¡La maleta! —gritó ella.

La maleta se alejó un poco más, ganando velocidad. Kate intentó agarrarla, pero el viento la arrojó al suelo. Ni siquiera años de vivir sobre el inestable océano la había preparado para la fuerza de la tormenta que, prácticamente, le arrancaba el aire de los pulmones. Tambaleándose, corrió a duras penas hacia la maleta que seguía su curso. El relámpago lo tiñó todo de blanco hasta que el trueno, la oscuridad y el viento consumieron el mundo.

Medio ciega, cayó de rodillas y siguió gateando tras la burlona maleta que saltaba lejos de ella como una pelota deforme.

«Todo por lo que Larry y el abuelo robaron, por lo que mis padres murieron, por lo que Farnsworth mató, por lo que Bloody Green permitió que un mar de sangre...».

Una parte de Kate deseaba reír, y llorar, y permitir que la tormenta se llevara el tesoro.

La maleta se detuvo en seco en el borde de la pista, atrapada por la hierba y un arbusto demasiado resistente para que la tormenta pudiera aplastarlo. Kate se arrojó sobre ella y se quedó tumbada, jadeando. A lo lejos se oían sirenas. Soltando un gruñido, y con dificultad, se puso de pie con la maleta en la mano. Inclinándose contra el viento, medio gateó, medio embistió de regreso junto a Holden.

Prácticamente cayó sobre su regazo y él la abrazó. Ambos ignoraron a Farnsworth, que gimoteaba a pocos pasos.

—Tu abuelo se sentirá orgulloso de ti —anunció Holden al ver la maleta.

—No lo he hecho por mi familia. Solo quería asegurarme de que hubiera suficientes pruebas contra Farnsworth.

—Sedienta de sangre —Holden sonrió—. Cómo me gusta eso en una mujer.

Las sirenas se acercaban por momentos.

—Espero que estén de nuestra parte —dijo ella.

—En cualquier caso, va a ser una noche muy larga.

Kate echó un vistazo hacia la pálida forma en que se había convertido Malcolm y sacudió la cabeza.

—Al principio parecía muy majo.

—Al principio siempre lo parecen.

El viento siguió sacudiendo los pilares del mundo, haciendo temblar el suelo. La lluvia sabía a salitre. Abrazados el uno al otro, Holden y Kate aguardaron la llegada de la policía, y el comienzo de las preguntas.

CAPÍTULO 26

Kate despertó al sentir la erección matutina de Holden presionarle la cadera, y sus manos acariciándole el pecho. Sonrió y se volvió hacia él. Los dientes mordisquearon suavemente su barbilla.

—Alguien madruga mucho aquí —observó ella acurrucándose contra él.

—Alguien —contestó Holden con ironía— pasa levantado casi todo el tiempo que está contigo.

Ella rio y saboreó la curva donde el cuello de Holden se unía al hombros. La semana que habían pasado encerrados en un ala de una residencia privada había supuesto toda una revelación. A pesar de los amables y fornidos hombres que compartían la residencia con ellos, el alojamiento era excelente. Buena comida, cambio diario de sábanas, y unos empleados solícitos.

El hecho de que Holden y Kate no pudieran marcharse sin escolta resultaba irritante, aunque comprensible.

Larry y el abuelo estaban confinados en el hospital con unos militares, igual de amables, sin uniforme que se aseguraban de que ningún Donnelly decidiera repentinamente marcharse. Las comunicaciones con su familia habían sido limitadas, y controladas, mientras las autoridades británicas y vicentinas intentaban aclararse entre acusaciones y contraacusaciones.

Malcolm Farnsworth estaba ingresado en el mismo hospital que el abuelo y Larry, con unos atentos guardias junto a su cama.

A Kate le hubiera gustado que estuviera encerrado, preferentemente, en una mazmorra medieval, completa con sus ratas y alaridos.

—No pienses tanto —le aconsejó Holden, hundiendo el rostro en su cuello y mordisqueándole algunas pecas del hombro—. Respira, amor. Respira.

—¿Te he dicho lo buen buceador nocturno que eres? —ella se acurrucó contra él y sonrió—. También matutino, y por las tardes...

El teléfono fijo sonó.

Holden empezó a hablar en pastún.

—Será Taylor —Kate suspiró—. Después de una semana, uno diría que no le quedarían más preguntas.

—Pues te equivocarías. La burocracia británica ha convertido la insistencia en un arte, sobre todo cuando está implicada una persona del linaje de Chatham.

El teléfono vibró impaciente.

—¿En serio? —ella no pudo evitar admirar el brillo azul verdoso y dorado de los ojos de Holden, iluminados por la luz que entraba por la ventana del dormitorio—. Lo que yo había oído era que los ingleses son unos ávidos criadores de perros, pero su tierna preocupación por el linaje de Chatham ya resulta cansina.

—Se lo diré a Taylor —Holden soltó una carcajada—. A él le gusta Chatham tanto como a nosotros. Sus superiores, sin embargo, son otra cuestión.

El teléfono seguía sonando mientras Holden besaba tiernamente a Kate.

—Mierda —protestó—, no se va a rendir.

—Supongo que Taylor no ha leído a Rumi.

—Me resulta imposible asociar a Harrison Taylor con el amor por la poesía —todavía tumbado de lado, Holden descolgó el teléfono—. ¿Qué sucede que no pueda esperar hasta una hora civilizada?

Kate apoyó la barbilla sobre la cadera desnuda de Holden y miró por la ventana mientras él intentaba disuadir a Taylor de celebrar una reunión de inmediato. La habitación, en la segunda planta, le ofrecía una vista de la playa, donde seguía habiendo desechos que marcaban el punto más alto al que había llegado la tormenta. De no ser por eso, los recuerdos de la lluvia torrencial y vientos que ocasionalmente habían alcanzado la fuerza de un huracán, no serían más que una pesadilla. En esos momentos el mar estaba en calma, transparente en las zonas menos profundas y de un tono azul cada vez más oscuro a medida que aumentaba la profundidad. Unas nubes de calor cruzaban perezosamente el infinito cielo azul. El sol lo gobernaba todo, haciendo que el aire brillara y la arena resultada cegadora.

Holden colgó la llamada.

—¿Y ahora qué quieren? —preguntó ella.

—No se me ha informado.

—¿Lo hacen alguna vez?

—Solo cuando lo exige el protocolo —él acarició la sedosa mejilla.

—¿A qué hora? —Kate frotó la mejilla contra la mano de Holden.

—Nos permiten generosamente vestirnos.

—Recuérdame qué diferencia hay entre esto y la cárcel.

—Estamos juntos —contestó él.

—Buena respuesta —ella se levantó de la cama y se acercó a la maleta—. No sé si voy a mostrarme muy sociable. Estoy harta de ofrecer variantes de las mismas respuestas a variantes de las mismas preguntas.

—Yo también. Hasta Taylor parece harto. Sin embargo, se necesitan ciertas formalidades cuando se investiga asesinato y robo masivo de bienes de la Corona, perpetrados por un primo lejano de la realeza y similares.

—Es verdad. De nuevo el linaje —ella se vistió con prendas ligeras—. Al menos Larry está otra vez bien. El médico dice que ha engordado cinco kilos, que se pasó los primeros días, y sus noches, durmiendo casi todo el tiempo, y no muestra ninguna secuela del envenenamiento por oxígeno.

—Y tu abuelo está en plena forma. Las enfermeras van a respirar aliviadas cuando lo vean salir del hospital.

Kate soltó una carcajada. A pesar del incierto futuro, desde hacía un tiempo reía bastante.

—Eres bueno para mí, Holden.

—Lo mismo digo.

Ella se volvió y tropezó con él. Desafortunadamente, estaba vestido.

—Vamos a combatir contra esos dragones británicos con nuestra jerga estadounidense —anunció Kate.

—Se te da bien —Holden soltó una carcajada y la abrazó—. Dentro y fuera de la cama, mientras buceas, caminas, nadas, respiras, existes —veía la preocupación reflejada en sus ojos y notaba la sutil tirantez de su cuerpo—. Pase lo que pase, te amo.

Ella lo abrazó y murmuró las mismas palabras de amor con los labios pegados a su boca.

La llamada a la puerta fue un recordatorio de que su tiempo no era suyo.

Se contempló en el espejo y se encogió de hombros ante el desarreglado aspecto que ofrecía. Al hacer la maleta para viajar a la isla no sabía que iba a pasar tanto tiempo como invitada de las autoridades británicas.

Taylor esperaba fuera del gran salón con sus impresionantes vistas de la playa. De mediana altura, atlético, el porte de un antiguo militar y la intensidad de un hurón de caza, Taylor asintió hacia ella a modo de saludo. Sorprendentemente, a Holden le dedicó una sonrisa.

—Gracias por su rapidez, señor —saludó Taylor—. Se ha comportado como un caballero en una situación en la que muchos de sus compañeros se habrían enfadado y protestado.

—¿Significa eso que puedo llamarle por su apodo? —las negras cejas se enarcaron.

—Siempre que no se refiera a mí como «Apestoso», sí.

Holden soltó una carcajada y estrechó cálidamente la mano de Taylor.

—Por favor, dales recuerdos de mi parte a tus tíos.

Kate intentaba no mirarlos con expresión estupefacta, pero se sentía como si acabara de caer por una extraña madriguera de conejo. Holden y Taylor nunca habían dado la impresión de que se conocieran.

—Te pido disculpas —continuó Taylor—. Las circunstancias exigían mantener ciertas apariencias y procedimientos.

—Lo entiendo y acepto tus disculpas. ¿Significa eso que las circunstancias han cambiado? —preguntó Holden.

—Bastante. Como dijo el diputado acusado de abusos, esto resulta terriblemente vergonzoso, pero ya está solucionado. Solo necesitamos una cosa más de ti.

Uno de los hombres de vigilancia salió del salón.

—Preparados, señor.

—Por favor —Taylor asintió hacia Kate.

Todavía sintiéndose parte de una irrealidad, ella entró en el salón. En lugar de la comida que había esperado encontrar sobre la mesa cubierta por un mantel de tela de damasco, vio un impresionante despliegue de gemas y oro. Acercándose, empezó a acariciar los montones de joyas antes de apartar la mano bruscamente.

—Adelante —la animó Taylor—. Toca todo lo que quieras. Tal y como he repetido hasta la saciedad a los abogados de Chatham, de haber robado este material, jamás nos lo habrías entregado. Te habría resultado muy sencillo guardarlo durante la tormenta y recuperarlo cuando mejor te viniera.

—Era mi única prueba de que Farnsworth es un hijo de perra mentiroso y asesino —contestó ella.

—Ya veo por qué le gustas tanto a Holden. Tu candor estadounidense es tan delicioso como tu belleza.

Kate se volvió hacia Taylor tan bruscamente que sus cabellos brillaron en el aire como una llama.

—Yo, eh... ¿gracias?

—¿Siempre lo dice en forma de pregunta? —le preguntó Taylor a Holden.

—Solo cuando se enfrenta con un cumplido sorprendente.

—Estoy casado, no ciego —el otro hombre le guiñó un ojo a Kate—. Sé que las circunstancias en las que viste el tesoro por primera vez no eran muy idóneas, pero podrías identificar cualquiera de las piezas como alguna de las que viste a bordo del *Golden Bough*?

Ella parpadeó. Las sutilezas habían terminado.

—Había algunas gemas en el fondo de la maleta, pero no podría asegurar si son estas. Las cadenas de oro son tan anónimas como un fajo de dólares. Pero esto —su voz quedó reducida a un susurro mientras acariciaba un collar dispuesto sobre el mantel blanco— es inconfundible. No solo por la belleza arcoíris de las joyas, sino por el extraordinario trabajo de orfebrería.

—¿Dijiste que tu madre tenía un dibujo de una pieza similar?

—Prácticamente idéntica. Le fascinaba la combinación del estilo moderno de las gemas, para la época, y el guiño al pasado, una época en la que la mano de obra valía más que las gemas.

—¿Sigues teniendo ese dibujo? —preguntó Taylor.

—Tendrías que preguntárselo a mi abuelo o a mi hermano.

Taylor asintió y aguardó expectante.

—La máscara de oro es la misma que recuerdo —continuó ella—. Quería estamparla en el petulante rostro de Farnsworth.

—Comprendo el impulso —Taylor disfrazó la risa de tos—. Es una buena pieza.

—La corona con las lágrimas de esmeralda está un poco

más torcida que la que recuerdo, pero por lo demás es la misma. Al final le entró el pánico y cerró la maleta de golpe antes de echar a correr.

—Farnsworth es un cerdo —intervino Holden mientras recordaba el lento hundimiento del barco—. Pase lo que pase con él, se merece algo peor.

—Amen —susurró Kate—. Eso es lo único que reconozco realmente. La preciosa cruz engarzada con esmeraldas, la perfecta geometría de ese broche grande de rubíes, esa empuñadura de cuchillo incrustada con zafiros y diamantes... —sacudió la cabeza—. No los recuerdo.

—Excelente —Taylor sonrió—. Esos objetos pertenecen a otras colecciones.

—Ya te dije que tenía buen ojo —le recordó Holden.

—¿Podrías identificar alguna otra pieza? —preguntó el otro hombre.

Kate echó una última y prolongada ojeada al tesoro que había llevado a sus padres a la muerte, y casi matado al resto de la familia Donnelly. Y a Holden, que era más valioso para ella de lo que jamás habría creído posible.

—No con total certeza —contestó.

No mencionó la rana incrustada con esmeraldas que descansaba en el fondo del mar. De haber servido para salvar sus vidas, habría arrojado hasta la última pieza del tesoro por la borda.

—Gracias —dijo Taylor—. Tu cooperación es muy apreciada por la Corona.

—¿Ha admitido Farnsworth haber matado a Mingo? —preguntó Holden.

—No. Es una lástima. Sus abogados insisten en que es inocente de asesinato. En cuanto a lo demás, Chatham le obligó a hacerlo.

—Impresionante —observó Holden—. ¿Y qué dice Chatham?

—Sus abogados insistirán en que solo estaba reuniendo

pruebas de la malversación de Farnsworth —Taylor sonrió lentamente—. Sin embargo, tenías razón cuando dijiste que dudabas de que esta fuera la primera vez para cualquiera de los dos hombres. Hemos encontrado e interrogado a los infelices beneficiarios de antiguos contratos de Chatham. Se dedicaba a saquear sistemáticamente los proyectos bajo su control.

—Ya te dije que era un jodido burócrata —intervino el abuelo que en esos momentos entraba en el salón—. Los buitres se alimentan de hombres honrados.

Kate se apartó del tesoro y corrió a abrazar al anciano, y luego a Larry, que entraba justo detrás.

—Lo siento, Kitty —se lamentó Larry mientras la abrazaba con fuerza—. Jamás debería haberte metido en esto. No sabía que Farnsworth estuviera loco. Lo descubrí una noche mientras salía del agua con Mingo. Me dijo que, si acudía a las autoridades, culparía al abuelo de robo, y se aseguraría que no saliera absuelto. Dijo que tenía muchos contactos, y ya conoces la fama del abuelo —Larry se encogió de hombros—. Entonces Farnsworth supo de la llegada de Cameron y me dijo que o le mostraba unos bonitos libros de contabilidad, o todo habría terminado.

—Está bien —le aseguró ella, abrazándolo de nuevo—. Pero, si firmas otro contrato sin mí, no cuentes conmigo.

—Eh...

—No fuiste el primero —intervino Taylor—. Esta no ha sido la única vez en que Chatham ha robado en un proyecto ya iniciado. Y tal y como suelen ir estas cosas, fue un trabajo relativamente elegante. Ya fuera en una excavación en tierra, o un rescate en el mar, Farnsworth se las arreglaba para que los objetos más valiosos desaparecieran. El proyecto terminaba por ser catalogado como fracaso. En más de un contrato, se quedaban con los bienes bajo el pretexto de la ruptura del acuerdo. Chatham era bueno localizando empresas al borde de la quiebra, haciéndoles firmar contratos imposibles, y luego arruinando sus reputaciones cuando el proyecto fracasaba.

—¿Ya han terminado de discutir los abogados? —preguntó Holden.

—Sí —Taylor se volvió a Kate—. Como alguien ya explicó a tu familia, el contrato anterior ha sido anulado con el acuerdo de todas las partes. Y uno nuevo ha sido firmado.

Ella dio un respingo y miró a su hermano.

—Esta vez te voy a matar.

—El contrato ha sido negociado con los abogados de Holden, que son muy competentes —Taylor rio—. El tesoro será tasado según un valor de mercado justo, determinado al mínimo detalle. Después de descontados los gastos, que también han sido negociados y acordados, Moon Rose Limited recibirá en pago la mitad del valor de mercado del tesoro, además del coste de reemplazar el *Golden Bough*. El rescate de objetos del pecio del *Moon Rose* continuará, financiado por la Corona, bajo la supervisión de tu hermano y, ocasionalmente también, de la de Holden.

—¡Huevadas! —Kate abrió los ojos desmesuradamente—. ¿Me estás tomando el pelo?

El abuelo sonrió con la pipa sujeta entre los dientes.

—Una nueva expresión a añadir a mi conocimiento de la jerga —Taylor sonrió—. No, no te estoy tomando el pelo, ni ninguna otra parte de ti. Los procuradores de Holden son bastante impresionantes.

Ella miró fijamente al hombre que llevaba una semana interrogándolos sin el menor defecto en su correcta armadura, hasta aquella mañana.

—¿Cuánto tiempo lleva Chatham engañando a su gobierno y a todos los demás?

—Al menos doce años —contestó Taylor—. Aún estamos investigando.

—Nadie sabe robar mejor que un jodido burócrata —apuntó el abuelo.

—Buitres —Larry asintió.

El abuelo se acercó al tesoro para inspeccionarlo, seguido

de cerca por Larry. La conexión familiar se evidenciaba tanto en la postura como en la familiaridad.

—¿Cómo consiguió Chatham salirse con la suya durante tanto tiempo? —le preguntó Kate a Taylor con evidente enfado—. Sin duda ha habido algún descuido en esa burocracia.

Taylor se mostró dubitativo.

—Contactos —contestó Holden por él—. El fracaso de algunos de los proyectos de Chatham se cargó a la incompetencia. Él se mantuvo en el puesto, pero consciente de que no podría ascender más en el escalafón, ni siquiera con la influencia de su familia.

En silencio, los Donnelly especulaban sobre el valor de una pieza y la siguiente.

—¿Y por qué en esta ocasión ha sido diferente? —siguió preguntando ella—. ¿Por qué nos han escuchado a nosotros y no a Chatham?

Holden parecía incómodo.

—Eso ha sido por los contactos de Holden —le explicó Taylor—. Su familia posee una larga tradición militar, y una considerable fortuna proveniente del comercio durante los buenos tiempos de Imperio Británico. Cuando Chatham eligió a Holden como el incompetente supervisor de buceo, debido a su lesión, no tenía ni idea de que era uno de los Cameron.

—Suficiente —interrumpió Holden.

—Uno no puede elegir la familia en la que se nace —el otro hombre lo miró de reojo.

—Uno se cansa de este tema —espetó Holden.

—Este uno no —intervino Kate—. ¿Cuándo vas a hablarme de tu, aparentemente, ilustre familia? Suponiendo que lo vayas a hacer...

—Cuando haya colocado el anillo en tu dedo, ni un segundo antes. Mi familia es grande y puede resultar intimidante. Llevan años muy interesados en el asunto de mi boda. Yo no. Y entonces conocí a una mujer lo bastante valiente para superar sus pesadillas, y lo bastante encantadora para detener mi corazón.

—¿Y esa maravilla de mujer es pelirroja? —susurró ella.

—Como la puesta de sol —contestó él, acercándose a su oreja—, y unas pecas que aún no he degustado.

—Has conseguido el verdadero tesoro —el abuelo levantó la vista de la mesa y miró a Holden—. Procura que no se te escape de entre los dedos.

—Eso depende por completo de ella —contestó Holden sin apartar la vista de los ojos color turquesa—. Taylor, por favor llévate a todos, salvo a Kate y cierra la puerta.

—Sí, señor. Caballeros, acompáñenme. Hay una búsqueda que planificar.

Larry y el abuelo miraron a Kate.

—¡Vamos! —les urgió ella—. Ya soy mayorcita.

Cuando la puerta estuvo cerrada, Holden hundió la mano en el bolsillo y sacó dos anillos de oro.

—Con la bendición del gobierno británico, los he mandado fabricar con un trocito de la cadena de oro del *Moon Rose* —le explicó él—. ¿Aceptarás uno de ellos? ¿Y a mí con él?

Kate soltó un prolongado suspiro. Sus ojos brillaban de felicidad y lágrimas, y su garganta estaba tensa de emoción.

Holden esperó a que tomara el anillo, que brillaba suavemente contra su palma.

—La inscripción —consiguió decir ella—. Es elegante y hermosa, pero no lo entiendo. ¿Qué pone?

—Deja que el amante sea.

—Sí —susurró ella contra sus labios—. Deja que el amante sea.

Made in the USA
Monee, IL
03 May 2026

49438754R00215